문광훈 교수의 지적 뿌리는 아도르노나 벤야민과 같은 까다로운 이론가이다. 그런데 여기에 모은 글들에서 문 교수는 편한 자세로 길을 가며 여기저기를 살펴보는 플라뇌르flaneur(유람인)이다. 벤야민에게 유람인은 파리의 여기저기 어지러운 도시를 초연히 관찰하며 거니는 사람이다. 그러나 문 교수는 초연하면서도 동시에 오늘의 사회윤리적 관심에 깊이 참여한다. 그의 눈은 문학과 철학과 정치, 그리고 동서양의 여기저기에 미친다. 그러나 그의 발길을 따라가다보면, 그가 걷고 있는 곳이 우리 사회의 어지러운 길임을 알게 된다. 그리고 벌어지는 여러 광경에 대하여 정곡을 찌르는 발언을 듣는다. 그리하여 우리의 길눈이 새롭게 트임을 안다.

김우창 고려대학교 명예교수, 인문학자, 문학평론가

가장의 근심

에피파니Epiphany는 진리의 현현과 계시 혹은 정신과 문화의 황홀경 체험을 나타내는 말로, '책의 영원성'과 '인간의 불멸성'에 대한 '오래된 그러나 새로운' 믿음으로 태어난 고급 인문·문학 브랜드의 새 이름입니다.

가장의 근심

문광훈 에세이

읊

"이 아름다움은 …… 아주 좋지만, 그러나 나의 아름다움인가? 내가 알게 된 진리는 대체 나의 진리인가? 우리를 꾀어내고 이끄는, 그래서 우리가 따르고 빠져드는 목표나 목소리 그리고 현실 같은 이 모든 유혹적인 것들은 과연 현실적인 현실인가, 아니면 주어진 현실 위에 막연하게 놓인 입김일 뿐인가?"

로베르트 무질R. Musil, 『특성 없는 남자』(1930~1932)

이 글을 읽는 독자분들께 감사드립니다.

2016년 11월 문광훈

프롤로그

자기 삶을 사는 일

나는 무엇보다 내 스스로를 지탱하고 내 삶을 견뎌내기 위해 쓴다. 단순히 내가 느끼고 생각하는 바—그저 아무렇게나 감각하고 사유하는 것이 아니라, 그래서 '없어도 좋은' 그 무엇을 쓰는 것이 아니라, 이것이 아니면 안 될, 아니 '오직 이것이어야 한다'고 할 때의 바로 그것을 나는 묻고 느끼고 생각하며 쓰고자 애쓴다. 그러면서 글에 기대어 지금 여기에 살아있음을, 이 현존적 삶의 놀라운 생기生氣를 누리려 한다. 그런 절실한 마음으로 쓴 글이 누군가에게 도달되어, 때로는 현실의 그늘진 면을 드러내고 삶의 숨은 진실을 한 움큼 더 깨닫게 한다면, 그래서 오늘의 세상을 지금까지와는 좀 다르게 바라보게 한다면, 그 신선한 느낌과 생각의 경작耕作에 이바지한다면, 나의 글은 이미 그 몫을 다했다고 생각한다.

글을 읽고 쓰는 마음은, 가만히 돌아보면, 사랑의 마음처럼 느껴진다. 사랑의 마음, 그렇다. 내 문장을 추동하는 것은 결국 삶에 대한 사랑이다. 정말이지 좋은 글, 좋은 문장을 쓰고 싶다. 그래서 지금 여기의 삶—오늘의 미비와 숨겨진 기쁨을 노래하고 싶다.

그러나 그 길은, 마치 부서지기 쉬운 사랑처럼, 얼마나 아득한가? 나는 가끔 이규보李奎報로부터 시작하여 연암 박지원朴趾源을 지나 이태준李泰俊과 피천득皮千得으로 이어져 온 우리 산문의 전통을 떠올린다. 꽃은 얼마나 오랫동안 메마른 대기 속에서 향기를 허비해야 하는가? 결국 남는 것은 꽃도 향기도 아닌 바스라져 가는 꽃잎의 잔해일 뿐이다.

"그러나 모든 고귀한 것은 힘들 뿐만 아니라 드물다"고 스피노자는 350여 년 전에 썼다. 나는 글에 대한 사랑이 아직 오지 않은 세상, 저 무한한 지평地平에 대한 열망이라고 믿는다. 그리하여 언젠가 어느 독자가 내 책을 읽고 나서, '흠, 여기에도 하나의 세계가 있군'이라고 중얼거리게 된다면, 이 글을 쓸 때 내가 가졌던 고민과 집중과 두려움은 그 기쁜 메아리를 울렸다고 봐도 좋을 것 같다.

11월의 두물머리 풍경

생활이 어지러울 때면 나는 가끔, 아주 가끔
두물머리 다산공원에 가곤 한다.
그 앞에는 팔당호가 펼쳐져 있다.
없는 듯 있는 물과 산을 보며
내 마음을 잠시 추스린다.

가장의 근심

모든 사람은 자기 자신의 박물관을 가져야 한다
Jeder sollte sein eigenes Museum haben

목차

Ⅱ 가장家長의 근심

Ⅲ 네 삶을 살아라

Ⅳ 예술은 위로일 수 있는가?

Ⅴ 공동체의 품위

I

'삶'이라는 수수께끼

'삶' 이라는 수수께끼
처남을 보내며

나이 50을 지나면서 나는 삶의 피로를 알았다, 고 할 수 있다. 물론 그것은 그 이전부터 시작되었을 터이지만, 삶의 피로감은 40대 후반을 지나면서 요지부동한 것이 되지 않았나 싶다. 사람이 일평생 할 수 있는 일은 별로 없다는 것, 더구나 그렇게 하는 그 일을 의미 있게 만들기란 매우 어렵고, 설령 의미 있다고 해도 그것이 자기 아닌 다른 사람들에게 퍼져 나가기란 더더욱 희귀한 일이 될 것이라는 예감을 자각한 후에도 사람이 시도할 수 있는 일은 과연 무엇인가?

삶의 피로

사람과 사람의 만남은 한 덩어리의 어리석음과 또 한

덩어리의 어리석음 사이의 충돌에 불과한 것일까? 사람과의 만남에 기적 같은 미담美談이 없는 건 아니지만, 그러나 그 대부분은 갈등과 오해를 피하기 어렵다. 그리하여 사랑이나 선의 혹은 정의 같은 '좋은 말'들은 영원히 유예되는 약속처럼 지켜지지 않은 채 공허하게 이어지고, 인간은 대체로, 아니 거의 모두 앞 세대가 했던 과오를 반복하게 된다. 그것이 참으로 흐리멍텅한 일임을 알면서도 거의 속수무책으로—그렇다. 그것은 '속수무책'이라고 할 수 있다!—그렇게 멍청한 일을 똑같이 되풀이하고 만다. 그런 점에서 보면, 한 분야에서 30년 혹은 심지어 50년 이상 성실한 삶을 살아오신 분들 앞에서는, 그 일이 무엇이건 간에, 자연히 옷깃을 여미게 되고, 나도 모르게 고개가 숙여지는 것을 느낀다.

그러니 누구와 싸우는 것도, 싸워서 이기는 일마저 부질없음을 나는 잘 안다. 삶에서 싸움이 없을 수는 없지만, 그래도 이런 자각 때문이었는지 생활 안팎의 갈등은 대체로 유야무야 어렵잖게 끝나지 않았나 싶다. 만약 싸워야 한다면, 나는 어느 한 명과 싸우는 게 아니라 그 전체와 싸운다고 생각하려 했고, 수십 수백 명보다 더한 궁극의 적수는 나 자신이라고 여기곤 했다. 그러면서 내가 하는 일—읽고 쓰고 생각하는 일을, 비록 그것이 작고 변변

찮아 뭐라 이름 붙이기조차 어렵다고 해도, 제대로, 정말이지 절실한 마음을 담아 해야겠다고 다짐했다. 또 그렇게 절실함이 녹아 있다면, 그 글은 그리 부질없는 일이 되지 않을 것이라는 믿음으로…….

내가 하고 있고 하고 싶은 일이 내게는 무엇보다 소중했다. 삶의 해묵은 피로에서 오는 어떤 회한조차 낭비로 여겨졌고, 그래서 그 회한 대신 나는 점점 내 일에 집중했다. 그러다 보니 원래 몇 되지 않던 지인들의 수도 점차 줄어들었다. 이 일에 아쉬움은 없었다. 오히려 나는 내가 하는 일에서 그 나름의 충만함을 느끼곤 했다. 그러나 이 충만함이라는 것도 '나만의 충만함'일 수 있고, 그래서 그 의미란 자의적일 수도 있었다. 가장 절실한 마음으로 행한 일도 전혀 터무니없이 끝날 수도 있다. 그것이 인간의 삶이다. 하지만 그렇게 하는 일이 내가 모르는 낯선 사람들 사이에 어떤 마음의 파장을 일으킬 수 있었으면 하는 바람을 나는 아직까지 버리지 못하였다. 아마 이런 헛된 미망迷妄에 사로잡혀 나는 앞으로도 살게 될 것이다.

어떻게 할 것인가? 이런 회의 속에서 변함없이 눈에 띄는 것은 이런저런 못다함이다. 인간과 그 현실을 규정하는 근본 테두리를, 그것이 개인적인 한계든 사회적인 한계든, 나는 점점 더 주목하게 되는 것이다.

*이 부분은, 독자들께 양해의 말씀을 드려야겠다. 나의 사적인 일에 대한 것이기 때문이다. 그러나 지난 번 에세이가 나간 4월 초순부터 지금까지 내게 일어난 일들 가운데 가장 중요한 것이 바로 아래 일이었고, 지난주 이래 내 몸과 마음은 온통 이 일에 매달려 있었으므로 달리 쓰기도 어렵게 되었다. 말하기조차 주저되지만, 그러나 감정을 최대한 줄이면서 치우치지 않게 쓰기를 바랄 뿐이다.

지난주에는 처남이 응급실에 불려 가는 바람에 중환자 대기실에서 사흘 밤을 보내야 했다. 거의 30년 전 어머니의 입원 시에 그랬고, 또 독일 유학 시 아버지가 위독하셔서 병실을 지켰던 적이 있는데—이런저런 공부 핑계로 가족한테 소홀하게 된 것은 그때부터 이미 시작되지 않았나 싶다—이번에 다시 10여 년 만에 병원에서 지내게 된 것이다.

누구나 알다시피, 환자의 가족으로서, 특히 중환자 가족으로서 병원에서 머무는 것만큼 무기력한 일은 없다. 그저 보호자로서 몇몇 서류 작성에 필요한 서명을 하고, 몇 가지 물품을 사오기도 한다. 그런 다음에는 수술실로,

또 MRI나 CT 촬영을 받기 위해 다른 층으로 가는 환자의 침상을 밀면서, 혹은 수술 후 의식을 잃고 누워 있는 그 곁에서 이마를 쓰다듬거나 손을 어루만지면서 실제로는 아무것도 해주지 못하는, 해줄 수도 없는 상황에서 느껴야 하는 자괴감과 참담함이란 이루 말할 수 없다. 무엇을 할 수 있다는 말인가?

몇 평 되지 않은 대기실의 구석진 소파에서 나도 저녁 시간 내내 거기 있던 다른 보호자들과 함께 서로 낯설게 앉아 있었다. 워낙 갑작스런 연락을 받고 황망히 달려간 터라 담요도, 세면도구도, 또 들고 간 책도 없었다. 켜놓은 TV의 어떤 드라마 장면이 보이기도 했고, 무슨 코미디 프로의 시시껄렁한 대사가 들리기도 했다. 그러다가 첫날은 11시가 넘으면서 대기실의 실내등이 꺼졌고, 그래서 나는 입고 있던 옷차림 그대로 그 소파에 누웠다. 한밤중 어떤 시각에 "운명하셨다"고 누군가 말을 하자, 흐느낌이 여기저기서 들려왔다. 통곡 소리가 아니라 숨죽인 흐느낌이 오랫동안 나의 의식에 머물렀다. 그 소리를 나는 꿈결인 듯이 들으면서 잠을 잤다.

아마 사랑하는 사람이 이 세상을 떠날 때에도 나는 그렇게 쿨쿨, 마치 아무 일도 없는 듯이, 잘 잘 것이다. 내가 흠모하는 분이 세상을 떠나도 나는 식음食飮을 전폐全廢하지 못할 것이다. 떠난 자의 죽음을 남은 자가 슬퍼한다고 하여 그 슬픔이 며칠 갈 것이고, 상실을 기억한다고 하여 그 기억이 몇 달 이어지겠는가? 어느 소설의 제목처럼, '인간은 홀로 죽어 갈 뿐이다'.

처남은 그 자신이 의식을 잃고 누워 있던 바로 그 대학을 나오고, 이 대학병원에서 수련의修鍊醫 생활을 마쳤다. 그런 후 의사로서 10년 동안 생활하다가 그 일을 접었다. 그 후 그는 일체 외출을 삼간 채 집에서만 살아왔다. 그는, 세상 사람들이 흔히 하는 표현을 쓰자면, '별문제 없는' 사람이었다. 아니, 지극히 모범적일 정도로 조용하고 성실한 사람이었다. 장인, 장모님께는 귀한 아들이었고, 두 누나에게는 착하고 자상한 동생이었으며, 조카들에게는 그지없이 이해심 깊고 사랑스런 삼촌이었다. 그렇다면 나에게는?

나에게 나의 처남은 선한 인간이었다. 내 처남의 특징은 여느 사람들처럼 여러 가지이지만, 가장 눈에 띄는 그것은 좋은 일을 해도 내색한 적이 한 번도, 단 한 번도 없었다는 데 있지 않나 싶다. 누군가 그 일을 알고 고맙다고 말하면 그저 싱긋이 웃었고, 모르면 그냥 모른 채로 넘어갔다. 그는 잊혀지는 것을 두려워하지 않았다.

눈에 띄게 나서는 일은 거의 없었지만, 집안일이 있거나 같이 모여 밥을 먹을 때면, 늘 뒤에서 정리를 하고 있거나 말없이 다가와 무엇인가 건네곤 했다. 그는 늘 낡은 추리닝 차림이었지만, 조카들이 가면 아이들이 좋아하는 물건을 미리 사두고는 하나둘씩 쥐여 주곤 했다. 그렇게 내 손에 전해지던 것에는 냅킨이나 젓가락, 물이나 생일 축하 카드 같은 것이 있었다. 그는 '소유'나 '으스댐' 같은 단어를 아예 모르는 것 같았다. 그가 자신의 견해를 강하게 피력할 때도 가끔, 아주 가끔 있긴 했다. 그것은 한 가지—막말에 대한 반감이었다. 그는 거친 말이나 막무가내식 행동을 못 견뎌 했다. 그뿐이었다. 그는 누구보다 헌신적이었음에도 자기가 살아 있는 자리마저 그 흔적을 지우며 살아왔던 것이다.

그런 처남이 이렇게 된 데에도 물론 여러 가지 이유가 있을 것이다. 그는 이 척박한 세상에 부대끼기에는 너무 순박하거나 물렀다고 할 수도 있을 것이고, 어쩌면 사람에게 받은 상처가 너무 컸다고 말할 수 있을지도 모른다. 어떻든 그는 먹는 것을 점차 줄여 갔던 것 같다. 그러나 그 이유에 대해 더 자세히 말하는 건 삼가는 게 좋을 것이다. 그저 짐작할 수 있을 뿐, 그 어떤 이유도 정확한 것이라고 말할 수 없을 것이다.

이런 처남을 나는 좀 더 살갑게 대했어야 했다. 나이 서른이 지나면 삶의 많은 것은 스스로 결정해야 하고, 그렇게 결정한 것을 홀로 감당해야 한다고 생각해 오던 나로서는 좋은 뜻의 조언도 '간섭'일 수 있다고 여기곤 했다. 그래서 늘 몇 걸음 떨어진 채 그를 대하곤 했다. 그렇다고 우리 사이가 나빴던 건 아니었지만, 또 그렇다고 깊은 속을 터놓고 지내지도 못했던 것 같다. 원칙에 대한 믿음 때문에 상처를 내기도 하고, 원칙을 저버리지 않겠다는 생각 때문에 진실과 멀어지기도 한다. 내가 그를 더 너그럽게, 더 따뜻하게 받아들였어야 마땅했다.

형제자매지간이나 부모와 자식 사이의 관계, 그리고 심지어 부부 사이의 관계도 어떤 착잡한, 말을 꺼내어 뭐라고 지칭하기 어려운 점이 의외로 많다. 그러나 사실은 인간관계 일반의 딜레마가 바로 여기에 있다고 말할 수도 있을 것이다. 사람과 사람 사이의 상호주체적 관계나 사회적 관계도 그렇다고 할 것이고, 집단과 집단이 만날 때에도 이 착잡함은 피하기 어렵다.

그러나 삶의 착잡함은 무엇보다도 가족 관계에서 시작하지 않나 싶다. 우리는 한 가족의 일원으로서 형과 누나, 동생과 언니와 오빠와 많은 부분을 서로 나누지만, 또 이렇게 나누는 부분만큼이나 나누지 못하는 것도 세월의 흐름 속에서, 나이가 들어감에 따라, 점점 늘어 가는 것을 느낀다. 사람은 허점투성이어서 한 집에서 오래 살아가거나 서로 깊게 알게 되면, 잘잘못이 얽히고 실수와 오해와 아쉬움이 켜켜이 쌓여 더 이상 이러쿵저러쿵 말을 꺼내기 어렵게 된다. 그리하여 어떤 일은 말하지만, 어떤 일은 차라리 가슴에 담아 두기도 한다. 그리고 이렇게 가슴 속 사연이 쌓이고 쌓이면, 어느 때 어느 순간부터 한두 마디 말을 하기보다는 그저 고개를 끄덕이고, 이 끄덕임이 지난 뒤에는 말없이 수긍하는 일만 남는다.

결국 한 인간은 다른 인간에 대해 거의 낯선 채 살아가는 것이다. 그리고 거의 낯선 채로 죽어 간다. 만인은 만인에 대해 이방인일 뿐이다('만인 대 만인의 투쟁'이란 것도 서로가 낯설기 때문에 생기는 것이다. 낯설기 때문에 서로 싸우고, 낯설기 때문에 서로 상처 입히는 것이다). 우리는 서로에 대해, 아마도 가장 사랑하는 사이에서조차, 사실은 전적으로 모르는 가운데 그저 몇 가지 '안다'는 착각 아래 잠시 부대끼다 제각각 떠나갈 뿐이다.

누가 어느 상대를 '안다'고 하는 것은 상대 자체의 진실이 아니라 상대에게서 얻어낸, 그러나 이 상대와 관련되기보다는 이편의 선호選好에 맞는 몇 가지 군더더기에 불과할 수도 있다. 자기 자신의 기준에 맞는 이 몇 가지 정보를 상대의 전체로 착각할 뿐, 그 나머지는 대개 어둠 속에 방치된다. 그러나 이렇게 방치되는 것이 더 중요하고 절박할 수도 있다. 우리는 그 어떤 사람도 완전히 알지 못할 뿐만 아니라, 사랑하는 사람도, 심지어는 자기 자신마저 완전히 헤아리지 못한다. 우리는 각자의 삶을 살아가면서도 이 삶의 안이 아니라, '삶 밖에서' 살아가는 것이다.

바로 이 사실—우리 모두 삶을 살아가면서도 이 삶을 삶답게 살지 못한다는 것, 삶을 매일매일의 충일 속에서 영위하지 못한다는 것만큼 삶에 더 치명적인 망실이 있을 것인가? 삶의 본질적인 사항은 외면한 채 그저 세상이, 또 사회가 중요하다고 말하는 것, 그러나 전혀 비본질적일 수도 있는 것에 휘둘린 이 불균형의 상태, 삶의 이 근원적인 불평등에 비하면, 계급 간의 불평등이란 하나의 사소한 범주일지도 모른다. 나는 다시 삶의 한계—행동적 실천의 테두리를 떠올린다. 수수께끼로서의 삶, 이 삶의 신비와 근본적 모호성을 떠올리지 않을 수 없다. 프란츠 카프카F. Kafka의 짧은 글 한편이 말하는 것도 바로 이 점일 것이다.

카프카가 1919년에 쓴 글 가운데는 「옆 마을」이라는 것이 있다. 그 전문全文은 이렇다.

> 나의 할아버지는 말씀하시곤 했다. '삶이란 놀라울 정도로 짧단다. 지금 나의 기억 속에 밀려드는 사실은, 어떤 불행한 우연은 완전히 도외시한다고 해도, 어떻게 한 청년이 가장 가까운 마을로, 행복하게 흘러가는 평범한 삶의 시간조차도 그렇게 말 타고 가기에는 이미 한참이나 충분치 않다는 사실을 두려워함 없이, 말을 타고 나설 결정을 할 수 있을지, 나는 이해하기 어렵다는 것 말이다.'

카프카의 문장은 압축적이고 비의적秘意的이다. 그래서 그 뜻이 금방 포착되지 않는다. 그것을 정확하게 이해하기 위해서는 다시 풀어서 단계적으로 살펴보아야 한다. 이 글의 핵심은 물론 "삶이란 놀라울 정도로 짧다"는 데 있다. 이를 더 자세히 설명하기 위한 다음 문장은 네 부분으로 나눌 수 있을 것이다.

첫째. 삶이란 한 마을에서 다음 마을로 말을 타고 가는 것과 같다.

둘째. 그러나 이 일에서도 "어떤 불행한 우연"이 일어난다.

셋째. 하지만 이 불행한 우연이 없다손 치더라도 "행복하게 흘러가는 평범한 삶의 시간이란 그렇게 말 타고 가기에는 '이미 한참이나 충분치 않다'".

넷째. 그러니 한 마을에서 다른 마을로 한 청년이 말을 타고 갈 때조차 우리 삶의 평범한 시간이 턱없이 부족하다는 사실을 우리는 '두려움' 속에서 기억하지 않을 수 없다.

삶의 이야기는 어느 시점에서 시작하고 어느 시점에서 끝나는가? 오늘은 언제부터 시작하고, 어제는 언제 사라지는 것인가? 오늘이라는 24시간 속에서 나는 정말 '실재했던' 것인가? 그래서 그 24시간을 정녕 '살았다'고, '살고 있었다'고 나는 말할 수 있는가? 그리하여 결국 내 삶은 삶다운 것이었던가? 오늘의 이 24시간도, 마치 내가 이 삶 속에서 살지 않았던 것 같은, 그래서 그 본질은 전혀 모르고 표피만 감지한 채, 이방인처럼 낯설게 서서, 멍하니 혹은 당혹스런 표정으로 바라보기만 한 것은 아니었는가? 그래서 내 삶의 주인이 아니라 손님인 듯 그 시간을 맞이하고 떠나보낸 것은 아니었나? 삶은 시간처럼 철저하게 수수께끼가 아닐 수 없다.

삶을 그렇게 온전히 알기 어렵다면, 그 삶을 살아가는 나의 정체正體도 알기 어렵다. 나는 대체 누구인가? 자기 이름마저 낯설게 느껴질 때가 간혹 있다. 소설가 가브리엘 가르시아 마르케스G. G. Márquez도 자기 이름은 별로 마음에 들지 않는다고, 그래서 그 이름으로 자기 자신을 결코 확인할 수 없었다고 쓴 적이 있다. 우리는 우리가 사는 삶을, 우리가 지금 살아가는 이 생애를 결코 다 말할 수 없다. 바로 이 한계가 나 자신을 돌아보게 하고, 그래서 조금은 더 겸허하게 된다. 그러니까 윤리는, 그것이 경전에서의 가르침이어서가 아니라, 또 윤리의 교사가 그렇게 훈계하기 때문이 아니라, 삶의 이 같은 근본적 제약 때문에, 그리고 인간의, 아니 나 자신의 근본적 어리석음 때문에 절실한 사항이 된다.

불충분함과 두려움

지난주 이래 산과 들에는 아카시아 향기가 진동하기 시작했다. 30년 전 대학 시절 내가 기억했던 그 향기의 정점은 정확히 5월 20일에서 5월 25일 사이였다. 그 엄혹하던 전두환 군부정권 시절에도 나는 그 아카시아 향기 나던 날짜를 기억하고 싶었다. 어쩌면 그 개화기는 그 사이에 좀 더 당겨졌는지도 모른다. 낮은 물론이거니와 밤이 되면 그 싱그러운 향기가 더더욱 대기를 안온하게 뒤덮는다. 그래서 때로는 잠자리에 들어서도 은은한 여운을 느낄 수 있다.

그러나 기적처럼 아름다운 이 계절에도 사랑하는 자는 무시로 세상을 떠나고, 이렇게 한 생명이 떠나는 순간에 또 어떤 생명은 태어나기도 한다. "흙은 흙으로, 재는 재로, 티끌은 티끌로"는 『성경』의 한 구절이었다. 삶에서 중요한 것은 무엇이고, 중요하지 않은 것은 또 무엇인가? '현재'는 중요하지만, 그러나 인간만큼 이 현재를 과대평가하는 존재도 드물 것이다. 아마도 모든 것은 결국 현재의 모습이 아니라 원래의 모습대로 돌아갈 것이다. 인간의 몸 역시, 이 모든 것 가운데 하나인 한, 본래의 형태로—흙과 재와 티끌로 돌아갈 것이다. 태어나기 전에 흙이었듯이 죽은 후에도 인간이 흙으로 된다면, 우리의 삶은 흙과 흙 사이에 잠시 자리할 것이고, 하나의 재에서 또 하나의 재로 이어지는 무한한 생멸 과정의 별 뜻 없는 한 고리에 지나지 않을 것이다.

우리가 현실에 대해, 또 인간과 세계에 대해 아는 것은 알지 못하는 것에 비하면 얼마나 초라한가? '제법 안다'는 내용조차 온전히 다 행할 수 있는 것은 물론 아니다. 현재 실천하고 있는 일이란 실천할 수 있는 일에 비하면 턱없이 적고, 이 실천할 수 있는 일의 목록이란 다시 앎의

극히 작은 일부일 뿐이다. 그러니 누군가를 '이해한다'는 것은 얼마나 어렵고, 누군가를 '사랑한다'는 것은 또 얼마나 힘겨운 것인가? 이렇게 알지 못하는 것이 삶의 대부분이고, 그나마 좀 더 잘 알게 되어 때로는 친숙해지고 좀 더 깊게 이해하면서 사랑하려는 그즈음에, 사랑하고 싶은 바로 그 순간에 우리는 서로에게서 떠나간다. 서로에 대해 이전보다 더 잘 이해하게 되는 바로 그 시점에 인간은 죽어 가는 것이다.

고통은 의지와는 상관없이 계속될 것이다. 상실의 아픔은, 유족들이 살아 있는 한, 계속 이어질 것이다. 그러나 이 짧고 허망한 삶에서도 어떤 선의의 궤적을 보이는 것은 놀라운 일이다. '궤적을 보인다'는 것은 어떤 일이 한두 차례가 아니라 '일관되게 이어진다'는 뜻이다. 일관된 정직성이란 양심의 증표다. 이 험악한 세상에서 같이 험악해지지 않기란 어렵고, 이런 세상에서 선해지기란 더욱 어렵다.

그러나 이 불손한 세상에서 선을 행하고도 자랑하지 않는 것은, 그래서 그 흔적마저 지우는 것은 더더욱 드문 일이다. 알 수도 없고 때로는 가늠하기조차 힘든 이 삶에서 표 나지 않은 선의를 보인 이를 나는 경모敬慕한다. 이

들을 존경하고 흠모한다. 그러나 그것은, 거듭 말하여, 헌신이 요구되는 끔찍한 일이다. 모든 선의는 끔찍하다. 사람이 행복하다고 느끼는 데에는 여러 요인이 있지만, 나는 내 주변에 자리한 몇몇 분들을 보면서 가끔 행복하다고 느낀다. 만약 내 삶의 아주 작은 구석이 '깊다'고 말할 수 있다면, 이 깊이는 바로 이 분들 덕분일 것이라고 나는 여긴다.

아마도 진선미를 추구하는 일도 그런 일일 것이다. 진실을 말하고 선한 일을 행하며 아름다움을 잊지 않는 일도 끔찍한 헌신 없이는 불가능할 것이다. 몸을 바치는 이 선의 없이 우리는 우리 사는 여기에서 그 다음 이웃 마을로 갈 수 없을 것이다. 선의의 길이란 고통스런 과정이지만, 그러나 '어짐과 사랑(仁愛)'의 길이기도 하다. 이것은 온갖 직업과 성향과 말과 성격의 사람들이 모여들어 이들로부터 위로를 받고 또 이들을 영접하는 장례식장에서의 마음가짐에서 잠시 경험하는 것과 유사할 지도 모른다. 이 어진 사랑 속에서 인간은 '깊은 행복'을 느낄 수 있을 것이다.

나는 인간 삶의 근본적 불충분성에 대한 자각이야말로, 이 자각에 따른 너그러운 긍정이야말로 그 어떤 윤리적 명제보다도 더 윤리적이라고 생각한다. 이 두려운 자각 속의 말 없는 실천이야말로 삶을 참으로 살 만한 것이 되게 만드는 고귀한 일이라고 여긴다. 한계에 대한 두려운 자각 없이 인간은 한 걸음도 제대로 나아가지 못할 것이다.

이 글이 사랑하는 고인에게 누가 되지 않길 바란다.

제인 오스틴을 읽는 시간
허영과 자존심 사이

시간이 날 때면, 혹은 어떤 일과 일 사이에 잠시 휴식이 필요할 때면, 나는 제인 오스틴J. Austin이나 토마스 하디Th. Hardy 혹은 헨리 제임스H. James의 소설을 읽는다. 이런 작품들을 천천히 아껴 읽으면서 나는 때로는 웃고 때로는 놀라며 그 세계를 음미하곤 한다. 왜냐하면 이들 작품에는 사람과 사람의 관계에서 어떻게 행동해야 하는지, 어떻게 처신하는 것이 바람직한 일인지가 잘 드러나고 있기 때문이다. 게다가 거기에는 품위 있게 행동하는 인물들—삶의 수치와 굴욕 속에서도 자기를 잃지 않고 살아가는 사람들이 한두 명은 늘 등장하는 것 같다.

자존감을 갖고 사는 그런 품위 있는 인물이 소설에서 주인공일 수도 있고, 주변 인물일 수도 있다. 아니면 아예 사건의 주변에서 잠시 머물다가 사라질 수도 있다. 하지만 그들은, 마치 작가의 분신처럼, 꼭 등장하고, 이렇게 나와서 드높은 양식良識과 세계관적 깊이를 보여 주는 것이다. 그렇게 함으로써 삶의 윤리학이 아무런 강요 없이 자연스럽게 선보인다고나 할까. 윤리의 덕목이 도덕 교과서나 교리 문답서에서처럼 추상적 개념어로 규정되는 것이 아니라, 생활의 구체적 체험 언어로 생생하게 묘사되기 때문이다. 이 점에서 문학의 윤리학은 철학의 윤리학보다 더 뛰어난 것인지도 모른다. 나는 오스틴의 소설 작품이 아리스토텔레스의 『니코마코스 윤리학』이나 칸트의 도덕철학보다 훨씬 뛰어나지 않나 가끔 생각한다.

좋은 소설은 그 자체로 삶의 윤리적 가능성에 대한 강제 없는 호소다. 영미의 '세태 소설(the novel of manners)'은 특히 그렇지 않나 싶다. 이 작품들에 묘사된 100년 혹은 200년 전의 그 생활세계가, 적어도 사람이 행동하는 방식이나 사회의 근본적 관습에 있어서는, 오늘날에도 그다지 변하지 않았다는 것을, 어쩌면 근본적으로는 비슷하다는 사실을 새삼 깨닫는 것이다. 이번에 내가 읽은 것은 오스틴의 『노생거 수도원(*Northanger Abbey*)』이었다(임옥희 역, 펭귄클래식코리아, 2009년. 번역문은 일부 고쳤다).

Jane Austin의 초상화(1873)

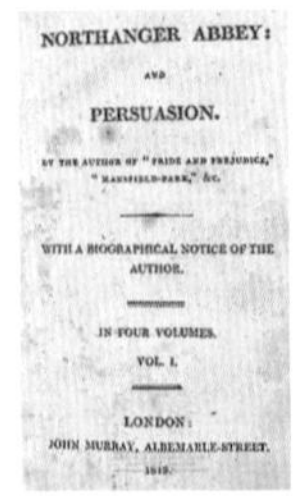

NORTHANGER ABBEY:

AND

PERSUASION.

BY THE AUTHOR OF "PRIDE AND PREJUDICE," "MANSFIELD-PARK," &C.

WITH A BIOGRAPHICAL NOTICE OF THE AUTHOR.

IN FOUR VOLUMES.

VOL. I.

LONDON:

JOHN MURRAY, ALBEMARLE-STREET.

1818.

『노생거 수도원』의 초판본(1818)

"서로서로 저버리지 않도록 하자.
우리는 상처받은 존재들이니까
(Let us not desert one another;
we are an injured body)."

제인 오스틴

『노생거 수도원』은 오스틴이 20살 무렵에 썼지만 그녀가 세상을 떠난 후 출간되었다. 그녀 소설이 대부분 그러하듯이, 이 작품에서도 남녀 간의 사랑과 심리적 갈등, 사람과 사람 사이에 나타나는 갖가지 오해와 편견, 나아가 여성의 정체성이나 주체 의식이 작가의 풍부한 감성과 비판적 이성 아래 잘 묘사되어 있다.

주인공은 17세의 캐서린 몰런드Catherine Morland다. 그녀 아버지는 시골 목사이고, 그녀는 10명이나 되는 형제자매 가운데 하나로 어릴 때부터 그저 평범하게 자랐다. 성격이 고약하거나 나쁘지는 않았지만 그렇다고 특출하게 잘하는 것도 없었다. 그녀 가족 주변에는 힘 있는 후견인도 없었고, 명망 있는 귀족도 없었다. 그러다가 15살부터 이런저런 책을 읽기 시작하면서 그녀는 '소설의 주인공이 될 만하게' 변해간다. 17살 때의 어느 날 이웃집 앨런 부인이 바스로 여행을 같이 가자고 그녀를 초대한다. 작품은 그녀가 6주 동안 머무는 이 휴양지에서의 크고 작은 사건과 경험을 묘사한다. 대표적 등장인물로는 이사벨라와 존 소프Thorpe 남매, 헨리와 엘러너 틸니Tilney 남매가 있고, 이들 아버지인 틸니 장군도 있다.

캐서린은 난생 처음 가본 이 번화한 휴가지에서 여러

가지 일을 겪는다. 그녀는 시끌벅적한 무도회와 극장 그리고 여러 가게를 드나들면서 다양한 사람들을 만나고 대화하며 세상사의 경험을 쌓는다. 이곳 사람들의 최대 관심사는 유행과 패션, 그리고 그날그날의 무도회와 사교계의 동향이다. 이런 외적 관심사를 지탱하는 좀 더 심각한 것으로는 재산과 신분, 계급과 교양 같은 항목들이 있다.

옷은 어떻게 차려입을 것인가, 머리카락은 어떻게 손질할 것이며, 모자와 외투는 무엇으로 할 것인가. 무도회장에서는 어떻게 춤을 추고, 사람과의 만남에서는 무슨 말을 해야 주목받고 구애받을 수 있는가. 또 어떻게 말해야 꼬투리 잡히지 않을 수 있는가는 이곳 사람들의 거의 모든 대화와 행동에서 드러난다. 이 모든 사소하고 일상적인 언행 속에서 상대방의 예의나 태도, 교양이나 분위기뿐만 아니라 당사자 자신의 경솔함과 질투와 과시도 드러난다. 동창생 사이로 15년 만에 만난 앨런 부인과 소프 부인과의 대화도 그렇다. "서로 얘길 나눈다고 하지만, 그러나 상대가 하는 말을 듣기보다는 자기 말을 하는 데 더 바빠서, 상대가 무슨 말을 하는지는 거의 듣지 못하였다." 소프 부인은 자녀들이 잘 자란 터라 자식 자랑에 열을 올리지만, 별다른 자랑거리가 없는 앨런 부인은 그저 입을 다문 채 듣고만 있다. 하지만 그녀에게도 내세워지는 게 있다. "단지 소프 부인의 외투에 붙은 레이스가 그녀 자신의 것보다 그리 예쁘지 않다는 사실을 예리한 시선 덕분에 알아차리게 되어 그녀는 위로를 받았다."

사람들은 흔히 '대화를 나눈다'고 말하지만, 그들이 주로 말하는 것은 각자의 관심사일 뿐이다. 그리고 이 관심사의 중심에는 자기 자랑이 있다. 앨런 부인이 휴양지에서 즐거워하는 가장 큰 이유는 그 누구도 자기만큼 비싼 옷을 입고 있지 않다는 데 있다. 최신 옷차림과 유행하는 머리 모양은 그녀의 행복을 구성하는 핵심 요소이기 때문이다. 200년 전이나 오늘날의 세계나 현실을 지배하는 것은 유행과 패션, 옷차림과 돈과 명망이다.

2. 불미스러운 행동들

문제는 늘 '불미스러운 언행들'이다. 즉 지나친 행동이나 무례함, 자기 자랑이나 경박함 같은 것이 친교를 어렵게 하고 사람 사이를 실망스럽게 만든다. 그 대표적 인물이 앨런 부인이나 존 소프 씨다. 이 두 사람의 언행은 재미있다. '재미있다'는 것은 그것이 지금의 한국 사회에서도 흔히 보이는 유형이기 때문이다. 오스틴의 묘사를 읽어 보자.

앨런 부인은 정신이 비어 있고 생각할 능력이 없었기 때문에 이렇게 저렇게 내뱉는 말이나 감탄사가 버릇처럼 되어 있었다. 그녀는 결코 수다스럽지 않았지만, 그렇다고 전적으로 침묵을 지키지도 못했다. …… 자기 옷에 묻은 얼룩을 보면, 대꾸해 줄 한가한 사람이 옆에 있건 없건 상관없이 그녀는 소리부터 지르곤 했다. ……

그(존 소프: 역자 첨가)의 모든 대화, 아니 그가 혼자 하는 얘기는 그 자신과 그가 가진 관심사로 시작해서 그것으로 끝났다.

앨런 부인이 '생각할 능력이 없는 사람(incapacity for thinking)' 이라면, 소프 씨는 모든 것을 자기중심적으로 얘기한다. 앨런 부인이 옷차림이나 외모에 신경 쓸 뿐 차분하게 앉아 있을 줄 모른다면, 소프 씨 역시 자기의 중요성을 내세우기 위해 터무니없는 주장이나 거짓말도 마다하지 않는다. 결국 이 두 사람은 유형적으로 조금 다를 뿐, 자기를 돌아보지 않는다는 점에서 허영에 차 있고, 그 점에서 서로 통한다. 이들은 상대의 처지나 입장은 고려하지 않은 채 늘 조르고 몰아붙이며 강요한다. 이러한 성향은 이사벨라 양도 다르지 않다. 그리하여 캐서린은 점차 이들에게 실망한다. 그러면서 말한다. "자기 감정을 반드시 남들이 알아차리도록 드러내어야 친구가 되는 것인가?"

하지만 틸니 양과의 두 번째 산책 약속까지 소프 씨가 나서서 아무런 양해 없이 연기해버리자, 화가 난 캐서린은 틸니 가족이 묵는 곳으로 달려간다. 그리고는 말이 잘못 전달되었다고, 자신의 실수라고 그들에게 해명한다. 그 후 캐서린은 틸니 가족이 머무는 곳—노생거 수도원으로 영광스러운 초대를 받는다. 그녀의 마음은 기쁨으로 요동친다. 틸니 가족은 이처럼 멋진 저택에 살면서도 전혀 우쭐대지 않은 데다가 그녀는 수도원 같은 오래된 유적들을 매우 좋아했기 때문이다.

틸니 집안 사람들의 환대는 대단했다. 캐서린이 그처럼 많은 음식에 쉼 없는 관심을 받는 일은 처음이었다. 하지만 틸니 장군의 식사 대접은 첫째 아들(틸니 대위)에 대한 태도와는 대조적인 것이었다. 장군은 식사 자리에서도 아들을 야단치고 나무란다. 그녀는 이 장남을 좋아하지 않았지만, 꾸중 듣는 그에게 깊은 연민을 느낀다. 손님 있는 데서 주인이 가족을 꾸짖는다면, 그것은 손님에게도 불편한 일임을 장군은 알지 못한다. 그처럼 생각 없는 그가 집안을 안내하면서 응접실이나 서가 혹은 부엌의 가구와 물품이 얼마나 비싸고 최신식인지를 자랑하는 것은 당연한 일인지도 모른다. 캐서린은 더 이상 이 집안의 화려한 식당과 저 많은 하인들이 무슨 의미인지를, 훌륭한 시설과 위압적 환경 속에 어떤 불편함과 끔찍함이 배어 있는지를 생각한다.

그러다가 갑자기 캐서린은 수도원을 떠나야 했다. 다음 날 아침 떠나라는 통보를 그 전날 전해 받은 것이다. 그녀는 돌아가기에 편한 시간과 방법이 무엇인지 선택하지 못한 채, 아무런 작별 인사조차 없이 새벽 시간에 쫓겨나듯 마차에 오른다. 나중에 밝혀진 바에 따르면, 이것은 틸니 장군의 느닷없는 결정 때문이었다. 그는 캐서린을 며느리로 삼을 작정으로 초대하였으나, 자신이 추측한 만큼 그녀가 부자가 아니라는 사실을 안 다음 박대한 것이다.

3. 모욕과 견딤 – 캐서린의 반응 방식

캐서린은 수치감과 분노로 말을 할 수도 없었고 숨쉬기조차 어려웠지만, 조용히 집으로 돌아온다. 이 대목에서 오스틴은, 매우 놀랍게도, 진행되고 있는 이야기에 직접 개입하여 발언한다. 그녀는, 흔히 여주인공들이란 소설의 끝에서 쌍두 사륜마차에 시중드는 하녀를 네댓 대동한 채 금의환향하듯 돌아오는데, 그래서 많은 이야기꾼

들은 이처럼 영광스러운 결말을 보여 주고자 하는데, "나의 이야기는 아주 다르다. 나는 내 여주인공이 고독과 치욕 속에서 자기 집으로 돌아오게 하였다."라고 적는다. 그러면서 캐서린이 처한 고통에 그녀는 작가로서 똑같은 굴욕감을 느낀다고 적는다. "틸니 장군은 명예롭게도, 다정하게도 행동하지 못했다. 또 신사답지도 못했고, 부모답지도 못했다." 그러니까 그가 처음 보인 환대는 껍데기로서의 환대—허영이었던 것이다.

그런데 캐서린이 보여 주는 대응 방식이 흥미롭다. 그녀는 집으로 돌아온 후 틸니 양에게 편지를 쓴다. 틸니 양은 아버지의 느닷없는 행동을 대신 사과하면서 캐서린에게 여비를 주며, 도착하면 꼭 소식을 알려달라고 부탁했기 때문이다. 캐서린은 빌린 돈을 봉투에 넣고 틸니 양이 보여준 애정과 도움에 감사를 표한다. 작가는 이렇게 묘사한다.

> 엘러너 틸니에게 편지 쓰는 것보다 캐서린에게 더 힘든 것은 결코 없었다. 자기 감정과 상황을 정당하게 보여주면서, 고마움을 표하되 비굴한 서운함은 표하지 않고, 주의하되 냉담하지 않으며, 정직하면서도 분노하지 않는 편지를 써야 했다.

여기에서 핵심은 "자기 감정과 상황을 정당하게 보여주면서, 고마움을 표하되 비굴한 서운함은 표하지 않고, 주의하되 냉담하지 않으며, 정직하면서도 분노하지 않는 일"이다. 사람은 고마움을 표할 때면 "후회할 정도로 굽신거리게 되고(servile regret)", "주의하면(be guarded)" 자주 "냉담(coldness)해지며", 정직하면 쉽게 "분노(resentment)" 하지 않는가? 수치스러운 상황 앞에서 후회나 냉담 혹은 분노를 삼가기란 어렵다. 하지만 더 어려운 일은 "감사를 표하되 비굴하게 서운해하지 않는 것"이고, "주의하되 냉담하지 않으며", "정직하면서도 분노하지 않는 일"이다. 이런 행동 원칙에, 나의 생각으로는, 제인 오스틴의 윤리학이 다 들어 있지 않나 여겨진다. 행동의 윤리학을 어떤 도덕적 명제나 규범적 원칙에서가 아니라 사건과 태도와 행동 방식을 통해 드러난다는 점이야말로 소설의 뛰어난 점일 것이다.

제인 오스틴의 윤리학을 구현하는 인물은 『노생거 수도원』에서 주인공 캐서린 이외에는 없는 것일까? 그 이상적 유형은 틸니 자매—캐서린이 사랑하는 헨리와 그 여동생 엘러너로 보인다. 틸니 양에 대한 인물 묘사는 매우 흥미롭다.

그녀에게는 눈에 띄는 가식도, 소프 양처럼 두드러지게 유행을 타는 모습도 보이지 않았지만, 풍기는 분위기는 훨씬 더 우아했다. 그녀의 태도에서는 양식(good sense)과 잘 키워진 표(good breeding) 가 났다. 그것은 지나치게 수줍어하지도 않았고, 그렇다고 부자연스럽게 대범한 척하지도 않았다. 그녀는 충분히 젊고 매력적이었으나, 무도회장에서는 가까이 있는 모든 사람들의 주목을 받으려고 애쓰지도 않았고, 매번 일어나는 사소한 사건에 대해 지나치게 기뻐하는 과도한 감정을 보이지도 않았으며, 한없이 짜증내지도 않았다.

캐서린이 틸니 양에게 관심을 갖게 된 것은 단순히 그녀가 헨리의 여동생이기 때문이 아니라 바로 이런 양식 있는 행동거지 때문이었다. 이런 교양과 품위가 배어 있는 행동 때문에 캐서린은 그녀와 친해지길 매우 갈망한다. 틸니 양의 행동은 "지나치게 수줍어하지도 않았고, 그렇다고 부자연스럽게 대범한 척하지도 않았다(They were neither shy, nor affectedly open)."

A의 어떤 행동에 대하여 B가 관심을 가지고 있다면, 이것은 A라는 사람에게 있는 어떤 행동이, 그런 행동의 흔적이나 잠재력이 B에게도 있기 때문이다. 말하자면 무엇에 대한 관심은 어떤 숨겨진 친화력에 대한 관심이다. 그리고

관심은 사랑과 열정의 표현이기도 하다. 어떤 관심을 가진다는 것은 그런 관심을 가진 사람의 영혼에 그가 관심 갖는 대상의 무엇이 이미, 어느 정도는 들어 있기 때문이다. 그리하여 틸니 양의 우아함은 그 우아함에 관심 가진 캐서린 양 자신의 덕목이기도 하다. 결국 사람을 움직이게 하는 것은 어떤 '영혼의 친화력(Seelenverwandtschaft)' 혹은 '정신의 친화력(Geistesverwandtschaft)'이다. 선한 영혼이 또 다른 선한 영혼을 부른다.

캐서린의 모범적 행동은 소설의 끝에서만 나오지 않는다. 그것은 『노생거 수도원』 전편을 통하여, 물론 전부 그런 것은 아니지만, 어떤 납득할 만한 사례를 보여준다. 예를 들어 소설의 처음에 캐서린은 틸니 남매와의 약속을 본의 아니게 어긴 후 큰 죄책감에 시달린다. 그래서 초조해하며 며칠을 보낸다. 이때 그녀는 있을 수 있는 상대의 비난으로 자기 품위가 손상되는 것에 신경 쓰는 것이 아니라, 또 그녀의 잘못된 행동을 의심할 수 있는 틸니 씨에게 손쉬운 원망을 털어 놓는 것이 아니라, 단지 하나—왜 그녀가 그렇게 행동했는지를 정직하게 설명하고자 애쓴다. 사실이 제대로 밝혀질 때까지 "그녀는 불미스러운 행동의 수치를 스스로 감당하는" 것이다.

바스에 온 지 얼마 되지 않았을 때 이런 일도 있었다.

그녀가 약속했던 소프 씨가 말도 없이 나타나지 않았기 때문에 무도회장에서 파트너 없는 여자들 틈새에 앉아야 하는 '불명예스러운' 상황에 처하게 되었다. 그녀는 속이 탔지만, 꿋꿋함을 유지한다. "그녀는 괴로웠지만, 그 어떤 투덜댐도 그녀 입에서 나오지 않았다." 곤란한 상황 속에서도 쉽게 불평하지 않는 것, 바로 여기에서 품위가 나온다. 바로 이런 태도 때문에 헨리는 자기의 '이성과 양심에 따라' 아버지의 부당한 결정에 항의한 후 캐서린에게 청혼한다.

4. 오스틴의 윤리학

『노생거 수도원』의 앞쪽에는 소개 글이 한 편 붙어 있는데, 이 글은 제인보다 네 살 위의 오빠 헨리가 쓴 것이다. 그런데 이 글은 작품을 안내하는 것이면서도 생전의 작가 모습을 차분한 언어로 세심하게 보여 준다는 점에서 여느 평론가의 글 못지않게 훌륭해 보인다. 그는 실제로 6남 2녀였던 오스틴의 형제자매 가운데 '가장 문학적인' 인물이었던 것으로 알려져 있다. 아래 묘사는 어떤 면에서 소설 이상으로 생생해 보인다.

남들의 약점이나 결함 그리고 어리석음을 그녀는 즉각 간파할 수 있었지만, 그들의 악에 대해서조차 결코 매몰차게 말하지 않았다. 솔직한 척 하기란 흔한 일이지만, 그녀는 그렇게 가장하지 않았다. 그녀 자체는 인간적으로 거의 흠잡을 데 없을 정도였지만, 그녀는 언제나 다른 사람의 결함에서 용서하거나 잊어버릴 수 있는 무엇을 찾아내었다. 도무지 정상참작이 어려울 경우에 그녀는 확고하게 침묵을 견지했다. 그녀는 결코 성급하거나 어리석거나 가혹한 표현을 쓰지 않았다. …… 그녀의 태도는 매우 쾌활했다. 그녀와 함께 어울려본 사람치고 그녀의 우정을 얻어 그 희망을 간직하고 싶어하지 않는 사람은 없었다. 그녀는 조용했으나, 그렇다고 새치름하거나 뻣뻣하지 않았다. 서로 얘기할 때에도 끼어들거나 자만하지 않았다. 그녀가 여성 작가가 된 것은 전적으로 취향과 성향에 따른 것이었다.

위에 언급되는 내용은 매우 흥미롭다. 그 모든 것이 대단히 구체적이기도 하거니와, 여기에서 거론된 대상의 행동은 좋은 것이 아니라 좋지 않은 것들이다. '장점'이나 '현명함' 혹은 '선행'이나 '사랑'을 말하는 것이 아니라, '약점'이나 '결함', '어리석음'과 '악', 혹은 '가장'이나 '새치름함'이나 '뻣뻣함'이 얘기된다. 불미스러운 행동들에 대해 우리는 어떻게 해야 하는가?

오스틴은 첫째, 사람들의 약점이나 어리석음에 대해 "즉각 간파할 수 있"지만, "결코 매몰차게 말하지 않"는다. 둘째, 그녀는 무슨 체하는 일이 없다. 셋째, 아무리 상대가 결함 있어도 "그녀는 언제나, 다른 사람의 결함에서, 용서하거나 잊어버릴 수 있는 무엇을 찾아"낸다. 그리고 "도무지 정상참작이 어려울 경우에 그녀는 확고하게 침묵을 견지"한다. 놀라운 너그러움이 아닐 수 없다. 넷째, "그녀는 결코 성급하거나 어리석거나 가혹한 표현을 하지 않았다." 엄청난 절제고 신중함이다. 다섯째, "그녀는 조용했으나, 그렇다고 새치름하거나 뻣뻣하지 않았다. 서로 얘기할 때에도 끼어들거나 자만하지 않았다." 이것은 균형 감각—활기 있는 평정심이다. 여동생의 이런 성격은, 오빠에 따르면, "전적으로 취향(taste)과 성향(inclination)으로부터" 온 것이다. 또 동생의 이런 복잡다단한 성향을 헨리가 이렇게 세세하게 포착할 수 있다는 것은, 앞서 언급한 영혼적 친화력의 관점에서 보면, 헨리 자신에게도 이런 섬세한 덕성이 있음을 뜻하기도 한다.

한 사람의 좋은 취향이나 성향은, 오스틴에 기대어 살펴보면, 매몰차지 않음, 가식 없음, 침묵, 가혹하지 않음, 조용하고 차분함, 자만하지 않음 등으로 이뤄진다. 이 좋은 덕성들은 얼마나 오래 수련하고 연마해야 육화되는 것인가? 이 원칙들은 오스틴이 글을 쓸 때에도 견지되었던 것 같고, 심지어 죽기 전까지 이어진 것으로 전해진다.

> (마지막) 2개월 동안 부패해가는 몸에 잇따르는 갖가지 고통과 지루함 그리고 갑갑함을 체념 이상의 태도로, 진실로 유연한 쾌활함으로 그녀는 견뎌냈다. 그녀는 마지막까지 그녀의 능력과 기억, 상상력과 기질 그리고 사랑을 결코 손상시키지 않은 채, 따스하고 명료하게 유지했다. 신에 대한 사랑이나 사람들에 대한 사랑이 한 순간도 줄어들지 않았다. …… 펜을 쥘 수 있을 때는 글을 썼고, 펜을 쥐는 것이 너무 힘들 때는 연필로 썼다. 죽기 전날 그녀는 상상과 활력이 가득 찬 몇 개의 시를 썼다. ……

아마도 제인 오스틴을 지탱하는 삶의 근본 성격은, 그 성격을 지칭하는 3개의 형용사를 꼽는다면, "따뜻한(warm)"과 "명료한(clear)" 그리고 "손상되지 않은(unimpaired)" 이 될 것 같다. 따뜻한 마음과 명료한 생각으로 타고난 영혼을 손상시키지 않은 채 사는 것, 그것이야말로 그녀 삶의 목표였는지도 모른다. 이것은 마치 그녀가 최대한 명료하게 쓰고, 그 표현은 언제나 취사선택하여 쓴 일과 연관될 것이다. 그러니까 오스틴에게 삶의 원칙은 글쓰기의 원칙과 분리된 것이 아니었다. 그리하여 이 모든 것은 합쳐져서 그녀 "기질의 완벽한 평온함(perfect placidity of temper)"을 이루고, 이 평온한 태도로 그녀는 삶의 "마지막까지" 조용하고도 행복하게 살았던 것 같다. 우리는 이런 태도를, 이런 덕성의 얼마간을 견지할 수 있는가?

5. "우리는 살면서 배워야 한다"

날이 갈수록 세상은 어지럽고, 현실은 버겁게 느껴진다. 오늘날처럼 초超 개명된 사회에서, 그렇게 '개명되었다고 여기지는' 사회에서 그런 전시대적 계몽 이전적 행태가 한 국가 시스템의 심장부로부터 자행되었다니 믿기 어려울 정도다. 우리 공동체의 도덕적 토대는 왜 이렇게 부실하고, 그 합리성의 수준은 왜 이토록 저열한가? 정치 제도적 투명성의 유지는 한 사회에서 가장 우선시되어야 할 사안이지만, 이 제도를 채우고 사회를 구성하는 것은 각 개인이고, 이 개인들의 생활방식이다. 스스로 생각하고 돌아보는 능력이 없으면, 앨런 부인처럼, 자기 하는 일이 무엇을 초래하는지 알지 못한다.

제인 오스틴의 소설은 사람과 사람이 만나면서 어떻게 서로 말하고 생각하고 행동하면서 제 생활을 꾸려갈 것인가를 보여줌으로써 삶의 어떤 바람직한 방향을 암시해주는 듯하다. 소설 『노팅거 수도원』에서 암시되는 생활태도의 두 줄기는, 결국 줄이면, '허영과 자존감 사이에서' 움직이지 않나 싶다.

우리는 흔히 '자존감을 갖고 살아라'고 말하곤 한다. 그러나 그렇게 하기란 사실 어렵다. 좋은 것은, 자존감이든 쾌락이든, 대가를 지불해야 한다. 자존심을 갖고 산다는 것은 재산이나 신분 혹은 위신에 기대지 않고 사는 것이기 때문이다. 또 어렵게 견지한 자존감이 그 자체로 언제나 바람직한 것은 아니다. 때로는 허황될 수도 있기 때문이다. 스스로 정직하고 성실하지 않은 채 자존심만 센 경우도 있지 않는가? 그럴 때 자존감은 허영심과 다르지 않다. 사람은 쉽게 자기의 능력을 과신하거나 분수에 어울리지 않는 것을 요구하기도 한다. 자존감은, 그것이 기율紀律(discipline)에 의해 동반될 때, 비로소 올바르게 된다. 이 기율은 외적으로 부과되는 명령으로서가 아니라 스스로 내세운 내적 원칙이어야 한다. 그때에야 그것은 오래가기 때문이다. 자기 절제나 훈련 혹은 인내는 이런 내적 기율에 속한다.

『노생거 수도원』의 결말에서는 어머니인 몰런드 부인은 집으로 돌아온 딸에게 누군가를 책망하기보다는 이렇게 말한다. "하여간 우리는 살면서 배워야 하지(Well, we must live and learn)." 그렇다. 우리는 끝없이 배워야 한다. 우리는 살면서 배워야 한다. 철없던 캐서린 역시 크고 작은 기쁨과 수치의 경험을 반추해 가면서 조금씩 성장해 간다. 단련되지 않은 자존감은 허영과 같다. 제인 오스틴의 소설은 품위 있게 살아가기 위해 우리가 어떻게 행동해야 하고, 이런 행동에는 자존심뿐만 아니라 어떤 기율—책임과 의무가 더해지는지를 보여 주는 듯하다. 평온한 마음은 기율 없이 불가능하다. 그리고 이 기율로부터 자존감도 품위도 자라 나온다.

성스러움에 대하여

프란치스코 교황을 생각하며

오늘의 한국 사회에 누락되어 있는 것은 무엇일까를 나는 가끔 생각한다. 긴급하고도 중대한 가치로는 '정의'나 '평등', '복지'나 '안정'이 있겠지만, 더 근본적인 것은 없는 것일까? 이렇게 물을 때면 떠오르는 단어 중에는 '신성神性' 또는 '성스러움'이 있다.

우리는 흔히 성스러움을 종교적 사건으로 간주하는 데 익숙하다. 그래서 신심이 없으면 성스러움을 체험하기 어렵거나 평범한 사람들의 일상과는 무관한 것으로 생각하기 쉽다. 그러나 정말 그런가? 신성함은 물론 종교의 틀 안에서, 이를테면 예배나 기도 같은 경건하고 엄숙한 의식儀式에서 가장 잘 체험할 수 있지만, 그렇다고 일상에서 경험할 수 없는 것이 아니다. 얼마 전(2014년)에 다녀가신 프란치스코 교황은 '실천적 신앙인'의 모습으로 많은 사

예루살렘 '통곡의 벽'에서 기도하는
Pope Francis(2014)
ⓒלארשי תרטשמ תורבוד

Giotto di Bondone가 그린
예수의 세족(1305)

"욕심을 줄이는 것은 어려운 일이다.
하지만 여기 이곳이 '약속의 땅'이 아니라고
지구 밖으로 뛰쳐나갈 수는 없다.
선은 내가 먼저 말없이 시작하는 수밖에 없다.
다른 사람이 첫걸음을 내딛어 주길 기다리는 자는
영원히 기다려야 하기 때문이다."

람들에게 깊은 감동과 위안을 주었지만, 또 어떤 점에서는 지나친 듯한 열광은 결국 이 땅의 정치력이 무능하고 사회·경제적 제도가 미숙하기 때문에 나온 것이 아닌가 여겨져 씁쓸했지만, 어쨌든 그분은 나에게 신앙의 숭고함과 나날의 생계 현실을 이어 준 분으로, 그래서 성스러움이 과연 무엇인가를 생각하게 한 분이었다.

가장 작은 차 — '영혼'을 타고 다니다

프란치스코 교황의 놀라운 행보는 2013년 3월 즉위 이후 이미 여러 차례 확인되던 것이었다. 그가 취임한 지 보름 후 소년원을 방문해 수감자들의 발을 씻겨 준 것이나 — 여기에는 두 명의 무슬림도 있었다 — 생일에는 성 베드로 성당 인근의 노숙자를 초대한 것은 그 자체로 놀라운 일이지 않을 수 없었다. 하지만 내게 더 감동적이었던 것은 그보다 소소한 일, 이를테면 아르헨티나 주교로서 교황에 선출된 직후, 그때까지 신문을 배달해 온 사람에게 직접 전화를 걸어 "이제 그만 보내도 되겠다, 로마로 가봐야 하기 때문"이라고, '늘 하던 대로 행하던' 일이었다.

이런 일상적인 경이로움은 멀리 갈 것도 없이 2014년 8월 14일 교황이 서울공항에 도착했을 때도 다시 한 번 확인되었다. 그는, 잘 알려져 있듯이, 공항에서 숙소로 이동할 때도 '소울Soul'을 타고 갔다. 그 스스로 선택한 이 가장 작은 차의 앞뒤로 거대한 리무진 혹은 벤츠가 경호하며 지나가는 행렬은 이 시대에 고귀함이란 무엇이고, 숭고함과 성스러움은 어떻게 드러나는지를 돌아보게 했다. 나는 신으로서의 예수가 아니라 비범한 인간으로서의 예수를, 아니 더 정확히 말해 신성을 구현한 인간적 현현으로서의 예수를 잠시 떠올렸다.

약자의 편에 서는 교황의 삶은 잘 알려져 있지만, 그는 불평등과 빈곤을 야기하는 정치·경제적 제도의 불의를 과감하게 지적하기도 했다. "이 체제가 존속하기 위해서는, 거대한 제국들이 늘 해왔듯이, 전쟁이 수행되어야 한다. 그러나 제3차 세계대전을 일으킬 순 없기 때문에, 사람들은 국지전을 하게 된다. …… (하지만) 경제체제는 인간에게 봉사해야 한다. 그런데 우리는 돈을 중심으로 삼고 있고, 돈을 신으로 모신다"고 그는 스페인 신문과의 인터뷰에서 최근에 말했다고 한다(『Die Zeit』, 2014. 6. 13). 이런 큰 테두리의 이야기 속에서도 그는 작은 이야기—사람과의 만남에서 일어나는 나날의 기쁨을 도외시하지 않았다. "기쁨은 받아들여지고 이해되고 사랑받는다고 느끼는 데서, 그리고 받아들이고 이해하고 사랑하는 데서 생깁니다." 그는 가족과 함께 일요일을 보내라고 촉구했다.

'누멘적 감각'

진실함은 어떤 가르침이나 훈계 속에 있는 것이 아니라 행동 속에서, 사람과 만나고 인사하며 듣고 얘기하는 태도 속에서 이미 드러난다. 그것은 권위나 계율을 통해 '전해지는' 것이 아니라, 태도와 몸짓 속에 깊게 '배어 있다'. 진실이 태도와 몸짓에 배어 있을 때, 우리는 어떤 고귀함과 성스러움—신성성을 느낀다.

신성함은, 엄격한 의미에서 보면, 반드시 선험적·초월적 차원에 있는 것이 아니라, 지금 여기의 현존 방식 속에 벌써 비춰지는 것이다. 그러니까 놀라움의 흔적은 저기 저 멀리 우리와 무관하게 놓인 것이 아니라, 바로 여기에, 우리가 숨 쉬며 있는 지금 이 자리에서 일어나는 사건인 것이다. 이것을, 기독교인이라면, '역사의 하느님'이라고 부를 것이다. 그것이 시간의 피안이 아니라 시간의 이편에서, 그리하여 역사적 사건과 경험을 통해 만나는 하느님이라고 강조할 것이다.

잘 알려져 있듯이, 우주의 물질 가운데 96퍼센트는 암흑 물질로 되어 있고, 인간이 아는 것은 고작 4퍼센트

일 뿐이라지만, 사실 이 세상을 채우는 것은 어두운 것들—알 수 없는 것들이다. 이 알 수 없는 것들의 스펙트럼은 매우 넓다. 인간의 현실도 그렇고 인간 자체도 그렇다. 아니면 자연의 여러 지형지물들—사막이나 초원 지대, 산의 정상이나 절벽 혹은 바닷가에서 그것을 느낄 수도 있다. 좀 더 일상적으로는 산길을 홀로 걷거나 밤늦게 앉아 있거나 조용히 음악을 들을 때 경험하기도 한다. 아니면 더 작은 형태로, 어떤 노래나 문장, 몸짓이나 소리에 그것이 담겨 있을 수도 있다. 예술 작품은 그 좋은 예일 것이다. 요한 크리스티안 바흐의 「마태수난곡」이나 「B단조 미사」 혹은 「모테트」를 들을 때, 우리는 굳이 신앙심을 갖지 않아도 뭔가 숙연해지면서 옷깃을 여미기도 한다.

삶의 알 수 없는 것들은, 저 거대한 바다 밑처럼 심원한 움직임에도 불구하고 깊은 적막 속에서 둘러싸여 있다. 감히 부를 수도 없고 지칭할 수도 없는 것들의 맥박은 도처에 숨어 있는 것이다. 이 미지의 것들 앞에서 우리는 우리 자신이 얼마나 하찮고 얼마나 가련한지 느끼게 된다. 그러면서 동시에 나를 둘러싼 이 세계는 얼마나 크고, 이 광막한 영역은 얼마나 위대한지 절감하게 되는 것이다. 바로 이런 요소들—논의할 수는 있으나 엄밀하게 정의할 수 없는 비합리적이고 근원적인 요소를 루돌프

오토R. Otto는 '누멘적인 것(numen/das Numinöse)'이라고 부르면서, 그 앞에서 느끼는 감정을 '누멘적 감각(sensus numinis)'—"두렵고 위대한 것 자체 앞에서 느끼는 자신의 함몰감" 또는 "피조물적 감정"이라고 적었다.

언젠가 나는 쾰른 성당의 벽에 몸을 붙인 채 그 첨탑을 바라보며 허공 속으로 빨려 들어가는 듯한 두려움을 느낀 적이 있지만, 이 압도적인 것에는 두려움과 전율이 담겨 있다. 그것은 드러난 듯 감춰진 채 펴져 나가는 신비한 것들의 끝없는 행렬이다. 자연이라 불리든 운명이라 불리든, 아니면 우연이나 절대라고 불리든, 그것은 여하한의 논리와 정의定義와 분류를 불허한다. 미학에서 말하는 '숭고'라는 개념도 이와 관련될 것이다. 이 기이하고 거룩하며 원초적인 것은 무엇보다 종교적 감정의 근본을 이룬다고 오토는 말했다.

누멘적인 것은 인간에게 두려움을 일으키지만, 그 자체로는 아무런 감정이나 도덕이 없다. 그것은 일체의 선악 구분도 넘어서기 때문이다. 알 수 없는 것들의 존재는 생멸의 무의미한 순환을 거듭할 뿐이다. 의미란 '인간에게만' 의미 있는 것이다. 인간 이외의 존재에게 인간의 모든 의미론적 활동이란 거론할 가치조차 없는 것들일 것이다. 그런 점에서 누멘적인 감정은 자연사의 이 무심한

섭리에 가장 다가선 인간의 감정 형식인지도 모른다.

이 알 수 없는 삶의 신비 앞에서 우리는 두려움과 더불어 성스러움을 느낀다. 그래서 할 말을 잊고 더듬거리며 고개를 숙인다. 성스러움 앞에서 인간이 할 수 있는 것은 어쩌면 무릎 꿇고 기도하는 일—스스로를 돌아보며 뉘우치는 일뿐인지도 모른다. 그래서 욥은 이렇게 말했던 것일까? "먼지와 재 가운데서 나는 뉘우치나이다." 겸손은 이 무화無化의 감정으로부터 생겨난다. 우리는 종교를 굳이 내세우지 않아도 삶의 알 수 없는 신비가 지닌 정당성을 인정하면서 평안을 얻게 되는 것이다.

겸허로부터 고양으로

이 누멘적인 것을 물론 낭만적 감상이나 신비주의로 폄하할 수도 있다. 현대의 과학적 사고로 보면, 특히 그렇다. 하지만 이론이나 개념적·논증적 방법으로도 포획되지 않는 것, 아니 포획될 수 없는 것들이 세상에 널려 있다는 것도 분명하다. 예술이 지향하는 것은 바로 이 어둠이고 침묵이다. 왜냐하면 어둠과 침묵이야말로 '전체'의 가장 큰 부분이기 때문이다. 어둠이 빛의 침묵이라면, 침묵은 소리에서의 어둠일 것이다. 그러니 어둠과 침묵과 신성은 서로 통한다. 문학과 회화는 삶의 어둠을 즐겨 표현하고, 시와 음악은 침묵을 기꺼이 담으려 한다. 이렇게 어둠과 침묵으로 나아가면서 예술은 더 깊고 넓은 지평—기존과는 다른 가능성을 탐색하고자 한다(며칠 전 한 음악회에서 나는 전상직 교수의 「관현악을 위한 크레도」를 들은 적이 있지만, 그의 작품 가운데는 「묘사를 넘어서(Beyond Description)」라는 제목을 가진 것도 있었다. 그것은 소리를 통해 묘사 이전의 세계를 탐색한다고 볼 수 있다. 예술의 목적은 표현을 통해 표현의 이전과 그 이후—침묵의 무한한 신비를 드러내는 데 있다. 그러나 예술에서 신적인 것을 느낀다면, 그것은, 오토가 지적했듯이, '개념적 유추'일 뿐 신적인 것 자체는 아닐 것이다).

압도적인 것 앞에서 느끼는 이 누멘적 감정은 여러 가지 모순적인 요소로 얽혀 있다. 그것은 무엇보다 자기의 왜소함을 느끼는 데 있다. 그러나 자기의 한계를 느낀다는 것은 동시에 자기 아닌 타자의 절대성을 느끼는 것이기도 하다. 그것은 절대성의 자각 속에서 절대적 타자의 전체로 나아가는 일이고, 바로 그 때문에 우리 스스로 고양되면서 자신을 초월하게 되는 계기가 되기도 한다. 그러므로 성스러움은 인간의 자기 제약과 자기 초월을 동시에 경험케 한다. 스스로 겸허해지는 가운데 고양高揚되는 놀라운 경험은 초월적·신적 계기 없이는 불가능한 것이다. 이 대목에서 나는, 프란치스코 교황이 보여 주었듯이, 스스로 머리를 숙이는 일이 어떻게 타인으로 하여금 머리를 숙이게 하는지를 깨닫는다. 스스로 섬기지 않고는 섬겨질 수가 없다.

한없이 스스로 작아지는 가운데 한없이 커지는 것은 오직 신적인 것과의 만남에서 실현될 것이라고 나는 생각한다. 그래서 그 경험은 부활에 버금가는 전율을 동반한다. 신성한 것과 만난다는 것은 세계의 전체를 느끼는 일이기 때문이다. 신성한 전체와 만날 때, 우리는 비로소 '치유'될 수 있다('치유(heal)'의 어원은 '할(hal)'이고, '할'은 '전체적인(whole)'이나 '신성한(holy)'이라는 말과 이어져 있다). 신성하고도 성스러운 감각 속에서 인간은, 한계투성이로서의 인간은 한계 너머의 무한한 가능성을 예감할 수 있는 것이다.

양과 사자가 어울리듯이

하지만 이것은 너무도 머나먼 이야기일 것이다. 정직하게 말하는 것, 양심을 잃지 않고 살아가는 일은 어렵다. 하물며 스스로 섬김으로써 섬김을 받기 위해서는 얼마나 연마해야 하는가? 프란치스코 교황은 열세 살 무렵 양말

공장에서 일을 했고, 아르헨티나의 독재 시절에는 정권에 협조했다는 의혹을 받고 한미한 지방 교구로 좌천되기도 했다. 하지만 그 시절 100여 명의 목숨을 구해 냈다는 보도도 있다(이것은 '베르고글리오 리스트Bergoglio list'로 불린다). 일반 사제 앞에서 먼저 무릎 꿇고 고해성사를 한 분이 바로 그였다. '진정한 권력은 봉사에 있다'는 그의 원칙은 아마도 이런 수십 년간에 걸친 말 못할 인내와 숱한 묵상의 희귀한 결과일 것이다. 그리하여 그의 숙고된 행동은 단순히 분노하거나 주장하는 데서가 아니라, 자기를 내려놓는 데서, 가장 낮은 데로 나아가는 데서 시작하는 것처럼 보인다. 그는 자기를 버리는 가운데 오직 넓고 깊은 신적 진실에 헌신하면서 보다 높은 선—평화에 도달하고자 한다.

온갖 갈등과 문제가 끊이지 않는 이 땅에서 우리가 할 수 있는 작은 출발점은 무엇일까? 프란치스코 교황으로부터 배울 수 있는 것은 많지만, 그것은 결국 '평화에의 의지'라고 말할 수 있을지도 모른다. 평화롭게 살기 위해서는 "권력에의 탐욕과 소유에의 갈망"을 줄여야 한다고 그는 강조했다(『Die Zeit』, 2014. 7. 20). 욕심을 줄이는 것은 어려운 일이다. 하지만 여기 이곳이 '약속의 땅'이 아니라고 지구 밖으로 뛰쳐나갈 수는 없다. 선은 내가 먼저 말없이 시작하는 수밖에 없다. 다른 사람이 첫걸음을 내딛어 주길 기다리는 자는 영원히 기다려야 하기 때문이다. 교황이 가장 즐겨한 말도 "자기로부터 벗어나라", "출발하라", 그리고 "찾아라"였다.

양과 사자가 어울리듯이 인간은 살아갈 수 있는가? 소유와 권력으로부터 한 걸음 물러나는 일—가능한 한 적게 소유하고, 가능한 한 군림하지 않으려고 노력하는 데서 생활의 기쁨은 조금씩 늘어날 것이다. 거룩하고 신성한 것은 개념적 비유 속에서 암시될 뿐이다. 신성 자체가 아니라, 그 그림자만 어렴풋이 감지할 뿐이지만, 그럼에도 우리는 스스로 작아지면서 동시에 한없이 커지는 놀라운 일을 지금 당장 체험할 수도 있다. 그것은, 지금껏 보았듯이, 일상적 성스러움의 길이기도 하다.

문화

마음의 밭갈이

2013년 11월 독일 뮌헨의 한 아파트에서 나치 시대의 약탈 그림이 무더기로 발견되어 큰 화제가 되었다. 이 그림들은 원래 나치 정권이 '퇴폐미술품'으로 낙인찍은 후 수많은 미술관과 유대인 화랑, 그리고 수집가로부터 빼앗은 것이다. 나치 정권은 자금을 마련하기 위해 그 그림들의 매각을 한 미술품 거래상에게 위임했는데, 이 거래상은 이를 빼돌려 그의 아들에게 전해 주었고, 아들인 코르넬리우스 구를리트Gurlitt는 지난 60여 년간 이 사실을 숨긴 채, 아무런 직업도 없이, 또 결혼도 하지 않은 채, 하나씩 되팔며 살아온 것이다. 무려 1,406점이나 되는 이 작품들 중에는 파블로 피카소나 앙리 마티스, 마르크 샤갈과 오토 딕스, 그리고 에밀 놀데 등 유명 화가의 그림도 다수 들어 있다.

문화의 유산이란, 발터 벤야민이 말하듯이, 승자가 패자의 등에 쓰는 '야만의 기록물'일 가능성이 높다. 이런 불순함은 문화의 내용에 그치지 않고, 그 전승 과정도 불공정하다는 데로 이어진다. 문화재의 보존도 돈과 힘 그리고 정신의 여력이 있을 때 유리한 까닭이다. 피카소와 샤갈의 어떤 작품이 살아남은 것은 나치 정권이 퇴폐예술로 '낙인찍어서'이고, 이렇게 낙인찍힌 작품을 구를리트라는 한 화상이 '빼돌렸기' 때문이며, 이렇게 빼돌린 작품을 수십 년간 '은닉했기' 때문이다. 문화를 둘러싼 이런저런 사건에는 착잡하고 기이한 데가 많다. 문화사가, 마치 예술사처럼, 언제나 다시 쓰여야 하는 것은 그 때문인지도 모른다.

요즘은 어딜 가나 '문화'가 언급되고, 문화 강좌가 있으며, 문화론 공부에 대한 물음이 있다. 문화에 대한 개인적·사회적 관심이 높아진 것이다. 하지만 문화의 문제는 간단한 것이 아니다. 문화에는, 위의 구를리트 사건에서 보듯이, 여러 가지 문제가 복잡하게 얽혀 있고, 그 때문에 모순에 찬 경우일 때가 많다.

우리 사회에서 '문화'라는 말이 사회적 이슈로 오르내리기 시작한 것은 길게 잡아 20년이고, 짧게 잡으면 10년쯤 된다. 그것은 대체로 2000년대 들어서면서부터 사람들 사이에서, 또 공적 마당에서 하나의 주요 영역으로 자주 언급되었다. 문학에서 '문화학(Kulturwissenschaft)'이라는 개념도 그 무렵에 생겨났다. 이것은 물론 1960년대부터 영국에서 시작된 문화 연구(Cultural Studies)에 크게 영향받은 것이었다. 하지만 그 뿌리는 좀 더 오래된 연원, 말하자면 프랑크푸르트학파의 대중문화 비판(문화산업론)이나 19세기 말의 문화과학론 논쟁에까지 거슬러 올라간다.

2013년 가을 국립극단에서 강연할 때도 여러 번 그랬지만, 얼마 전 학교에서도 한 학생이 찾아와 그런 질문을 했다. 문화에 대해 공부하고 싶은데, 어떻게 해야 하나요? 그렇게 묻는 학생의 진지한 눈빛 때문에 나는 '하지 말라'고 선뜻 말하지 못했다. 대신 좀 더 시간적 여유를 갖고 몇 번 더 질문한 후에 결정하면 어떻겠는가 하고 말해 주었다.

하지만 그 학생은 얼마 지나지 않아 또 찾아왔다. 나는, 문화가 예술이나 철학뿐만 아니라 정치와 경제, 과학과 기술과 종교와 신화 등 한 사회에서 이뤄지는 의미 있는 활동의 총체라고 한다면 이 모든 업적을 공부한다는 것은 쉽지 않다는 것, 따라서 공부를 하게 된다면 문화의 여러 영역 가운데서도 한두 하부 영역, 예를 들어 음악이나 철학을 정한 후 이를 문화적 맥락에서 논의하는 것이 문화론 공부의 추상성과 공허함을 피할 수 있을 것이라고 말했다. 한국에서의 문화론 논의가 집단적 방향상실증에 걸려 있지 않는가 생각될 때가 더러 있기 때문이다. 그러면서 문화론 공부는 어려우니, 다시 한 번 더 생각해 보라고 나는 말해 주었다. 다행히 그 학생은 악기를 연주했고 문학 분야를 생각하고 있었으므로, 음악을 취미로 하되 문학에서 문화론을 일단 살펴보기로 했다. 그러면서 왜 문화를 공부해야 하는지, 문화 공부가 어떤 의미를 지니는지 좀 더 근본적인 질문을 계속 던져 보자고 했다.

문화론 논의가 쉽게 공허해지는 첫 번째 이유는, 문화에 대한 대부분의 논의가 생활의 하부구조와 이어지지 않기 때문이다. 그렇다는 것은 문화의 가치란 일상 속에서 '그들'의 행동이 되기 이전에 '우리'의 행동이 되어야 하고, '우리'의 행동이기 이전에 무엇보다 '나'의 행동 속에서 확인되어야 한다는 뜻이다. 그리고 그 행동의 결과에서 문화의 가치를 자기 몸으로 직접 체험해야 한다. 문화의 소중한 유산들이 낙인과 은닉의 불순한 과정을 통해 아무리 많이 계승된다고 해도, 그것이 곧바로 우리의 살과 피가 되는 것은 아니다.

나는 문화의 단계를 떠올리고, 이 단계 속의 체질화를 생각한다. 문화의 '단계'를 떠올리는 것은 문화의 문제가 한꺼번에 이뤄질 수 없다는 것, 그것에는 일정한 절차가 있고, 그래서 면밀한 준비와 연습이 필요한 까닭이다. 여기에는 모든 문화가 그 자체로 좋은 것은 아니라는 것, '좋은 문화' 이상으로 '나쁜 문화'도 있을 수 있다는 좀 더 심각한 문제의식이 들어 있다. 그것은, 문화라면 모든 것을 다 해결해 줄 수 있는 것처럼 여기는 문화낙관주의적 시각도 경계하지만, 모든 문화는 몰락을 피할 길 없다는 문화염세주의적 시각에도 동의하지 않는다.

문화의 의미는 단순히 문화의 필요를 역설하거나 그렇게 주장된 내용이 옳은 것만으로 완성될 수 없다. 그것은 한 사회의 모든 구성원이(첫째), 지금 여기에서(둘째), 문화의 크고 작은 가치를 실행하는 데(셋째) 있다. 더 이상 거창한 이념이나 집단적 담론으로서가 아니라, 생활상의 크고 작은 원칙으로서 그것은 내가 내 삶을 살아가는 데 깊게 녹아들어 있어야 한다. 또 이렇게 생활 속에 녹아들어 있다면, 우리의 삶은 문화라는 말없이도 충분히 '문화적'일 수도 있다.

그리하여 아무런 문화적 구호 없이 때로는 그림을 살펴보고 음악도 들으며 조용한 가운데 책장을 천천히 넘겨보는 것은 어떨까? 어떤 문화강좌의 회원으로 등록하고 한 음악회에 청중으로 참여하는 것도 좋지만, 자신이 직접 피리나 기타를 연주한다면 그것은 더 좋을 것이다.

지금 한국 사회에서 문화가 필요하다면, 이 문화는 더 이상 설명이나 논증으로 그 소임을 다하는 것이 아니라, 공동체의 각 구성원이 문화적 실천을 그 나름으로 하게 될 때 비로소 의미 있게 될 것이다. 문화란 삶의 진선미眞善美를 배우고 익히고 깨우침으로써 문화의 덕성을 이루는 여러 가치들, 이를테면 정직과 겸손과 신뢰와 유대와 절제를 생활화하는 데서 조금씩 쌓여 가는 까닭이다. 그리하여 아무리 부지런하다고 해도 정신이 없을 정도여선 안 되고, 계획에 따라 산다고 해도 이 계획에 끌려다니거나 짓눌려선 안 된다. 무엇보다 차분해야 하고, 이 차분함 속에서 때로는 자신과 주변을 돌아볼 수 있어야 한다. 그러므로 문화의 과제는 결국 심전경작心田耕作의 문제이고, 우리가 우리 자신의 마음밭(心田)을 얼마나 그리고 어디까지 갈 수 있느냐로 귀착한다.

문화는, 그것이 매일의 생활 원리로 실행되고 확인될 수 있을 때, 비로소 깊은 의미에서 문화다워진다. 이때 문화의 의미는 어떤 목적 아래 행해지기보다는 각자의 행동 속에 이미 배어 있어서 하나의 관습(ethos)이 되어 있을 것이고, 이 관습으로부터 윤리(ethics)도 나올 것이다. 개인의 삶을 돌보고 키우는 것이야말로 '문화적으로 정당한' 실천의 첫걸음이다.

자유와 평등 같은 민주주의의 가치건, 정직이나 양심 같은 시민의 덕성이건, 이 모든 가치는 그들에게 요구할 것으로서가 아니라 우리가 먼저 육화해야 하고, 우리 이전에 내가 우선 체질화해야 한다. 중요한 것은 문화가 무엇인지 아는 것이 아니라 문화적 인간이 되는 것이다. 그것이 문화의 참된 진전이고, 시민사회의 실질적 발전이다. 이제 한국 문화의 문제는 이론적 설명이나 담론적 예증의 시기가 아니라, 물론 이것도 여전히 필요하지만, 무엇보다 내면적 체화의 기나긴 실행단계로, 그래서 마음의 밭갈이를 본격적으로 시작해야 할 단계로 접어든 것처럼 보인다. 개인적이고 사회적인 심성의 바른 경작, 바로 이것이 앞으로 한국 문화의 주된 과제다.

—느끼고 생각하고 행동하는 주체의 부단한 자기 변형을, 그리고 사회의 이성적 구성을 위한 노력을 세계시민적 개방성 속에서 시도하는 것은 오늘날 지속적 존립을 위한 중대한 조건으로 보인다.

세계시민으로 산다는 것

이 지속적 자기박탈의 시대에

느낌이든 생각이든, 외모든 내면이든, 오늘날의 디지털 제국에서는 모든 것이 평준화되는 듯하다. 모든 것이 비슷하게 들리고, 모든 것이 비슷한 맛을 내며, 모든 것이 비슷하게 보인다. 고통과 기쁨도 심지어 어떤 절실한 체험마저 이미 있어 왔던 것의 반복처럼 여겨진다. 그것은 고유한 가치의 증발이고, 진정성의 상실이며, 아우라의 탈아우라다.

많은 것은 자유롭게 선택되는 듯하지만, 사실 그 어느 하나도 주체적 제어 아래 있는 것은 없다. 나는 이것을 '성찰불능의 시대'라고 부른 적이 있지만, 모든 것이 변덕스럽게 교차하는 이 전반적 불투명의 세계에서 우리가 지금 겪고 있고 앞으로 겪게 될 것은 아마도 자기정체성의 지속적 근절이 될지도 모른다. 자아와 주체의 이 철저한 뿌리 뽑힘을 우리는 어쩌면 하나의 '발전'으로, 혹은 세계화의 불가피한 대가로 받아들이게 될지도 모른다. 어디에 우리의 시선을 두어야 하는가?

우리는 20세기를 지나오면서 이른바 '확실성'이나 '실체' 혹은 '본질'에 대한 불신을 자명한 것으로 익혀 왔지만, 오늘날처럼 불안정하고 파편화된 사회에서 절실한 것은 다시 어떤 본질 혹은 고유한 가치라고 말해야 할지도 모른다. 본질에 대한 추구는 '본질주의적'이라고 비판받아 왔지만, 그럼에도 지금 필요한 것은 본질 혹은 이 본질에 다가서는 의미심장한 일일 수도 있다. 그런 의미에서 다시 이념은 필요해 보인다. 혹은 그것은 어떤 사회적 중심 원근법일 수도 있다. 그러나 이 중심 원근법은, 우리가 철학사적 반성 과정을 거쳐 온 것이니만큼, 현실 속에서 재검토되어야 한다. 불안정할수록 지속이 요청되고, 지속 속에의 성찰이 요구되기 때문이다. 우리는 삶 자체를 근본적으로 숙고할 시점에 이른 것이다.

최근에 읽은 독일 신문의 이런저런 기사 가운데 인상적으로 남아 있는 하나는 2014년 1월 17일 자 『프랑크푸르터 알게마이네 차이퉁』에 실렸던 「세계시민주의는 그저 지식인의 생각에 불과한가?」였다. 이 기사는 지그리트 틸킹S. Thielking이라는 독문학자와, '위험사회' 개념으로 잘 알려진 사회학자 울리히 벡U. Beck의 대담이었다.

오늘날 많은 문제는, 그것이 정치적이든 경제적이든 환경적이든, 정도의 차이는 있는 채로 전 세계를 포괄하면서 일어난다. 기후 변화가 그렇고, 세계시장이나 금융위기, 이주와 인권의 문제가 그렇고, 인터넷 통신과 사생활 감시의 문제, 그리고 고전적 의미의 민족국가 개념의 소멸이 그렇다. 이제 모든 나라는, 원하든 원하지 않든, 이 문제에 직면해 있다. '우리'와 '저들', '여기'와 '저곳'의 경계는 사라지고 있고, 그 대립은 거의 해소되어 버렸다. 이것은 이 땅에서도 크게 다르지 않다.

세계시민화 혹은 국제화는, 적어도 서구 유럽의 관점에서 보았을 때, 제2차 세계대전 이후 오랫동안 평화가 지속됨에 따라 사람들의 생각과 느낌 속에서도 상당할 정도로 진행되었다. 울리히 벡이 지적하듯이, 18세기 계몽주의자들에게 세계시민주의가 규범적 의미를 가졌다면, 지금의 그것은 매일매일의 실제 과정으로 나타난다. 개별 국가적 사고 패턴은 더 이상 타당하지 않다. 이제 국가는 하나의 인종적·민족적·언어적·문화적 단위의 국적 개념으로 제한될 수 없다. 우리는 세계를 좀 더 다국적이고 횡단국가적으로 파악해야 한다. 이 일상화된 세계화 앞에서 무엇을 할 수 있는가? 이 대목에서 틸킹은 토마스

만을 거론한다.

제2차 세계대전 후 토마스 만이 세계시민주의자가 된 것은 세계시민주의 외에는 아무것도 남지 않았기 때문이다. 독일과 독일인은 나치즘의 광기 아래 찬란했던 문화적 유산을 철저하게 파괴시켜 버렸다. 토마스 만은 개별 국가적 차원을 넘어서는 해방의 이념을 생각하지 않을 수 없었다. 이 문명의 폐허 앞에서 그는 '세계독일인(Weltdeutschen)'이라는 보다 넓은 사고의 지평 속에서 세계시민성에 참여하기를 염원했다. 강력한 국가란 그에게, 나치시대가 보여 주었듯이, 끔찍한 것이었고, 그래서 독일인은 더 이상 민족국가 속에서가 아니라, '마치 땅에 뿌려진 소금처럼' 뿔뿔이 흩어져 세계시민적 협력 아래 일해야 한다고 믿었던 것이다. '유럽적 독일'의 가능성을 추구한 그의 생각은 실제로 전후 독일 사회의 정치적 자기이해에 큰 영향을 미친 것으로 평가된다.

하지만 한 국가의 자국 이익이 침해될 때 경제적 위기는 금방 나타나고, 그에 덩달아 사회의 분위기는 쉽게 외국인에게 적대적으로 변질된다. 잘 알려져 있듯이, 기후협약은 개별 국가적 이익 앞에서 계속 좌초되어 왔다. 그런 의미에서 세계시민주의는 '원칙적으로는 옳지만 구체적 실천에서는 모호한' 이념이라고 말하지 않을 수 없다.

그러나 정말 그러한가? 세계시민주의는 단순히 지식인들의 허황되고 비현실적인 망상에 불과한 것인가?

2014년에 보도되었듯이, 미국 정보국에 의한 전 세계 정부와 개인의 감시는 오늘의 세계가 단순히 평화롭고 안락한 공간이 아니라 통제와 감시가 일원화된 끔찍한 공간임을 잘 보여 준다. 대부분의 나라에서 헌법은 시민의 자유와 통신상의 비밀을 보장하지만, 전방위적으로 자행되는 정보 통제와 인권 침해 앞에서 개별 국가는 제대로 대응하지 못하고 있다. 울리히 벡이 지적하듯이, "민족국가 단위의 법제도는 유령 같은 제도가 되어 버렸다." 세계화된 것은 정보가 아니라 위험이고, 이 세계화된 정보과잉 속의 주체박탈이다.

우리는 국가 간의 상호 관계를 손상시키지 않을 제도적 장치를 고안해 내야 한다. 위기 관리를 위한 국제 협약이 필요하고, '깨끗한 에너지'를 위한 사고 전환도 필요하다. 이 모든 것을 구속할 수 있는 힘은 무엇보다 법에서 온다. '유럽헌법헌장'은 그 좋은 예다. 하지만 이 모든 것을 절실하게 느끼는 것은 여전히 개방적 문제의식이다. 이 점에서 우리는 다시 세계시민으로서의 삶을 생각할 수 있다.

시민계급의 역사를 오랫동안 연구해 온 한 역사학자는

시민성이란 '개인성과 성숙 그리고 자기 조직'이라는 원칙 위에 자리한다면서, 이 원칙에 기대어 이 불투명한 시대에 자기 길을 스스로 찾는 것이야말로 '시민적으로 사는 것'이라고 말한 바 있다. 시민이 된다는 것은 자유이면서 책임이다. 인간은 자기 책임 속에서만 자신의 기회를 높일 수 있다. 우리는 한편으로 자기가 유래한 가계家系와 연고緣故의 정체성을 확고하게 하면서도, 다른 한편으로 사회적 정체성을 만들어 가야 하고, 나아가 가계적·선천적 정체성과 사회적·후천적 정체성 사이의 미묘한 균형 속에서 보다 넓고 깊은 정체성—세계시민적 정체성을 만들어 갈 수 있어야 한다. 세계시민적 정체성이 지향하는 근본 가치는 생명과 평화 혹은 경애 같은 보편 이념이고, 이를 위한 개인의 행동 원칙은 자율과 책임일 것이다.

세계시민성으로의 길은 물론 좁고 험난하다. 우리는 모두 소시민에 불과하다. 하지만 삶의 모든 것을 물질적 차원에 한정시키는 것이야말로 참으로 소시민적이다. 우리는 물질적 제약 속에서 이 제약을 넘어 그 이상으로 나아갈 수도 있다. 인간은 자신의 인성을 만들어 가면서도 공적 선의에도 열려 있고, 또 마땅히 열려 있어야 한다. 건전한 시민은 이해관계적 이기주의를 넘어서는 존재인 까닭이다.

하나의 지성은 아마도 세계시민적 시각 속에서 마침내 진실된 것으로 드러날 것이고, 하나의 개성은 세계시민적 관점 아래 그 편협성을 넘어설 수 있을 것이다. 문화는 세계시민적 개방성 속에서 스스로 부단히 쇄신하지 못하면, 불모 상태를 벗어나기 어렵다. 세계시민적 삶은 갖가지 재앙이 전 지구적으로 일어나는 지금에 와서, 또 공적 담론마저 사적 이해관계와 이데올로기적 술어에 자주 휘둘리는 이 땅에서 사회의 지속적 존립을 위한 하나의 조건처럼 보인다.

공동체와 절제된 감정

지난 3월 말에 한 계간지로부터 여름호 논문을 써 달라는 연락을 받았다. 그 기획의 주제는 '시민성과 교양'이었다. 그러는 사이에 세월호 침몰 사건이 일어났고, 논문은 두어 주 전에 탈고하여 보냈다. 이 땅의 많은 사람들에게 그러할 것이듯이, 내게도 이번 참사가 남긴 착잡함은 아직도 이어지고 있다.

300여 명의 어린 목숨들이 두 눈 앞에서, 전시戰時도 아니고 평시平時에, 그것도 뭍에서 멀지 않은 연안에서 어처구니없이 뒤집힌 거대한 선박에 갇힌 채 점차 가라앉고 있는 것을 바라보고만 있어야 했던 이 나라는 대체 어떤 나라인가? 참담함과 수치 외에 다른 감정을 갖기가 어려웠다. 우리가 하고 있는 일은, 그리고 내가 하는 공부란 무슨 의미를 갖는지 나는 거듭 묻지 않을 수 없었다. 이번

에세이에서도 그렇다.

공적 토대와 감성

누구는 '제도의 침몰'과 '국가 없는 국민'을 말했고, 누구는 상시적 재난 대비 시스템을 강조했다. 누구는 권력 집단의 초법적·불법적 행위를 규탄했고, 다른 누구는 성장지상주의와 시장만능주의 아래 퍼져 있는 직업윤리의 상실을 지적했다. '미친 폭력의 국가', '패륜의 정부'라고 성토하는 사람도 있었다. 그래도 자괴감은 사그라들지 않는다. 많은 사람들이 우리의 공동체가 가라앉고 국가가 침몰하는 듯한 느낌을 가졌을 것이다. 소리치며 탄식해 보아도 나아지는 것은 별로 없어 보인다. 우리 모두가, 삶의 전체가 연루되어 있기 때문이다. 무엇을 더해야 하는가? 말해져야 할 것은 어쩌면 다 말해졌는지도 모른다.

우리는 모두, 아마도 거의 다 알고 있다. 지금의 한국 사회가 얼마나 엉터리인지, 화려한 외양과 그럴듯한 실적에도 불구하고 그 내부는 얼마나 불합리하고, 사람들의 관계는 얼마나 계산과 전략 아래 움직이는지 우리는 체감할 수 있다. 성형이나 조기 유학 열풍 아니면 부동산 투기가 보여 주듯이, 사람들은 극도로 유행에 민감하고, 외적인 것에는 열병처럼 휘둘린다. 이 외향화된 척도에 우리는 직간접적으로 관계한다. 그것도 아니라면, 외물外物의 횡포를 대략은 알고 있다. 무엇보다 긴급한 것은, 흔히 지적되듯이, 사회 전체의 철저한 합리화—재난 대응 체계를 포함하는 사회안전망의 확보 이외에 구성원 각자의 기본 소득을 보장하고 일자리의 안정을 도모하는 제도적 장치의 마련일 것이다.

그러나 제도의 개선으로 이 모든 구조적 모순이 해결될 것인가? 예를 들어 상호 믿음은 좋은 제도만으로 생겨나는가? 제도가 나아진다고 해서 시민적 상식이 생활 속에 뿌리내릴 것인가? 모든 정치·경제적 진단들이 내게는 왜 필요한 것이면서도 동시에 지나치게 규정적이고 당위적인 것으로 느껴지는가? 이보다 더 근본적인 사안은 없는가?

사회의 구조가 이 구조를 지탱하는 정신에서 오는 것이라면, 이 정신은 행동을 야기한다. 그렇다면 행동은 어디에서 오는가? 행동은 일정한 결정의 결과이고, 이 결정에는 이런저런 느낌이 있다. 개인의 잘못된 사고와 행동 그리고 사회의 불합리는 감성 자체가 투명하지 않는 데서 시작하는 것은 아닐까? 신자유주의의 폐해도 적지 않지만, 더 근본적인 것은 삶의 태도의 문제이고, 이 태도를 지탱하는 감성의 구조라고 나는 생각한다. 앞서 언급한 글에서 내가 고민한 것도 바로 그 점이었다.

플로베르의 『감정 교육』

나는 오래전부터 귀스타브 플로베르의 『감정 교육(*L'Education sentimentale*)』(1869)이 어떻게 하여 이런 제목을 갖게 되었는지, 여기 등장하는 인물들에게 감정은 어떤 의미를 지니는지 궁금했다. 감정이라는 주제는 좁게는 예술 교육에 있어, 넓게는 인문학에서 핵심인 까닭이다. 하지만 작품의 어디에도 그 이유가 직접 설명되는 곳은 없다.

이 소설의 줄거리는 종잡을 수 없을 만큼 복잡하다. 왕당파와 혁명파가 충돌하고, 상류계층과 하류계층이 대립하며, 사랑이라는 사적·개인적 문제와 변혁이라는 공적·사회적 주제가 서로 얽힌 가운데 1850년대의 파리가 어떻게 이뤄져 있는지, 도로와 철도와 유원지와 카페와 살롱과 쇼핑 상가로 구성된 이 거대한 도시 공간에서 이른바 '근대성'이 어떻게 생겨나는지, 여기에서 인물들은 어떤 실패와 환멸을 겪게 되는지를 이 소설은 묘사한다. 소설의 맨 끝에는 주인공 프레데릭과 그의 친구 데로리에가 삶을 돌아보며 나누는 대화가 등장한다.

Gustave Flaubert(1821~1880)

L'ÉDUCATION
SENTIMENTALE

GUSTAVE FLAUBERT

PARIS

『감정 교육』 초판본(1869)

"그녀는 흥겹고 진지하고 우울하고 합리적인 모습을 보였다.
시국에 대해서는 별로 흥미로워하지 않았다.
그런 덧없는 것들과는 전혀 다른 차원의 감정들이 있다는 것이었다.
그녀는 진실을 왜곡하는 시인들에 대해 한탄하더니,
고개를 들고 하늘을 보며 별의 이름을 물었다."

귀스타브 플로베르

두 사람은 자신들이 살아온 삶을 간략하게 돌아보았다. 사랑을 꿈꾸었던 이도, 권력을 꿈꾸었던 이도, 둘 다 실패했다. 그 이유는 무엇일까?

"어쩌면 곧장 직선으로 달리려 한 게 잘못된 것인지도 모르지" 하고 프레데릭이 말했다.

"네 경우는 그럴 수도 있어. 하지만 난 그와 반대로 그 무엇보다 더 강력한 많은 부수적인 일들을 고려하지 않은 채 지나치게 방향 수정을 많이 해서 그르친 거야. 난 너무 논리적이었고, 넌 너무 감정적이었지."

그들은 우연과 환경과 그들이 태어난 시대를 탓했다.

시골 출신 법학도로서 파리에서 출세하고자 애썼던 프레데릭이 자신의 과오를 "곧장 직선으로 달리려 한" 데서 찾는다면, 젊은 시절 방대한 철학 체계를 꿈꾸었으나 서기로 살아가게 되는 데로리에는 "많은 부수적인 일들을 고려하지 않"은 데서 자기의 잘못을 찾는다. 데로리에가 보기에 자기는 "너무 논리적이었고", 프레데릭은 "너무 감정적"이었다.

지나친 감정은 직선만 고집하고, 지나친 논리는 부차적인 그러나 중요할 수도 있는 일을 고려하지 않는다. 그래서 이 두 인물은 "우연과 환경"과 "시대"를 탓하며 실패하고 만다. 플로베르는 이익과 출세를 위해서라면 그 어떤 것도 서슴지 않는 부르주아와 이들의 허황된 감정을 경멸했다. 근거 없는 감정은 그가 보기에 비현실적인 감정이고, 감정 자체의 파산과 다르지 않았다. 그러므로 필요한 것은 감정과의 거리이고, 이 거리에서 가능한 어떤 균형—감정과 이성 사이의 생산적 긴장 관계인지도 모른다.

감정과의 거리

내가 '감정과의 거리'를 강조하는 것은 감정 자체가 나쁘다거나 불필요하기 때문이 아니다. 감정은, 거듭 말하여, 모든 사고와 행동의 발원지다. 그러나 그것은 검토되어야 한다. 이성은 바로 이 같은 일을 한다.

감정은 이성적 검토를 통해 자신의 충동적이고 불투명하며 위험한 요소들—잉여 부분을 덜어 낸다. 그래서 스스로 투명해지면서 좀 더 객관화된다. 감정은 이성에 기대어 거만과 거짓, 냉소나 허영 같은 부정적 요소들을 줄여 가는 것이다. 플로베르가 말한 '감정 교육'의 핵심도 감정의 상투성을 걷어내는 데 있는지도 모른다. 그래서인가, 등장인물들은 온갖 기대와 좌절과 환멸을 겪는 가운데 점차 감정의 거품을 걷어 내면서 좀 더 정확하게 현실을 직시하게 된다.

자기감정에 충실할 때 사람은 좀 더 솔직해지고, 이 감정과 거리를 둘 때 좀 더 공정해진다. 그러므로 감정이란 충실해야 할 대상이면서 동시에 검증해야 할 대상이다. 검토된 감정은 더 맑고 투명해진다. 이 맑은 감성은 이성에 가까이 있고, 이미 이성의 일부이기도 하다. 이성으로서의 감성은 자신을 비움으로써 세계의 전체에 다가선다. 그래서 '넓고 깊은 마음'이 된다. 넓고 깊은 마음은 인간성과 공동 감각 그리고 연대감을 불러일으킨다. 그래서 그것은 보편적 이성이고, 보편으로 나아가는 이성이 된다. 보편적 이성은 스스로 투명해지고자 하기에 그 자체로 윤리적이다(감성이 이성화되어야 하듯이, 이성 역시 이성으로 남아있기보다는 감성화하는 것이 좋을 것이다. 그리하여 감성과 이성은 서로 작용하면서 늘 더 높은 상태에서 만나야 한다).

정치나 역사에 대한 열정도, 이때의 감정이 올바르지 못하면, 현실로 전환되기 어렵다. 맹목적 감정은 비현실적 낭만주의에 불과하기 때문이다. 이러한 사실의 중요성은 조금 더 현실적인 맥락, 이를테면 지난 4월 독일의 한 정치학술회의에서 논의된 이런저런 생각들과 비교하면, 좀 더 분명하게 드러난다. 이 회의의 주제는 '감정이 정치와 어떻게 관계하는가'였다. 여기에서 거론된 하나의 관점은 두 차례의 세계대전을 야기한 것이 바로 '낭만적으로 고취된 정치'였고, 감정의 이 같은 낭만화 때문에 독일은 이 유례없는 전쟁의 광기 속으로 빠져들게 되었다는 점이었다.

우리 사회의 전 국민적 열의가 대단하다는 것은 널리 알려져 있다. 여기에도 물론, '다이내믹 코리아'라는 이름에서 보이듯이, 긍정적 측면이 없지 않다. 하지만 감정이 적절하게 제어되지 못할 때, 그래서 쉽게 흥분하거나 도취될 때, 그것은 현실의 개선에 기여하기보다는 그 표면에 머무르기 쉽다. 분노와 원한의 감정이 의미 있는 에너지로 결집되지 못하는 것은 그 때문일 것이다.

그러므로 감정은 사회 전체 그리고 구성원 모두를 위해서도 좀 더 정제될 필요가 있다. 특히 근대 이후 지적 전통과 문화적 토대가 철저하게 파괴된 우리 사회와 같은 곳에서는, 그 때문에 예측 불가능한 사건·사고가 주기적으로 등장하는 이 땅에서는 더더욱 그렇다. 맑고 투명한 감성이라면 돈벌이에만 혈안이 되지도 않을 것이고, 살아 있는 뭇 생명을 천시하지도 않을 것이다.

절제된 감정·감성의 정련화는 합리적 사회와 공적 가치의 실현을 위해 우리 각자가 연마해야 할 하나의 근본적인 과제이지 않나 싶다. 사실 모든 교양 교육, 그리고 크게 보아 인문학의 문제도 이 '감정의 객관화' 훈련에 있다고 할 수 있다. 정직이나 양심, 선의와 책임 같은 시민적 덕목도 이 같은 훈련에서 비로소 얻어지기 때문이다. 하지만 '교양'이나 '시민' 같은 말은 곳곳의 탄식 앞에서 여전히 아득한 것처럼 보인다.

음악의 깊은 위로

가을이라 그런지 이런저런 행사가 많다. 10월 들어 나는 두 번의 연주회에 가게 되었다. 하나는 유리 테미르카노프가 지휘하는 상트페테르부르크 필하모닉 오케스트라의 연주였고, 다른 하나는 구리 아트홀에서 열린 어느 고등학교의 동문 음악회였다.

상트페테르부르크 필하모닉과 고교 음악회

상트페테르부르크 필하모닉이 2014년 10월 10일 예술의 전당에서 연주한 목록은 차이콥스키의 「프란체스카 다 리미니」(op. 32)와 「피아노 협주곡 1번」(op. 23) 그리고 림스키-코르사코프의 「세헤라자데」(op. 35)였다. 차이콥스키의 「피아노 협주곡 1번」은, 다른 피아노 협주곡이 그

Ilya Yefimovich Repin이 그린 Rimsky-Korsakov의 초상화(1893)

1905년 '피의 일요일' 이후 러시아 정부는 학생들을 잡아들이기 위해 음악원에 군대를 보냈다. 림스키-코르사코프는 학교는 공부를 하는 곳이니 군대가 들어와서는 안 된다고 주장하였다. 림스키-코르사코프를 못마땅하게 여긴 황제는 그를 음악원의 교수직에서 쫓아내었다. 그뿐만 아니라 그의 작품을 연주하지 못하도록 금지령을 내렸다.

감동 앞에서 입은 침묵하고 만다.
음악의 위로는,
그것이 말을 쓰지 않는다는 점에서,
아니 말을 넘어선다는 점에서, 참으로 '깊다'.

러하듯이, 내가 워낙 좋아하는 곡이고, 또 그것이 스비아토슬라프 리히트든 길렐스든, 아니면 아르헤리치나 루빈스타인 혹은 하스킬이든, 여러 연주자의 것으로 다양하게 듣는 터라 친숙한 곡이었다. 아직 앳된 티를 벗어나지 않은 듯한 조성진 군의 협연이었다. 전체적으로 템포가 좀 빠르지 않는가, 그래서 좀 서두르지 않는가 싶었지만, 그러나 그것은 대단한 기량과 표현력이었다. 어떻게 스무 살밖에 되지 않은 청년이 80명이 넘는 거대한 오케스트라의 단원들과 필마단기匹馬單騎로 당당하게 맞서 서로 어울리는 가운데 자기 세계를 펼쳐 나가는지 놀라웠다.

그날 연주에서 내게 가장 인상적인 것은 림스키-코르사코프의 「세헤라자데」였다. 「아라비안나이트」에 대한 '교향악적 문학'이라고 불리는 이 곡의 경우, 림스키-코르사코프가 러시아인임에도 이런 이국적인 선율로 신밧드의 모험에 찬 항해를 묘사해 나가는 것이 신기로웠다. 특히 주인공 세헤라자데가 왕에게 이야기를 들려주는—그녀는 이렇게 이야기를 함으로써 자신을 처형하려는 왕의 결정을 하루씩 뒤로 미루고, 그래서 결국 살아남게 되는데—장면을 묘사한 바이올린 독주는 한편으로 신비롭고 독특하면서도 다른 한편으로는 지극히 서정적이고 아름다웠다. 이 독주가 오케스트라 연주와 서로 음을 주고받으며 교류하거나 그에 동반될 때면, 그 협주는 너무도 풍성하고 역동적인 분위기를 만들어내었다. 3~4분 혹은 10~15분이 아니라, 거의 50분 가까이 전혀 다른 어떤 동화적 세계를 관현악적 선율로 펼쳐 보일 수 있다는 사실은 경이로운 일이지 않을 수 없었다. 이 이국적인 바이올린 선율을 나는 그 후로도 자주 웅얼거렸다.

차이콥스키의 「프란체스카 다 리미니」는 처음 들어보는 작품이었는데, 바로 이 때문에 작품의 배경이 되는, 단테의 『신곡』에 나오는 프란체스카와 파올로의 비극적인 사랑을 다시 찾아보고 싶은 마음이 일었다. 「프란체스카 다 리미니」만큼이나 인상적이었던 것은 앵콜로 연주된 차이콥스키 「호두까기 인형」의 「2인무(pas de deux)」였다. 나는 이 곡을, 이 연주회가 끝난 후, 발레를 곁들인 원래의 곡으로도 감상하였고, 피아노 편곡으로도 여러 차례 들었다. 그러면서, 잊을 수 없을 만큼 아름다운 곡을 알게 될 때 그러하듯이, '지금까지 무얼 하며 살았던가'라는 자탄도 가끔 하였다.

규모나 수준에서 비할 바가 아니지만, 며칠 전 어느 고등학교의 음악회도 조촐하나 다양한 목록으로 꾸며진 것이었다. 오케스트라 연주 외에 색소폰 독주도 있었고, 소프라노 독창이나 남성합창도 선보였다. 어머니 합창단의 서너 편 레퍼토리는 가을의 밝고 청명한 분위기에 잘 어울리는 것이었다. 참석자 대부분은 아마추어였지만 다들 정성스레 준비된 것이었고, 전문 음악가도 출연하여 음악회의 질을 높여주었다. 그렇게 연주된 곡 중의 하나는 레하르의 오페레타 「즐거운 미망인」 가운데 나오는 「입술은 침묵하네(Die Lippen schweigen)」였다. 더구나 이것은 병을 앓고 있는 일곱 살 아이를 돕기 위해 마련된 자선음악회였다. 음악을 감상하는 시간이 선의에 동참하는 자연스런 기회가 되는 이 모임에서 나는 우리 사회의 생활과 심성이 유연화되어 가는 문화적 방식이 늘어 가고 있다는 흐뭇한 인상을 받았다.

음악의 말없는 위로

나는 문학을 좋아하지만, 그리고 그림이나 철학이나 건축 등 예술 일반에도 관심을 갖고 있지만, 그러나 이 관심이 아무리 크다고 해도 문학과 회화의 위대함은 음악의 위대함에 비할 바는 아니지 않는가, 라고 가끔 생각한다. 이러한 인정은 문학을 사랑하는 내게는 그리 내키지 않는, 그리고 그 때문에 조금 쓸쓸한 일이지만, 그래도 이것은 받아들여야 할 것 같다. 왜냐하면 음악은 말 없는 가운데 인간의 감정과 삶, 그리고 그 너머의 세계까지 느끼게 하기 때문이다. 이 느낌은 때때로 감동의 차원으로까지 고양되기도 하지만, 이 고양의 순간에서조차 음악은 혹은 음악가나 연주자는 자신의 진리를 '주장'하거나 그 진정성을 '설명'하지 않는다. 그들은 그냥 말없이 작곡하거나 연주한 후 무대에서 사라진다.

위대한 것 앞에서는, 그것이 무엇이든, 사랑이든 신이든 자연이든 선의든, 우리는 할 말을 잃지 않는가? 감동 앞에서 입은 침묵하고 만다. 음악의 위로는, 그것이 말을 쓰지 않는다는 점에서, 아니 말을 넘어선다는 점에서, 참으로 '깊다'.

이 말없음 속에서 음악은 주어진 것들—말로 표현된 경험과 사실적 차원을 넘어 저 머나먼 곳, 말하자면 초월적이고 형이상학적인 지평으로 나아간다. 이 초월적 지평의 그 어디에 신적인 것은 자리할 것이다. 그러고 보면, 음악은 땅에서부터 땅 위의 하늘로 나아가고, 지상적인 것으로부터 천상적인 것으로 옮아가면서 이 두 차원을 이어 준다. 그래서 그런 것인가? 음악은, 내가 무슨 일을 하고 어디에 소속되며 어떤 고민에 빠져 있어도, 적어도 나의 몸이 지금 몹시 아픈 상태가 아니라면, 그 직업과 소속과 고민을 넘어 이런저런 식으로 마음을 다독여 준다.

그러나 이 다독임은, 앞서 말했듯이, 일체의 훈계와 설교를 넘어 자리한다.

음악은 결코 지시하거나 명령하지 않는다. 또 가르치려 하거나 지도하려 하지 않는다. 그것은 어떤 선율의 흐름 속에서, 오직 그 흐름이 만드는 장면의 묘사를 통해서 우리의 숨은 감정과 드러나지 않은 정서에 깊게 호소한다. 물론 이러한 호소가, 듣는 쪽에서 무감각하면, 아무것도 아닌 것으로 받아들여질 수도 있다. 음악의 선율이 영혼의 그 어떤 파장을 만나지 못할 때도 있다. 사람은 사람 수 만큼이나 다르다. 그러나 바로 이 '다를 수 있음'을 예술은 존중한다. 예술은 개별적인 것의 진실을 존중하기에 그 반향도 각자의 판단에 맡길 뿐 결코 강요하지 않는 것이다. 여기에 심미적인 것의 특징이 있다. 그러나 이것은, 우리가 예술적 감수성을 연마한 경우라면, 얼마든지 새롭게 받아들일 수 있다는 것을 뜻하기도 한다.

그리하여 좋은 음악은 우리의 감정에 깊이 호소한다. 그래서 영혼의 심연을 말없는 선율 속에서 뒤흔든다. 우리가 귀하게 여기는 가치들—사랑과 선의, 믿음과 헌신, 자유와 평등 그리고 형제애도 이런 감동 속에서 다시 떠올리게 된다. 사실 인류가 추구하고, 예술과 철학 그리고 문화가 희구하는 거의 모든 보석들도 바로 여기에 모여

Nikolai Dimitriyevich Kuznetsov가 그린
Tchaikovsky의 초상화(1893)

"사람은 사람 수 만큼이나 다르다.
그러나 바로 이 '다를 수 있음'을 예술은 존중한다.
예술은 개별적인 것의 진실을 존중하기에
그 반향도 각자의 판단에 맡길 뿐 결코 강요하지 않는 것이다.
여기에 심미적인 것의 특징이 있다."

있다. 바로 그 점에서 음악은 또 '아름답다'고 할 수 있다. 그러니까 음악의 아름다움은 그 말 없음, 말 없는 가운데 이뤄지는 어떤 정서적 호소, 그리고 그로 인한 영혼의 파장 속에서 선의에 동참하게 한다. 이 점에서 우리는 '윤리'를 말할 수 있고, '아름다움의 깊이'도 말할 수 있을 것이다. 깊이에 닿아 있지 않은 아름다움은 표피의 아름다움이고, 그래서 그것은 '가짜 아름다움'일 공산이 크다.

삶을 기뻐하는 것

음악의 선율은 모든 언어를 넘어서는 세계다. 음악은, 그것이 소리를 통해 소리 너머의 세계를 암시하고 드러내고 느끼게 한다는 점에서, 유일무이하다. 또 그것이 소리 너머의 세계를 이 말없는 선율로 느끼게 하는 가운데 우리에게 '말을 건다'는 점에서, 위대한 것이기도 하다. 이 너머의 세계란 무한의 세계일 것이다. 그것은 저 바닥의 가없는 심연이거나 하늘 높이 그 어느 곳으로 나아간다.

이 선율의 날개를 타고 나는, 마치 신밧드가 거친 파도를 헤치며 새로운 세상으로 모험을 나서듯이, 저 아득한 곳으로 날아간다. 아니, 그렇게 날아간다고 이따금 상상한다. 이해는 자리 옮김에서 생겨난다. 그곳이 뭐라고 불리든, 이데아든 낙원이든 아니면 사랑이든, 그것은 내가 꿈꾸고 아마 우리 모두가 그리워하는 곳일 것이다. 우리가 음악의 선율에서, 이 선율의 감동에서 결국 꿈꾸고 어렴풋이 헤아리게 되는 것도 이 세계의 전체—무한히 열려 있는 아득한 지평일 것이다.

이 아득한 지평, 이 무한한 지평의 경험에서 우아함이나 고귀함도 생겨나는 것 아닐까? 바로 이 때문에 인간은 행복을 느끼고, 예술의 경험에서 어떤 고양감을 느낄 것이다. 인식의 끝에는 우아함이 있다. 정신의 목표는 고귀함일 것이다. 음악은 이 드높은 각성—우아함과 고귀함을 체험케 한다. 이 체험 속에서 우리는 아득한 곳으로부터 들려오는 어떤 메아리를 듣게 된다.

그렇다면 왜 이런 경험이 필요할까? 보자르 트리오Beaux Arts Trio에서 53년 동안 피아니스트로 활약했던 메나헴 프레슬러M. Pressler는, 2013년에 90살 나이로 베를린 필하모닉에서 다시 솔리스트로 데뷔하면서, 음악의 메시지는 '삶을 즐거워하는 것(sich zu freuen am Leben)'이라고 최근(2014년)에 말했다. 음악이 일깨우는 영감은 나이와 더불어 우리가 잊어버린, 또 현대에 들어와 상실한 원래의 어떤 삶—파편화되기 전의 삶의 폭과 넓이를 상기시켜 주는 것이 아닐까? 그것은 넓고 깊은 세계의 본래성을 다시 돌아보기를 촉구하지 않는가? 이 본래적 공간에의 촉구는, 이미 언급했듯이, 말이 아니라 선율을 통해 이뤄진다.

그리하여 음악은 오늘의 삶을 기쁘하게 한다. 음악의 움직임은 곧 삶을 경탄하는 움직임이기 때문이다. 음악은 지금 여기의 삶을 향유케 한다. 고교 음악회에서 어머니 합창단이 불렀던 「10월의 어느 멋진 날에」의 잘 알려진 가사도, 소박하지만 바로 이 점을 노래한 것이었다.

창밖에 앉은 바람 한 점에도
사랑은 가득한 걸
널 만난 세상 더는 소원 없어
바람은 죄가 될 테니까
살아가는 이유
꿈을 꾸는 이유
모두가 너라는 걸
네가 있는 세상
살아가는 동안
더 좋은 것은 없을 거야

음악은 이 삶의 세계를 좁고 얕게 살지 않도록, 그래서 지금 세계를 원래의 충일한 가능성 속에서 느끼게 하는 데 불가결해 보인다. 이 다른 세계, 이 다른 지평을 느끼는 것은 결국 내가 사는 지금 삶이 당연한 것은 아니라는 것, 그것은 그 나름의 절박한 놀라움을 내포한다는 것을 알려 준다. "살아가는 이유, 꿈을 꾸는 이유"는 아마 "창밖에 앉은 바람 한 점에도/사랑은 가득한 걸" 깨닫는 데서 시작할지도 모른다.

마치 세헤라자데가 이야기를 들려줌으로써 왕의 처형을 뒤로 미루듯이, 그리하여 '하루 더' 자기의 생명을 연장하듯이, 우리는 그런 이야기를 읽으면서, 또 그 이야기를 표현한 음악을 들으면서 우리의 삶을 이어가고 누리고, 그리하여 더 살 만한 것으로 만든다. 예술은 우리가 사는 지금의 삶을 진정 처음으로 살게 하는 것이다. 하지만 우리를 참으로 행복하게 하는 것은 그저 침묵 속에 간직하는 것이 더 좋을지도 모른다. 그렇다면 나는 왜 지금 이렇게 쓰고 있는 것일까?

에라스무스의 생애

그의 생활 방식에 대하여

벌써 한 해가 가고 있다. 1년이 열두 달이라는 것이 아무리 자의적인 규정이고 시간 자체가 아무리 '가장 인위적인 발명품'이라고 해도, 한 해의 마지막 달을 보내는 것이 아무렇지도 않을 수는 없는 일이다. 나는 일을 만들기보다는 만들지 않는 쪽이고, 모임을 갖기보다는 갖지 않는 편이지만, 올 한 해는 정말 정신없이 지나가 버린 듯하다.

어처구니없는 일들

이런 개인적 혼란스러움은, 주위를 돌아보면, 좀 더 심해진다. 올 한 해(2014년)에도 한국 사회에서는 어김없이 크고 작은 문제들이 잇달아 일어났다. '세월호 참사'부터 지금 언론을 달구고 있는 청와대 기밀 누설 사건이나 서

Hans Holbein이 그린 「55세 때의 에라스무스」(1523)

쓸모없고 비합리적이며 난폭한 것들을 에라스무스는 혐오했다.
그는 단정적 표현을 삼갔다.
세속적 관심사로부터 가능한 한 물러나
그는 자연스러우면서도 너그러운 내면적 위엄을 추구했다.

"내게는 교외의 소박한 집이 왕궁보다 더 소중합니다.
자유롭게 자기 뜻에 따라 사는 사람을 왕이라고 할 수 있다면,
나야말로 이곳에서 왕입니다."

요한 호이징하, 『에라스뮈스』(1924)

울시향 대표의 막말 논란에 이른바 '땅콩 회항'에 이르기까지……. 땅콩을 매뉴얼대로, 그러니까 접시에 담아 건네지 않았다고 하여 항공사 부사장이 사무장을 비행기에서 내리게 한 이 마지막 사건에 대해 어느 외신은 "마카다미아(견과류)가 테러리스트의 공격이나 기상 악화보다 더 위험했다고 판단했던 것 같다"고 풍자했다.

이 땅에서는 어처구니없는 일들이 아직도 매일같이 일어난다. 그 가운데는 위의 어떤 사건처럼 국제적인 망신을 자초하는 일도 더러 있다. 성석제의 소설 가운데는 『그곳에는 어처구니들이 산다』라는 작품도 있지만, 이 모두는 여러모로 부실한, 우리 사회의 여전히 부실한 자화상이 아닐 수 없다. 이 체계화된 부실의 원인은 물론 여러 영역에 걸쳐 있다. 그것은 정치적 차원에서는 제도의 미비에 있을 것이고, 사회·도덕적 차원에서는 규범의 붕괴에 있을 것이며, 개인의 차원에서는 무책임한 언어와 행동에 자리할 것이다. 어떻게 해야 하는가?

이런 황당한 일을 줄이기 위해서는 사회적으로나 개인적으로 많은 덕목이 전제되어야 할 것이고, 거기에는 물론 오랜 시일이 걸릴 것이다. 그렇다는 것은 어느 누구를 탓할 것이 아니라, 사회를 구성하는 우리 모두가 각자의 선 자리에서 자기의 태도를 조금씩 개선해 가야 한다는 뜻이다. "우리가 바라는 것은 무엇이 용감한지 아는 게 아니라 실제로 용감해지는 것이고, 무엇이 정의인지 아는 것이 아니라 스스로 정의롭게 되는 것"이라고 아리스토텔레스는 2,000년 전에 썼다. 이것은 단순히 정의에 대한 물음이 아니라 스스로 정의로워지는 길의 필요성에 대한 강조다. 좋고 훌륭한 가치에 대한 개념적 규정이나 지식의 습득이 중요한 것이 아니라, "좋은 가치를 어떻게 생활 속에서 육화할 것인가?"라는 실천의 문제가 결정적인 것이다.

가치의 체질화·내면화·생활화란 개인적 태도의 문제이고, 문화적 성숙의 문제가 아닐 수 없다. 이 대목에서 나는 데시리우스 에라스무스(1466~1536)의 생애를 떠올린다. 더 정확히 말하여 그의 생활 방식이다. 그는 개인으로서의 삶을 넓고 깊은 지평 속에서 살았던, 그리하여 세계 시민으로서의 보편적 삶으로 실제로 보여 준 가장 모범적인 사례의 하나라고 할 수 있기 때문이다.

『에라스뮈스』를 읽으면서

에라스무스는, 평전 『에라스뮈스 — 광기에 맞선 인문주의자』(1924)를 쓴 뛰어난 문화사가 요한 호이징하J.

Johan Huizinga의 『에라스뮈스』 책 표지

"동시대인들이 볼 때 에라스무스는
인간의 표현방식이라는 거대한 오르간에
다양하고 새로운 음전音栓을 주어
복잡다단한 소리가 울려 나오게 한 인물이었다.
2세기 뒤에는 장 자크 루소가 이런 역할을 담당하게 된다."

요한 호이징하, 『에라스뮈스』(1924)

그러나 인간의 삶에 새로운 표현방식을 부여한 것은
에라스무스나 루소뿐만 아닐 것이다.
이렇게 해석한 호이징하 역시 역사 서술에서
전혀 새로운 차원을 열었다.
그는 역사에서 사건 만큼이나 중요한 것이 예술이고
심미적 감성이라고 여겼다.
걸작 『중세의 가을』은 이렇게 해서 나온다.
이 책은 '역사의 문학'이다.

Huizinga가 보여 주듯이(이종인 옮김, 연암서가), 평생 글을 읽고 생각하고 쓰며 살았다. 책을 쓰면서 생계를 이어가는 것은 지금도 어렵지만, 1500년대에는 훨씬 더 그러했을 것이다.

오늘날처럼 그 당시에도 모든 저자가 인세를 받는 것은 아니었다. 오직 저명한 저자만 인세를 받았고, 그렇게 받는다고 해도 그것은 대개 인세를 대신한 얼마간의 책이었다. 에라스무스에게도 생계 걱정이 끊이지 않았다. 그 역시, 당시의 많은 문필가가 그러했듯이, 교회나 귀족의 지원을 받아들여야 했다. 그는 문필가로서 닥치는 대로 일을 했고, 계속되는 생활고로 피해망상과 불신감에 차 있기도 했다. 에라스무스는 그 와중에 영국으로 가 토마스 모어와 친교했고, 문학에서 신학으로 점차 관심을 넓혔으며, 세속적 야망을 뒤로하면서 라틴어와 그리스어 학습에 매진하였다. 이렇게 배운 라틴어로 그는 고대의 보물 같은 책들을 더 많은 사람들이 읽을 수 있도록 소개했고, 그 표현 방식을 자연스럽고도 세련되게 만들었다.

라틴어가 아니었다면 에라스무스는 세계적 명성을 얻지 못했을 것이라고, 이 라틴어에 힘입어 그의 관찰력과 상상력과 표현력은 빛을 발한다고 호이징하는 진단한다. 세계 언어로서의 라틴어는 모든 지역적 옹졸함과 민족적 편향성을 넘어서는 보편 정신이었기 때문이다. 그리하여 학자적 전문용어와 대중의 문어文語 사이에 가로놓인 이해의 심연이 에라스무스의 글을 통해 조금씩 메워지게 된다. 르네상스의 그 놀라운 지적·문화적 유산은 고전고대의 이런 비판적 재구성 속에서 비로소 꽃을 피우게 된다.

이 르네상스적 정신을 구성한 것은 무엇일까? 에라스무스는 온건함과 순박성을 찬미했고, 적개심이나 시기를 개탄했다. 그는 본성에 따라 조용하게 사는 것을 존중했고, 고통과 불화를 야기하는 과도한 열정이나 영웅적 허세를 어리석게 여겼다. 이러한 면모는 루터와 견주면 좀 더 분명하게 드러난다. 두 사람은 모두 교회 개혁을 원한다는 점에서는 같았지만, 에라스무스는 절제와 관용에 바탕한 점진적 변화를 원한 반면, 루터는 복음적 열정 속에서 투쟁을 선호했다. 에라스무스가 처음에 종교 개혁에 동조하다가 결국 가톨릭으로 돌아간 것은 그런 이유에서였다. 그가 쓴 한 책의 제목은 『전쟁은 전쟁을 모르는 자에게만 즐겁다』였다. 그러면서도 그는, 『우신예찬』이 보여 주듯이, 풍자와 농담과 익살을 즐겨 했다.

호이징하가 지적하듯이, "교육과 인격도야에 대한 믿음, 따뜻한 사회적 유대감, 인간성에 대한 신뢰, 평화로운 배려와 관용"에 대한 최초의 언급은 에라스무스로부터 나오기 시작한다. 그것은 깊은 의미에서 가톨릭적으로 채색된 것이었지만, 더하게는 인문주의 정신이기도 했다. 그는 불의를 수긍하지 않았지만, 그러나 분노하기보다는 절제 속에서 대응하고자 했다. 이런 차분한 태도는 너무 밋밋하고 맥 빠진 것처럼 보일 때도 있었다. 또 때로는 어떤 보신책保身策으로 오해받기도 했다. 이그나티우스 로욜라 같은 사람은 에라스무스의 책이 헌신하려는 종교적 열정을 식게 만든다고 불평했다. 그러나 극단적인 것은 무엇이든 에라스무스의 타고난 성향에 잘 맞지 않았다. 대중적 열기에 편승한 동맹 의식이 그에게는 반드시 바른 의미의 '유대감'인 것으로 여겨지지 않았다.

'과도한 것'으로부터 물러서기

이 점에 대해 호이징하는 정확하게 적고 있다. "우리가 열정적으로 경건한 사람들과 정신적 극단주의자들에게 존경심을 느끼게 되는 것은, 부분적으로 우리의 혼란한 시대가 강력한 자극을 요구하기 때문이다. 에라스무스를 제대로 평가하기 위해서 우리는 과도한 것에 대한 존경을 잠시 접어 두어야 한다." 여기에서 '과도한 것(extravagant)'이란 (마음의) '밖으로(extra)' '돌아다닌다

(vagari)'는 뜻이고, 그러니만큼 그것은 '자기 자신을 잃는다'는 뜻이기도 하다.

난폭하고 거칠며 소란스러운 모든 것은 대체로 이 사건이 일어난 공간을 어지럽게 만들면서, 무엇보다 이 공간 속에서 사는 개개인의 삶을 보이지 않게 한다. 거칠고 소란스러운 것 속에서 사람들은 자기를 잃어버리는 것이다. 자신을 잃은 가운데 각자는 떠다니는 것들—사회적 풍문이나 유행에 휩쓸린다. 온갖 오만과 허세와 어리석음, 영웅심과 애국주의, 그리고 무책임한 대중추수주의는 이렇게 생겨난다.

호이징하는 이렇게 덧붙인다. "열정적이고 정력적이며 과격한 성격을 보인 당시 사람들이 볼 때, 에라스무스는 너무 편견이 없고 너무 취향이 은근하여 인생의 양념이라 할 어리석음이 결핍되어 있었다. 그는 너무나 합리적이고 온건하여 영웅이 될 수 없는 사람이었다." 에라스무스는 영웅호걸이 아니라 단순·소박한 삶—자연 속에서 자유롭게 자기 뜻에 따라 사는 사람을 칭송했다. 그는 이렇게 적는다.

> 인생의 진정한 즐거움이 세속적 관심사로부터의 초연

> 함과 지저분한 것들에 대한 경멸에 있다고 한다면, 그것은 전원적 즐거움이 되어야 마땅하다. 이 세상에서 벌어지는 일에 관심을 갖는다는 것은 어리석은 일이다. 시장의 물품 가격을 잘 알고, 영국 왕의 원정계획에 대해 소상하고, 로마에서 온 소식을 잘 알며, 덴마크의 생활환경을 꿰뚫고 있어 봐야 그게 무슨 소용인가? 〈대화집〉에 나오는 현명한 노인은 그리 높지 않은 명예의 자리에서 안전하고도 평범한 생활을 하면서 그 어떤 것도 그 누구도 판단치 않으며, 이 세상에 대해 미소를 짓는다. 책들로 둘러싸인 채 늘 고요하게 있으면서 자족하는 것, 그것이 무엇보다도 바람직하다.(『에라스뮈스』의 225쪽)

에라스무스는 듣기 좋은 말이나 의례적인 절차를 몹시 싫어했고, 어느 것에나 신중하고 수줍었다. 그러면서도 면죄부 판매나 기적에 대한 믿음, 특정 성인에 대한 숭배나 획일화하고 평준화하는 정신을 정면으로 비판했다. 그는 무엇보다 평화와 절제와 자연스러움을 우선시했다.

그는 공격을 당할 때에도 반격하는 것을 삼갔다. 에라스무스는 여러 파당 가운데 어느 한쪽에 자신을 맡겨 버리는 것을 주저했다. 오히려 알 수 없는 것들은 알 수 없는 상태로 남겨 두어야 한다고 생각했다. 그는 500년 후의 프란츠 카프카처럼 단정적인 것을 아주 싫어했다. 세계의 불확실성이나 현실의 모호함은 있는 그대로 존중되어야 한다고 여겼다. 그리하여 '강철 같은 의지'나 '과감한 추진력'은 그의 특징이 아니었다. 그는 온건한 방법으로 사회를 정화하려고 부단히 애썼던 것이다.

그리하여 에라스무스는 단순·명료한 것을 좋아하고 내면적으로 충일하며 누구에게도 구애되지 않는 삶을 살고자 했다. 그는 예의바른 환대 속에서 사람들과 만나고 자연스럽게 행동하며 교양 있는 삶을 살기를 갈망했다. 그것은 경건한 신앙의 삶인 동시에 정신적 자유의 삶이기도 했다. 그에게 신앙의 삶과 정신적 자유의 삶은 별개가 아니었던 것으로 보인다. 좋은 생각은 마땅히 나날의 생활 속에 녹아 있어야 했다.

자기 뜻에 따른 생활

에라스무스는, 오늘날의 관점에서 보면, 영웅이 되기에는 너무 소심했고, 속물이 되기에는 너무 강직했는지도 모른다. 그러나 그것은 더 정확히 말하여 '소심함'이라기보다는 '신중함'에 가까웠고, '강직함'이라기보다는 '정직성'이었다고 말해야 하는지도 모른다. 그리고 이 신중한 정직성은 양심으로부터 오는 것일 것이다. 그는 무엇보다 천성적으로 온화했던 것으로 보인다. 이 온화하고 합리적인 성품으로 그는 타협과 절제를 강조하면서도 최선의 삶을 살고자 노력했다. 그는 죽을 때까지 상당한 혜택이 보장된 수석사제직도 마다했고, 임종을 앞두고는 주변 친구들에게 장신구를 하나씩 유증했다. 그리고 가난하고 병든 사람들, 결혼할 처녀와 유망한 청년들에게도 약간의 돈을 남겼다고 전해진다.

에라스무스의 정신이 그의 사후에 완전히 무시되기보다는 그를 비판하던 쪽에서나 옹호하던 쪽 모두에서 점차 받아들여진 것은 그런 이유—신중한 정직성의 온화한 깊이에서였을 것이다. 그의 학문의 깊이는 이 신중한 정직성의 양심적 깊이에서 온 것이다. 그의 글을 받아들인 층은 일반 대중이라기보다는 교양인이었다. 이 때문에 호이징하는, 이 점은 아주 흥미로운데, 종교 개혁의 역사에서 에라스무스의 정신이 침투된 중도파의 역할에 신경 써야 한다고 적고 있다(문화적 교양 이념의 힘에 대한 신뢰는 아마도 에라스무스의 것이면서, 더하게는 호이징하의 것일 것이다. 그리고 이런 학문적 관심과 성향의 친화성이 호이징하로 하여금 『에라스무스론』을 쓰도록 자극했을 것이다).

『에라스뮈스』를 읽고 난 후 남은 것은 무엇인가? 나에게 인상적인 것은 그의 생활 방식이다. 그 생활 방식의 핵심은 너무나 평범한, 그러나 지극히 어렵기도 한 하나의 사실—그가 '세평世評에 따른 삶이 아닌 자기 자신의 삶을 살았던 데' 있지 않았나 여겨진다.

'고유한 삶'이라고 부를 수 있는 어떤 시간이 인간에게 있다면, 그래서 그 이후에 일어나는 많은 것이란 이전에 일어난 결정적 시기의 반복이나 변주에 불과한 것이라면, 이 고유한 것은 자기 스스로 만든 삶 속에, 이 삶의 내면 풍경 속에 농축되어 있는 것처럼 보인다. 에라스무스는 나무 그늘 시원한 집에서 현명하고 선량한 친구들과 나누는 진지한 교제와, 이 교제 속의 평온한 나날을 소중하게 여겼다. 그는 어느 책에서 이렇게 적는다. "내게는 교외의 소박한 집이 왕궁보다 더 소중합니다. 자유롭게 자기 뜻에 따라 사는 사람을 왕이라고 할 수 있다면, 나야말로 이곳에서 왕입니다."

'정의가 무엇인가를 아는 것'보다 중요한 것은 '스스로 정의롭게 사는 것'이라고 했다. 스스로 옳게 산다면, 또 옳게 살려고 스스로 노력한다면, 돈과 힘과 앎이 주어졌을 때에도 함부로 휘두르지 않을 것이다. 그때 재력과 권력과 지식은 남을 지배하고 억압하는 데 사용되는 것이 아니라—그것은 '횡포'이고, 이 횡포로부터 많은 어처구니없는 일이 일어나기 시작한다—자기의 행복을 위하고 공동체의 복지에 기여하며 삶의 진실에 복무하는 데 사용될 것이다(사실 이런 노력의 과정이 좁게는 교육의 과정이고, 넓게는 인문주의의 길이다). 그리하여 이 모든 것은 조용한 자유 속에서 자족적인 삶을 사는 일로 수렴될 것이다. 학문의 가르침은 마땅히 나날의 평화로운 삶에서 완성되어야 한다.

다시 한 해를 보내면서 드는 생각이다.

책을 읽는 이유

2015년 1월 31일(토요일) 아시안컵 축구 결승전에서 한국과 호주의 경기가 끝난 후, 울리 슈틸리케 감독은 한국 축구의 문제점과 관련하여 이렇게 말했다. "대다수 선수들이 축구를 배우지만, 학교에서는 승리하는 법을 가르칠 뿐 축구를 즐기는 법을 가르치지 않는다." 중요한 지적이다. 즐기는 것, 이것은 쉬운 일인가?

즐김에 이르는 여러 단계

"아는 것은 좋아하는 것만 같지 못하고, 좋아하는 것은 즐기는 것만 같지 못한다(知之者 不如好之者 好之者 不如樂之者)"는 자주 인용되는 공자의 말이지만(『논어』의 「옹야」), 즐기는 데에도 '여러 단계'가 필요하다. 우선 관심과 호기심이 있어야 하고, 다음에는 진지하고 성실해야 하며, 그 다음에는 훈련과 연습을 통해 그 일에 익숙해져야 한다. 그런 후에야 그 일을 좋아하고 즐길 수 있다. 그러니까 즐김은 관심과 호기심으로부터 시작하여 진지함과 성실성을 지나 익숙해질 정도의 연습을 거쳐 결국 좋아함의 단계에 이를 때, 비로소 도달될 수 있는 향유의 경지인 것이다. 삶에서 '깊은 즐김'은 어디에 있을까?

우리의 삶을 깊이 향유할 수 있는 대상과 그 방법은 물론 여러 가지 있을 것이다. 그런데 그 대표적인 향유물의 하나가 책이 아닌가 나는 생각한다. 고전은 특히 그렇다. 그러나 좋은 책도 반드시 읽어야 하는 것은 아니다. 책 읽기 이외에도 사람 사는 세상에는 할 일이 많고, 재미있는 것은 또 얼마나 많은가? 그래서 나는 학생들에게나 집의 아이들에게도 그런 말은 잘 하지 않는다. 그랬더니 아이들의 경우에는 정말 잘 안 읽어서 곤혹스럽기는 하다. 실제로 세상에는 책을 전혀 읽지 않고도 '잘 살아가는' 사람들도 많다. 그들을 기리는 좋은 시도 있다.

> 한 줄의 시는커녕
> 단 한 권의 소설도 읽은 바 없이
> 그는 한평생을 행복하게 살며
> 많은 돈을 벌었고

높은 자리에 올라
이처럼 훌륭한 비석을 남겼다.
그리고 어느 유명한 문인이 그를 기리는 묘비명을
여기에 썼다

김광규, 「묘비명」에서

이때 '잘 산다'는 것은 무엇인가? 어떤 사람에게 그것은 "많은 돈을 벌"고 "높은 자리에 올라"가는 것이다. 그래서 "훌륭한 비석을 남기"는 일이다. 그러나 이 비석을 세상 사람들이 부러 찾아와 눈여겨볼 일은 없다. 아마 바람이 지나가고 새가 가끔 거기로 날아들 것이다. 그럼에도 "한 줄의 시는커녕/단 한 권의 소설도 읽은 바 없"는 누구는 "한평생을 행복하게 살며", "어느 유명한 문인"을 데려다가 "그를 기리는 묘비명을" 쓰게 하기도 한다. 이런 허황된 역설도 시인은 아무런 평가 없이 무심하게 기록한다.

우리는 묻지 않을 수 없다. "한평생을 행복하게" 산다는 것은 과연 무엇인가? 이런 물음 없이 우리는 깊은 의미에서 행복하게 살 수 있는가? 아마 그러기는 어려울 것이다. 이 점에서 보면, '책을 읽어라'는 말 이전에 던져야 할 것은 '왜 읽는가?'라는 물음이다.

읽기는 점화의 순간

왜 책을 읽는가? 이 물음은, 사실 삶의 많은 문제가 그러하듯이, 그물망처럼 얽혀 있다. 거기에는 '무슨 책을 읽는 것이 좋은가?', '책은 어떻게 읽어야 하는가?' 같은 물음도 이어져 있고, 좀 더 심각하게는 '꼭 책을 읽어야 하는가?'나 '책은 무슨 쓸모 있는가?'라는 문제 제기도 겹쳐 있다. 그리고 그 각각의 물음에 그 나름으로 답변할 수 있다면, 이 물음의 주체는 이미 상당한 수준에서 읽기의 의미를 파악하고 있음에 틀림없다. 왜냐하면 어떤 책을 고르고 무슨 주제에 관심을 가지며 어떻게 대상을 해석하느냐에서 이미 그 사람의 오랜 독서의 경로가, 그 문제의식의 깊이가 웬만큼 드러나기 때문이다.

읽는 일에, 거창하게 말하여, '삶을 바친' 사람치고 절절한 영혼이 아닌 경우는 없지 않나 싶다. 그들은 글로서, 이 활자活字로서 세상을 읽고 사람을 더 깊게 이해하면서 삶을 좀 더 고결하게 살고자 꿈꾸기 때문이다. 그래서 그들이 책을 읽는다면, 그것은 좀 더 나은 삶의 가능성을 탐색하기 위해서이고, 그들이 책을 쓴다면 그 책은 그런 고결한 의지를 표현한 것이 될 것이다. 읽은 것은 그렇게 읽은 자의 생활 속으로 조금씩 체화된다. 물론 책의 분야마다 조금씩 다르겠지만, 무엇보다도 인문학의 책은, 그것도 뛰어난 저작이라면, 예외 없이 이런 정신의 탐사, 영혼의 절절한 갈구를 담고 있다고 할 것이다.

좋은 책이 저자가 품은 절실한 고민의 소산이듯이, 독자 역시 이 책을 자신이 부닥친 문제에 대한, 또 삶과 인간에 대한 절절한 관심 속에서 만난다. 이 절실함의 수위가 높으면 높을수록 책에 대한 몰입도는 높아진다. 따라서 느끼고 이해하는 수용의 폭도 넓어질 것이다. 그러므로 이상적인 독서란 하나의 절실한 마음과 또 다른 하나의 절실한 마음이 만나 불꽃을 튀기며 타오르고 잦아드는 점화와 생성의 시간이다. 하나의 열정과 또 하나의 열정이 만나 부딪치고 충돌하면서 미지의 세계로 도약하거나 이 세계 앞에서 그 내면이 무너져 내리기도 한다. 그러면서 새로운 느낌과 생각이 만들어지고, 세상의 숨어있던 한 켠이 열린다.

여기에는 낯섦과 충격, 당혹과 경탄의 순간이 있다. 삶의 어떤 가능성은 이렇게 생겨난다. 이러한 경험은 당면한 문제의 해결로 이어질 수도 있지만, 자신의 행동에 대한, 또 우리가 사는 사회와 현실과 세계에 대한 깨우침으로 이어지기도 한다.

흥미와 관심에 따른 읽기

간혹 강연이나 토론 같은 모임이 끝난 후, 무슨 책을 읽어야 하는가 라는 질문을 받을 때가 있다. 그럴 때면 나는 늘 주저하곤 한다. 나의 대답이 별반 도움 되지 않을 것임을 알기 때문이다. 아무런 관심도, 그 어떤 호기심도 없다면 더욱 그럴 것이다. 게다가 관심의 종류나 고민의 방향은 사람마다 참으로 다르다. 어느 한편의 간곡한 사연도 다른 사람에게는 별거 아닌 것일 수 있고, 아무리 성인군자의 말도 생계 현실 아래서는 한가한 잡담일 수도 있다. 드물게 나누는 우리의 이야기가 서로에게 '말 귀에 부는 봄바람'이나 '쇠귀에 경 읽기' 같을 수는 없지 않은가?

그러나 책에는, 더욱이 좋은 책에는 환산하기 힘든 직관과 통찰과 지혜가 들어 있다. 그것은 삶의 중대한 전환점이 될 수도 있다. 그래서 나는 그 물음에 이렇게 말하곤 한다. "이왕 읽는다면, 고전을 읽는 게 좋겠지요. 모두들 시간도 모자라고 힘도 드는 일이니까요." 그러니까 시간과 노동의 경제를 고려하라는 뜻이다. 그리고는 좀 더 궁금해 한다면, 이렇게 보충한다. "무조건 읽기보다는 호기심이 가는 대로, 또 자기 성향에 맞는 책을 고르면 되지요. 역사에 관심이 있다면 '역사 소설'을 읽고, 사랑에 관심이 있다면 로맨스 소설을 읽는 식으로. 각자에겐 제각기 다른 책의 길이 있습니다."

그러나 이 일도 억지로 할 필요는 없다. 억지로 해서 뜻있는 일이기는 어렵고, 오래가기는 더더욱 어렵기 때문이다. 책을 읽는 일도 무슨 의무감이나 사명감에서 읽기보다는 마음으로부터 우러나올 때 하는 것이 좋다. 자신의 관심과 물음과 호기심에 따라 시작하여 점차 자기 눈높이에 맞춰 더 심화하면서 확대하는 것이다. 마음 깊은 곳으로부터의 욕구, 어떤 말 못 할 충동으로부터 시작한다면, 더 좋을 것이다.

읽고자 하는 마음의 갈망

인문학에서의 활동이 크게 말하기와 읽기, 그리고 쓰기로 구성되어 있다면, 여기에서 말하기는 외적·대인관계적 활동일 것이고, 읽기는 좀 더 내향적인 활동이며, 쓰기는 이런 읽기에서의 내향화된 결과를 적극적으로 표출하는, 그래서 좀 더 창조적인 작업이라고 할 수 있을 것이다. 쓰기가 표현을 만들어 가는 적극적인 행위라면, 읽기는 이렇게 쓰인 결과물로서의 책을 영육으로 흡수하여 소화하는 행위다. 그런 점에서 읽기는 쓰기보다는 소극적이지만, 바로 그 때문에 좀 더 내밀한 활동이고, 그래서 읽기에서는 관조나 명상이 더 중요하다고 할 것이다.

좋은 책일수록, 수용미학에서 말하듯이, 해석의 '빈자리'를 많이 허용한다. 그만큼 좋은 책은 세상의 복잡다기함뿐만 아니라 인격의 다양한 독자성과 그 신비를 존중한다는 것이고, 그래서 독자가 개입할 수 있는 해석적 여지를 많이 허용한다. 그리하여 우리는 책을 읽으면서 이 책에서 배우는 것만큼이나 이 책이 말하지 않은 부분의 의미를 채워 가기도 하며, 이렇게 스스로 채워 가면서 우리 자신을 만들어 가기도 한다. 특히 인문학의 언어는 그렇다. 그것은 기록된 정신의 산물이면서 독자에 의해 구성되기도 하고, 독자는 이렇게 그 의미를 구성하면서 스스로 자기 삶을 조직하고 형성해 간다. 의미의 형성과 주조鑄造는 인문 활동의 핵심 내용이다.

이렇듯이 책을 읽는 일에는, 읽고자 하는 마음에는 이 읽는 사람이 책에서 찾고자 하는 꿈과 열망과 그리움이 이미 녹아 있다. 물론 재산 증식에 대한 관심이나 자기계발에 대한 필요 때문에 읽을 수도 있다. 그러나 여기에서 얻는 기쁨이 깊기는 어렵다. 이것도 사소한 것은 아니지만, 그러나 그 욕구가 물질적·세속적 차원을 넘을 수는 없다. 이에 반해 읽는 마음은 삶의 드넓은 차원—감각과 사고의 지평을 갱신하는 데로 이어진다. 우리가 그 무엇을 찬탄할 때, 우리의 느낌은 '이미 거기에' 가 있다. 우리의 마음은 이미 찬탄할 만한 것의 일부가 되어 있고, 그래서 스스로 찬탄해도 좋은 것이 된다. 우리가 책에서 아름다움을 추구한다면, 그 추구는 아름다움에 상응하는 마음이, 그런 속성의 일부가 우리 안에 자라나 있기 때문이다. 진실한 사람이 진리를 추구하듯이, 아름다운 마음이 아름다운 것을 느끼고 생각하고 갈망한다. 우리의 마음이 진선미로 기울어 있지 않다면, 진선미에 대한 추구 자체도 불가능하다.

그러므로 책 읽기에는 우리로 하여금 그 책을 읽게 만드는 그 무엇—찬탄할 만한 것에 대한 숨은 갈망이 있다. 우리는 읽으면서 어떤 다른 삶을 엿보고, 어떤 현자에 귀기울이며, 또 다른 생활을 추체험한다. 그러면서 삶의 바탕과 세계의 모태 그리고 그 고향을 떠올린다. 좋은 책과의 만남에는 마음의 이런 깊은 움직임—갈구하는 마음이 자리하는 것이다. 감동이란 이 갈구하는 마음에 대한 나/독자의 화답이다.

느끼고 만들기 — 깊은 향유

책이 문화적 업적의 가장 높은 성취의 하나라고 한다

면, 책을 읽는다는 것은 문화적 업적을 내면화하는 일이다. 책 속에서 우리는 현실을 분석하고 이해하는 것 이상으로 우리 자신의 생각을 조금씩 넓혀 간다. 이렇게 넓어지는 생각에 기대어 우리는 더 넓은 지평—넓고 깊은 세계로 다가서게 되는 것이다.

책을 읽는다는 것은 결국 세계의 전체와 만나고, 그 전체에 참여하는 일이다. 이때 '전체'는 '어떤 온전한 것'이라고 할 수 있지만, 그러나 반드시 추상적이지는 않다. 그것은 가장 사소한 것—바로 내 곁에, 나와 관련하여 자리하는 것일 수도 있다. 그것은 지금 여기의 생생한 경험 속에, 내가 느끼고 보고 냄새 맡고 만지고 접촉하는 모든 것에 지극히 일상적으로 존재한다. 읽기란 이 일상의 전체성에 참여하는 일이다. 깊은 읽기는 세계의 새 모습—가장 일상적인 비밀을 경험케 한다. 그 점에서 나와 책은 창조적 교환관계 속에 있다. 향수의 기쁨은 여기에서 온다.

책의 역할은, 우리가 그 책에서 배우고 느낀 대로 지금 이 세상을 느끼고 즐길 수 있을 때, 잠시 완성될 것이다. '잠시'라는 것은 이때의 완성이 최종적인 것이 아니라, 읽기가 더해짐에 따라 우리의 눈과 귀가 계속 그리고 더 높은 수준에서 밝아질 수 있기 때문이다. 그것은 그 자체로 삶을 깊게 음미하는 방식—세계 향유의 방식이기도 하다. 유종호 교수께서는 "교양(Bildung/형성)이란 세계 향유의 방법"이라고 하셨지만, 이 깊은 향유 속에서 우리는 우리 자신의 삶을 '만들어 간다(bilden/build)'. 책을 읽고 삶을 향유하면서 우리는 보다 높은 교양적 인간으로 변모되어 가는 것이다.

이런 형성의 단계가 하루아침에 이뤄질 수는 없다. 읽기에도 오랜 역사가 필요하다. 그것은 이런저런 좌충우돌과 시행착오의 착잡한 경험을 통해, 크고 작은 느낌과 절실한 노력과 연이은 깨우침의 축적 속에서 조금씩 나아간다. 한두 번의 조언이나 몇 차례의 안내로 해결될 수 없는 것이다. 읽는 일에는 읽는 주체의 실존적 전부가 걸려 있다.

'고전읽기' 강연

'오늘의 시대와 고전'이라는 제목 아래 시작된 '열린연단'의 2년 차 시리즈, 그 첫 번째 강연인 『동양의 고전』에서 이승환 교수는 고전 해석의 5단계로 '고증학적 이해'와 '텍스트적 이해', '맥락적 이해'와 '평가적 이해' 그리고 '해석학적 이해'를 언급했다. 그것은 말할 것도 없이 원전에 대한 접근과 그 이해 방식을 엄밀하게 순차적으로 서술한 것이지만, 뭉뚱거려 '해석의 과정'이라고 부를 수 있을지도 모른다. 연구자의 주체적 관점은 사실상 문헌 연구에서부터 이미 끼어들기 때문이다. 또 이것은 어떤 고전에나, 그것이 동양 고전이든 서양 고전이든, 해당되는 이치이기도 하다. 그리하여 해석의 과정이란, 크게 보면, 분석과 이해를 통한 사고의 반성적 과정—되돌아보는 성찰 과정이 된다.

그러나 이 성찰로 읽기의 의미는 끝나는 것인가? 그렇지 않을 것이다. 그것은 그렇게 읽은 내용을 생활의 한 가운데로 '옮겨 심을' 수 있어야 한다. 이 이식移植의 과정은 육화의 실천 과정이다(이것은 해석학적 이해라는 다섯 번째 단계 속에도 포함되어 있다). 이렇게 본다면, 책 읽기란, 지금까지의 논의를 합쳐 다시 배열하면, 해석의 과정과 육화의 과정—두 개의 유기적인 과정으로 '이어져' 있다고 할 수 있다. 책 읽기란 해석과 실천으로 구성된다. 실천이란 해석된 내용의 생활화·내면화 과정이다. 고전의 의미는 그 메시지가 고전을 읽은 나의 생활 속에서, 내가 내 삶을 살아가는 가운데 삶의 실질적 에너지가 됨으로써, 비로소 살아 있는 것이 된다.

의미는, 그것이 생활의 실질적인 양분으로 전환될 때, 그래서 나날의 영육적 신진대사 안으로 흡수될 때, 참으

육구연陸九淵(1139~1192). 호號는 상산象山이다.

"육경은 모두 나를 위한 각주에 불과하다(六經皆我註脚)
라고 육상산陸象山은 말했다
내가 읽는 책이 지금의 내가 살아가는 삶을 위한 각주이자
토대가 아니라면, 대체 어디다 쓸 것인가?"

로 완성된다. "육경은 모두 나를 위한 각주에 불과하다(六經皆我註脚)"라고 육상산陸象山은 말했다고 하는데, 정말이지 내가 읽는 책이 지금의 내가 살아가는 삶을 위한 각주이자 토대가 아니라면, 대체 어디다 쓸 것인가?

그러므로 고전은 단순히 분석되거나 해석되는 데 그치는 것이 아니라, 그렇게 해석하고 이해한 나 자신의 생활 속 깊숙이 뿌리내려야 한다. 그래서 내 삶 속에서 나를 변화시키는 자양이 되어야 하고, 내 삶을 더 나은 수준으로 변형시켜가는 데 마땅히 기여해야 한다. 이렇게 책과 삶이 이어지지 못한다면, 그래서 글과 생활이 따로 노는 것이라면, 글은 소귀의 경전일 뿐이다. 그러나 사람이 소나 말일 수는 없지 않은가?

또 다른 고향

백두산에 다녀와서

얼마 전 백두산에 다녀왔다. 오래전부터 가보고 싶었으나 이제야 그럴 수 있게 되었다. 하지만 내가 간 것은 그곳이 '민족의 영산靈山'이거나 '무슨 정기를 받기 위해서'가 아니었다. 그것은 단지 내가 살고 있는 이곳—한반도라는 땅의 전후좌우를 좀 더 물리적으로 가늠해 보고 싶어서였다. 가는 길에는 백두산 외에도 두만강 변의 투먼(圖們) 시가 있었고, 무엇보다 윤동주 시인이 태어난 룽징(龍井)도 있었다.

창춘(長春)에서 내려 지린(吉林)과 자오허(蛟河), 그리고 둔화(敦化)를 지나 얼다오바이허(二道白河)까지, 그리고 백두산에서 얼다오바이허로 나와 허룽(和龍)을 거쳐 옌지(延吉) 시에까지 이어지던 길은 짧지 않았다. '곧 도착한다'고 하면 한두 시간 걸렸고, '좀 달린다'고 하면 대여섯 시간 걸렸다. 첫날 창춘에서 '백두산 아래 첫 마을'이라는 얼다오바이허까지 가는 데는 버스로 일곱 시간 가까이 걸렸다. 하지만 지루하지 않았다.

백두산 원시림

둘째 날 북파北坡 쪽으로 올라가서 본 백두산 정상은 그야말로 장엄했다. 천지는 물론이고 눈 덮인 주변 풍경도 아득하게 넓었다. 해발 2700미터인 정상에서 보면, 동서남북으로 거대한 구릉과 협곡이 희뿌윰한 대기 속에서 망망대해처럼 펼쳐졌다. 그것은 알프스의 준봉만큼이나 압도적인 숭고미를 불러일으켰다.

그러나 이런 느낌은 얼다오바이허에서 시작된 원시림 지역에서 이미 감지되던 것이었다. 집채보다 더 큰 전나무, 잣나무, 자작나무 들이 끝도 없이 이어졌는데, 나무들의 종류는 고도에 따라 조금씩 달라졌다. 나중에는 자작나무의 하얀 껍질도 얼마나 비바람에 시달렸는지 짙은 암회색으로 변해 있었다. 거친 풍파 앞에서 변치 않을 생명은 없다. 해발 2000미터를 지나자 나무는 작아지고 점차 드물어지면서 풀과 이끼가 더 늘어났다. 정상 부근은 이름 모를 야생화와 검은 화산재로 뒤덮여 있었다.

운 좋게도 나는 천지를 볼 수 있었다. 낭떠러지 아래를 조심스레 내려다보는데 상쾌한 바람이 훅 밀려왔다. 그것은 아스라하게 펴진 드넓은 수면으로부터 불어오는 시원하고도 푸르른 대기였다. 이 바람은 아마 한두 시간 전에 얼다오바이허를 지났을 것이고, 며칠 전에는 만주 벌판이나 압록강 수문을 지나왔을 것이다. 그렇듯이 사나흘 전에는 베이징 거리를 돌아다녔거나 서울에 사는 이들의 얼굴도 스쳐 왔을지도 모른다. 그렇다면 이 대기는 아이들의 숨결이 되기도 했을 것이다. 그런데 이제는 내 숨결이 되어 있다. 바람과 대기와 생명의 숨결은 이렇듯이 이어져 있다.

천지에는 아직도 얼음이 떠다녔고, 천지를 둘러싼 봉우리 언저리에는 군데군데 눈이 쌓여 있었다. 안내인에 따르면, 6월 초까지만 해도 여기는 눈과 얼음으로 뒤덮여 있었다고 한다. 감당하기 힘든 넓이와 크기 때문에 광각렌즈로도 풍경의 일부만 담을 수 있었다. 하지만 이 풍경도 곧 사라지고 말았다. 짙은 안개가 쓰나미처럼 덮쳐 온 것이다. 순례객처럼 이어지던 사람들의 행렬도 순식간에 종적을 감추었다. 어디로 사라진 것일까? 그러다가 다시 그 모습이 드문드문 떠올랐다.

지금 여기에 있는 나를 그 전에 온 이들이 기억하지 못

2014년 6월 중순의 백두산 풍경

우리는 '자연'이라는 장대하고 숭고한 원형을 잃어버렸다.
그 자연을 나는 백두산에서 보았다.
흙을 밟고 대기를 숨쉬며,
물을 마시고 바람을 맞이하고 구름을 보면서
우리는 무엇을 하는가?

가장의 근심

하듯이, 나는 내 뒤에 올 사람들의 자취를 떠올리지 못할 것이다. 우리는 기억하면서 망각하고 망각하는 가운데 또 기억한다. 기억과 망각의 이 순환 밖에는 자연이 있다. 자연은 기억이나 망각도 없이 무심하게 있다. 마치 그 어떤 것도 처음부터 없었던 것처럼, 이렇게 아무것이 없어도 되는 것처럼 그것은 끔찍한 무관심 속에서 차갑게 있다. 이 자연에 비한다면 사람은 얼마나 제 흔적에 집착하고, 얼마나 자신의 업적과 영광을 과시하려 하는가? 하지만 쉼 없이 흔들리고 어디론가 옮아가며 시시각각 흩어지고 있다는 점에서, 인간은 자연과 동질적이다. 인간은 잎과 바람과 흙과 안개의 일부일 뿐이다. 나는 떠나가는 이 모든 것들에 깊은 연민을 느낀다.

바람의 침식과 시간의 마모를 견뎌 낼 수 있는 것은 없다. 인간이 그렇고 사물이 그렇고 역사가 그렇고 기억도 그렇다. 나는 곳곳에서 좌절된 욕구와 좌초된 의지를 본다. 삶의 본래 형태란 무엇인가? 그것은 이런저런 조작이 가해지기 전일 것이고, 일체의 명칭이나 이데올로기가 붙기 전의 모습일 것이다. 본래성을 떠올린다는 것은 이 인위적 장식 이전의 모습을 상기한다는 뜻이다. 그것은 마치 백두산을 중국에서 부르듯이 '칭바이산(長白山)'이나 우리가 그러하듯 '백두산'으로 부르기 전에, 그저 '산'으

백두산 풍경. 정상으로 올라가는 사람들

맑던 하늘에 갑자기 안개가 쓰나미처럼 몰려왔다.
정상으로 향하던 사람들.
개미 떼처럼 줄지어 올라가던 그들도,
그들을 멀리서 바라보던 나도,
밀려 온 안개 속에, 마치 처음 그랬던 것처럼,
제 자취를 감춰 버렸다.
우리도 그들도, 여기도 저기처럼
'사라지는 가운데 있다'.

로 떠올리는 것과 같지 않을까? 백두산이란 명칭은 한국인에게 중요하지만, 그 이상으로 중요한 것은 그것이 이 명칭을 넘어 존재하는 아득한 고지대임을 잊지 않는 것일지도 모른다. 그래서 우리의 좁고 얕은 사고를 비춰 보는 자연의 거울로서 상기하는 일이다. 그 점에서 백두산은 시적 상상력의 중대한 원천일 수 있다.

우리는 이 근원—모든 사물이 그 어떤 이념적 구분이나 가치론적 서열화를 넘어 갖는 일체성을 상기할 필요가 있다. 이 일체성 속에서 인간은 폭력 없이 서로 어울릴 수 있기 때문이다. 윤동주가 꿈꾸었던 것도 그렇지 않았을까?

윤동주의 고향

나는 윤동주를 좋아한다. 그가 민족의 독립을 위해 삶을 바친 투사여서가 아니라, 물론 그런 면도 중요하지만, 어느 시에나 자신을 살피고 주변을 돌아보면서 현실을 헤아리는 자아가 담겨 있기 때문이다. 그의 시적 자아는 소리지르거나 외치지 않는다. 강변하거나 주장하는 법도 없다. 다만 그는 조용히 삶을 살피면서 그 유래와 기원을 떠올린다.

이렇게 떠올려지는 것에는 별과 달과 길이 있고, 시대의 어둠처럼 하루의 피로도 있다. 그렇듯이 추억과 사랑과 쓸쓸함처럼 알 수 없는 아픔과 시련과 수치도 있다. 그런데 이 개인적 자괴와 시대적 아픔은 날것 그대로 나타나는 것이 아니라 언어에 의해 걸러진다. 말하자면 시적 표현 속에서 어두운 현실이나 실존적 자괴는 객관적으로 중화되면서 싸워야 할 것이면서 동시에 견뎌 내야 할 것으로 변해 간다. 현실과의 거리는 이때 생겨나고, 이 거리감 속에서 삶의 장애는 마침내 극복할 만한 것으로 간주된다.

이런 시적 자아—내면성으로 무장된 윤동주의 견고한 자아를 나는 오랫동안 흠모했다. 그의 시는 이념이나 국경을 넘어선다. 관념적으로 뒤틀리고 가치론적으로 구획된 경계 그 너머를 지향한다고나 할까? 모든 경계는 질곡이기도 하다. 경계는 필요한 것이면서 동시에, 어떤 가능성의 차원에서 보면, 제약인 까닭이다. 그러니까 내가 윤동주를 사랑하는 것은 그가 '저항 시인'이어서가 아니라 그저 시인이기 때문이다. 마치 백두산이 백두산 이전에 '산'이고, 두만강이 도문강이나 두만강으로 불리기 전에 '강'이듯이, 그래서 이 산과 강의 본래적 모습을 떠올리게 되듯이…….

연변 대성중학교 시절의 윤동주(1917~1945)

유고 시집 『하늘과 바람과 별과 시』(1948) 초판본

그의 미소와 그의 눈빛.

그는 '조선어로 시를 썼다'는 이유로 죽음을 당했다.

삶이 꿈꾸는 데 있다면,

이 꿈꾸는 영혼 이외에 어떤 별이 우리에게 있는가?

나는 두만강 변으로 향하는 버스 안이나 장춘공항에서, 그리고 인천으로 돌아오는 비행기 안에서 그의 「하늘과 바람과 별과 시」를 읊조렸다. 이 시집은 '흑룡강 조선민족출판사'에서 발간된 것이었다. 시인이 다녔던 명동소학교(지금은 대성중학교)의 한구석에서 이 책을 구입한 후 나는 시간이 날 때마다 나직이 웅얼거렸다. 윤동주는 현실의 크고 작은 어둠과 대결하면서 보다 넓은 세계—나에서 너로 나아가고 골목과 마을과 숲과 언덕을 지나 새롭게 우주로 열리는 "또 다른 고향"을 희원했다.

고향에 돌아온 날 밤에
내 백골이 따라와 한방에 누웠다.

어두운 방은 우주로 통하고
하늘에선가 소리처럼 바람이 불어온다.

어둠 속에 곱게 풍화작용하는
백골을 들여다보며
눈물짓는 것이 내가 우는 것이냐
백골이 우는 것이냐
아름다운 혼이 우는 것이냐

지조 높은 개는
밤을 새워 어둠을 짖는다.

어둠을 짖는 개는
나를 쫓는 것일 게다

가자가자
쫓기우는 사람처럼
백골 몰래
아름다운 또 다른 고향에 가자

「또 다른 고향」(1941) 전문

고향에 돌아와 누운 "내" 옆에는 "백골"이 누워 있다. "내"가 누운 방은 어둡다. 그것은 "지조 높은 개"와는 달리 "내"가 "밤을 새워 어둠을 짖"지 않았기 때문일 것이다. 하지만 이렇게 우는 자신에게 시적 화자는 깊게 공감한다.

울고 있는 자기 자신은 "백골"일 수도 있고, "아름다운 혼"일 수도 있다. "눈물짓는 것이 내가 우는 것이냐/백골이 우는 것이냐/아름다운 혼이 우는 것이냐." 시적 화자는 "지조 높은 개"처럼 밤새도록 어둠을 짖지 못하지만, 자신이 백골임을 알기에 "아름다운 혼"일 수 있다. 이 아름다운 혼은 자기를 돌아보는 가운데 "아름다운 또 다른 고향"에 가기를 갈망한다.

윤동주는 좀 더 적극적인 행동으로 현실에 개입하길 원했다. 하지만 그러기에 그는 너무 조용하고 내면적이며 여리고 순정한 사람이었던 것 같다. 그는 이런 자신을 부끄러워했다. 그는 세계관이나 인생관 같은 큰 문제가 아니라, 별과 바람과 나무와 우정 같은 작은 것에 더 많이 괴로워하는 자신을 자주 질책했다. 하지만 세계관 같은 문제가 나날이 맞닥뜨리는 나무와 바람과 우정 같은 일과 어떻게 무관한 것인가? 그리고 나무나 우정이 언제나 '작은' 문제일 뿐인가? 그렇지 않다. 미시와 거시는 삶에서 분리된 것이 결코 아니다.

윤동주는 나무를 오랜 벗이요, 이웃처럼 여겼다. 나무는 바위처럼 굳건하지 않아도 한곳에 뿌리를 박고 주변의 사물들과 어울리며 살아가기 때문이다. 그는 나무에게 묻듯이, 시에게 물으며 살고자 했다. 그렇게 하여 가고자 했던 곳이 "또 다른 고향"이다. 이 고향은 민족의 독립이 이뤄지는 정치적·물리적 공간이면서 이 인위적 경계를 넘어서는 상상의 공간이고 시적 공간이기도 하다. 거기에는 어릴 때 다니던 소학교 책상이 놓여 있고, 이국 소녀들과 가난한 이웃들이 함께하며, 노루와 토끼와 시인이 어울리듯이 추억과 사랑과 쓸쓸함이 깃들어 있는 곳이었다. 그러나 이 그리운 것들은 너무도 멀리 있어 그는 "별 하나에 아름다운 말 한 마디씩 불러보는" 일 외에 아무것도 할 수 없었다.(「별 헤는 밤」)

별이 아니라 별을 헤아리는 영혼만이 있는지도 모른다. 그렇게 꿈꾸는 영혼이야말로 '삶의 별'이라고 말해야 할 것이다. 그래서 토마스 하디는 100년 전에 시인 앨저넌 스윈번을 인용하며 이렇게 썼던 것인가? "자신의 영혼 외에는 어떤 별도 없었다."

이 영혼의 고향을 염원하면서 윤동주는 매일매일 자신을 다독이며 돌아보고자 했다. "밤이면 밤마다 나의 거울을/손바닥으로 발바닥으로 닦아 보자."(「참회록」에서) 이런 고향은 온갖 서열이나 구분 이전의 화해로운 세계일 것이다. 이 세계를 당장 실현하기 어렵다면, 우리는 가끔 떠올리는 것으로 이 세계를 예비할 수도 있을 것이다. 그것은 백두산을 '산'으로서, 두만강을 '강'으로서 기억하고, 우리가 사는 지구를 민족과 종교와 이념을 넘어 생명의 평화로운 땅으로 생각하는 일과 같을지도 모른다.

그러나 윤동주가 염원했던 세상은 실현되지 않는다. 시인은 이 나라가 해방되기 전 후쿠오카 형무소에서 죽는다. 그의 죄목은 '한글로 글을 썼기' 때문이었다. 이 모국어로 이름 이전의 또 다른 고향을 희구했기 때문일 것이다. 우리는 "쫓기우는 사람처럼" 고향에 갈 수 있을 뿐인가? 영혼은 백골이 되어서야 아름다울 수 있는가? 그렇게 되기까지 우리는 삶의 풍파를 얼마나 더 견뎌 내야 할까? 나는 이 반도의 북녘에 무성하던 흙빛 자작나무를 떠올린다.

자연에 대한 짧은 생각

중국 구이린(桂林)을 다녀와서

지난 2월 초순 중국 구이린(桂林)에 다녀왔다. 그 풍광이야 이전부터 들어 왔지만, 세상에 좋다는 곳을 어디 다 가 볼 수 있겠는가? 이번에 결행하게 된 것은 최근 살펴본 이가염李可染 선생의 산수화山水畵 때문이었다. 굵고 진하게 그려 낸 그의 수묵풍경화는 그야말로 우리가 잊고 지내 온 자연—삶의 토대이자 생활의 공간으로 자리하는 땅과 하늘의 근원적인 이미지를 강렬하게 암시하는 것이었다. 그 그림은 너무 인상적이어서 언젠가 그에 대한 명상을 쓰고 싶다는 충동이 일어날 정도였다. 그러려면 그 배경이 된 구이린을 수박 겉핥기로라도 우선 보고 와야 했다.

구이린의 현실은 그러나 갖가지 어지러움으로, 적어도 나에게는, 가득한 곳이었다. 중국이 대개 그러하지만, 구이린에도 공사 중인 데가 많았다. 도로는 여기저기 패어 있었고, 먼지는 곳곳에서 풀썩거렸다. 운전 수칙이나 보행 질서는 아예 없는 듯 보였다. 공동체로서 한 사회가 가진 안정성이 전체적으로 낮다고 하지 않을 수 없었다. 게다가 대기는, 원래 그러한지 오염 때문인지 알 수 없으나, 거기 머물던 5일 동안, 계속 희뿌윰한 안개로 덮여 있었다. 어느 하루 햇살이 한두 시간 비쳐 들었을 뿐이다.

구이린은 가장 추울 때도 영상 4~7도 정도이고, 가장 더울 때는 38~39도까지 오른다고 했다. 겨울에는 영하로 내려가지 않기 때문에 난방이 따로 필요 없고, 정 춥다면 전기장판을 사용한다고 한다. 1년 내내 많은 비가 내리지만, 기온은 대체로 온화하다고 했다. 특이한 점도 여럿 있었다. 그중 하나는 도시와 시골 사이에는 짓다 만 집들이 많은데, 거의 모두 단층이 아니라 2~3층이라는 사실이다. 1층은 습기 때문에 창고로 사용되고, 2층이 주거용으로 사용된단다. 중국 사람들은 집을 짓다가 돈이 모자라면 그대로 놔두었다가 돈이 생기면 다시 짓기 시작한다고 했다. 그만큼 실질적인 것이다. 이런 곳에서 자연의 풍광은 어떤 의미를 가지는가?

2. 산 뒤에 산이, 강 너머 강이

구이린과 양숴(陽朔)의 거리는 65킬로미터 정도다. 한국에서는 구이린이 더 알려져 있지만, 사실은 양숴의 아름다움이 더 낫다고들 했다. 중국 돈 20위안 화폐(우리 돈 4,000원 정도)의 배경도 바로 양숴다. 돌아보았던 지역 가운데 가장 인상 깊었던 곳은 푸리(福利)-양숴 구간에 있는 리장(離江)의 풍광이었다. 푸리는 정확히 푸리 진이다. 중국의 행정구역이 '시市'-'구具'-'현縣'-'진鎭'-'촌村' 단위로 구분된다고 하니, 푸리 진은 구이린 시의 하위 행정단위인 셈. 나는 양숴 구 푸리 진 소학교 앞을 지나 이곳의 선착장에서 한시간 반 정도 배를 탔다.

구이린-양숴 사이에는 기기묘묘한 산봉우리들이 곳곳에서 크기와 형태를 달리한 채 끝도 없이 놓여 있었다. 전날 상공산相公山 정상에 올랐을 때, 안내자는 "한국에서는 금강산 1만 2천 봉이라고 하는데, 중국 구이린은 3만 6천 봉이라고들 한다"고 했다. 어느 것에나 과장이 있겠지만, 이곳에 대한 그 설명은 말 그대로 아닌가 라는 느낌이 들 정도로 장대하고 다채로웠다. 그래서 남송 시대의 시인

범성대范成大는 이렇게 썼던 것일까?

> 계림(구이린)산수는 천하의 으뜸이요, 양삭(양쉬)은 계림의 으뜸이다.
>
> (鷄林山水甲天下 陽朔堪稱甲桂林)

크고 작은 산봉우리들은 갖가지 형태로 마치 땅의 기세를 분출하듯이 솟아 있었다. 예술이 추구하는 것도, 그림이든 음악이든, 땅과 물과 하늘의 이런 리듬인지도 모른다. 이가염의 인장印章 중에도 '산수지음山水知音'이라는 글이 있었다. 그림은 산수가 지닌 동적인 에너지, 그 음악적 리듬감을 포착해 내야 한다는 뜻일 것이다.

배를 타고 강을 가로지르면서 보는 이강의 풍광에는 말로 표현하기 힘든 무엇이 있었다. 거기에는 자연적 풍경의 아름다움뿐만 아니라 이 아름다움을 넘어선 깊고 그윽한 정취가 퍼져 있었다. 현묘玄妙하다고나 할까? 하나의 산 너머 또 다른 산이 있고, 여기의 강을 지나 또 다른 강이 흘러갔다. 마치 주산主山이 이 주산을 감싼 조산祖山을 통해 더 큰 산줄기로 이어지듯이, 중경中景은 근경近景이나 원경遠景과 어우러지면서 아기자기하면서도 웅대한 형상을 만들어 냈다. 그리고 이 갖가지 형상은 놀랍게도 물속에서도 나란히 살아나는 것이었다. 그래서 먼 산

2015년 2월 초순의 중국 구이린 풍경

경탄스러우리만치 아름다운 산과 강과 계곡,
그 사이에 신산스런 생업生業이 있다.
자연은 결코 어질지 않다.
대나무로 엮은 뗏목 하나가
늦은 오후 물고기 몇 마리를 싣고
집으로 돌아간다.

봉우리는 마치 꿈과 생시의 경계처럼 아스라하면서도 바로 내 곁에 있는 듯이 느껴졌다. 내가 물 위로 흐르는 것인지, 아니면 구름이 되어 떠다니는지 아득한 현기가 일었다. 아마 물아物我는 둘이 아닐 것이다. 아득함은 이미 내 안에도 있다.

천천히 흘러가는 강물은 바닥이 훤히 들여다보일 정도로 맑았다. 이 잔잔한 물 위로 한 어부가 대나무 뗏목을 저으며 유유히 지나갔고, 가마우지를 이용하여 물고기를 낚는 전래적인 모습도 보였다. 강 옆으로는 야자나무나 팔손이나무도 서 있고, 우리에게 친숙한 유채꽃도 흐드러지게 피어 있었다. 가끔 빨래하는 아낙네도 보였고, 물지게를 나르는 촌로村老도 나타났다. 다들 자연에 맞춰 생계를 이어가는 모습이었다. 이런 일상의 크고 작은 움직임 뒤로 바위산이, 예나 지금이나 다름없이, 내가 도착했을 때나 떠나갈 때도, 끝없이 펼쳐졌다. 오밀조밀하여 쓰다듬고 싶을 만큼 앙증맞은 산도 있고, 거대하고 웅장하여 범접하기 힘든 산도 있었다. 인간은 물 너머 물 옆에서, 산 뒤의 산 아래에서, 이 자연을 때로는 쓰고 때로는 그리며 마치 점點처럼 잠시 살아갈 뿐이다.

양쉬의 아름다움은 바위로 된 산의 지형적 아름다움이다. 자연이 수려하다면, 그것은 '그 자체로 아름답다'고 나는 지금까지 생각해 오곤 했다. 하지만 과연 그런가? 오히려 자연은 '인간적 규모 안에서' 아름다울 수 있지 않는가?

사실 중국의 많은 것은, 나는 중국에 관한 한 초심자에 불과하지만, '규모(scale)'의 문제이지 않나 여겨질 때가 있다. 예컨대 구이린에서 가장 가까운 나라는 베트남이라는데, 거기까지 버스로는 12시간 걸린다고 했다. 안내해 준 조선족 청년은 고향인 하얼빈까지 27시간 기차를 타고 간다고 했다. 이것은 한국에 익숙한 척도—이를테면 '버스로 서너 시간'이라든가, '남북 합해서 1000킬로미터' 같은 기준을 훨씬 넘어선다. 이처럼 감당하기 힘든 규모 속에서 살아가는 것이라면, 삶에서 일어나는 많은 문제들, 이른바 중국적 '만만디(慢慢的)'—느림이나 허술함은 어느 정도 이해될 수 있지 않나 싶었다. 그러면서 이런 규모의 문제는 관습이나 규범 이외에도 자연 이해나 미적 개념에도 고려되어야 하지 않나 여겨졌다.

자연은 '내가 그 속에서 살아갈 수 있는 한' 아름다운 것이고, 이 아름다움은 '우리가 그 속에서 먹고 살며 화평

할 수 있는 조건 아래서만' 도달된다. 이 인간적 규모를 벗어날 때, 삶의 환경은 쾌적하기 어렵기 때문이다. 사람이 춥고 배고플 때, 그리하여 주변 세계가 광포한 힘으로만 존재할 때, 어떻게 자연이 아름다울 수 있는가? 이강 유람에서도 그랬지만, 상공산으로 가는 길옆의 무수한 과수원들을 보면서도 그런 생각이 들었다.

끝도 없이 솟아 있는 산에는 그 어깨와 허리에까지 수천, 수만 그루의 낑깡 나무가 서 있었다. 그런데 이 나무들 위로는 냉해를 막기 위함인지 비닐이 덮여 있었다. 그리하여 온 천지가 발치에서 하늘 닿는 데까지, 마치 설치미술에서처럼, 하얗게 감싸여 있었다. 한두 집 사람들이 아니라 온 마을 사람들이, 그리고 한철이 아니라 여러 철에 걸쳐 밤낮으로 일을 해도 모자랄 만큼 과수원은 넓게 또 멀리 펼쳐져 있었다. 이렇게 경작하기까지 아마 수 세대에 걸친 피와 땀이 쏟아 부어졌을 것이다. 구릉 넘어 구릉이요, 계곡 너머 계곡인 이 가파른 곳에서 사람들은 어떻게 일하고, 그렇게 흘린 땀방울은 어떻게 제대로 된 수확으로 이어질 것인가? 설령 수확을 제대로 한다고 해도 어떻게 시장으로 운반할 것이며, 또 운반되었어도 그 과일은 제값을 받을 수 있을 것인가? 그래서 한 사람당 수백 수천 시간에 이를 노동은 그에 상응하는 보답을 받을 것인가? 이것은 저 유명한 계단식 논밭梯田을 볼 때처럼 아름답기보다는 착잡한 마음을 더 많이 불러일으켰다.

이런 체험을 하면서, 자연을 그냥 '아름답다'거나 '수려하다'고 말해선 안 되겠다고, 그런 말을 이제는 자제해야겠다는 생각이 들었다. 나도 이제 철이 들어가는 것인가? 양쉬의 아름다움은 자연의 아름다움이지만, 그러나 그것은 지리적 조건만의 아름다움에 그치지 않는다. 자연의 아름다움은, 이 자연 속에 사는 인간들이 그 나름의 자족적인 삶을 살 수 있을 때 완성되는 것일 것이다(그런 점에서 모든 아름다움이란 '인간의' 아름다움이고, '인간이 개입한' 혹은 '인간에 의해 뒤틀린' 아름다움이기도 하다. 이 때문에 아름다움의 기준도 더 객관화할 필요가 있을 것이다). 이런 생각 때문인지 상공산 입구에서 만난 한 촌로—내게 맛보라며 귤 하나를 건네주던, 여든은 족히 되어 보이던 노인한테서 귤 한 봉지 사는 것을 미처 생각지 못한 일이 여행 내내 마음에 걸렸다.

4. '인간세人間世' — 파괴된 자연에서

오늘날 지구 땅의 4분의 3은, 그것이 도시나 농지든, 목초지나 공장 혹은 쓰레기장이든, 인간이 개입하고 조작한 흔적이다. 황무지나 고산지대나 극지방은 그런 개입이 없는 것으로 보이지만, 사실 이런 곳도 대기나 해류를 통해 갖가지 화학물질로 오염되어 있다. 기후 변화는 그 때문일 것이다.

이제 자연은 더 이상 낭만적인 감정으로 대하기 어렵게 되어 버렸다. 자연을 '인간에 의해 전혀 영향받지 않은 채 그 자체로 자라나고 사라지는 생태계'라고 한다면, 그래서 '순수성'과 '아름다움', '균형'과 '조화'를 상징하는 것이라면, 그런 고전적 의미의 자연은 더 이상 없다고 우리는 말해야 한다. 이렇게 자연이 완벽하게 사라지고 있기 때문에, 거꾸로 자연을 그만큼 강렬하게 바라는 것일 것이다. 인터넷에서 '자연'을 치면 곧바로 나타나는 단어는 '자연눈썹문신'이나 '자연재배'다. 이제 자연은 더 이상 인간 혹은 인공과 분리하여 생각하기 어렵다. 그렇듯이 자연도 문화와 긴밀하게 뒤엉켜 있다. 현대는 자연 과잉의 비자연적 인공 시대다. 그렇다면 현대의 자연은 더 이상 순수 자연이 아니라 차라리 인간의 소산이고 문명의 산물로 봐야 할 것이다.

노벨 화학상을 받은 파울 크루첸Paul Crutzen이 인류의 시대, 즉 '인간세人間世(Anthropocene)'라는 용어를 쓴 것도 그런 맥락에서였다. 그는 1만 1,000년 전에 마지막 빙

하기가 끝나면서 시작되는 '충적세沖積世'라는 용어 대신 '인간세'라는 말을 2000년 어느 국제회의에서 제안한 바 있다. 여기에는 인류의 자연 개입이 단순히 지구의 표면에서 긁적이는 정도에 그치는 것이 아니라, 지구 전체를 근본적으로 그리고 계속하여 변화시켰다는 문제의식이 들어 있다. 자연과의 관계에서 이제, 문화든 문명이든 아니면 과학기술이든, 안과 밖의 경계는 없는 것처럼 보인다. 인간은 자연을 더 이상 외부에서 파괴하는 힘이 아니라, 그 내부에서 개입하고 관여하는 지구 체계의 일부로 자리한다.

크루첸은 "나의 손자들이 살게 될 환경은 오늘날의 환경보다 더 나은 상태가 되도록 애써야" 한다고 말한 바 있지만, 지구는 이제 단순한 보호구역의 설정으로 나아지기 어렵다. 그것은 그 전체가 '생명권의 보존지역'이 되어야 한다. 말하자면 인간과 함께 가야 할 운명의 동반자로서 이 지구를 대해야 할 범생명적 자각과 책임의 시대가 된 것이다.

그러나 한 걸음 다시 물러나자. 이런 생각도 인간의 관점이 개입된 인간중심적인 시각일 수도 있다. 자연은, 한 걸음 떨어져 더 냉정하게 보면, 인간이 아니라도 이미 거기에 있고, 인간 이전처럼 인간 이후에도 자리할 것이다.

사실 자연의 모든 사물은 인간의 영향 이전에 그냥 있지 않는가? 그러니 자연은 그 자체로 아름다울 것도 없다고 말해야 할지도 모른다. 이 무심하고 냉정한 자연 속에서 인간은 좋든 나쁘든 그 속에서 부대끼며 살아야 한다. 자연이 아무리 오염되고 파괴되었다고 해도 삶과 생명의 공간으로서의 본질적 성격은 사라지지 않는다. 바로 이 점—자연은, 그것이 물질적·환경적 생명의 근본 조건을 되돌아보게 한다는 점에서, 여전히 그리고 너무도 중대한 것이라고 말하지 않을 수 없다. 그러므로 인간이 자연에 '빚지고' 있다는 자각은 단순히 어떤 도덕의식이나 양심에서가 아니라, '명백한 사실'로서의 인간과 자연, 생명과 지구의 불변적 유대 때문에라도 절실한 것이 된다.

아마도 생명 공간의 토대로서 자연이 갖는 이미지는, 모든 낭만적 자연 이해의 허위성에도 불구하고, 또 아무리 이 지구가 쓰다만 중고품처럼 되었다고 해도, 여전히 중요할 것이다. 많은 시인과 철학자가 자연을 어떤 쇄신

혹은 그리움의 근원으로 여긴 것은 그 때문일 것이다. 모든 미학적 시도 그리고 예술적 표현이 그리려는 것도, 적어도 궁극적으로는, 삶의 모태로서의 자연의 이미지다. 인간은 자연 밖의 삶을 상정하기 어렵다. 우리가 더 나은 삶을 상상한다면, 그리하여 아름다운 삶의 가능성을 포기할 수 없다면, 이 가능성의 바탕이자 근원이 되는 것이 자연인 까닭이다. 인간의 한계와 그 너머의 가능성을 표상하는 데 자연만 한 대상은 없다.

Ⅱ 가장家長의 근심

가장家長의 근심

이 땅에서 아이 키우기

삶은 왜 이토록 무서운 것인가? 날이 갈수록 삶이 분명하게 보이기보다는 오히려 모호하고 더 어려워지니, 그것은 무슨 까닭인가? 삶을 이루는 현실도, 이 현실을 살아가는 주변 사람들도 내게는 버겁게 느껴진다. 그래서 때로는 말 꺼내기도, 또 말 붙이기도 망설여진다.

스무 살 무렵 나는 나이가 들면 사람은 훨씬 더 현명해질 것이라고 믿었다. 생각하는 일에서나 말하고 행동하는 데 있어 점점 사려 깊어지고 깨우침이 더해져 삶의 이런저런 갈등은 훨씬 줄어들 것이라고 나는 여겼다. 하지만 현실은 그렇지 않았다. 적어도 내게는 그렇게 보이지 않았다. 사람들은 나이가 들수록 이해심이 더 높아지고, 판단이나 결정에서 더 분별 있게 되는 것이 아니라 더 어리석고 탐욕스러워지며, 이런저런 아집과 편견으로 더욱 완고해져 가는 것처럼 보인다. 그래서 인간관계나 사회 경험의 내용도 착잡하고 기이하게 여겨질 때가 많다. 현실을 알아 갈수록 삶은 더 부담스럽게 느껴지는 것이다. 이 땅에서의 삶은 특히 그렇지 않나 싶다. 그럴 때마다 떠오르는 한 구절이 있다. 그것은 '가장家長의 근심'이다.

1. 카프카의 한 이야기

『가장의 근심(*Die Sorge des Hausvaters*)』은 프란츠 카프카F. Kafka가 쓴 아주 짧은 글 가운데 하나다. 이것은 1919년 12월 19일 프라하에서 발간된 유대인 주간지에 처음 발표되었다. 이 글 역시, 카프카의 많은 글이 그러하듯이, 그 뜻을 쉽게 파악하기 어렵다. 『가장의 근심』에서 주인공은 '오드라덱Odradek'이라는 말이 어디에서 온 것인지 묻는다. 그것이 슬라브어에서 온 것인지, 아니면 독일어인데 슬라브어의 영향을 받은 것인지 알 수 없다고 그는 말한다. "이 두 가지 해석의 불확실성으로 말미암아 어느 해석도 맞지 않으며, 그 어떤 해석으로도 그 말의 의미를 찾을 수 없다고 옳게 추론할 수 있다." 어쩌면 이 글은 의미의 근본적 파악 불가능성을 말하고자 했는지도 모른다.

여기에서 오드라덱은 어떤 '사람'의 이름이고, 이 사람

Franz Kafka, 『변신』(1916) 초판본

문 밖에서 한 남자가 얼굴을 움켜쥔 채 서 있다.
"만일 내 자신을 위해 쓰지 않는다면,
나는 그대에게 편지 쓸 시간을 더 많이 가질 겁니다.
그대에게 가까이 있음을 누리기 위해 말이죠.
그 가까움은 생각에 의해, 글을 쓰면서,
그리고 내 영혼의 모든 힘을 다해 싸우면서 생겨납니다."

프란츠 카프카, 1912년 12월 23~24일, 「펠리체 바우어에게 보낸 편지」

을 지칭하는 '말'이다. 그러니만큼 오드라덱의 어려움은 인간의 어려움이고, 이 인간을 뜻하는 언어와 의미의 어려움이다. 해석이란 언어와 의미 사이에 있다. 의미는 어떤 언어에 대한 해석을 통해 획득되기 때문이다. 그러므로 오드라덱을 둘러싼 어려움은 인간과 언어, 그리고 해석의 불확실성으로부터 나온다. 카프카는 다음 구절로 이 글을 끝맺는다.

> 오드라덱은 다락이나 계단, 복도나 현관에 번갈아 가며 머무른다. 때때로 그는 몇 달 동안 보이지 않기도 한다. 그럴 때면 그는 다른 집으로 간 것인지도 모른다. 그러나 그는 우리 집으로 다시 돌아온다. 간혹 문을 나서다가 보면, 오드라덱이 계단 난간 바로 아래 기대 있고, 그럴 때면 그에게 말을 하고 싶은 기분이 든다 …… "네 이름이 뭐니"라고 물으면, 그는 "사는 데가 분명치 않아요"라고 말하며 웃는다. 그러나 그 웃음은 폐가 없이 터져 나오는 것 같다. 그래서 바스락거리는 낙엽 소리처럼 들린다. 그렇게 대화는 대개 끝난다. 어떻든 이런 답변조차 늘 들을 수 있는 게 아니다. 그는 종종 오랫동안 나무토막처럼 말이 없고, 이 나무토막처럼 보인다.
>
> 쓸데없이 나는 그에게 무엇이 일어날지 자문한다. 그는 대체 죽을 수 있을까? 모든 죽는 것은 그 전에 목표와 행위를 가지고, 그 목표와 행위에 마모된다. 하지만 오

> 드라덱은 그렇지 않다. 그렇다면 그는 내 아이들과 내 아이들의 아이들의 발 앞에서도 여전히 노끈을 끌면서 계단을 굴러다닐 것인가? 그는 정말 그 누구도 해치지 않는다. 하지만 나보다 오래 살아 있을 것이라고 생각하면, 그것은 내게 거의 고통스러운 것이다.

이 오드라덱이 사는 곳은 분명치 않다. 그는 정해진 곳에 사는 것이 아니라, "다락이나 계단, 복도나 현관에 번갈아가며 머무른다." 그는 "때때로 몇 달 동안 보이지 않기도 한다." "그럴 때면 그는 다른 집으로 간 것인지도 모른다." 그러면서도 "우리 집으로 다시 돌아온다." 그는 주거지가 불안정한 채로 늘 돌아오고 또 나가는 무엇인 것이다. 사는 데가 분명치 않다고 대답하는 "그 웃음은 폐가 없이 터져 나오는 것 같"고, 그래서 "바스락거리는 낙엽처럼 들린다." 그의 답변은 이렇게 공허하다. "그는 종종 나무토막처럼 오랫동안 말이 없고, 이 나무토막처럼 보인다."

2. 전승되는 불확실성

이렇게 보면, 오드라덱을 특징짓는 몇 가지 사항이 떠오른다. 오드라덱이라는 이름은 그 출처가 모호하고, 사는 데도 분명치 않으며, 그가 말하는 것이나 답변도 공허하다. 말하자면 모호성은 오드라덱의 출신이나 말, 답변이나 주거지, 그리고 그의 존재 일체를 규정하는 것처럼 보인다. 의미와 해석의 모호성은 이렇게 나온다. 그러나 더 중요한 것은 이처럼 편재하는 모호성에도 불구하고 오드라덱이라는 존재는 사라지지 않을 것이라는 암시다. "모든 죽는 것은 그 전에 목표와 행위를 가지고, 그 목표와 행위에 마모된다. 하지만 오드라덱은 그렇지 않다." 그는 "내 아이들과 내 아이들의 아이들의 발 앞에서도" "여전히 노끈을 끌면서 계단을 굴러다닐" 가능성이 크다. 그래서 그는 "나보다 오래 살아 있을 것"이고, 그래서 "내게 거의 고통스러운 것"이다.

그러므로 삶에서 참으로 결정적인 문제는 이 불분명성의 지속—한 생애를 넘어 이어지는 불분명성의 실재(reality)이다. 애매성은 하나의 인간에서 다른 인간으로, 또 하나의 세대에서 다음 세대로, 구원에의 그 어떤 예감이나 답변도 주지 못한 채, 전승된다. 인간은 생애가 다 지나가는 동안 자신들의 "목표와 행위에" "마모되고" 만다. 아마도 인간의 삶에서 가장 끈질기게 이어지는 것은 이 의미의 애매성 혹은 해석의 불확실성일 것이다. 이 불확실성 아래 일어나는 영육의 지속적 마모야말로 삶에서 가장 고통스런 경험일 것이다. 카프카의 삶은 그 점을 잘 보여 준다.

널리 알려져 있듯이, 카프카는 체코의 프라하에서 태어났지만 체코 말이 아니라 독일 말을 썼고, 독일어를 썼지만 유대인이었다. 그러나 율법주의에 반대한다는 이유로 그는 유대인들로부터 배척받았고, 독일문화에 깊이 공감했지만 독일인들로부터도 따돌림받았다. 그는 삶의 거의 모든 영역에서, 지역과 언어와 인종과 문화, 그리고 가치와 세계관 등등에서 스스로 이방인이라고 여겼다. 카프카의 외로움은 과연 몇 겹이었을까? 유능한 상인이었던 그의 아버지는—세상의 모든 상인들은 왜 다들 그렇게 유능한지!—아들을 상인이나 아니면 법률가로 키우려 했고, 그래서 결국 카프카를 프라하 법대에 다니도록 만들었다.

대학 졸업 후 카프카는 법원에서 잠시 시보試補로 근무하기도 한다. 하지만 그가 죽을 때까지 근무한 곳은 노동자 재해 보험국이라는 직장이었다. 그는 이곳에 평생 근무하면서 저녁이 되면 글을 썼다. 그러다가 폐병에 걸려 요양소 몇 곳을 떠돌아다녔고, 그러다가 결국 나이 42살로 세상을 떠난다. 말년에 그는 후두암에 걸려 있었다. 요즘 같으면 링거를 맞고 살아갈 수도 있겠지만, 그때는 목이 탈나면 음식물을 삼킬 수 없었다. 그는 결국 먹지 못해서, 그래서 굶어서 죽어 간 것이다. 이 무렵에 쓴 『단식 광대(*Ein Hungerkünstler*)』(1924)에는 바로 그와 똑같은 인물이 나온다. 물 한 모금 마시지 못한 채 굶어 죽어 가는 어떤 사람과, 이 사람을 구경하기 위해 몰려드는 관객들과, 광대의 단식을 부추기며 돈을 버는 서커스 단장이 등장한다. 어떤 고통과, 그런 고통을 생각 없이 즐기는 사람들과, 이 고통을 장사거리로 삼는 사람으로 엮어지는 부당하고 비열한 삶의 체제는 오늘날에도 있다. 그렇게 카프카는 죽어 갔다.

그렇게 글을 썼으면서도 카프카는 출판에 그리 적극적이지 않았다. 그의 이름을 안 출판업자가 재촉하면 그는 마지못해 한두 편씩 내어 주었고, 이렇게 발표된 글은 거의 팔리지 않았다. 그의 글에 주목한 사람들은, 극히 눈 밝은 독자를 제외하고는, 그 당시에 거의 없었다. 죽기 전에는 자신의 글을 모두 불태워 버리라고 친구 막스 브로트Max Brod에게 그는 부탁한다.

살아 있을 때 카프카보다 더 유명했던 이 친구는, 그러나 이 유언을 어기고 출간하기로 결정한다. 『가장의 근심』 역시 그런 병약하고 내성적이었던 카프카가 쓴 좌절의 기록이고, 이 좌절을 기억하려는 몸부림으로 보인다. 카프카의 언어는 이 몸부림 때문에 그 자신보다 오래 살아남지 않았을까?

3. 두 아이를 키우는 일

우리 집에는 두 아이가 있다. 이 두 아이를 키우면서 그리고 가족을 부양하면서 나는 가끔 카프카적 가장의 근심을 떠올린다. 집안의 속사정을 말하는 것은 주저되는 일이지만, 글은 나날의 체험에 뿌리박고 있어야 거짓되지 않고, 각자의 실존적 절실성에 닿아 있어야 결국 살아남는다고 믿고 있기에, 좀 적어 보려 한다.

큰아이는 이번 학기에 대학을 졸업하고, 둘째 아이는 고등학교 3학년에 재학 중이다. 두 아이는 물론 잘 크고 있다. 그리고 이 아이들을 곁에서 보고, 같이 얘기하고, 크고 작은 체험을 함께하는 것은 흐뭇한 일이다. 그러면서도 두렵다. 어쩌면 이 두려움은 아이 키우는 재미보다 더 큰 것이라고 해야 할 것 같다. 아이들은 내가 말한 그대로 말하고, 내가 행한 방식 그대로 행동하기 때문이다. 그것은 사나운 개의 주인이 대체로 사납다는 흥미로운 사실과 비슷한 것일까? 아이에게는 그 부모의 언행이 고스란히 배어 있는 것이다.

20대 후반 혹은 그 후에 결혼하였다고 해도 그 부모가 대체로 아버지 혹은 어머니로서의 '준비'가 되어 있다고 말하기는 어려울 것이다. 나의 경우는 분명 그랬던 것 같다. 그래서 첫아이가 태어나 유치원을 다니고 초등학교를 갈 때에도, 다들 그러하듯이, 기대를 하고, '사랑'이라는 이름 아래 간섭도 많이 했다. 그러다가 아이의 많은 것이 부모로부터 오는 것이면서 동시에 자기만의 것을 스스로 조금씩 만들어 간 것의 총합이라는 사실을 차츰 깨닫게 되었다. 이 자기만의 것은 아집일 수도 있고, 고유한 정체성(identity)일 수도 있다. 이 정체성을 존중하는 데 나는 여러모로 서툴렀다. 한 사람의 정체성이란 각자에게 특수한 기질이나 성향, 그리고 고집이 서로 합쳐져 차츰 형성되는 무엇일 것이다. 성격이나 품성 혹은 인격도 각자의 이 정체성에서 생겨나는 것임은 물론이다.

어떻든 첫째 아이는 초등학교 3학년 때까지 독일에서 학교를 다니다가 한국에 왔다. 그리고 중학교 때까지는 집에서 복습하면서 수업을 무난하게 잘 따라갔던 것 같다. 그러더니 외고 응시에서 떨어지고 일반고로 진학했다. 까칠하던 성격이 부드러워진 것도 그 무렵이지 싶다.

고등학교 1학년 첫 학기였지 싶다. 어느 날 학교에서 오더니, 큰아이는 수학 학원에 보내 달라고 거의 울먹이듯이 하소연했다. 왜 그런가 물었더니, 수학성적이 많이 떨어진다고 했다. 그러면서 자기도 '선행학습'을 하게 해 달라고 했다. 무슨 '선행' 말이니? 선행善行이란 좋은 일인데, 그건 그냥 하면 되지. 나는 이렇게 세상 모르는 답변을 했다. 벌써 10년쯤 된 일이다. 아이는 그게 아니라고 했다. 1학년 1학기 때 모든 친구들은 책의 1과부터 배우는 것이 아니라, 그런 친구들은 거의 없고, 다들 1학년 2학기 책이나 2학년 책을 배운다고 했다. 그렇게는 안 된다, 그건 한국에만 있는, 한국적 병리 현상이기 때문에 선행할 필요 없다고 나는 대답했다. 아이는 수학에서 점차 뒤처지기 시작했다. 학교생활 전체에서 흥미를 잃기 시작한 것도 아마 그 무렵이었을 것이다.

그렇게 큰아이는 고등학교 생활을 보냈다. 그리고 3학년 2학기가 되어 다들 수능 준비로 눈코 뜰 새 없이 바쁘게 지낼 때, 아이는 웬걸 반장이 되어 마지막 학기를 보냈다. 걱정이 아니 될 수 없었다. 결국 재수하게 되었다. 어느 학원의 종합반 등록을 해줬더니, 하루 이틀이 지나자 못하겠다고 했다. 답답하다는 게 그 이유였다. 그러면서 독서실에 다니며 혼자 공부하겠다고 했다. 그러나 공부하라는 소리를 하지 않았더니 정말로 공부를 하지 않았고, 그래서 결국 삼수三修까지 했다.

그 후 큰아이는, 다행인지 불행인지, 대학에 들어갔다.

지난 4년은 즐겁게 보냈던 것으로 보인다. 친구와 만나 같이 얘기하고 맥주도 한 잔 하고 그러지 않느냐고 내가 가끔 말하면, 그건 재미있기도 하지만 시시하기도 하다며 아이는 시큰둥하게 대답했다. 그러면서 바이올린 교습은 휘파람을 불면서 매주 열심히 다녔다. 3~4학년 때에는 철학을 부전공하겠다더니, 최근에는 공부를 해보고 싶다고도 말했다. 공부를 하려면 무엇보다 호기심이 있고 책도 좋아해야 하는데, 아이는 그렇게 보이지 않는다. 그래서 삶에는 공부보다 재미있는 것도 많으니 더 흥미롭고 보람 있는 일을 찾아보라며 나는 말리고 있다.

지금 고등학교 3학년인 둘째 아이는 중학교 1학년 때이던가 한동안 껄렁껄렁하게 돌아다녔다. 그러더니 학기 말에는 반 친구 38명 가운데 정확히 38등을 했었다. 나는 좀 놀랐다. 이 소식을 듣고 나의 은사님은 말씀하셨다. "대단하네요. 그건 모든 걸 다 내려놓아야 가능한 일인데……."

이 둘째 아이가 알이 없는 안경테를 끼고 다닌 지는 벌써 서너 해가 지났다. 왜 그렇게 하고 다니느냐고 물으면, "패션"이라고 짤막하게 대답했다. 얼마 전까지는 바지폭을 줄이는 데 온통 신경 쓰곤 했다. 새로 산 바지는 아무리 멀쩡해도 몇 센티미터씩 습관처럼 줄였다. 어떤 경우에는 한 번 줄였는데 또 줄여서 다리가 들어가질 않아, 결국 방에 드러누운 채, 몇 분씩이나 낑낑거렸다. 옆에서 보면 가관이 아닐 수 없다. 이건 하나의 공연이다. 바보들의 축제 같은 어리석은 공연. 그러나 이런 공연을 보는 즐거움에 나는 산다. 이 아이에게 신은 '갓 메시God Messi'만 있는 듯하다. 언젠가 주말에 맨체스터 유나이티드 경기가 있었다. 책 읽기도 그렇고 해서 볼까말까 망설이고 있는데, 아이가 말했다. "아빠, 오늘 맨유 경기가 있는데, 안 보세요?" "응, 보고 싶긴 한데, 너 공부에 방해될까봐……." 그러자 아이 하는 말. "그럼 같이 보면 되잖아요!" 나는 또 웃었다. 아이와 내가 공유하는 것은 주로 어리석은 삽화들이다. 생활은 아둔한 삽화들의 모음이다.

이 아이는 요즘 하는 거의 모든 말에 'X' 자, 말하자면 동물을 지칭하는 용어를 마치 접두사처럼 붙여 쓴다. 이를테면 'X좋다'거나 'X멋지다', 아니면 'X빡쳤다'는 식으로……. 걱정이 되어 앞으로 뭐가 되고 싶냐고 물으면, 초등학교 선생님이나 영어 교사가 되고 싶다고 한다. 잘 되었네. 교사는 좋은 직업이지……. 하지만 언제 또 바뀔지 모른다. 얼마 전에는 이렇게 덧붙인 적도 있다. "고3은 벽만 봐도 재미있어요. 하루 종일 얄팍한 것들만 배우다가 텅 빈 벽을 쳐다보고 있으면 이런저런 공부한 것들이 떠오르거든요……. 사실은 『내셔널 지오그래픽』 같은 잡지의 기자가 되고 싶어요. 그래서 전 세계 돌아다니면서 동물 사진을 찍고 싶은데, 그러면 가족과 떨어져 지내야 하니까 포기했어요. 난 가족을 사랑하니까!" 이 말이 무슨 핑계처럼 들려 나는 되물었다. "어느 가족 말이니?"

이렇게 아이들은 커가고 있다. 아이들이 커간다는 것은 물론 내가 늙어 간다는 뜻이고, 아이들이 철들어 간다는 것은 조만간 그들이 내 곁을 떠나간다는 뜻이 될 것이다. 사실 삶은 매 순간순간 안타깝고 안쓰러운 것들로 엮어져 있지 않은가?

4. 행복 = 하게 되어 있는 일을 하는 것

"부모 말을 잘 듣는 자식이 어디 자식인가요?" 얼마 전에 한 지인은 이렇게 말했었다. 나는 이 말에 배인 묵은 체념과 낙담을 잘 이해한다. 아이 키우는 일에서의 기대는 낙담 없이 불가능하기 때문이다.

나는 아직도 아이 키우는 방법을 잘 모르겠다. 적어도 가장 확실하고 현명한 양육법에는 자신이 없다. 또 아이들의 입장에서 보면, 지금의 한국만큼 사회적 압박과 경쟁이 살벌한 곳도 세상에 달리 없을 것이다. 이런 현실에서 어떤 납득할 만한 교육 원칙을 갖고 살아가기란 어렵다. 나는 그저 가끔, 좋은 성격을 가지면 인생의 반은 '성공'한 것이고, 즐겁게 살면 이미 충분한 것이라고, 자존심을 가지려면 평소에 성실하게 살아야 한다고, 말한다. 그러나 이런 말을 얼마나 알아들을지 알 수는 없다.

개개인은 어떤 점에서 서로 유사하지만, 그보다 많은 점에서 너무나 다르다. 그러니 아이들이 각자에게 맞는 일을 찾고, 이 일에서 의미를 구하는 것은, 그래서 자기 삶을 만들어 가는 것은 사실 너무도 어려운 일이다. 이 점에서 시행착오는 지극히 당연해 보인다. 교육자의 임무란 잘못을 막아 주는 것이 아니라, 이렇게 잘못된 자를 이끌어 주는 것이라고 괴테는 옳게 썼다. 그는 학생으로 하여금 "그 과오를 잔에 가득 채워 완전히 마셔 비울 때까지 내버려 두라(seinen Irrtum aus vollem Bechern ausschlürfen zu lassen)"고 썼다. 그는 남의 길을 똑바로 걸어가는 많은 사람들보다 방황 속에서 자기 길을 가는 몇몇 사람이 더 바람직하다고 보았다.

내 아이가 지금 그러하듯이, 이 아이를 바라보는 나도 이전에는 크게 다르지 않았을 것이다. 지금도 그렇지만 아이만 했을 때의 나 역시 부모님께 어리석게 굴었을 것이다. 얼마나 자주, 또 얼마나 심하게 부모님 속을 썩였을 것인가? 그러나 돌아보면 이제 두 분은 안 계신다. 어리석음의 깨달음은 부모가 세상을 떠난 다음에야, 아니 그때에도 못 갖다가 커가는 아이들의 아둔한 행동에서 비로소 갖게 된다. 깨달음의 반은 쓸모없는 것이다.

아마도 가장으로서의 나의 근심은, 살아가는 한, 계속될 것이다. 삶의 불확실성은 분명 나보다 오래갈 것이다. 그러니 나 역시 오드라덱처럼 가끔 공허한 웃음을 짓고, 나무토막처럼 할 말을 잊은 채 살아가야 할지도 모른다. 그러나 그렇다고 살아가는 기쁨, 여기 이 자리에서 숨 쉬면서 뭔가를 나누는 공존의 즐거움보다 그 근심이 강하지는 않을 것이다. 그러니 아이 키우는 두려움 역시 삶의 기쁨의 일부여야 마땅하다. 나날의 기쁨을 외면하지 않은 채 커가는 아이를 지켜보는 것, 그러면서 강요하기보다는 스스로 선택하게 하는 것. 그리고 무엇보다 믿고 기다리는 것, 그래서 결국 '태어나면서 하게 되어 있는 일'을 조금씩 실행해 가는 행복을 아이들이 누리게 할 것이다.

능소화의 사랑 방식

『유리알 유희』를 읽고 나서

서울로 가면 서울에 일이 있고, 청주로 오면 청주에 일이 있다. 해야 하는 일은 끊이지 않지만, 그러나 그 일은 내가 감당할 수 있는 것이고, 무엇보다 좋아하는 일들이라 큰 어려움은 없다. 그렇게 황망하던 여름이 지나가고, 이제 아침저녁으로 서늘한 바람이 분다. 가을이 또 부지불식간에 오고 있는 것이다.

능소화 한 줄기

정신없이 여름방학을 보내다가 오랜만에 연구실로 나왔다. 방 청소를 하다가 창가 한구석에서 능소화 한 줄기를 발견했다. 내가 있는 방은 3층이고, 능소화는 이 방의 창가에 무성했었다. 그러나 두어 해 전 벌레 때문인지 없

창가의 능소화, 2016년 10월 말

7~8월의 주황빛 능소화는 이제 다 져 버렸다.
그 풍성하던 잎사귀들은 하루가 다르게 물들어 가고,
찬바람이 불면 또 다시 이듬해를 기약하며
제 몸을 떠날 것이다.

애 달라는 누군가의 청이 있어 깡그리 잘려 나갔던 것인데, 이렇게 높은 곳까지 그 사이에, 그 무덥고 가뭄 심하던 시간 동안에 생명의 푸른 줄기를 뻗친 것이다. 자세히 보니, 까칠한 줄기는 손가락만큼이나 굵다. 아마 주황색 꽃은 내년이 되어야 볼 수 있겠지만, 싱그러운 잎들을 보는 것만으로도 벌써 마음이 밝아 온다.

능소화 줄기 하나에도 이렇게 마음이 흐뭇해지다니, 고마운 일이 아닐 수 없다. 능소화 줄기가 그 차가운 벽돌 표면을 타고 올라갈 수 있는 것은 흡착근吸着根—빨아들이는 작용을 하는 뿌리 때문이다. 이 뿌리에서, 찾아보니, 점액 같은 물질이 분비되어 이 뿌리와 접촉면 사이에 상호작용이 일어난다고 한다. 능소화 뿌리는 이 점액 덕분에, 그것이 가닿는 물체의 표면이 어떠하건 관계없이, 접착제처럼 꽉 달라붙어 이 표면으로부터 떨어지지 않는다. 생명을 퍼뜨리는 뿌리로서의 흡착근……. 나는 능소화의 푸른 잎과 이 잎의 생명을 가능하게 한 흡착근을, 이 흡착근의 말없는 고투를 떠올린다. 고투(苦鬪/孤鬪), 그것은 고통스런 싸움이고 외로운 투쟁이다. 이 외로운 싸움 속에서 능소화 뿌리는 말없는 헌신을 하고 있는 것이다. 사실 좋은 예술 작품이 끊임없이 상기시켜 주는 것도 바로 이런 것이 아닐까?

헤세의 『유리알 유희』

방학 때 읽은 책 가운데는 헤르만 헤세H. Hesse의 『유리알유희(*Das Glasperlenspiel*)』(1943)가 있었다. 이 작품은 그가 50대 중반이던 무렵, 그러니까 나치즘이 득세하던 1932년에서부터 10년에 걸쳐 쓴 말년의 대작大作이다. 그 때문에 이것을 간단히 말하기란 어렵다. 하지만 그 복잡한 양상을 몇 가지로 요약해 보는 것도 오늘의 흐트러진 삶을 추스르는 데 도움이 된다.

학문과 예술의 최고 가치를 마치 파이프오르간을 연주하듯 다루는 고도의 놀이이자 교양 교육이 '유리알 유희'라고 한다면, 이 모든 정신적 가치를 추구하는 사람들이 모여 사는 지역이 카스탈리엔Kastalien이다. 이것은 괴테가 이상으로서 추구했던 '교육주(die pädagogische Provinz)'와 비슷한데, 그 주인공은 요셉 크네히트Josef Knecht라는 인물이다. 소설 『유리알 유희』는 이 놀이의 명인이던 그의 삶을 미래의 시점에서 회고하는 형식을 띤다. 이런 회고 속에서 이 작품은 전쟁과 폭력, 그리고 탐욕으로 황폐해진 현실에서 어떻게 순수한 정신의 문화가 지켜질 수 있는지를 탐색한 것이다.

『유리알 유희』의 구조는 크게 보아 두 축 사이에서 움직인다고 할 수 있다. 두 축이란 물질과 정신, 혼돈과 질

말년의 Hermann Hesse(1877~1962)

"세상을 다스리는 자들의 심성결핍과 자연부재 때문에
이 세상은 질식하고 있다."

헤르만 헤세, 「이념과 그 메아리」(1951)

서, 탐욕과 절제, 그리고 전쟁과 평화다. 세계는, 특히 헤세가 겪은 20세기 전반기의 현실은 이 두 축 가운데 앞의 것—물질과 그에 대한 탐욕 속에서 전쟁을 치르면서 혼돈에 빠진 곳이다. 그리하여 문제가 되는 것은 "삶의 황량한 기계화, 도덕의 심각한 타락, 각 국민의 신앙 상실 그리고 예술의 가짜화"다. 이 엉터리 현실에 대하여 헤세는 이렇게 묘사한다.

> 그 당시 중간쯤 되는 도시의 시민이나 그 부인은 대개 일주일에 한 번, 그러나 대도시에서는 거의 매일 밤 여러 강연을 들을 수 있었다. 이런 강연에서 청중은 완전히 수동적이었다. 내용에 대해서는 청중의 어떤 관계, 말하자면 소양과 준비, 그리고 소화 능력이 말없이 전제되었지만, 대개의 경우 이것은 결여되어 있었다. 즐겁고 활기차거나 재미있는 강연들도 열렸는데……, 여기서는 숱한 지적 유행어가 주사위 통속에서처럼 뒤섞인 채 내던져졌다. 그러면 청중은 그중 하나라도 다가가 알아들으면 좋아하였다. 시인에 대한 강연도 있었지만, 그 작품을 읽은 사람은 결코 없거나 읽을 생각도 하지 않았다. 강연에 곁들여 환등기로 몇몇 사진을 보여주기도 했다. 이처럼 그들은 신문의 잡문처럼 완전히 의미가 박탈된 조각난 교양가치나 파편화된 지식쪼가리의 홍수 속에서 허우적대고 있었다. 간단히 말해, 그

들은 저 잔혹한 말의 가치절하 바로 직전에 서 있었다.

정신적·문화적 타락상을 지적하는 이런 구절은 20세기 초 당시뿐 아니라 오늘날에도, 특히 무원칙적인 강연과 수동적인 청중, 무책임한 잡문과 파편화된 지식 정보가 넘쳐 나는 지금의 한국 사회에서도 매우 타당해 보인다. 이 "말의 가치 절하"—문화의 타락 앞에서 어떻게 할 것인가? 정신적 삶의 불순함과 불안정 앞에서 우리는 무엇을 할 수 있는가? 그에 대한 처방은 여러 가지로 생각될 수 있을 것이다. 헤세의 대응 방식은, 이것 역시 간단치 않으나, 최대한 줄이면, 3단계로 말할 수 있지 않을까 싶다. 첫 단계는 전체 목표이고, 둘째 단계는 이 목표를 위한 개별적 능력이며, 셋째 단계는 당장의 행동 방식이다.

첫째, 전체 목표는 '지속 가능한 문화의 가능성'이다.

이 목표가 설정되었다면, 우선 필요한 것은 현재의 타락한 정신과 문화를 '문제적으로' 바라보는 일일 것이다. 세속적 가치들—돈이나 명성, 힘이나 칭찬으로부터의 거리 유지는 이때 요구된다. 이 비판적 거리 속에서 각자는 자신과 그 주변을 사려 깊게 검토해야 한다. 그러나 이런 검토는 저절로 이뤄지지 않는다. 안락한 삶과 부귀 그리고 칭찬에는 거부하기 힘든 유혹이 있다. 세속적 향락을 이겨 내기 위해서는 한 번의 다짐이나 결의가 아니라, 마치 수도승이 행하듯이, 지속적인 반성이 전제되어야 한다. 그래서 정신은 엄격하고 절제하는 가운데 집중할 수 있어야 한다. 이 반성적 집중 속에서 우리는 비로소 비정신적인 것/물질적인 것의 횡포에 의식적으로 저항할 수 있는 것이다. 여기에서 드러나는 것이 두 번째 요소—교양 능력이다.

둘째, 필요한 것은 '보편적 교양 능력' 이다.

교양(Bildung)이란, 흔히 지적되듯이, '만드는' 능력이다. 무엇을 만드는가? 그것은 부단한 배움을 통해 자기의 가치와 인격을 만들고, 삶의 태도와 기준을 세운다는 뜻이다. 여기에 필요한 것이 무엇보다 감성이고 사유의 능력이다. 감성이 최대한도로 섬세하고 풍요로워야 한다면, 사유는 최대한도로 정확하고 엄밀해야 한다. 이 풍성한 감성과 엄밀한 사고가 어떤 높이에서 서로 어우러지고 상호작용하는가에 따라 판단력의 수준도 가늠된다. 바른 행동의 가능성은 이렇게 키워진 판단력에서 나온다.

그런데 이러한 교양 능력은 한 분야에 제한되어선 곤란하다. 그것은 하나의 영역에서 다른 영역으로 옮아가는 것이어야 하고, 자기 영역 이외의 분야에도 열려 있어야 한다. 주인공 크네히트가 음악을 통해 모든 사물과 형상 사이에서 내적 일치를 추구하는 것은 이 같은 보편적인 욕구 때문이다. 참된 교양 능력은 다양한 현상계의 상호 모순된 모습을 하나로 수렴시키고자 하는 데 있다. 그런 점에서 그것은 보편적 형성력이기도 하다. 그리하여 자기 분야에만 틀어박힌 채 자족하는 것이 아니라 그 좁은 울타리를 부수고 더 넓고 깊은 영역들을 향해 나아가려고 애쓸 때, 나아가면서 이 영역들 사이의 통일성을 모색할 때, 우리는 참으로 교양 있는 인간이 되는 것이다.

그러나 여기서 언급된 보편적 교양 능력이 너무 포괄적으로 비칠 수도 있다. 그래서 그것은 좋게 들리지만, 바로 그 때문에 공허하게 여겨질 수도 있다. 더 줄여 말할 수는 없을까? 그것은 아마 '자발적 봉사'라고 할 수 있을 것이다.

셋째. 자발적 봉사의 길

헤세가 『유리알 유희』 전편을 통하여, 적어도 암묵적으로, 가장 강조하는 것은 '봉사하는(Dienen)' 마음이 아닌가 싶다. 봉사한다는 것은 '따른다'는 것이다. 그 때문에 그것은 주인의 지배보다는 노예의 복종에 가까워 보인다. 실제로 주인공의 이름인 크네히트는 '노예'라는 뜻이기도 하다. 그러나 지배에도 좋은 뜻이 있듯이, 봉사에도 반드시 나쁜 뜻만 있는 것은 아니다. 봉사는 '복종'이란 뜻도 가지지만, 거기에는 '헌신'의 의미도 있다. 헤세가 강조하는 것은 복종보다는 봉사에 가깝고, 이 봉사보다는 헌신에 더 가깝게 보인다. 그것은, 우리의 전통에서 보자면, '섬김'과 흡사해 보인다(나아가 이것은 동양철학의 핵심사상인 '경敬'에 유사하고, '어짐[仁]'이나 '신중하게 사고하는 일[愼思]'과도 이어진다고 볼 수 있다). 이와 관련하여 재미있는 삽화 하나가 있다.

카스탈리엔 밖의 세상 사람들은, 어린 시절 크네히트가 다니던 학교의 교장은 이렇게 말하는데, 학교를 나오면 '자유로운 직업'을 얻게 된다고 말하지만, 그러나 사실은 그렇지 않다. 대학의 선택은 학생 자신이 아니라 가족이 하고, 그런 선택 후 학생들은 학교를 다닌다고 해도 여러 시험에 합격하여 각종 자격증을 획득해야 한다. 그리고 이런 사회적 인정 후에도 그들은 자유로이 직업에 종사하기보다는 "저급한 힘들의 노예"가 되기 쉽다. 저급한 힘이란 세속적 '성공'이나 '돈', '야심'이나 '명예욕'이다. 그래서 그들은 스스로 판단하고 행동하기보다는 남의 눈치를 보면서 크고 작은 무리와 여론의 끊이지 않는 싸움에 끼어들어야 한다. 성공이나 부귀는 그런 대가에 불과하다.

그와 달리 카스탈리엔에서는 어떤 직업도 '선택'하지

않는다. 그러나 그럼에도 자유롭다. 여기 학생의 교육은 강제적으로 이뤄지지 않기 때문이다. 그는 세속적 가치가 아니라 스스로 설정한 가치에 복무하고, 이 복무가 헌신이 되도록 애쓴다. 그리하여 이 자발적 봉사는 자유의 실천으로 나아간다. 헤세가 거듭 강조하는 것은 '봉사 속에서 자유로운(im Dienen frei sein)' 삶이다. 한 늙은 명인名人은 이렇게 말한다.

> …… 그들(카스탈리엔의 학생들: 필자 주)의 관습적 행동이 타락하지 않는 한, 아무도 그들을 방해하지 않네. 교사에 적절한 사람은 교사가 되고, 교육자에 적절한 사람은 교육자가 되며, 번역자가 되기에 적절한 사람은 번역자가 되네. 누구나 자신이 봉사할 수 있고 이 봉사에서 자유로울 수 있는 자리를, 마치 저절로 그렇게 되듯이, 찾게 된다네. 그리하여 그는 저 끔찍한 노예를 의미하는 직업의 '자유'로부터 평생 해방된다네. 그는 돈이나 명성 그리고 지위를 찾아 애쓸 필요가 없고, 어떤 당파도 모르며, 개인이나 관직, 사적인 것과 공적인 것 사이의 그 어떤 분열도 몰라도 되며, 성공에 연연할 필요도 없다네.

봉사가 종속이 아니라 자유의 길일 수 있다니, 그것은 놀라운 일이지 않을 수 없다. 그러나 이렇게 되기 위해서는 오랜 반성과 고민, 엄격한 절제와 기율이 필요하다. 봉사는 드물지만, 있다고 해도 그것은 대부분 자기만족이나 타성 속에서 이뤄지는 까닭이다. 얼마나 많은 봉사가, 심지어 이 봉사라는 고귀한 일에서마저도, 순수한 동기에서보다는 눈치 속에서 마지못해, 혹은 자기과시를 위해 행해지는가? 꾸준히 봉사하는 이들 가운데서도 이런 기율, 이런 반성적 의식을 가진 경우는 얼마나 될까?

그러므로 참된 봉사의 길은 자유와 기율, 여유와 엄격성 사이를 오간다. 이렇게 오가면서 그것은 자신을 다독이고 더 나은 상태로 쉼 없이 만들어 가면서 더 높은 진실로 나아간다. 음악이 위대한 이유도 그것이 대립하는 두 주제나 이념을 하나로 조화시키기 때문이다. 사실 위대한 예술은 겉으로 보기에 모순적인 항목들 사이의 내적 일치를 추구한다. 그러면서 그것은 감각에서 시작하여 감각의 이데아로 넘어간다. 그러니까 예술에는 감각과 이데아, 감성과 이성 사이의 혼융과 그 지양이 있다. 예술은 이 지양 속의 초월적 움직임이다. 더 나은 삶의 상태—평화가 보장되고 정신이 희구되는 삶으로 옮아가는 것은 이런 움직임 속에서다. 바로 이것을 돌보는 것이 카스탈리엔 주州의 일이고, 이 일에 공동 책임을 가지는 것이 학문과 예술과 문화의 역사적 과제다.

그러나 지금까지의 논의는 지루하고 도식적으로 여겨지기도 한다. 예를 들어 대립적인 것의 일치 속에서 신적인 차원으로 나아간다고 할 때, 이 대립적인 것과 신적인 차원 사이의 간격은 아득해 보인다. 이것은 성공하기보다 실패하기 쉬운 길이다. 이것은 주인공의 삶에서 이미 암시된다. 크네히트는 카스탈리엔을 떠나 결국 세속의 세계로 들어가지만, 이곳에서 행복하게 사는 것이 아니라 호숫가에서 아이를 구하려다가 갑작스런 죽음을 맞는다. 이 점에서 『유리알 유희』의 전체 기조—정신적 문화의 토대를 마련하려는 작가의 생각에는 깊은 회의와 체념이 깔려 있다고 해야 할 것이다.

헤세는 삶의 근본적 비극성을 인식하고 있었던 것으로 보인다. 그의 문학 도처에 고독하고 명상적이며 내성적인 우수憂愁가 깔려 있는 것도 아마도 그런 이유에서일 것이다. 헤세는 궁극적으로 비가적悲歌的 시인(elegist)인 것이다. 그러나 마음 깊이 슬픔을 담지 않고 이 세상을 노래할 수 있는가? 우리는 체념 없이 인간다운 삶을 살 수 있는가? 아마 그러기는 어려울 것이다. 그렇다면 더 작고 더 소박한, 그리하여 내 스스로 감당할 수 있는 삶의 방식은 없는 것일까? 말하자면 매일매일의 생활에 충실하면서도 이 자기 충실이 자기 이외의 타인을 외면하지 않는, 그리하여 사회나 세상에 대해서도 열려있는 그런 삶은 과연 있는가?

"조용하게 즐기는 소년"

헤세의 『유리알 유희』를 다시 읽으면서 결국 남는 것은 아주 소박한 것이었다. 그의 후기 사상이 집대성되었다는 이 대작에서 나의 마음에 가장 오래도록 남는 것은 어떤 이념적·사상적 편린이 아니라 크네히트의 생활 방식을 묘사한 다음 두 구절이었다.

> 그의 동급생 중의 한 사람의 말에 의하면 …… 크네히트는 대체로 조용하게 즐기는 소년이었고, 음악을 할 때면 때때로 놀랄 정도로 몰입하거나 복된 표정을 지었으며, 격렬하고 열정적일 때는 매우 드물었는데, 그것은 특히 그가 아주 좋아했던 율동적인 구기 종목을 할 때였다고 했다.
>
> …… 그 당시 그의 삶의 흔적을 찾아보면, 그는 가능한 한 눈에 띄지 않으려고 했다는 인상을 받게 된다. 그 어떤 주변이나 교제도 해롭게 보여서, 가능한 한 사적인 실존 형식을 가지려 한 것 같았다.

여기에서 핵심은 두 구절—크네히트가 "대체로 조용하게 즐기는 소년(ein stillfröhlicher Knabe)"이었고, 그래서 "가능한 한 눈에 띄지 않으려고 했다(am liebsten hatte er sich unsichtbar gemacht)"는 사실이다. 크네히트는 정신의 가치를 추구하지만, 그렇다고 현실을 무시하지도 않는다. 그는 자기가 사는 카스탈리엔이 이 현실에 둘러싸여 있음을 분명하게 알기 때문이다.

크네히트는 지배나 명령을 좋아하지 않는다. 그는 훈계하고 질책하기보다는 경청하고 이해한다. 경청하고 이해한다고 하여 그가 모든 일에 순응한 것은 아니다. 절대적 가르침은 없지만, 그럼에도 그는 부단히 배우고자 한다. 그는 활동적인 삶보다는 명상적인 삶을 갈구했지만, 이 명상을 통해 세속적 야망을 넘어가는 형상의 세계를 희구한다. 그가 세계의 완성보다 자기의 완성을 바랐다면, 그것은 세계의 완성이 불필요하다거나 의미 없어서가 아니라 세계의 완성 또한 개체의 완성을 통해, 더 정확히 표현하여, 개인적 성숙을 향한 구체적 시도 속에서 가능하리라고 믿었기 때문이다. 이 점에서 인간의 모든 시도는 목적 자체가 아닌 이 목적을 향한 머나먼 길에서의 한 시도일 뿐이다. 그러나 이런 시도에도 싸움은 필요하다. "악마와 마귀를 모르면, 그들과의 끊임없는 싸움이 없다면, 고귀하고 드높은 삶은 없다"고 헤세는 적었다.

그러나 헤세가 선택한 싸움은, 되풀이하여 강조하건대, 투쟁이 아니라 봉사에 있다. 그의 수업은 야망이 아니라 헌신에 있다. 이 봉사와 헌신 속에서 크네히트는 어두운 세계에서도 큰 두려움 없이, 체념과 우울을 딛고서, 그리하여 가능한 한 '명랑하게' 걸어갈 수 있다고 믿었다. 나는 다시 능소화 줄기와 뿌리를 떠올린다.

능소화 — 식물적 사랑

쓰던 글을 멈추고 나의 눈길을 노트북에서 창가 쪽으로 잠시 돌린다. 붉은 벽면에 붙은 능소화 잎들과 줄기들이 한눈에 들어온다. 어디서 바람이 불어오는지 그 푸르고 풍성한 잎들이 순간 흔들린다. 이 잎들 저 아래에는 정원이 펼쳐져 있고, 이 정원 여기저기에는 장미꽃이 서너 송이 피어 있으며, 모과나무에 소나무도 듬성듬성 서 있다. 참새 몇 마리가 떼를 지어 휙 지나간다.

사물들은, 꽃이든 풀이든 나무든, 저 나름의 방식으로 생명을 한껏 구가한다. 능소화는 이렇게 구가되는 사물들의 살아감을 그 줄기와 뿌리로 가만히 돕는다. 그것은 흡착근에 기대어 시멘트나 벽돌 혹은 돌의 표면을 삶의 영역으로, 비생명적인 것을 생명적인 것으로 전환시킨다. 아마도 이 생명의 전환—비생명적인 것의 생명적인 것으로의 전환에 능소화의 모든 에너지가 투여될 것이다. 그것은 무엇보다 자신이 죽지 않기 위해서, 그리하여 기나긴 생명의 진화 과정에서 살아남기 위해 시도되는 것이지만, 그러나 이렇게 시도되는 자기 삶의 투여에는, 역설적이게도, '다른 삶도 살게 하는' 생명적 계기가 들어 있다. 식물이기에 비록 무의식적이고 의식이전적이긴 하나, 생명적인 것 일반을 장려하는 어떤 발생학적 계기가 들어 있는 것이다. 그것은 사랑의 계기일 수 있을까? 시인 김수영金洙暎은 '온몸에 의한 온몸의 이행'을 '사랑'이라 불렀고, 그것은 곧 '시의 형식'이라고 여겼다.

자기 뿌리가 닿는 모든 것을 살게 만드는 능소화의 생존 방식이 사랑이 아니라면, 그것은 무엇이라고 불리어야 하는가? 스스로 살면서 그 뿌리가 가닿는 모든 물질적인 것을 살도록 변모시킨다는 점에서, 그것은 생성적이며 시적이기도 하다. 이렇게 변화되는 것, 변화하여 조금씩 나아가는 것, 이렇게 나아져서 기존의 단계를 딛고 넘어서는 일만큼 '지금 살아 있음'의 놀라운 사실을 생생하게 증거하는 일이 또 있는가?

각자의 삶은 나날이 한 걸음 한 걸음씩 나아가는 시도여야 한다. 능소화 흡착근은 이러한 전환, 이러한 시작을 위한 쇄신적 계기를 아무 말없이, 아무런 자랑이나 과시도 없이 실행한다. 소설 읽기나 자연 관찰은 크게 다르지 않다. 작가의 고민이나 자연의 비유는 서로 통한다. 능소화 흡착근은 봉사 속에서 자유로운 헤세의 길을 말 없는 사랑이라는 식물적인 방식으로 구현하는 듯하다.

신중하고 밝은 마음

소포클레스의 작품을 읽고

지난 4월 초부터 5월 중순까지 나는 소포클레스의 두 작품―『오이디푸스 왕』과 『안티고네』에 대한 글을 적었다. 그것은 헤겔이 그의 『미학』에서 비극 분석과 관련하여 펼친 이런저런 생각들을 이 두 비극 작품에 적용해 보는 시도였다. 주제는 물론 내가 정한 것이었지만, 그 글은 의무적으로 써야 하는 논문이었고, 그래서 처음에는 그러려니 했다. 그러나 글이 진행되면서 그 주제는 점점 더 흥미로워졌고, 그래서 그 길이도 더 늘어나게 되었다. 결국 원고지 400매를 넘게 되었다.

어쨌든 그 글을 쓰면서 30~40일이 훌쩍 지나간 셈인데, 나는 그동안 '시간 가는 것을 잊었다'고 할 만큼 몰입해 있었던 것 같다. 그런 몰두에는 몇 가지 이유가 있을 것이다. 이를테면 고대 그리스 신화나 비극 작품에 나오는 자연적·운명적 힘들에 이런저런 해설을 가하는 과정에서 종교와 과학 그리고 사상이 분리되기 시작했다는 점이나, 그리스 신화의 제우스가 난봉꾼이거나 여성 편력이 심했다는 주장은 고대 아테네가 크고 작은 이웃 국가를 복속시키고 식민화하는 과정에서 다른 지역의 토착신을 수용 혹은 변용할 때 어쩔 수 없이 떠맡게 된 데서 온 것이라는 점, 또 우리가 흔히 '고대 그리스의 무엇'이라고 하는 것은, 그것이 민주주의든 도시국가인 폴리스든, 사실 '고대 아테네의 무엇'이라고 해야 할 만큼 시기적으로나 지역적으로 제한된 한 특수 사례라는 것 등등 흥미로운 점이 아주 많았다.

이들 가운데 어떤 것은 이미 오래전에 읽었던 것도 있었지만, 이번에 다시 관련 자료를 몇 권 접하면서 마치 처음 대하는 것처럼 신선한 느낌을 받았다. 그러나 가장 큰 기쁨은 그리 길지 않은 그 시간 동안 내가 살아가는 삶, 이 삶의 전체 테두리와 그 요체를 그 나름으로 한 번 가늠해 볼 수 있었다는 데 있지 않나 싶다. 말하자면 헤겔의 저 심원한 사고와 소포클레스의 출중한 인간 이해에 의지하여 평소 어렴풋이 추측하거나 대략적 스케치로만 갖고 있던 생각의 보다 확고한 근거를 얻게 되었다고나 할까? 그래서 즐거웠고, 또 행복했다고 말해도 좋을 것 같다.

새삼스런 말이지만, 헤겔을 그냥 읽는 것과, 원문을 살피며 그 문제의식의 전체 지도를 그려 보는 것과, 또 이렇게 이해된 내용을 어떤 구체적인 작품에 실제로 적용시켜 보는 것 사이에는 큰 차이가 있는 것 같다. 게다가 그런 주제로 글을 적어 보면, 헤겔의 생각은 그야말로 나를 통해, 나의 느낌과 생각을 경유하여 내가 지은 사유의 질서 속으로 뿌리를 내리는 일처럼 친근하게 느껴진다. 어떤 점에서 헤겔 사유의 가장 빛나는 일부와 교유함으로써 그의 학생이 된 것 같은 기이한 체험이었다고나 할까? 소포클레스 역시 마찬가지였다. 인간과 삶에 대한 그의 지혜, 그 통찰의 저 깊은 곳에 다가선 듯한 느낌 때문에 마치 내가 그의 가계家系의 일원으로서 그 후손이라도 된 것 같은 얼토당토않는 착각이 들 정도였다…….

이 같은 생각의 여운을 전부 여기에 적을 수는 없다. 그리스 비극의 온전한 의미는 원고지 400매가 아니라 4,000매를 대여섯 번 더해도 모자랄 것이다. 이 글에서는 세 가지만 적어 보려 한다. 첫째, 비극의 특성에 대해, 둘째, 비극이 그리는 인간 조건에 대한 자의식에 대해, 셋째, 비극적 자의식을 끌고 나가는 쾌활한 마음에 대해.

비극에서의 열쇠어는 '갈등'과 '충돌', '파토스'와 '성격', '개인성'과 '근대', '인간 조건과 그 초월', '윤리'와 '고양' 그리고 '자유' 등 많고, 그 논의 과정도 간단치 않다. 하지만 그것은 행동과 그 결과 그리고 책임을 생각하는 것이기에, 또 이 행동의 불충분 속에서 인간이 패배해 가는 과정을 그리고, 이 패배 속에서도 어떤 다른 삶의 가능성까지 염두에 두는 것이기에 흥미로운 것이지 않을 수 없었다. 대학 시절 이후 소포클레스의 작품을 다시 읽으며 2,500년 전의 소포클레스나 그때의 비극 작품을 사회정치적·역사적 맥락 속에서 생각해 보는 것도 좋았다. 몇 가지 사항만 적어 보자.

비극에서의 출발점은 말할 것도 없이 어떤 상황이고, 이 상황 속의 사건이며, 이 사건에서 벌어지는 갈등이다. 이 갈등은 사람으로 하여금 어떤 행동을 하게끔 만든다. 그래서 비극적 주체는 이 갈등 앞에서 결단하며 선택한다. 결단과 선택은 행동의 양상이다. 그러나 이런 결정으로 사안이 온전히 해결되는 경우는 드물다. 완전하고 궁극적인 해결은 인간의 삶에서는 거의 없다고 말해야 할지도 모른다. 왜냐하면 현실은 온갖 장애와 크고 작은 모순으로 얽혀 있기 때문이다. 그리하여 대립과 충돌은 불

Charles Jalabert가 그린 「안티고네와 오이디푸스」(1842)

"기쁨을 희생시키는 사람이라면,
나는 '그가 살아 있다'고 말하지 않겠네.
그는 그저 움직일 뿐인 송장으로 여겨지니까."

소포클레스, 『안티고네』(B.C. 441)

가피하다. 『안티고네』를 살펴보자.

크레온 왕은 국가를 대변한다. 그래서 그는 다른 나라의 군대를 끌고 와 조국 테베이를 공격한 폴리네이케스를 용서할 수 없다. 그는 폴리네이케스의 시신은 묻지 말고 내버려 두어서 새 떼의 밥이 되게 하라고 명령한다. 하지만 안티고네는 왕의 이 명령에 따르지 않는다. 폴리네이케스는 자기 오빠이기 때문이다. 그녀는 두 오빠—폴리네이케스와 에테오클레스가 서로 싸우다가 죽었지만, 조국을 배반한 폴리네이케스도 장례를 치러 주고자 결심한다. 그녀는 그 누구도 자기를 가족으로부터 떼 놓을 권리가 없다고 항의하면서 이렇게 말한다. "'나'는 오빠를, 나의 가장 가까운 사람을 묻어 주는 '내' 길을 가겠어." "아무리 큰 고통도 비열하게 죽는 것보다 나를 괴롭게 하진 않아." 그리하여 국가와 개인, 집단과 가족 사이의 대립—가치와 정당성의 대결은 해소되기 어렵다.

위의 대립에서 드러나듯이, 비극을 지탱하는 두 축은 하나의 정당성과 또 하나의 부당성이 아니다. 비극적 대립은 두 정당성 사이의 대립이고, 따라서 각 정당성은 '그 나름으로 옳다'. 즉 그것은 완전한 정당성이 아니라 부분적 정당성이다. 그렇다는 것은 패자는 물론이고 승자에게마저도 온전한 승리가 주어지지 않는다는 뜻이다. '온전한' 승리는, 그것이 완전하고 영원할 때, 가능할 것이다. 그러나 이런 일은 현실에서 드물다. 어쩌면 그것은 거의 없다고도 말할 수도 있다. 인간이 삶에서 승리한다고 해도, 그 승리가 어떻게 완전하고, 나아가 영원할 수 있겠는가? 그 점에서 삶의 모든 일은 불충분을 피할 수 없고, 인간은 정도의 차이가 있는 채로 패배할 수밖에 없다. 삶의 충돌이 '비극적인' 것은 패배의 이 불가피성 때문이다. 우리가 다 같이 인정하는 두 주장의 권위 역시 서로 적대적일 수 있는 것이다. '비극적 아이러니'나 '비극적 죄과'라는 말은 이래서 나온다.

삶에서 인간이 승리한다면, 그것은 대체 무엇에 대對하여, 또 누구를 두고 승리하는 것인가? 인간은, 흔히 지적되듯이, 죽어야 할 존재로서 살고, 그래서 조만간 죽어간다. 그런 점에서 패배는, 근원적 의미에서의 패배는 필연적이다. 삶에 영원한 것이 있다면, 그것은 패배의 영원성뿐일지도 모른다. 자기의 요구수준을 높이면 높일수록 그의 실패 가능성은 더 높아지기 때문이다. 그리하여 인간에게 남은 것은, 적어도 그가 궁극적이고 완전한 승리는 하지 못한다는 의미에서, 패배하고 또 패배하는 일일 것이다. 이때 고통은 피하기 어렵다. 이런 관점에서 보면, 무엇을 자랑한다거나 어떤 것을 자임한다는 것도, 그것이

권력이든 재산이든 지위든 명예든, 부질없는 것이지 않을 수 없다. 비극은 삶의 근원적 제약 앞에서 인간을 겸허하게 한다.

2. 인간 조건에 대한 자의식

안티고네에게는, 위에서 보았듯이, 자기 길을 가겠다는 것, 그래서 자기 삶을 살아가겠다는 단호한 의식이 있다. 크레온 왕이 폴리네이케스를 처벌하려는 데 대하여, 또 왕의 이 명령에 복종해야 한다는 동생 이스메네의 주장에 대하여, 안티고네는 오빠의 시신을 묻어 주려 한다. 그러면서 가족에 대한 윤리와 신들에 대한 최선을 다하려 한다.

자기 삶에 대한 이 같은 결단은 독자적 개인성에 대한 자각 없이는 불가능하다. 하지만 안티고네의 자의식은 삶의 일반적 조건에 대한 자의식이 아닐지도 모른다. 그녀는, 그리스 비극의 많은 인물이 그러하듯이, 자기의 입장에서 한 걸음도 물러나지 않기 때문이다. 그녀는 자기 입장의 옳음을 고수할 뿐, 그것이 다른 사람의 입장과 어떻게 만나고 어떤 갈등을 야기하면서 스스로 위기에 처하는지는 바라보지 못한다. 사건과의 관찰적 거리를 유지하지 못하는 것이다. 그녀의 행동이 어떤 면에서는 납득할 수 있으나, 어떤 면에서는 차분하기보다는 충동적으로 느껴지는 것은 그런 이유에서일 것이다.

이에 반해 작가에게는 이른바 관찰적 거리가 있다. 관찰적 거리란 성찰적 거리감이고, 이 거리감의 반성 의식이다. 어떤 관점이나 견해로부터 자기를 분리시켜서 그 관점과 견해를 객관적으로 파악할 수 있는 능력은 이 거리감에서 온다. 반성적 거리감 때문에 작가는 어떤 사건과 이 사건 속의 행동을 묘사하면서도 바라보고, 묘사된 행동을 관찰하면서도 생각할 수 있다. 그는 대상과 자신을 오가면서 대상이 속해 있고 자기도 피해 갈 수 없는 운명의 역설과 가치의 이율배반을 깨닫는다. 객관성은 대상과 주체 사이의 이 같은 간극, 이 간극의 의식화에서 온다.

그리하여 어떤 상황에서 무슨 행동을 하는 것과, 이렇게 하는 행동에 대해 생각하는 것은 다르다. 한계 속에서 인간이 살아간다는 것과, 한계 속의 살아감을 생각한다는 것은 같을 수 없다. 앞의 것에 기계적으로 살아가는 수동적 현실이 있다면, 뒤의 것에는 이렇게 살아가는 현실을 바라보고 개입하는 적극적 의식이 있기 때문이다.

이 반성적 의식을 독자가 생각할 수 있는 것은 소포클레스의 '작품을 통해서'이다. 그의 작품은 인간의 현실과 그 조건을 묘사함으로써 우리에게 삶의 실상을 보여 준다. 그러니 작품이란 현실의 '매개된 실상'이고 매개된 진실이다. 진실은 직접적으로가 아니라 매개적으로만 드러난다. 하나의 행동은 오직 외부의 시선에 의해서만 고찰될 수 있다면, 이 외부적 시선을 가진 것이 곧 작가다. 우리는 소포클레스의 시선에 기대어 인간의 조건을 거리감 속에서 고찰한다. 그런 점에서 소포클레스의 관점은 오이디푸스나 안티고네의 관점과 다르다. 등장인물 역시 객관적일 수 있지만, 작가의 시각은 반성적 의식의 적극성으로 인해 더 객관적이라고 할 수 있다. 이 작가의 자의식은, 우리가 그 작품을 읽는 한, 독자의 것이 되기도 한다. 반성적 의식은 이런 식으로 예술 경험 속에서 작가로부터 독자에게로 전달되면서 확대된다.

이런 생각에는 물론 2,500여 년 전의 삶을 현대의 시각으로 짜 맞추는 과오의 가능성이 없는 게 아니다. 지난 역사를 있는 그대로 아는 것은 늘 어렵다. 그래서 조심하고 주의하지 않으면 안 된다. 또 그리스 비극의 인물에게서 근대적 의미의 의식—'개체적 독립성'에 대한 자의식이나 '자유의지'가 있다고 보기 어려울지도 모른다. 그렇게 하기에는, 많은 학자들이 지적하듯이, 도시국가인 폴리스의 일체적·가족적 성격이 너무 강했다고 할 수 있다.

사실 정치적·종교적 사안뿐만 아니라 도덕적·문화적 행사 일체가 이 공동체적 폴리스를 중심으로 이뤄지고 있었다. 아마 그런 이유에서라도 집단과의 비판적 거리를 유지하는 것은 더더욱 어려웠을 것이다.

하지만 다른 한편으로 시민들의 사고를 형성하고 그 덕성을 연마하는 일이 공동체 전체의 사안이었던 것도 분명한 사실이었다. 개체의 유일무이성에 대한 자각도 적었는지 모르지만, 공동체를 유지하는 데 필요한 개인적 덕성이나 정신의 습관에 대한 관심은 그 어느 때보다 강했다고 볼 수도 있다. '성격(character)'에 대한 관심은 그렇게 나온 것이다.

성격은 습관(ethos)이나 윤리(ethics)와 깊은 관련이 있다. 그리하여 성격에 대한 관심이 곧 생활 방식으로서의 습관이나 윤리에 대한 관심과 이어져 있고, 거기에는 '자기 삶을 돌보고 더 높게 만들려는 의식'이 분명 있다. 이때의 의식이 곧 자유로운 개인에 대한 근대적 의식은 아니라고 해도, 거기에는 자기 삶의 실존성에 대한 자각이 들어 있다고 나는 생각한다. 또 한 걸음 물러나 생각해 보면, '근대적'이라거나 '고대적'이라는 명칭도, 자기 삶 자체에 대한 관심이라는 사안 자체에 비하면, 그리 중요한 것은 아니다. 그런 개념적 구분은 사후적事後的으로 덧붙여지는 보조 수단이기 때문이다.

'자기 길을 가겠다'는 의지는 자기 삶에 대한 관심에서 나오고, 자기 삶이 독자적이어야 한다는 요구에서 나온다. 그러나 그 의지는, 그것이 진실에 대한 오이디푸스적 인식 의지이건, 아니면 국가에 대항하는 안티고네의 가족적 윤리 의식이건, 결국 좌초한다.

그러나 그 길을 추구하는 데는 '파토스(πάϑος/Pathos)'가 있다. 이 파토스는, 헤겔의 해석에 따르면, 단순히 감정만의 정열이 아니라 "신중하고 사려 깊은" 정열이다. 거기에는 이성적이고 자유의지적이며 윤리적인 면모가 들어 있다. 감성의 이성성이라고나 할까. 파토스는 '이성적으로 걸러진 감성'이고, '반성적으로 작동하는 열정'이다. 인간은 어떤 충동으로 행동하지만, 이 행동의 과오에도 더 나은 삶으로 나아갈 수 있는 것은 파토스의 이런 이성적 작용 때문일 것이다. 헤겔은 『미학』에서 이렇게 쓴다.

> 주체는 자기 자신에게 여전히 충실히 머문다. 그는 자신이 빼앗긴 것을 포기하지만, 그가 추구한 목표는 빼

> 앗기지 않는다. 오히려 그는 그것을 내버려 두지만, 그렇다고 자신을 잃지는 않는다. 인간은 운명에 예속되고 생명을 잃을 수 있지만, 그러나 자유를 잃지는 않는다. 고통 속에서도 고요의 쾌활성을 보존하고, 이 쾌활함을 나타나게 할 수 있는 것은 바로 자기 자신에 머무르기(Beruhen auf sich) 때문이다.

비극적 주체는 "빼앗긴 것을 포기하지만" "자신을 잃지는 않는다". 그는 "생명을 잃을 수 있지만, 그러나 자유를 잃지는 않는다." 아마도 그것은, 헤겔식으로 말하면 비극적 주체의 이성적·윤리적 열정인 파토스 때문일 것이고, 나의 맥락에서 말하면 자기 삶에 대한 관심과 그 삶의 근본 조건에 대한 자의식 때문일 것이다. 자기의 견지란 곧 자유의 견지다. 비극적 주체가 쾌활할 수 있는 것은 그가 자유 속에서 자신에 충실할 수 있기 때문일 것이다. 그리하여 그는 삶의 한계에 휘둘리지만, 고통 속에서도 "고요의 쾌활성(die Heiterkeit der Ruhe)"을 누릴 수 있다.

이 "고요의 쾌활성"이 중요하다. 왜 고요이고, 왜 쾌활인가? 고요가 필요한 것은 생활의 무거움 때문일 것이다. 혹은 삶의 한계 조건에 대한 신중한 마음 때문인지도 모른다. 삶에는 어찌하여도 이겨 낼 수 없는 장애들이 참으로 많다. 그것은 반쯤 체념하면서 운명처럼 수긍하는 수

밖에 없을지도 모른다.

하지만 인간은 운명적 굴레에 포박된 존재만은 아니다. 인간 실존의 선고는 삶의 한계에 대한 규정만큼이나 한계 초월에도 해당한다. 그리하여 우리는 쉼 없이 나아가야 한다. 쾌활 혹은 밝음은 이때 필요하다. 우리는 삶의 무게를 고요 속에서 조용히 받아들이고, 밝은 마음으로 그 너머를 향해 옮아가야 한다. 이렇게 옮아가면서 지금 여기의 삶을 즐길 수 있어야 한다. 그렇다면 이러한 향유는 '정당할' 것이다. 헤겔이 그리스 비극을 분석하면서 "어떤 정당한 향유의 정신적 쾌활함(geistige Heiterkeit eines berechtigten Genusses)"이라고 불렀던 것도 이런 상태와 무관하지 않을 것이다.

그런데 놀라운 것은, 쾌활함 혹은 밝음에 대한 이런 헤겔적 강조는 삶의 기쁨에 대한 소포클레스의 강조와 바로 이어진다는 사실이다. 이것은 『안티고네』의 끝 부분에 나오는, 한 전령傳令이 전하는 이야기다.

> 사람의 삶이 계속되는 한, 그 누구도
> 그것이 좋다거나 나쁘다고 결정할 수 없지요.
> 행복은 영원한 변동 속에서 올라갔다가 내려갔다 하고,
> 일이 잘 되어 가는 것도 못 되어 가는 것과 마찬가지이니,

그 어떤 예언자도 무엇이 운명인지 알려 줄 수 없지요.
크레온 왕도 이전에는 부러웠지요.
그분은 우리의 카드모스 땅을 적으로부터 구하셨고,
유일하고 무제한적인 지배자로서 왕위에 올라
그 고귀한 자식들을 자랑하였지요.
그러나 이제는 모든 것이 사라졌어요! 왜냐하면 한 인간이
기쁨을 잃고 있다면, 나는 '그가 살아 있다!'고 말하지 않겠어요.
그는 몸만 움직일 뿐인 송장이니까요.
당신의 집에 원하는 만큼 보물을 쌓아두고,
왕국을 가진 군주로 살아 보세요! 그 모든 것이 있어도
기쁨이 없다면, 그 모든 다른 것은,
즐거움과 비교하면, 소음이나 연기와 같은 가치밖에 없으니까요.

『안티고네』의 끝부분에는 인간의 어리석음이 얼마나 큰 재앙인지, 그가 운명에서 벗어나는 것이 얼마나 어려운 일이고, 분별없는 생각을 경계하고 지혜(phronesis)를 갖는 것이 얼마나 중요한 것인지 언급된다. 그러나 소포클레스의 전언은 인간의 어리석음이나 그 무분별에 대한 훈계로 끝나지 않는다. 거기에는 이 모든 슬픔에도 불구하고 삶을 긍정하는 부분이 있다. 아마도 소포클레스 비

극의 가장 위대한 통찰은 바로 이 점—통찰의 불가능성에 대한 자각과, 이 쓰라린 자각에도 불구하고 견지되는 삶의 기쁨에 대한 긍정일 것이다. 이번에 다시 읽으면서 가장 눈에 띈 것은 바로 위에서 인용한 전령의 대사였다.

고대 그리스 비극이 마지막으로 보여 주는 것은 삶이 그 어떤 "보물"이나 "왕국", "왕위"나 "군주"보다 중요하다는 사실이다. 삶은 심지어 "자식들을" "자랑하는" 일보다도 더 소중하다. 삶의 "기쁨을 잃고" "몸만 움직일 뿐"이라면, 사람은 "송장"과 진배없다. 그는 "살아 있는" 것이 아닌 까닭이다. 삶에서 오는 기쁨과 즐거움에 비하면, 왕위든 왕국이든 온갖 보물이든, "소음이나 연기"와 다를 바 없다. 이것은 '어떻게 살아야 하는가'라는 오랜 인류사적 질문에 대한 가장 간결하고 지혜로운 조언이 아닌가 여겨진다. 그리하여 우리는 이렇게 말할 수 있다. 좀 더 체계화하여 순서대로 적어 보자.

첫째, 그 누구도 삶의 기쁨을 희생시켜선 안 된다. 지금 여기에 살아 있는 기쁨, 매일매일을 살아가는 기쁨이야말로 삶의 가장 큰 이유이다.

둘째, 그러나 이 기쁨의 향유는, 거듭 강조하여, '정당한' 것이어야 하고, 그런 점에서 삶은 '고양되어야' 한다. 나날이 더 나은 삶이어야 하는 것이다. 오늘이 어제보다 더 나을 수 있다면, 우리는 즐거울 수 있고, 즐거워해도 좋은 것이다.

셋째, 이 즐거움, 그것은 '정신적 쾌활함'이다. 삶은 쾌활한 정신 속에서 한결 높아진다. 그래서 보다 이성적이고 윤리적인 차원으로 옮아갈 수 있다.

넷째, 아마도 이렇게 하는 데는 어떤 근본적인 에너지가 있어야 할 것이다. 어떤 에너지인가? 그것은 주변을 돌아보는 성찰적 의식이고, 무엇보다 자기를 돌아보는 성찰력이다. 자기반성력이야말로 각자를 독자적 개인—근대적 의미의 주체로 만든다.

4. 어떻게 살아야 하는가?

그렇다면 이 모든 것은 무엇을 위한 것인가? 그것은 마땅히 '어떻게 살 것인가?'라는 오늘의 문제로 수렴되어야 한다. 삶에 대한 유익한 비유가 아니라면, 고전은 왜 읽을 것인가?

위의 네 가지를 더 간단히, 그래서 한 가지로 요약할 수는 없을까? 그것은, 나의 생각으로는, '신중하고 밝은 마음'이 되지 않을까 싶다. 신중함은 반성력을 위해 필요하고, 밝음은 신중함만으로는 삶이 너무 무거울 것이므로 견지되어야 한다. 그리하여 이 두 가지의 상반된 태도—신중함과 밝음을 같이 결합한 마음을 '하나의 믿을 만한 삶의 태도'로 갖는 것이 어떨까?

삶은, 비극이 보여 주듯이, 끊임없는 갈등과 충돌의 무대다. 갈등이 삶에서 불가피하다면, 우리는 이 갈등을 외면하거나 회피하는 것이 아니라 그것과 정면으로 만나 대결하고 싸우며 제어하고 조율해 나가야 한다. 우리는 갈등을 통해서만 삶의 목적(telos)을 비로소 알 수 있다.

출발점은 자기반성력이다. 한 사람의 삶에서 가장 중요한 사건은 그가 자신의 자아를 의식하는 순간이라고 톨스토이는 썼다. 현실의 활동도 자기와의 만남에서, 이 만남에서 생겨나는 자의식으로부터 시작한다. 인간의 조건에 대한 자의식은 삶을 그 전체적 지평 속에서 바라보게 한다. 비극적 주체는 어느 한 가지를 택하더라도 택하지 못한 다른 것을 평가절하하지 않는다. 무엇을 행하건 간에 그는 그가 선택한 것 외의 가능성이 선택한 것보다 더 나을 수도 있음을 기꺼이 인정한다. 그 점에서 그는 자기가 선택한 결과가 나쁘면 나쁜 대로 크게 낙담하지 않고, 좋으면 좋다고 하여 크게 희열하지 않을 수도 있다. 그는 주어진 결과로부터 거리를 유지하기 때문이다.

신중하고 밝은 마음으로 나는 나 속의 나 자신과 만나

고 나 밖의 현실과 교류한다. 그러면서 삶의 한계 조건에 대한 소포클레스의 쓰라린 자각과, 이 쓰라린 자각에도 불구하고 한계 너머로 나아가려는 헤겔적 파토스를 떠올린다. 나는 삶의 비극적 한계 앞에서도 그 기쁨을 놓치지 않으려 한다.

마치 어린양처럼
바흐의 「마태수난곡」 예찬

벌써 10여 년 이상 된 것 같다. 어느 다큐 영화를 본 적이 있는데, 그것은 양을 죽이는 장면이었다. 누군가가 양을 모로 쓰러뜨린 후 그 뒷다리를 무릎으로 짓누른 채, 왼손으로는 머리털을 움켜쥐고 오른손에 든 칼로 그 목을 순식간에 따는 것이었다. 양은 피를 콸콸 흘리며 온몸을 부르르 떨었다. 하지만 그것도 잠시, 양은 곧 사지를 늘어뜨리며 흙바닥과 하나가 되었다. 반쯤 잘려진 목에서는 붉은 피가 연신 쏟아져 나왔고, 양은 가끔 몸을 들썩였다. 하지만 그뿐, 그렇게 죽어 가면서도 양은 비명을 지르지도 않았고 발버둥치지도 않았다.

이렇게 죽어 가는 양의 모습에 나는 가슴이 먹먹했다. TV 채널을 돌리다 우연히 본 장면이었지만, 그때 모습은 그 이후 오랫동안 잊혀지지 않았다. 그러면서 양의 그 이

Mauersberger 형제의 「마태수난곡」 공연 음반 표지

두 발이 묶인 채 죽음을 기다리는 어린양.
양은 죽어 가면서도 소리지르지 않는다.
헌신한다는 것, 믿음을 갖고 산다는 것은 무엇인가?

미지는 늘 또 다른 이미지—가시관을 쓴 예수의 이미지를 떠올려 주곤 했다. 고개를 늘어뜨린 채, 눈을 감고 이마에는 피를 흘리며 숨을 거둔 예수의 모습. 그는 왜 죽어가야 했을까? 그를 떠올리면, 왜 양이 그 무수한 그림이나 음악에서 그렇게 자주 등장하는지, 『성경』은 왜 이 사람의 아들을 "마치 어린양처럼 죄 없이" 처형되었다고 적고 있는지, 또 왜 그 많은 기도문이 '하느님의 어린양(Agnus Dei)'이라는 구절로 시작되는지 이해할 것만 같았다. 바흐의 「미사 b단조」에 나오는 아름다운 곡의 제목도 이 '아그누스 데이'였다. 2016년 3월 16일 예술의 전당에서 있었던 바흐의 「마태수난곡」(1727) 공연은 바로 그런 맥락 속에 있는 위대한 작품이라고 해야 할 것이다.

1. 「마태수난곡」과 게반트하우스 오케스트라

「마태수난곡」 공연은 그날 저녁 7시 반에 시작되었다. 이윽고 제1부의 첫 곡인 합창과 코랄 「오라, 그대 딸들아, 나의 탄식에 함께하자」가 나오자, 마음 깊은 곳이 흔들리면서 갑자기 눈가에 눈물이 밀려들었다. 오, 얼마나 듣고 싶고 보고 싶었던 공연이었던가? 그것은 다른 그 어떤 오케스트라가 아니라 나에게는 라이프치히 게반트하우스 오케스트라Gewandhaus Orchester가 연주하는 것이어야 했고, 그 어떤 다른 합창단이 아니라 성 토마스 합창단(Thomanerchor)이 노래하는 것이어야 했다. 라이프치히 게반트하우스 오케스트라는 1743년에 창단되었고, 성 토마스 합창단은 생긴 지 무려 800년이나 되었다. 그러나 그것은 이 오케스트라가 단순히 세상에서 가장 오래된 관현악단이기 때문이 아니었다.

내가 이 오케스트라와 합창단을 원한 것은 바흐가 바로 이 토마스 합창단의 음악 감독(Thomaskantor)을 지냈고, 그의 종교음악의 대부분을 이 합창단을 통해 초연했으며, 오늘의 이 「마태수난곡」도 예외가 아니라는 사실에 있다. 게다가, 잘 알려져 있듯이, 바흐 사후 100여 년 동안 묻혀 있던 「마태수난곡」을 발굴하여 무대에 올렸던 멘델스존 역시 이 오케스트라의 지휘자였다.

이번 공연을 위해 나온 책자를 보면, 대략 1,500년부터 현재까지 이르는 35명의 역대 음악 감독의 이름이 한쪽 빼곡히 적혀 있다. 이 모든 것에는, 그것이 오케스트라든 합창단이든, 아니면 토마스 칸토르든, 그 단체나 인물이 지나온 기나긴 족적이 있다. 그 족적이란 그 자체로 오랜 정신문화적 자취가 아닐 수 없다. 아닌 게 아니라 악단의 명칭부터, 우리가 흔히 듣는 무슨 '필하모닉 오케스트라'라는 이름과 비교해 보면, 얼마나 고색창연하게 느껴지는가. '게반트하우스'라는 말은 1700년 초에 합주단을 결성한 성 토마스 학교 졸업생들이 마땅히 연주할 장소를 못 구하다가 '직물회관(Gewandhaus)'의 허락을 빌려 연주를 시작한 데서 붙여지기 시작한 것이다. 그러니까 나는 바흐로부터 전해 내려오는 음악적 전통의 어떤 흔적을, 그 유구한 자취와 분위기를 경험하고 싶었는지도 모른다. 그러나 그 같은 갈망은, 많은 일이 그러하듯이, 여러 가지 이유로 이뤄지기 어려운 것이었다. 하지만 이번만큼은 더 이상 미룰 수 없어서 모든 일을 다 제쳐 둔 채 달려간 것이다. 그러니 들썩이는 마음을 다잡기가 어려웠다.

나는 바흐의 「마태수난곡」을 좋아한다. 그의 많은 곡을 좋아하지만, 「마태수난곡」은 아마도 가장 좋아하는 곡이라고 해야 할 것이다. 좋아하여 즐겨 들을 뿐만 아니라 무엇보다 경외하고, 그래서 귀하게 여긴다. 빌럼 멩헬베르흐W. Mengelberg나 칼 리히터K. Richter 같은 대표적인 연주도 좋지만, 헬무트 릴링H. Rilling이나 최근 세상을 떠난 구스타브 레온하르트G. Leonhardt의 연주도 좋아한다. 요즘에는 필립 헤레베헤P. Herreweghe와 오이겐 요훔E. Jochum의 연주를 자주 듣는다.

이날의 연주는 그토록 기대하고 바랐던 것만큼이나 인상 깊은 것이었다. 무대의 정중앙 가까이에 자리를 잡지는 못했지만, 그래서 때로는 합창단의 목소리에 깊이 젖어 들기 어렵기도 했지만, 그러나 무대의 공연 전체를 어느 정도 거리를 두고 굽어볼 수 있는 이점도 있었다. 9~18세로 이뤄진 50여 명의 합창단은 말할 것도 없고, 60명의 오케스트라 소리도 뛰어난 것이었다. 특히 오케스트라의 각 파트를 이끄는 제1 솔로 연주자들, 그 가운데 바이올린이나 플루트, 더블베이스와 류트, 오르간, 그리고 비올라 다 감바의 연주는 다들 일급이지 않았나 싶다. 아마도 이 모든 것은 합창단을 이끈 지휘자 고톨트 슈바르츠G. Schwarz 덕분일 것이다. 그는 세 시간의 연주 동안 시종일관 극도로 세심하고 헌신적인 모습을 보여 주었다.

2. 건축학적 화음

바흐의 「마태수난곡」을 제대로 이해하려면 많은 사전事前 공부가 필요하지 않나 싶다. 예를 들어 12세기부터 시작된 수난곡이 르네상스와 바로크 시대에는 어떠했는지, 또 그 후로부터 지금까지 어떻게 변했는지, 이때 나오는 여러 노래 형식은 어떻게 서로 관계하고 그 바탕이 되는 가사는 『성경』의 어디에 근거하고 있는지, 그리고 오케스트라는 어떻게 짜여 있고, 이 오케스트라와 합창단은 어떻게 기능하는지 등등 자세히 살펴볼 대목이 아주 많다. 하지만 그런 복잡한 일은 전문가에게 맡기고, 가장 기본적인 두 가지 사항—텍스트와 음악 부분만 간단히 살펴보자.

「마태수난곡」의 텍스트는 예수의 수난 과정—최후의 만찬에서부터 십자가에 못 박혀 죽게 되는 과정을 그리고 있다. 이것은 신약의 4대 복음서인 「마태」, 「마가」, 「누가」 그리고 「요한」에 두루 나오지만, 특히 「마태」 26장과 27장에 바탕을 둔 것으로 말해진다. 그 가사는 '피칸더Picander'라는 가명으로 잘 알려진 크리스티안 프리드리히 헨리치Ch. Henrici가 쓴 것이다. 바흐는 「마태수난곡」을 작곡할 무렵 그가 쓴 예수 수난의 텍스트를 알고 있었고, 그래서 이 텍스트를 그 가사로 끌어온 것이다. 그 무렵 피칸더의 명성은 문학사에서 그리 좋은 것은 아니었다고 알려져 있지만, 바흐가 「마태수난곡」의 표지에 그의 이름을 적은 것을 보면 그는 적어도 바흐로부터는 인정받았던 것 같다.

음악을 만들어 내는 전체 구조는 대비되는 여러 짝으로 구성되어 있다. 솔로에서 여성 소프라노와 알토(혹은 메조소프라노)가 서로 대조를 이루면서 화응하듯이(1차) 남성 테너와 베이스가 서로 짝하여 노래하고(2차), 이 독주자 모두는 다시 합창단과 화음을 이뤄 낸다(3차). 합창단은, 여성 솔로와 남성 솔로가 그러하듯이, 제1 합창단과 제2 합창단으로 나뉘어 대위법적 선율을 만들어 낸다(4차). 그러면서 이 합창단의 노래는 오케스트라의 연주와 어우러진다(5차). 이러한 정황은 오케스트라 안에서도 마찬가지다. 제1 바이올린 파트와 제2 바이올린 파트는 분리된 채 어우러지고, 여기에 비올라나 첼로, 더블베이스와 플루트, 바순, 오보에, 류트, 오르간도 더해진다.

대체 바흐 음악의 건축학적 구조는, 이러한 구조에서 우러나는 대비적 화음은 과연 몇 겹으로 이뤄져 있는가? 곳곳에 독자적 개성이 있고, 이 다른 개성들 사이의 통합이 있으며, 이 통합이 마침내 저토록 풍성하면서도 담담하고 따뜻하면서도 절제된 화음의 드라마를 만들어 내는 것이다.

그리하여 「마태수난곡」에는 어떻게 이럴 수 있을까 싶을 정도로 가슴을 저미는 곡들이 많다. 지휘자에 따라 대략 두 시간 40분에서 세 시간 20분 사이에 연주되는 이 걸작은—여기에도 이전 산정 방식과 지금 산정 방식이 있고, 이전 방식을 따르면—모두 78곡으로 구성되어 있다. 그 가운데 합창은, 대략 세어 보면, 27곡이고, 코랄은 15곡, 아리아는 15곡 정도다. 그런데 이 모든 노래가 거의 다 아름답다. 예를 들어 「마태수난곡」의 처음과 끝을 장식하는 1곡 「오라, 딸들아, 나의 탄식에 함께하자」나 78곡인 「눈물을 흘리며 우리는 내려앉네」는 너무도 장중하고 엄숙한 분위기를 느끼게 한다. 이 두 곡은 여러 합창곡 중에서도 백미가 아닐 수 없다. 잘 알려진 아리아인 「참회와 후회」(10곡)나 「자비를 베푸소서(Erbarme dich)」(47곡), 「내 뺨의 눈물 어떤 것도 바랄 수 없다면(Können Tränen meiner Wangen Nichts erlangen)」(61곡) 역시 더 없이 아름답고, 코랄 「나는 여기 당신 곁에 있겠습니다」(23곡)나 「오, 사람아, 네 죄가 큰 것을 통곡하라」(35곡)도 훌륭하다. 그리고 합창 「피와 상처, 고통과 멸시로 가득 찬 머리여」(63곡) 역시 널리 알려진 곡이다.

가장 돋보이는 아리아로 흔히 「자비를 베푸소서」와 「내 뺨의 눈물 어떤 것도 바랄 수 없다면」을 꼽지만, 이번에 내가 새롭게 주목하게 된 것은 57번 곡인 「오라, 사랑스런 십자가여(Komm, süßes Kreuz)」였다. 이 아리아는 정감 넘치는 비올라 다 감바의 반주(Th. Bräuer-Fritzsch)가 곁들여져, 또 여기에 오르간과 류트 그리고 콘트라베이스의 반주에 힘입어, 참으로 아름답기 그지없었다. 마치 「자비를 베푸소서」라는 곡이 가늘고 여린 바이올린 솔로에 의해 그 애잔함을 더해 가듯이, 「오라, 사랑스런 십자가여」는 느리고 묵직하면서도 풍성하고 장중한 비올라 다 감바의 저음 속에서 나/화자 역시 예수처럼 말없이 과오의 짐을 지고 가도록 도와달라고 호소한다.

3. 예수의 삶 — 조롱과 멸시 속에서

이렇게 하여 이 텍스트와 노래가 표현하는 것은 무엇인가? 그것은 한마디로 예수의 삶—수난으로서의 비극적인 삶이다. 예수는 배반당하고 심문받으며, 십자가에 매달려 죽음을 맞이한 후 땅에 묻힌다.

바흐의 「마태수난곡」이 인류의 유산이 남긴 아름다움의 극치에 닿아 있다면, 그 원천은 그러나 아름답지 않다. 아름다운 것이 아니라 너무도 고통스런 것이다. 거기에는 아무런 죄 없이 죽어 가는 한 사람의 생애가 묘사되어 있기 때문이다. 「마태수난곡」의 56번과 57번 가사는 이렇다.

> 빌라도: 대체 그는 무슨 잘못을 했는가?(「마태」, 27:23)
> 레치타티브: 그는 우리 모두에게 선한 일을 하였습니다.
> 눈먼 사람을 보게 하였고,

걷지 못하는 사람을 걷게 하였습니다.
그는 우리에게 아버지의 말씀을 전하였고,
마귀를 쫓아내었습니다.
슬퍼하는 이를 위로하였고,
죄지은 자를 받아주었습니다.
그 외에 예수는 아무것도 하지 않았습니다.

예수가 인간에게 한 것은 "눈먼 사람을 보게 하였고, 걷지 못하는 사람을 걷게 하였"으며, "슬퍼하는 이를 위로하였고, 죄지은 자를 받아 주었다"는 것뿐이다. 그리고 "그 외에" 그가 한 일은 "아무것도 없다". 그러니까 예수는 아무것도 하지 않은 것이 아니라, 오직 선한 일만 했던 것이다. 그러나 다름 아닌 이러한 사실—오직 선한 일을 했다는 바로 그 사실 때문에 그는 죽어 간다. "사랑으로 내 구세주는 죽어 가려 하는 것이다(Aus Liebe will mein Heiland sterben)." 이것이 58번째 아리아의 제목이다. 이렇게 죽음으로써 그는 "영원한 파멸이나 심판의 죄가" 나/우리의 영혼에 "남아 있지 않도록" 애쓴다.

예수가 보여 준 이 사랑의 삶은 그러나 받아들여지지 않는다. 받아들여지기는커녕, 사람들은 그에게 침을 뱉고 그를 주먹으로 친다. 그가 갖고 있던 갈대를 빼어 그 머리를 때린 자도 있었다. 이것은 그의 제자들의 경우에도 다르지 않았다. 유다는, 잘 알려진 대로, 자기가 입 맞춘 사람이 예수임을 로마 병졸들에게 알려 체포되도록 한다. 베드로 역시 예수를 세 번이나 '모른다'고 거부한다. 예수가 십자가에 못 박힌 후, 로마 병사들은 그의 옷을 나눠가지고, 남아 있던 속옷은 제비뽑기해서 다시 나눈다. 이것이 인간이다.

사랑은 인간의 언어가 아니다. 신의 사랑에 대해 인간이 하는 것은 거짓과 심문과 못질과 매장이다. 한없는 사랑을 한없이 외면하는 것이야말로 바로 인간이라는 종種이다. 무엇을 더 바랄 것인가? 신의 죄 없는 길은 너무도 아득하여 마치 없는 듯이 보인다. 38번째 합창의 가사는 이렇다.

> 세상은 거짓과 잘못된 말로,
> 수많은 그물과 숨겨 놓은 밧줄로
> 나를 그릇되게 판결하였네.

어떻게 할 것인가? 「마태수난곡」에서는, 『성경』에서 그러하듯이, 우선 '참으라(Geduld)'고 언급된다. 세상의 비난과 조롱에 대하여, 인간의 거짓된 혀에 대하여 참고 견디라고 권해진다. 마치 예수가 세상의 거짓에 대해 말

없이 있었듯이, 우리도 그 고통스런 "박해 속에서 조용히 침묵하라"고 합창은 노래한다(40번째 서창). 그러면서도 그 침묵은 침묵으로 그치는 것이 아니라 "마음을 정결하게 하는"(75번째 아리아) 데로 이어진다. 하지만 폭력은 삼가야 한다. "칼은 칼집에 도로 꽂아 두어라. 왜냐하면 칼을 든 자는 칼로 망할 것이기 때문"이다(34번째 노래).

그리하여 우리는 이렇게 결론적으로 말할 수 있을 것이다. 폭력을 삼가고, 침묵 속에서 인내하면서 선함으로 나아가는 것, 그것이 예수와 "함께 깨어 있는"(24번째 노래) 길이다. 그것이야말로 「마태수난곡」이 "구름과 대기와 바람에게" 제시하는 하나의 "길"이다(53번째 노래).

그 길을 우리는 갈 수 있는가? 알 수 없는 일이다. 이전에 나는 이 곡—「내 뺨의 눈물 어떤 것도 바랄 수 없다면」이라는 곡을, 마음이 상할 때면, 속으로 웅얼거리며 다니곤 했다. 그러면서 나를, 흐트러진 마음과 쌓여 가던 회한을 다독이곤 했다. 이렇게 아름답고 숭엄한 곡을 한두 개도 아니고, 또 열 개, 스무 개도 아니고, 예순 개, 일흔 개나 만들었다니, 바흐는 과연 어떤 인물인가? 그는 정말이지 신의 오른팔인지도 모른다.

공연을 관람했던 그 주말의 오후에 나는 「마태수난곡」의 가사를 처음부터 끝까지 천천히 다시 읽어 보았다. 그러면서 어떤 곡은 따라 불렀다. 그랬더니 그 뜻이 더욱 분명해지고, 그 수난의 드라마가 마치 눈앞에 다시 펼쳐지는 듯 생생하게 느껴졌다. 「마태수난곡」에는 눈여겨보아야 할 대목도 많고, 귀담아 들어야 할 곡이 참 많다. 작품의 곳곳에는, 거장의 작품이 늘 그러하듯이, 발견의 재미가 있는 것이다.

4. 음악 — 여기에서 저 너머로

선한 말과 행동은 존중받기보다는 오해와 질시에 더 자주 시달린다. 그래서 그것은 조롱과 모욕을 면하기 어렵다. 바뀌는 것은 인간 삶의 구조가 아니라 그 외양과 표피에 불과할 수도 있다. 후회도, 그것이 죽음에 이를 정도로 사무치기 전에는, 도움 되지 않을 때가 많다. 가엾게 여기소서. 우리를 불쌍히 여기소서(miserere nobis). 아마도 인류의 역사는, 지금까지 그랬듯이, 앞으로도 사랑이 멸시되는 고통의 반복사일지도 모른다. 사람은 유다나 베드로에 가깝지, 예수에 가깝지는 않기 때문이다.

그러나 나는 바흐를 들으며 삶의 고결함이 고통 없이, 이 고통 속의 인내 없이 불가능할 것임을 깨닫는다. 「마태수난곡」에서 우리가 만나는 것은 단순히 교회음악의 어떤 기념비적 대작이 아니다. 그것은 예수의 삶이고 그 죽음이며, 이 죽음에서 드러나는 인간의 근원적인 조건이다. 예수의 죽음은 인간의 죽음이고 인류의 죽음이다.

우리는 바흐의 음악을 통해 삶의 비극적 조건과 이 조건 아래 놓인 인간의 연약함과 고귀함을 동시에 깨닫는다. 인간이 연약한 것은 이 근본 조건을 벗어날 수 없기 때문이고, 그럼에도 고귀한 것은 이 한계 속에서도 그 조건을 쇄신하려 하기 때문이다. 열정의 역사는 수난(passion)의 역사다. 정열의 인간이라면, 아마도 수난은 생래적으로 견뎌 내야 할 일인지도 모른다. 삶의 많은 것은 견뎌 가야 하고, 이 견딤 속에서 부단히 쇄신시켜 가야 할 것이다.

그리하여 「마태수난곡」이 주는 감동의 깊은 곳에 고결함이 있다면, 이 고결함은 현실의 비참을 견디는 데 큰 힘이 되지 않는가 나는 생각한다. 모든 좋은 음악은 아름답다. 아니다, 좋은 음악은 모두 슬프다. 아니다, 모든 좋은 음악은 숭고하다. 그것은 그 어떤 말로도, 상징이나 비유로도 표현하기 어렵기 때문이다. 음악의 위대함은 바로 여기—언어 이전적이고 상징 이전적인 것과의 관계 속에 있을 것이다. 이 무한한 것과의 관계 속에서 음악은 지상적인 것과 천상적인 것을 하나로 이어준다. 사람이 음악에서 안식처를 찾는 것은 음악이, 괴테가 쓴 것처럼, 각자가 자기 일에 골몰하면서도 이 제각각의 모두를 하나로 연결시켜 주기 때문이다.

음악은 지금 여기에서 저 너머로 우리를 이끌어 준다. 이 선율 속에서 우리는 지금 순간이 영원으로 이어지는 듯이 느끼고, 또 그렇게 이어지길 간구한다. 음악이 아니라면 대체 그 무엇으로 지금 여기를 넘어 저 너머로, 저 무한한 초월의 신성한 차원으로 나아갈 수 있겠는가? 그렇게 나아가기를 우리가 꿈꿀 수 있겠는가? 음악이 지닌 성스러운 비밀도 여기에 있을 것이다. 너그러움과 평화 그리고 화해의 마음은 이 근원적인 관계로부터 생겨난다.

이 근원적 관계에서 우리가 깨닫는 것은 바로 이것—이념이나 민족, 교리나 종파보다 훨씬 중대한 무엇이 삶에는 있다는 것, 그것이야말로 어떤 숭고함이고 인간의 고결함일 것이라는 것, 예수의 수난사는 이 고결함을 숭고한 삶 속에서 보여 주고 있다는 경이로운 사실일 것이다. 기독교가 민족이라는 좁은 관념을 넘어서게 된 것도 요한이나 예수 혹은 사도 바울 같은 이들을 통해서였다. 그리고 그들은 다 너그러운 감정의 소유자였다.

그리하여 종교에서 중요한 것은 교리가 아니라 그 교리를 낳은 사람의 삶일 것이다. 이 삶을 지탱하는 것은 인성人性 혹은 인격이다. 종교 자체가 아니라 그 종교를 가능하게 한 사람의 삶과 그 인격에 우리는 주목해야 한다. 그러면서 그 믿음 속에 깃든 사랑의 마음과 헌신의 정신을 배워야 한다. 이 사랑은 정직 속에서 자유로 나아간다. 모든 율법은 결국 사랑 속에서 해체되어야 할 것이다. 이 사랑과 자유는 아마도 시의 정신과도 이어질 것이다. 그런 점에서 종교의 믿음이 추구하는 바는 예술의 이념과 다를 수 없다.

일주일 후면 4·13 총선투표일이다(이 글은 2016년 4월 6일에 쓰여졌다). 이번 공천파동에서 이미 드러났듯이, 이 땅의 공적 언어와 생각은 얼마나 가볍고 얕은 것인가? 그것은 온갖 거짓과 술수와 간계로 차 있다. 그러니 바흐적 신성함은 여기에서 먼 나라의 일처럼 낯설게 느껴진다.

그러나 현실 속에서 현실 너머의 것을 생각할 수 있을 때 인간은 종교적으로 되고, 이미 종교적이라고 할 수 있다. 또 현실 너머를 생각할 수 있다면, 종교적이든 비종교적이든, 그의 삶은 이미 넓어지고 깊어진 것이 될 것이다. 아마도 좋은 사회라면, 아무리 그 사회가 초현대적이라고 해도, 그 한구석에 이 고결한 가치를 추구하는 이들이 있는 곳일 것이다. 성 토마스 합창단 단원들은 성스런 음악

(Musica Sacra)의 보존과 계승을 위해 기숙생활을 하면서 학업과 연주를 병행한다고 한다.

그러므로 「마태수난곡」을 듣는다는 것은 오늘의 삶에서 누락된 신성과 초월, 그 끝자락을 경험하는 일로 보인다. 현대적 삶은 지극히 얄팍하고 피상적으로 되어 버렸지만, 그럼에도 민족과 이념과 종파를 넘어서는 삶의 어떤 궤적을 잊지 않는다면, 신성의 한쪽 끝은 우리에게 열려 있을 것이다.

나무에게 말 걸다

가을과 작별하며

이전에 나는 이 땅의 가을이 여느 다른 나라의 가을과 같을 것이라고 생각했다. 그래서 이 뚜렷한 사계절이 다른 곳에도 당연히 있을 것으로 여겼다. 그러다가 알고 지내던 한 독일 가족이 찾아와서 함께 설악산을 간 적이 있다. 때마침 가을이었는데, 그들이 붉고 노란 단풍에 크게 감탄하는 것을 보고 이 땅의 자연에 대해 다시 생각하게 되었다.

하지만 이런 각성 후에도 계절에 대한 나의 태도는 크게 바뀌지 않았다. 마치 이 땅에서의 사계가 당연한 것처럼, 내 생애의 봄·여름·가을·겨울도 당연하다고 여긴 것이다. 바쁘다는 핑계로, 또 매일 처리해야 할 일과에 비하면 사소하다고 치부하면서 어떤 계절도 기리는 일은 없었다. 만사를 당연히 여기는 무감각만큼 끔찍한 것도 없

충북대 인문대 앞 은행나무 풍경

은행나무의 어떤 가지는 좌우가 대칭을 이루며
제각각으로 뻗어 간다.
저마다의 모양인 채 하나로 어울리기도 하는
이 삶은 무엇인가?

가장의 근심

다. 그래서 이번 가을만큼은 그러지 않아야겠다고, 그래도 고마움을 표하며 보내야겠다고 진즉 마음먹고 있었다. 생애의 가을을 한두 번도 아니고, 또 열 번, 스무 번도 아니고, 무려 쉰 번 이상이나 겪었으면서도 가을에 어울리는 인사人事를 한 적이 없었으니, 이 무슨 망실亡失이란 말인가. 그것은 이를테면 "가을이여, 안녕! 이번 가을도 그 나름으로 있을 만했으니"라고 마음으로 새기는 일이다. 그러나 이렇게 맘먹었던 올해의 작별식에서도 남은 것이라곤 고작 사진 한 컷이다.

은행나무, 그 기하학적 대칭

모든 나무가 다 사랑스런 것이지만, 그 가운데는 눈길이 오래 가는 나무도 있다. 내가 일하는 대학의 인문대 앞에 있는 이 은행나무는 그리 우람한 것도 아니고, 수령이 오래된 것도 아니다. 그것은 주차장 옆에, 여느 다른 나무들처럼, 별로 표 나지 않게 서 있다. 그래도 나는 가끔 주변이 조용해지는 늦은 오후나 이른 아침에, 혹은 주말이 시작되는 금요일 오후쯤 그곳으로 가 보곤 했다. 가서 잠시 그 옆을 서성이거나, 나란히 곁에 서서 바람에 찰랑이는 잎새를 바라보곤 했다.

지난 11월 초순의 그 주일은 내내 흐리다고 하였는데, 이 나무를 보러 가던 그날 낮에는 잠시 햇볕이 들었다. 고마운 일이었다. 말을 붙이고 싶었던 것일까? 물론 그럴 수는 없었다. 그냥 그렇게 다가갈 뿐, 다가가 서있는 나무의 모습을 잠시 바라보았을 뿐이다. 말을 건네듯이 나는 그 곁에 서서 나뭇가지를 가만히 쳐다보았고, 그 가지의 흔들림에서 바람의 기운을 느꼈다. 나뭇잎에 비치는 한낮의 햇살을 바라보았고, 이 햇살로 노랑잎이 찰랑대는 것을 보는 내 마음도 잠시 흔들거렸다. 그래서 한 시인은 이렇게 썼던 것일까?

> 그 잎 위에 흘러내리는 햇빛과 입 맞추며
> 나무는 그의 힘을 꿈꾸고
> 그 위에 내리는 비와 빰 비비며 나무는
> 소리 내어 그의 피를 꿈꾸고
> 가지에 부는 바람의 푸른 힘으로 나무는
> 자기의 생이 흔들리는 소리를 듣는다.
>
> 정현종, 「사물의 꿈 1—나무의 꿈」

나무는, 정현종 시인이 썼듯이, "햇빛과 입 맞추며" "그의 힘을 꿈꾸고", "비와 빰 비비며" "그의 피를 꿈꾸고", "바람의 푸른 힘으로" "자기의 생이 흔들리는 소리를 듣는다". 나무는 햇빛과 비와 바람을 맞으면서 삶의 에너지—힘과 피를 얻고, 자기 생의 움직임을 확인하는 것이다. 그것이 '나무의 꿈'이다.

대개 나뭇가지들은 엇나가며 올라간다. 물론 서로 짝을 이루며 커 가는 것도 있지만, 그러나 대체로 그 성장 상태는 일정한 무질서 속에 있는 것으로 보인다. 그러나 이런 무질서도, 더 자세히 혹은 더 멀리 떨어져서 보면, 일정한 질서 속에 있다. 그러니까 하나의 혼돈도 보다 큰 질서의 일부일 수 있고, 거꾸로 어떤 질서는 다가오는 혼돈의 잠정적인 형태일 수가 있는 것이다. 내가 이 은행나무를 좋아하는 것은 그 기하학적 대칭성 때문이다.

왼쪽 아래 가지에 난 잎은 벌써 떨어져 이 대칭성이 잘 드러나지 않는다. 그러나 나무의 중간쯤에서 그 꼭대기까지 다섯 가지는 서로 짝을 이루면서, 좀 엉성한 네 번째를 제외하면, 모두 선명한 대칭을 보여 준다. 이 간결하면서도 선명한 기하학적 대칭은 어떤 질서를 구현하는 듯하다. 삶의 숨은 조화에 대한 암시라고나 할까. 뻗어 나간 나뭇가지의 대칭성은, 가을이면 그 노란 잎들로 하여, 더욱 두드러져 보인다.

"나무 한 그루, 사람 한 그루"

나무의 꿈은, 그 꿈을 내가 읽어 내는 한, 나의 꿈이기도 하다. 이것은 물론 시인의 관찰 덕분이다. 그리하여 사물의 꿈과 사람의 꿈은, 시인이 나무의 꿈을 읽어 내는 한, 그리고 그렇게 읽어낸 시인의 꿈을 우리가 다시 꿈꾸는 한, 서로 이어진다. 그래서 시인은 "나무 한 그루"가 곧 "사람 한 그루"라고 쓴다.

쓰러진 나무를 보면
나도 쓰러진다

그 이파리와 더불어 우리는

숨 쉬고
그 뿌리와 함께 우리는
땅에 뿌리박고 사니—

산불이 난 걸 보면
내 몸도 탄다

초목이 살아야
우리가 살고
온갖 생물이 거기 있어야
우리도 살아갈 수 있으니

나무 한 그루
사람 한 그루 ……

정현종, 「나무여」 중에서

한 그루 나무를 바라본다는 것은 한 생명을 바라보는 일이고, 이 생명이 살아가기 위해 햇빛을 받고 바람을 맞으며 서 있는 것을 보는 일이다. 그렇게 보면서 우리는, 수관水管을 통해 수액이 오르듯이, 나무를 보는 내 몸에도 피가 오르내린다는 것을 느낀다. 나무가 바람에 흔들릴 때마다 이 나무를 바라보는 나도 흔들리고, 나무가 껍질에 싸여 있듯이 우리의 영육도 얇거나 두꺼운 각질을 갖고 있음을 헤아리게 된다. 그리하여 하나의 생명이 싹으로 시작되고 햇살과 비바람 속에서 무성해지다가 차가운 대기 아래 마침내 앙상한 가지로 남게 되는 과정을 지켜보며 우리는 우리의 생로병사를 떠올린다. 가을 나무 한 잎사귀처럼 우리는 삶에 매달려 있는 것이다.

그러니 나무는 이 나무를 바라보는 나와 무관할 수 없다. 내가 나뭇잎을 줍고 그 둥치를 쓰다듬는 것은 그런 이유에서일 것이다. 나와 나무는 별개로 살아가면서 서로 닿아 있다. 또 이렇게 이어지면서 동시에 별개의 존재로 살아간다. 마치 내가 내 이웃의 동료나 미지의 타인들과 이어지며 또 따로 살아가듯이, 아마도 세상은 이렇게 알게 모르게 이어져 있는 것들의 크고 작은 망들로 가득 차 있을 것이다. 이 생명적 유대는 가장 작게는 각각의 사물 속에서, 나무가 보여 주듯이, 이런저런 식으로 일어나는 것일 것이다.

'우드 와이드 웹Wood Wide Web' — 나무의 전 세계적 그물망

실제로 나무는 나무들만의 방식으로 소통한다고 얘기된다. 대개 3월이면 따뜻한 날이 시작되지만, 그럼에도 나무가 싹을 틔우지 않고 기다리는 것은 때늦은 서리가 찾아들 수도 있기 때문이고, 이것은 나무가 대략 영상

20도 되는 날의 수는 '센다'는 증거라고 뮌헨 기술대학이 최근에 발표한 바 있다.

'우드 와이드 웹Wood Wide Web'이라는 개념이 생물학에서 20년 전부터 언급되는 것도 이런 맥락 속에 있을 것이다. 예를 들어 균사류菌絲類는, 마치 유리섬유 케이블이 인터넷을 통해 퍼져 나가듯이, 숲의 바닥을 퍼져나가면서 끊임없이 전기신호를 보낸다는 것이다. 숲에 있는 흙 한 숟가락 분량에는 수 킬로미터에 이를 정도로 긴 얇은 실선이 들어 있는데, 바로 이 실선을 통해 그늘진 곳의 어린 묘목은 숲의 꼭대기에서 빛을 받는 식물들의 도움을 받으며 자라나게 된다는 것이다. 이것은 영양 배분을 통한 공생의 관계이고, 살아가기 위한 미시적이면서 동시에 거시적인 유대가 아닐 수 없다.

나무는 그 뿌리를 통해 땅 밑의 수많은 균류와 연결되어 있다. 햇빛을 받는 자작나무는 균근菌根의 그물망을 통해 그늘진 곳의 전나무에 당糖을 공급한다. 그렇다면 나무는 가만히 선 채로 사실상 땅과 하늘의 곳곳에 닿아 있고, 이 지구 전체로부터 신호를 받으며 자라나는 셈이다. 이러한 생물학적 공생 관계는 한 나무 안에서 뿐만 아니라 종류가 서로 다른 나무들 사이에서도 일어난다. 더 나아가 그것은, 앞서 적었듯이, 나무에만 국한된 것이 아니라 인간에게도 이어진다. 이것을 시인은 이렇게 적는다. "그 이파리와 더불어 우리는/숨 쉬고/그 뿌리와 함께 우리는/땅에 뿌리박고 사니—"

나무는 크고 작은 그물망을 통해 인간에게 산소를 공급하고 물을 정화시킨다. 그러나 그 혜택이 어디 산소 공급이나 수질 정화뿐이겠는가. 그것은 우리에게 초록의 신선함과 낙엽의 쓸쓸함을 건네주고, 그늘의 휴식도 제공한다. 아마도 나무의 궁극적인 혜택은 생명의 기나긴 유대에 대한 상기와 이 유대 너머의 무엇에까지 이른다고 해야 할 것이다. '생명의 유대와 그 너머'란 무엇인가? 그것은 우리가 알 수 없는 어떤 사실일 것이고, 타자의 세계일 것이다. 신, 초월, 형이상학은 이런 타자의 세계를 구성하는 주요 목록이 될 것이다. 이 알 수 없는 것—아직 지칭되지 못한 타자성의 세계야말로 삶과 세계의 신비를 이룰 것이다. 나무의 생애는 이 놀라운 신비를 내장한다.

그러나 세계의 신비를 이루는 것은 나무뿐만 아닐 것이다. 나를 둘러싼 많은 것들은 사실 이런 알 수 없는 표지와 비밀을 갖고 있다고 해야 한다. 그래서 그것은 때때로 나에 대한 좋지 않는 사실을 알고 있는 것처럼 나를 불안하게 하기도 한다. 사물은 언제나 가늠하기 어려울 정도로 멀리 있으면서 또 가깝게 느껴진다. 그러니 '우리에게' 중요한 것은 이 신비에 마음을 닫지 않는 일일 것이다. 그래서 세계의 전체를 느끼고 숨 쉬며 그와 더불어 살아가는 일일 것이다. 이 공동의 느낌, 이 느낌으로 살아가는 일은 그 자체로 어떤 유대—공존적 평화를 위한 참여가 아닐 수 없다.

비非 배제 — 나무의 꿈

그러나 오늘의 현실에서 이런 유대를 느끼기는 어렵다. 세계의 공존적 유대는 물론 주어진 사계四季의 혜택도 누리기 어렵다. 너나없이 우리는 분주하게 살기 때문이다. 정신없이 살면서 자기도 자연도 놓치는 까닭이다. 만약 깊은 고통이나 슬픔이 없다면, 그것은 혹시 이런 자기 상실, 이런 근원적 자연 상실 때문이 아닐까? 자연을 모른다면, 아마 자연의 일부인 자기도 잘 알기 어려울 것이다. 정현종 시인이 '나무의 꿈'을 얘기하면서 다음과 같이 쓴 것은 재미있다.

> …… 그러니까 자기를 몰라도 너무 모르는 사람이나
> 어떤 경우에도 괴로워하지 않는 사람은 들이지 않을
> 거야.
> 도대체 슬퍼하지 않는 사람도 물론 들이지 않고

답답하기 짝이 없는 벽창호,
각종 흡혈귀,
모르면서(모르니까?) 씩씩한 단세포,
(또는 자기가 틀렸을지도 모른다는 생각에 조금도 물든 흔적이
보이지 않는 글을 쓰는 먹물들은 들이지 않을 거야.)
앵무새는 물론 안 되고,
모든 전쟁광들과 무기상들,
핵核 좋아하는 사람들은 말할 것도 없이 출입 금지.
그리고 또 그리고 또 있겠지만
이하 생략.
허나 어떤 사람이든 환골탈태를 하면 언제든지 환영이야.
누구를 제외하는 데서 얻는 쾌감은 제일 저열한 쾌감의
하나이니.

꿈을 버리다니, 요새의 내 꿈은
한 그루 나무와도 같아
나는 그 그늘 아래 한숨 돌리느니.

정현종, 「한 그루 나무와도 같은 꿈이」 중에서

시인은 이 세상에 "방이 많은 집 하나"를 짓는 게 자신의 "꿈"이라고 말한다. 그러면서 이 방으로 "이 세상의 떠돌이와 건달 들을 먹이고 재우"고 싶어 한다. 하지만 그가 사양하는 부류도 있다. 그것은 "자기를 몰라도 너무 모르는 사람"이나 "어떤 경우에도 괴로워하지 않는 사람", 또

"답답하기 짝이 없는 벽창호"와 "각종 흡혈귀" 그리고 "모르면서 …… 씩씩한 단세포"들이다. 혹은 스스로 틀릴 수 있음을 생각하지 못하는 "먹물들"이나, "앵무새" 그리고 "모든 전쟁광들과 무기상들", "핵核 좋아하는 사람들"도 그는 거절한다.

'좋은' 삶이란 시인에게, 적어도 시인에게는 거절되지 않는 삶일 것이다. 그러나 이런 거부는, 이것은 강조되어야 할 점인데, "어떤 사람이든 환골탈태를 하면 언제든지 환영"이라는 대원칙에 종속된다. "누구를 제외하는 데서 얻는 쾌감은 제일 저열한 쾌감의 하나"이기 때문이다.

그러니 노시인의 꿈은 이렇다. 괴로워하지 않거나 슬퍼할 줄 모르는 사람은, 그래서 지나친 자신감에 차 있거나 막혀 있는 사람은 일단 거부하지만, 그러나, 요즘의 용어를 쓰자면, 이 모든 '비호감'도 어떤 교정 가능성의 관점 속에서 재고된다. 그래서 그는 그 누구도 '제외'하거나 '배제'하려 하지 않는다. 이것이 바로 시인의 사랑이다. 시인은 넓고 깊은 것을 사랑한다. 넓고 깊은 것에 대한 사랑은 그에게 "한 그루 나무와도 같은 꿈"이다.

그리하여 나무의 시적 꿈은 비非배제의 꿈이다. 그것은 포용의 갈망이다. 더 넓고 더 깊게 사랑하는 일, 아마 이보다 더 큰 꿈은 없을 것이다. 이런 꿈을 꾸면서 시인은 자주 "그 그늘 아래"에서 "한숨 돌"린다. 그리하여 나는 이렇게 쓴다.

> 내가 나무를 바라보는 것은 그 말 없는 존속 때문이다.
> 묵언수립默言樹立 — 말없이 서 있는 나무를 나는 사랑한다.
> 내가 나무를 바라보는 것은 그리움 때문이다.
> 내 그리움은 슬픔에서 온다.
> 나의 슬픔은 내가 나 자신마저 모른다는 데 있다.
> 나를 모르기에 나는 나무에게, 나무의 침묵에 묻는다.

내가 나무에게 말 거는 것은 그 침묵을 듣고 싶어서다. 나무의 침묵, 여기에는 세계의 침묵이 어려 있다. 그래서 신성하게 여겨진다. 그런데 이 신성함은, 앞서 적었듯이, 그 형태 속에, 나뭇가지의 기하학적 질서에서 이미 암시된다고 할 수 있다. 그렇다면 나뭇가지가 이루는 기하학적 대칭, 이 대칭이 보여 주는 어떤 조화, 이 조화 속의 균형은 마땅히 살아 있는 것들의 길이어야 한다. 그런 점에서 나무는 윤리적 삶의 한 비유일 수도 있다. 나는 그늘 아래 선 채 나무가 들려주는 침묵의 사연에 귀 기울인다. 그리고 그것이 실행하는 지속적인 환골탈태를 묵묵히 바라본다.

내가 자주 바라보던 그 은행나무는 이제 잎을 다 떨궜

다. 지금은 12월 중순, 겨울의 문턱이다. 그토록 풍성하던 여름날의 플라타너스 잎들도 거의 다 져 버렸고, 남아 있는 것들은 모두 누렇게 메말라 있다. 나무들은 나의 이런 작별과는 관계없이, 마치 아무 일도 없었다는 듯이, 서 있다. 나무는, 내가 작별하든 하지 않든, 앞으로도 그렇게 무심히 서 있을 것이다. 아마 내 생애가 다하는 날에도 거기에, 저 말 없는 균형을 견지하면서, 자리할 것이다. 저기 서 있는 나무를 보면서 나는 이번 겨울도, 지금까지 그러했듯이, 그 흔해 빠진 방식으로 떠나보낼 것이다.

그렇다면 내 생애를 마감하는 방식은 얼마나 다를 것인가? 아마도 나는, 언젠가 이곳에 온 것처럼, 그렇게 떠날 것이다. 그러나 나무와는 달리 나는 내 상심傷心을 다독이지 못할 것 같다. 떠나는 것은 인간이지 자연이 아니다.

안개 속을 걷는 사람들
문학의 책임 문제

작년 말 '열린 연단'에서 헤세를 강연하면서, 또 최근에 김우창 교수의 서정주 시 강연의 사회를 맡으면서 나는 문학과 정치의 관계나 문학의 현실 참여에 대해 몇 가지 질문을 받았다. 그것은 다르게 말하여 문학의 책임 문제다. 이를테면 헤세의 경우 그의 문학이 조용하고 내성적이고 자기를 실현해 나가는 교양소설적 성격을 갖는다고 한다면, 그것이 거친 현실에서 너무 소극적이고 나약한 대응이 되지 않는가 라는 것이었고, 미당의 경우, 일제 시대에 천황을 위한 참전의 독려는 말할 것도 없고 해방 이후 1980년대까지도 '부정한 정권의 하수인'이 되는 일이 과연 올바른 것인가라는 물음이었다.

문학과 정치의 상호 관계라는 주제는, 굳이 사르트르의 참여문학론이 아니라도, 오랫동안 계속되어온 문학의 한 중요한 문제가 아닐 수 없다. 그것은 더 넓게는 과학이나 기업의 윤리 문제에도 나타나고, 더 크게는 학문의 현실정합성 문제 혹은 학문과 삶의 일치 문제에도 나타나며, 더 작게는 지행합일知行合一의 문제에서도 되풀이된다. 글의 진실성이나 학문의 윤리성에 대한 물음도 사실 문학예술의 책임이라는 문제의 확대나 변주인 셈이다.

또 이것은 우리나라에서 친일 문제나 최근의 국정교과서 파동 문제, 임정臨政의 의의나 이승만을 포함하는 전직 대통령의 평가에도, 정도의 차이는 있는 채로, 모두 들어 있다. 또 유럽 사회에서 보면, 그것은 제2차 세계대전과 유대인 학살, 그리고 나치즘 문제에도 들어 있고, 정신사적으로는 이성의 한계와 야만의 문제, 문명과 문화의 상호 관계 문제 등에도 들어 있다. 그러나 어떤 문제든 관계없이 그것은 결국 삶 자체의 문제로, 지금 여기 삶의 불행을 줄이는 데로 마땅히 수렴되어야 한다.

문학과 정치의 관계, 문학예술의 책임이라는 문제는 결코 간단하지 않다. 그것은 삶의 많은 문제가 그러하듯이, 단번에 해결될 수도 없고 그렇게 해결되기도 어려운 일이다. 누구나 한두 마디 할 수는 있지만, 그러나 책임 있는 답변을 내놓기란 매우 어렵다. 그러면서도 그것은, 삶이 계속되는 한, 외면하기 어려운 인간사의 핵심적인 사안이기도 하다. 그같은 질문을 받았을 때, 나는 여러 가지가 부족하여, 또 조용히 생각하며 차근차근 말할 수 있는 시간은 아니었으므로, 제대로 답변하지 못했다. 그러나 그동안에도 이 문제가 머리를 떠나지 않았고, 그 사이 생각도 좀 더 정리되었기에 이번 기회에, 이 글이 다소 길어질 것이지만, 적어 보려 한다.

2. 채만식의 중편 소설 『민족의 죄인』

대학 시절 이래 나 역시 문학도로서 문학과 정치, 문학의 현실 참여 문제에 대해 이런저런 고민을 많이 했었다. 그러다가 대여섯 해 전에 『한국현대문학과 근대적 자아의식』을 적으면서, 그래서 일제 시대에 활동한 여러 작가의 작품들을 통독하다가 이태준의 『해방 전후』(1946)와 채만식의 『민족의 죄인』(1948/49)을 만나면서, 큰 전환을 맞게 되었다. 『해방 전후』에 나오는 주인공 '현'이나, 『민족의 죄인』에 나오는 주인공 '나'만큼 나는 양심적으로 살 수 있는가 라는 자문에 내 스스로 '그렇다'고 대답할 자신이 없었기 때문이다. 그러면서 내가 살아 보지 않고 겪지 않은 현실에 대해서는 정말이지 말을 조심하고 판단을 자제해야겠다고 다짐했었다. 그리고 그때 이후, 문학참여론이나 친일 문제가 나오면, 나는 주변 사람들에게, 또 학생들에게 이 두 작품을 한번 읽어보길 권하곤 했다.

이태준의 『해방 전후』와 채만식의 『민족의 죄인』은, 지금 읽어보아도, 아주 훌륭한 작품이 아닌가 싶다. 지금은 상상하기조차 어려운 그 혹독했던 시절에 이런 작품을 남겨 주었다는 사실 자체만으로도 이 두 분의 작가께 감사의 마음이 절로 솟구친다. 이 글에서는 『민족의 죄인』에 대해서만 살펴보자.

1) "비겁하고 용렬스런"

채만식의 『민족의 죄인』에 나오는 주인공 '나'는, 제목에도 있듯이, 스스로 '민족의 죄인'이라고 여긴다. 그는 친구인 김 군의 출판사 사무실에서 '그 일'을 당하고부터 "울분"과 구차스런 "불쾌감" 때문에 그 후 보름 동안 앓아 눕는다. 그 일이란 무엇인가?

주인공은 어느 날 김 군의 사무실에 들른다. 거기서 '윤尹'이라는 사람을 만난다. 윤 군은 일본의 어느 대학 정경과를 졸업한 후 서울의 한 신문사에서 정치부 기자로 지내며 논설을 썼던, "대단히 진보적인" 사상을 가진 사람이었다. 그는 무엇보다 대일對日 협력을 하지 않았다. 그는 중일전쟁(1937년) 이후 신문사를 그만두고 서울에서 한동안 자취를 감춘다. 그 후 해방이 되자 그는 일제시대 "왜놈들의 주구走狗"가 된 사람들—황국신민이 되라거나 내선일체를 독촉한 사람들, 학병을 권하거나 농산물 공출을 명령한 친일파와 민족반역자는 '처단'해야 한다고 주장한다. 그러면서 이렇게 말한다. "그런 개도야지만 못한 것들이 숙청이 되기 전엔 건국 사업이구 무엇이구 나서구 싶질 않아. 도저히 그런 더러운 무리들과 동석은 할 생각이 없어."

이런 윤 군 앞에서 주인공 '나'는 난처한 지경에 처한다. 그는 일제 탄압이 극심해지는 1940년대에 총독부가 관장하던 '미영격멸국민총궐기대회'에 강사로 뽑혀 이곳저곳 강연을 다녔기 때문이다. 그렇게 하지 않고는 "일신이 안전하"기 어려웠다. 그러나 그 전에도 그는, 시골 고향집에 형사가 들이닥쳐 그의 방을 수색한 후, 경찰서로 끌려가 취조를 받고, 결국에는 유치장에서 갇혀 한 달 이상 지내기도 한다. 처음에는 하루 이틀 굶었지만, 며칠 지나자 간수 등 뒤에 걸린 시계만 종일 쳐다보며 밥 수레가 오기를 그는 기다린다. 그런 자신에 대해 이렇게 생각한다. "내가 나를 생각하여도 천박하기 짝이 없었다. 하루 종일 먹을 것만 탐하는 도야지나 다름이 없는 성싶었다."

이렇게 유치장에 갇혀 있다가, 조선문인협회에서 보낸 한 엽서—황군위문대에 참석하라는 종잇조각이 그의 방에서 발견되어 주인공은 운 좋게 풀려난다. 그러다가 지방 강연을 다시 다닌다. 그는 어느 날 강연에서 자기 말에 "개수작 집어치워라"고 고함치는 사람이 없다는 사실에 "적막하고 슬픈" 감정을 느낀다. 여러 청년이 밤에 찾아오지만, 소문이 퍼지거나 경찰이 알까 봐 두려워하는 자신이 "비겁하고 용렬스럽다"고 그는 여긴다. 그러면서 차별을 받지 않으려면 우리도 일본처럼 "문화적으로나 경제적으로" "실력을 가져야" 한다고 덧붙인다.

그러나 한 청년이 다시 찾아와 징병에 대해 물을 때, 주인공은 "무슨 수단을 써서든지" "나가지 말라"로 주저않고 대답한다. "강한 자에게 굽혀 목전의 구차한 안전을 도모하는 타협 생활보다, 핍박을 받을지언정 굽히지 않고 도리어 그와 싸워 물리치겠다는 꿋꿋한 정신을 기르구 이겨 주십시오." 그러면서 "혈기를 삼가라"고 부탁한다. 경솔하지 말라는 것이다. 그는 더 이상 시국 강연에 끌려 다니지 않기 위해 시골로 내려간다.

2) 계란이냐 자라등이냐—"지조의 경도硬度"

시골에서 주인공은 여덟 식구를 책임져야 했다. 팔십 넘은 노모께 나물죽을 드리고, 배탈 난 네 살 아이에겐 배급받은 강냉이밥을 먹였다. 아침은 먹는 둥 마는 둥 하고, 점심은 건너뛰기 일쑤다. 4~5월 기나긴 해 아래 땅을 파고 풀을 뽑노라면, 저녁엔 현기증이 나곤 했다. "굶어 죽느냐, 밭고랑에 쓰러져 가면서라도 심고 가꾸어 먹고 살아가느냐 하는 단판 씨름이지라, 괴로움을 상관할 계제가 아니었다." 하지만 그 시절 피할 수 없었던 대일 협력의 "악취"는 "창녀가 가정으로 돌아왔다고 그의 생리生理가 숫처녀로 환원되어지는 법은 절대로 없듯이" 결코 없어지지 않는다.

이런 세월을 겪어왔기에 주인공은 윤 군의 공격 앞에서 아무런 대꾸도 하지 못한다. 그런데 지금껏 듣고만 있던 김 군이 윤 군의 이런 질타가 "하찮은 자랑"이고 "분수 이상으로 남한테 가혹한" 것이라고 반박한다. 윤 군이 대일 협력에서 벗어날 수 있었던 것은 신문사를 이내 그만두었기 때문이고, 기자직을 버리고 시골로 내려간 것은 부자 아버지를 두었기 때문이다. 한 구절을 읽어 보자.

"그런데 자네 일찍이 조선 사람 지도자나 지식층에 대한 일본의 공세—총독부의 소위 고등 정책이라는 것 말일세. 거기 대해서 반격을 해본 일이 있는가?

"……."

"손쉽게, 총력연맹이나 시골 경찰서에서 자네더러 시국 강연을 해달라는 교섭을 받은 적 있었나?"

"없지."

"원고는?"

"없지. 신문사 고만두면서 이내 시골로 내려가 있었으니깐."

"몰라 물은 게 아닐세. 그러니 첫째 왈 자넨 자네의 지조의 경도硬度를 시험받을 적극적 기횔 가져보지 못한 사람. 합격품인지 불합격품인지 아직 그 판이 나서지 않은 미시험품. 알아들어?"

"그래서?"

"나무로 치면, 단 한번 이래도 도끼루 찍힘을 당해 본 적이 없는 나무야. 한 번 찍어 넘어갔을는지, 다섯 번 열 번에 넘어갔을는지, 혹은 백 번 천 번을 찍혀두 영영 넘어가지 않었을는지, 걸 알 수가 없지 않은가?"

"그래서?"

"그러니깐 자네의 지조의 경도란 미지수여든. 자네가 혹시 그동안 꾸준히 투쟁을 계속해 온 좌익 운동의 투사들이나 민족주의 진영의 몇몇 지도자들처럼, 백 번 천 번의 찍음에 넘어가지 않구서 오늘날의 온전을 지탱한 그런 지조란다면, 그야 자랑두 하자면 하염즉하겠지 …… 그러나 어린아이한테 맡기기두 조심되는 한 개의 계란일는지, 소가 밟아두 깨지지 않을 자라등일는지, 하여튼 미시험의 지조를 가지구 함부루 자랑을 삼구 남을 멸시하구 한다는 건, 매양 분수에 벗는 노릇이 아닐까?"

위 인용에서 핵심은 "지조의 경도硬度"다. 사람의 지조가 얼마나 단단한지는 두고 보아야 한다는 것이다. 그것은 마치 한 그루의 나무가 "한 번 찍어 넘어갔을는지, 다섯 번 열 번에 넘어갔을는지, 혹은 백 번 천 번을 찍혀두 영영 넘어가지 않었을는지" 두고 보아야 하는 것과 같다. 사람은 시련을 겪어 보아야 "한 개의 계란"인지, 아니면 "자라등"인지 비로소 알 수 있다.

그런데 윤 군은, 김 군이 보기에, 먹고사는 걱정이 없었기에 "지조의 경도를 시험받을 적극적 기횔 가져보지 못한 사람"이고, 따라서 "합격품인지 불합격품인지 아직 그 판이 나서지 않은 미시험품"이다. 그는 처음부터 시골로 도피했으므로, 주인공이나 김 군과는 달리, 총독부로부터 시국 강연과 원고 집필을 강요당할 필요가 없었기 때문이다. 그런 점에서 윤 군은 "결백을 횡재한 사람"일 뿐이다. 그리하여 가난해서 절개를 파는 것도 부끄러운 일이지만, 생계 걱정이 없어서 절개를 지킬 수 있었다면 큰 자랑거리는 아니라고 김 군은 말한다. 마찬가지로 지원병이나 벼 공출도 지식층이나 지도자의 말을 들어서라기보다는, 그런 것도 있지만, "구장과 면직원의 등쌀에", 또 집을 뒤지고 때리고 유치장에 가두는 "순사나 형벌이 무서워서" 이뤄졌을 것이고, 그래서 그 일들은 저들대로의 "호신지책"이었을 것이라는 것이다.

흥미로운 것은 그러나 김 군의 반박으로 소설의 전체가 끌려가는 것은 아니라는 사실이다. 김 군은 「민족의 죄인」에서 가장 설득력 있고 주도적인 논지를 펴지만, 그가 '분해서 죽는(憤死)' 것이 아니라 '부끄러워 죽는(愧死)' 처지가 치사스럽다고 토로할 때, 주인공은 그 "빈틈없이 적절한" 말이 차라리 "원망스럽다"고 응답한다. 그러면서 그의 생각에서 한 걸음 물러난다. 그러니까 윤 군의 질타에 대해 김 군이 거리를 두었다면, 이 김 군의 지적에 대해 주인공 역시 거리를 두는 것이다. 마찬가지로 이 '나'에 대해 아내는 다시 거리를 유지한다. 즉, 완전히 편들지는 않는다. 그녀는 남편이 죄인임을 인정하면서도, 그 어떤 형벌을 받건 남은 아이들을 잘 교육시켜 "떳떳한 사람노릇 하도록" 해주는 것이 자신들의 남은 임무라고 말한다.

그리하여 한 사람의 견해는 다른 사람의 다른 견해와

의 교차 속에서 계속하여 상대화되면서 다시 검토되는 것이다. 이렇게 계속되는 견해와 입장의 상대화 과정은 그 자체로 작가의 반성 과정이다. 채만식 소설에서 전개되는 반성력의 수준은 매우 높다.

3) 숨겨진 행동의 계기

입장의 상대화는 왜 필요한가? 그것은 인간의 삶이 그만큼 불확실하고, 그래서 정확하게 알기 어렵기 때문이다. 김 군이 손쉬운 이분법이 아니라, 각 사안에 따라 저마다의 상황과 처지를 고려해야 한다고, 범죄의 영향과 범죄자의 정상을 참작해야 하며, 그 처벌에도 경중輕重이 있어야 한다고 말하는 것도 그런 이유에서일 것이다. 이것은, 다른 식으로 말하여, '숨겨진 행동의 계기'를 고려한다는 뜻이다(나치즘 연구에서 뛰어난 학자였던 한스 몸젠 Hans Mommsen이 — 그는 『로마사』로 잘 알려진 역사학자 테오도르 몸젠의 증손자이기도 한데 — 2015년에 85살로 세상을 떠났을 때, 한 추도문은 그가 '역사의 숨겨진 행동의 놀이공간[die verborgenen Handlungsspielr ume der Geschichte]'에 주목했다는 데 그 업적이 있다고 지적한 바 있다).

역사는 드러나지 않은 행동의 수많은 놀이 공간을 갖는다. 그러므로 중요한 것은 섣부른 심판이나 질타가 아니라, 삶의 크고 작은 계기를, 숨겨진 행동의 여지를 헤아리고 살피는 일이다. 이것은 그 자체로 인간의 삶을 더 넓고 깊게 이해하는 일이고, 그래서 더 너그러운 태도다. 이것은 밀란 쿤데라M. Kundera의 아래 생각과도 이어진다.

3. 안개 속의 역사, 안개 속의 삶

쿤데라의 에세이 중에는 「안개 속의 길들」이라는 글이 있다. 그 마지막 부분을 인용한다. 이 글을 주목하게 된 것은 유종호 교수 덕분이다.

> 인간은 안개 속을 나아가는 자다. 그러나 과거의 사람들을 심판하기 위해 되돌아볼 때는 그들의 길 위에서 어떤 안개도 보지 못한다. 그들의 먼 미래였던 그의 현재에서는 그들의 길이 아주 선명해 보이고, 펼쳐진 길 전체가 눈에 들어온다. 되돌아볼 때, 인간은 길을 보고, 나아가는 사람들을 보고, 그들의 잘못을 본다. 안개가 더 이상 거기에 없다. 하지만 모든 이들, 하이데거, 마야코프스키, 아라공, 에즈라 파운드, 고리키, 고트프리트 벤, 생존 페르스, 지오노 등 모든 이들이 안개 속을 걸어갔으며, 우리는 이렇게 자문해 볼 수 있다. 누가 더 맹목적인가? 레닌에 대한 시를 쓰면서 레닌주의가 어떤 귀결에 이를지 몰랐던 마야코프스키인가? 아니면 수십

> 년 시차를 두고 그를 심판하면서도 그를 감쌌던 안개는 보지 못하는 우리인가?
> 마야코프스키의 맹목은 영원한 인간 조건에 속한다. 마야코프스키가 걸어간 길 위의 안개를 보지 않는 것, 그것은 인간이 뭔지를 망각하는 것이요, 우리 자신이 누구인지를 망각하는 것이다.

쿤데라의 요지는 '맹목'이야말로 "영원한 인간 조건에 속한다"는 사실이다. 이 맹목은 지금의 우리가 과거 사람들이 "걸어간 길 위의 안개를 보지 않는" 데 있다. 안개란 무엇인가? 그것은 쉽게 눈에 띄지 않는 역사의 세부이고, 이 역사를 구성하는 여러 이질적인 요소들일 것이다. 현실의 갈등은 이런 숨겨진 요소들을 무시하고 배제하기에 생겨나는 것이고, 그래서 사람 사이의 오해는 더욱 커진다.

여기에는 흥미로운 점이 두 가지 있다. 쿤데라는 '지혜'나 '선의'를 내세우는 것이 아니라 '맹목'을 말한다. 그렇다는 것은, 첫째, 인간 문제에 대한 그의 접근 방식이 낙관적이라기보다는 비관적이고, 적극적이기라기보다는 소극적이라는 사실을 알려 준다. 그는 긍정적 가치(지혜나 선의) 대신 부정적 가치(맹목)를 내세운다. 또 '소극적'이라는 것은 그의 태도가 조심스럽고 겸손하다는 뜻이다. 왜 지혜가 필요 없겠는가? 그러나 그는 지혜를 갖자는 당연한 주장을 하는 것이 아니라 오히려 맹목을 헤아리는, 다소 수세적일 수 있는 일이 더 긴급하다고 말한다. 지혜란 어쩌면 따로 있는 것이 아니라 인간의 맹목성을 의식하는 것, 그 맹목적 근본 조건을 헤아리는 것이야말로 지혜 아닌가? 그리고 맹목성에 대한 의식은, 이것이 두 번째 점인데, 더 큰 일—인간이 무엇이고 내가 누구인지를 생각하는 일과 이어진다.

쿤데라의 냉소와 유머에는 깊은 자유의 정신이 들어 있다. 그리고 그는 무엇보다 유럽의 지적·문화적 전통을 광범위하고도 철저하게 육화한 예술의 거장이다. 아마도 현대의 소설가들 가운데 쿤데라만큼 '소설가'라는 말의 본래적 의미에 근접한 작가—어디에도 얽매이지 않는 창의적 상상력과 철학적 스케일을 가진 작가는 별로 없을 것이다. 나는 그에게서 끊임없이 다르게 느끼고 새로 생각하는 법을 배운다. 그의 지성의 범위는, 현실과 인간에 대한 선부른 비판가와는 달리, 좁게 여겨지지 않는다.

4. 3단계의 성찰 — 하나의 제안

이제 채만식의 맥락으로부터 한 걸음 물러나자. 그러나 그가 말한 '지조의 경도'는 여전히 중요해 보인다. 또 쿤데라의 지적에서도 한 걸음 물러나자. 그래도 '안개 속을 나아가는 자'라는 그 전언은 아직도 울린다. 이 둘을 합해 보자. 그렇다면 남은 과제는 안개 속을 걸어가면서도 지조의 경도를 계속 시험하는 일이다. 문학의 책임 문제와 관련하여 나는 세 가지를 제안하고 싶다.

첫째. 문학적 성취의 존중

작가의 문학적 성취와 그 삶을 일단 분리시켜보자. 그래서 그 성취가 미당 선생의 경우처럼 뛰어난 것이라면, 그 자체로 존중하는 것은 어떤가? 한국의 문학적·문화적 유산은, 특히 개화 이후 그것은 신산스런 세월로 말미암아 그리 풍성하다고 말하기 어렵다. 미당의 시는, 여기에도 이견이 있지만, 대체로 한국현대시사에서 가장 뛰어난 업적의 하나로 간주된다. 그러니 그의 정치적 과오는 과오대로 두면서도 그의 뛰어난 시는 우리의 소중한 유산으로 향유하고 계승하는 것은 어떤가?

둘째. 모순의식

성취의 유무를 떠나 인간은 그 자체로 놀라운 존재임에는 틀림없다. 그러면서도 그는, 앞서 언급했듯이, 어쩔 수 없는 맹목성을 지닌다. 사람은, 그가 아무리 뛰어난 작가라고 해도 일반인과 마찬가지로, 크고 작은 모순에 찬 존재임을 우리는 잘 안다. 인간은 무한한 가능성 아래 움직이는 것이 아니라 한계 속에서 움직이고, 이 한계 속에서 그저 한 뼘의 가능성을 추구하는 가엾고 보잘것없는 존재다. 이것은 자기모순에 대한 자의식—반성적 의식이자 비극적 인식이다. 누군가의 단점을 질타하는 것은 쉽다. 그러나 비판은 공정하고 정확해야 한다. 비판은 비판하는 자의 우월성을 과시하기 위해 행해지기도 한다. 그래서 자주 혐오나 증오감으로 이어진다. 그러나 바람직한 것은, 단점은 잠시 제쳐 둔 채, 장점에서 무엇을 배울 것인가를 우선 생각하는 일이다.

그러나 앞의 두 가지로 문학의 책임 문제가 끝난다면, 그것은 안이할 것이다. 문학의 책임 문제가 작게는 글의 진실성 문제와 이어지고, 크게는 학문과 삶의 일치 문제로 연결된다면, 그것은 읽거나 쓰는 거의 모든 사람에게 외면하기 어려운 일이다. 그것은, 되풀이하건대, 우리가 살아가는 한, 피할 수 없다. 그리하여 그것은 '그들'의 문제이기 이전에 '우리'의 문제이고, '너'의 문제이기 이전에 '나'의 문제다. 그래서 나는 이렇게 적는다.

셋째. 나는 어떻게 할 것인가?

문학의 책임 문제와 관련하여, 또 과거 사람의 이해 문제와 관련하여, '나는 어떻게 할 것인가'를 우리는 묻지 않으면 안 된다. 그리고 이 물음은 앞서 '분리'시켰던 업적과 삶을 다시 하나로 이으려는 노력에서 온다.

아마도 역사는 이런 안간힘에도 맹목의 연속사가 될지도 모른다. 그리하여 선인先人들이 남긴 지혜로운 전언도 지켜지지 못한 채 공회전할 가능성이 높다. 가장 절실한 말들—유언마저 현실에서는 끝없이 배반당할 것이다(쿤데라의 에세이를 담은 책 제목은 『배신당한 유언들』이었다). 전혀 엉뚱하고 의미 없는 일들이 이후의 삶을 지배할 수도 있다. 그러나 삶의 부정의不正義를 줄이려는 노력은 포기할 수 없다. 그 노력은, 실패하든 성공하든, 인간의 인간됨을 입증할 것이기 때문이다.

문학의 책임 문제가 단순히 참여의 유무로 해소될 수 있는 것은 아니다. 참여한다고 해도 현실 참여의 방식은 사람의 숫자만큼이나 다양할 수 있다. 좋은 문학은, 그것이 삶의 숨겨진 국면을 드러낸다는 점에서, 기존 현실에 대한 의미심장한 안티테제다. 그리고 숨겨진 배후를 드러낼 수 있다면, 그것은 깊은 의미에서 그 나름의 기여를 한 것이 아닐까? 문학의 궁극적 책임은 정치적 구호나 이념을 내세우는 데 있는 것이 아니라, 바로 이 '다른 현실'의 탐색 가능성에 있다. 건전한 공론장이나 합리적 정치문화도 이런 탐색 속에서 조금씩 세워질 것이다. 그때까지 우리는, 비록 안개 속에서일지라도, 우리의 지조가 계란이 아니라 자라등이 되도록 부단히 물으며 자신의 판단력을 단련시켜 가야 한다.

마음수련의 실학으로부터

몇 번의 사회 경험

2015년 5월 중순에서 지지난주까지 메르스 여파로 두어 차례 중단되기도 했지만, '문화의 안과 밖' 고전 강연의 사회를 맡으면서 나는 이런저런 좋은 경험을 갖게 되었다. 그때 다뤄진 책은 다섯 권—윌리엄 셰익스피어의 『로미오와 줄리엣』, 요한 볼프강 폰 괴테의 『파우스트』, 다산茶山 정약용의 『목민심서牧民心書』, 주희의 『근사록近思錄』 그리고 이황의 『성학십도聖學十圖』였다. 그 가운데는 오래전에 읽어 이번에 다시 뒤져 본 것도 있고, 제목만 들었지 미처 읽지 못한 것도 있었다. 이 연속 강연은 공자와 노자, 맹자와 한비자에 대한 이전 강연과 더불어 동양학의 전체 구도가 어떠한가라는 나의 물음을 어느 정도 해소시켜 주었고, 무엇보다 내 공부의 방향을 다시 설정하는 데 큰 도움이 되었다.

개인적으로 관심이 많이 갔던 책은 동양서 『근사록』과 『성학십도』 그리고 『목민심서』였다. 이런 관심을 끈 물음은 세 가지였다. 첫째, 이들 동양 고전에서 공통된 문제의식은 무엇이고, 둘째, 이것은 두 권의 다른 서양 고전—『로미오와 줄리엣』이나 『파우스트』와 어떻게 주제적으로 이어지며, 셋째, 그것이 오늘날 어떤 의미를 가지는가였다. 이 같은 물음에, 동양학에 대한 나의 생각은 물론 아마추어적이지만, 어느 정도 답을 구했다는 생각이 든다.

사랑과 인식 — 자기를 '만들어 가는' 인간

임철규 교수가 발표한 『로미오와 줄리엣』에 대한 강연에서 두 사랑의 모델이 정말 바람직한 것인가? 오히려 그것은 사회화가 덜 된, 그러니까 세상 모르는 청소년기의 미숙한 충동의 결과는 아닌가? 그래서 그 사랑은 '비극적일수록 순수하다'는 대중문화의 상투적인 오독에 의해 청소년기 사랑에 대한 모태 이미지가 됨으로써 원초적 동력을 상실한 것이 아닌가? 그리하여 우리는 더 깊고 더 성숙한 사랑의 방식—육체의 사랑을 넘어 영원과 불멸로 나아가는 사랑의 가능성을 물을 필요가 있다는 점이 언급되었다. 『로미오와 줄리엣』에서 사랑과 결혼은 정치·경제의 일부를 이루고, 그 때문에 가부장적 국가와 남성적 폭력 세계 속에서 여성의 삶은 어떻게 가능하며, 사랑의 언어는 어떻게 패배할 수밖에 없는지를 보여 준다는 것, 그래서 이 작품의 핵심은 사랑의 추구 자체가 아니라 사랑을 통한 자유의지의 추구이며, 그것은 스토아적 초월의 핵심이기도 하다는 이종숙 교수의 지적은 흥미로웠다.

『로미오와 줄리엣』이 사랑을 통한 자유의지의 추구라면, 괴테의 『파우스트』는 진리를 향한 인식적 추구의 노정을 보인다고 할 수 있을 것이다. 여기에서 괴테는, 김수용 교수에 따르면, 그때까지의 신적·신분주의적 세계관을 벗어나 '근대'라는 집짓기에 참여하고 있다는 것, 그럼에도 기독교주의의 흔적이 있다고 했다. 괴테는, 논평자인 주일선 교수에 의하면, 조화를 서로 다른 차이의 배제가 아니라 이 차이가 나는 다른 상태 그대로 공존시키는 것으로 보았고, 그의 인본주의는 자연관에서 나왔기 때문에 '신-자연(Gott-Natur)'이라는 하나의 개념을 쓰며, 모든 자연에는 신이 깃들어 있다고 생각했다. 그리하여 인간이 선해지려 한다면, 그것은 곧 신의 모습을 보이는 것이 된다. 신적 초월자는 괴테에게 인간과 사회에 내재해 있는 것으로 파악되는 것이다.

괴테가 『파우스트』를 통해 근대라는 새로운 집짓기를 시작했다는 것은 그가 모든 완전성 혹은 신적 필연성에 대한 근본적 의문을 가졌기 때문이다. 그는 역사를 움직이게 하는 근본 동력이 선이 아니라 악이라는 것, 그러나 삶의 이 불완전성을 완전하게 만들어 가는 것은 인간이고 그 선한 의지이며, 바로 그 대표적 인물이 파우스트라고 보았다. 그러니까 신성은 이미 완결된 것이 아니라 '되어 가는(werdend)' 것에 있고, 따라서 변해 가는 것에 있다. 이 대목은 인간의 자기이해에 있어서, 또 이른바 근대적 기획에 있어서, 그리고 학문 일반의 과제와 관련하여 매우 중요해 보였다.

괴테는 단순히 완전성을 찬미하는 데 자족한 것이 아니라 오히려 불완전성에 주목하였고, 이 불완전성을 보다 덜 불완전하게, 그러니까 조금 더 완전하게 만들어 가는 안간힘—변형의 노력을 '인간적이고 선하다'고 보았다. 그는 놀랍게도 신의 은총이나 자비 없이 오직 인간 자신의 힘으로 이뤄지는 이러한 실천을 '신적'이라고 보았던 것이다.

근대적 인간을, 칸트가 『계몽이란 무엇인가?』(1784)에서 적었듯이, 어떤 보호자나 후견인 없이 자기의 이성으로 선악을 구분하고 자기 판단에 따라 행동하며 이렇게 한 행동에 스스로 책임지는 도덕적 존재라고 한다면, 괴테의 파우스트는 칸트가 상정한 근대적 계몽시민의 문학적 버전이 될 것이다. 그리고 이것은, 현대의 우리가 선악의 구분이나 신과의 관계에서, 또 판단력과 행동 그리고 책임의 문제에서 개인적으로나 사회적으로 아직 납득할 만한 모습을 보인다고 말하기 어렵다면, '미완성의 기획'이 된다.

그러니까 우리는 여전히 자기 삶의 주인이 되지 못하고 있고, 그 때문에 '성숙한 현대인'이라고 말하기 어려운 것이다. 성숙한 인간으로 나아가는 인격 형성의 이런 문제는, 역사적·의미론적 맥락 차이가 다소 있는 채로, 『근사록』에서 강조되는 경敬 공부의 한 목표이기도 했던 것으로 보인다. 동서양의 사유는 전혀 다른 것이 아니라 서로 만나는 것이다.

조심스런 탐구 — 경敬과 격물치지格物致知

이승환 교수가 발표한 『근사록』은 '송대宋代의 『논어』'로서 "주자朱子 성리학의 사상적 원천이 되는 원 자료(original source)"이다. 14권으로 된 그 내용은 '존재의 본성이 곧 세계의 원리다(性卽理)'든가, '본성이 발하여 나온 결과물이 정이다(性體情用)'든가, 혹은 성리학적 수양의 목표는 '중화에 이르는 것(致中和)' 등으로 되어 있다. 그 가운데 특히 내 관심을 끈 것은 경敬과 격물치지格物致知에 대한 논의였다.

'경' 공부는, 이승환 교수의 설명에 따르면, "이상적 인격을 이루기 위한 내면 공부"로서, 마음을 '두려움(畏)'과 '수렴(收斂)', '한군데로 집중하기(主一無適)'와 '수시로 점검하기(逐事檢點)', '늘 깨어있기(常惺惺)'와 '단정하고 엄숙하게 유지하기(整齊嚴肅)' 속에서 "자기주재력(self-sovereignty)을 확보하려는 노력"이다. 이에 반해 격물치지는 "합리적 인격이 되기 위한 외면 공부"로서, 대상의 이치를 하나하나 철저하게 탐색해 가는 일이다. 그러니까 경을 통한 공평무사한 마음가짐이 주체의 내적 조건이라면, 격물치지 속에서 이뤄지는 탐구의 정신은 주체의 외적 조건이 된다. 그러나 그 어떤 내외적 공부에서나, 이것이 중요한데, 자신의 사사로움을 넘어서려는 객관적 움직임―"무사의無私意"와 "공정성公正性"을 향한 노력이 있다.

그러므로 무사의와 공정성으로 나아가는 의지는 곧 진리를 향한 움직임이라고 할 수 있다. 이 움직임 속에서 주체는 '기질 변화'를 도모할 수 있다. 선비가 군자君子로 나아가고, 군자가 성인聖人이 되기를 바라며, 성인이 하늘과 같아지기를 희구하는 인격적 정련화 과정도 이런 기질 변화를 통해서다. 이 기질 변화의 가능성은 바로 성리학적 수양론의 주된 목표이면서 사실은 학문, 특히 인문학 전체의 목표이기도 하다. 단지 성리학이 경敬 공부와 격물치지를 통해 심성과 인격의 연마를 강조한다면, 인문학에서는 심미적 경험 속에서의 자발적 자기 형성이 강조된다고 할 것이다. 그러면서 이 모두는, 그것이 각 개인의 자율성과 자기 변형의 가능성을 존중한다는 점에서, 하나로 수렴된다. 이렇게 수렴되는 하나의 지점, 그것은 깨어 있는 시민—사회적으로 열려 있는 개인일 것이다.

퇴계의 『성학십도』를 소개한 분은 이광호 교수였다. 이 강연은 도道를 지향한 퇴계의 문제의식을, 어린 시절 이후의 시편과 특히 말년의 「묘지명墓誌銘」을 곁들여, 일목요연하게 보여주었다. 『성학십도』는, 이 책을 이루는 10편의 도표에 대한 설명과 함께, 구조적으로 스케치되었다. 내게 흥미로웠던 것은 유학에서 이뤄지는 학문적 방법이 '넓게 공부하고(博學)', '검사하고 물으며(審問)', '신중하게 생각하고(愼思)', '명료하게 나누며(明辨)', '독실하게 행하는(篤行)' 것으로 이뤄진다는 사실이었다. 이것은 성인이 되는 학문적 방법으로 뿐만 아니라 학문 일반의 방법론으로도 타당하지 않나 여겨졌다.

그러나 『성학십도』에 대한 해석은, 그 원문도 그렇지만, 적지 않은 부분에서 불명료하게 느껴졌다. 도道나 리理 혹은 천명天命에 대한 설명이나, 성학聖學과 성誠에 대한 논의가 그랬다. 퇴계가 『심학도心學圖』에서 "인심人心이 형기形氣에서 발發하고, 도심道心은 성명性命에서 발한다"고 할 때, 이것은 무슨 뜻인가? 혹은 "마음의 체용體用을 온전하게 실현한다"는 것은? 그 대체적 의미는 짐작할 수 있지만 답답함은 가시지 않았다. 아마도 이런 서술의 불명료성과 불철저한 사고로 인해, 수백 권에 달했던 조선시대의 가례서家禮書에서 보듯이, 숱한 규정상의 엄청난 에너지 낭비에도 둔감했을 것이다. 고전은 더 명료하고 더 정확한 오늘의 언어로 더 세련되게 다시 쓰이지 않으면 안 된다.

『성학십도』의 논평자로 나온 한형조 교수는 1970~1980년대 산업화 시기의 학문적 아이콘이 다산이었다면, 산업화 이후에는 '고독한 산책자'로서의 퇴계에서 배울 필요가 있다고 첨언했다. '삶의 기술'로 자기를 다루는 방식이나 행복하게 살아가는 지혜가 유학에 녹아 있는데, 이것은 무엇보다 퇴계에게서 보인다는 것이다. 그는 근엄한 도덕주의자이기 이전에, '완락재玩樂齋'라는 도산서원의 한 현판이 보여 주듯이, 독서와 산책을 즐겼기 때문이다. 실제로 퇴계 선생은 매화를 매형梅兄이라 부를 만큼 사랑했다고 전해진다.

그러나 퇴계의 심학心學이 좀 더 온전한 근대적인 모습을 띠기까지는 시간을 더 기다려야 했지 않았나 싶다. 그것은 전통에 대한 그의 해석이 소극적이었기 때문에도 그렇고—『성학십도』에서 독창적인 면은, 매우 중요하긴 하나, 일부에 그치는 것으로 보인다—, 그의 심학이 심신 수양적이고 도덕형이상학적 차원을 벗어나 정치·사회적인 경세론으로 확장되지 못했기 때문에 그럴지도 모른다. 하지만 이 점에 대해서는 이 분야의 전문가의 견해를 경청하는 게 더 나을 것이다. 어떻든 정약용의 『목민심서』는 이렇게 해서 나오게 되었을 것이다.

친애와 공경 사이

정약용의 『목민심서』를 이루는 문제의식의 핵심에는, 여기에도 여러 주제가 들어있지만, 백민정 교수에 따르면, '인권人權'이 아니라 '인륜人倫' 개념이 있다. 인권이 '동등한 권리와 의무를 가진 각 개인'을 전제한다면, 인륜은 '서로 다른 지위와 성격, 권한과 능력을 가진 개인들 사이의 관계 맺음의 원리'이다. 따라서 인륜 개념 아래 각각의 인간은 단순히 서로 동등하거나 평등한 것이 아니라, '타당한 방식으로 차등적인 상호 관계 속에서' 교류한다. "군자는 어우러지되 같지 않지만, 소인은 같되 어우러지지 않는다(君子和而不同, 小人同而不和)"는 『논어』의 구절은 바로 이 점을 보여 준다. 역대 중국과 조선 왕조의 각종 예禮나 예제禮制는 이 인륜 개념의 제도적 표현일 것이다.

인륜은 동아시아 유교사상의 근본적 이념으로서, 크게 두 가지―혈연을 매개로 한 유대의 원리인 '친친親親'과, 신분을 매개로 한 구별의 원리인 '존존尊尊'으로 나뉜다. 친친과 존존은, 다시 더 간단히 '효孝'와 '제弟/悌'로 번역될 수 있다. 효가 부모의 뜻을 살피고 따르는 태도라면, 제는 자신을 낮추고 상대를 높이는 태도다. 그러니까 친친의 원칙이 가족 같은 가까운 관계에서 통용되는 친애의 원리라면, 존존의 원칙은 가족을 넘어서는 사회적 관계에서의 차등적 존중의 원리인 셈이다. 조선 사회는, 백교수에 따르면, 개인에서 시작하여 문중門中과 향촌鄕村을 지나 왕실과 국가에 이르기까지 화합의 원리로서의 친친과, 구분의 원리로서의 존존이 서로 매개되는 주자학적 예치禮治 시스템이었다.

그러나 이 같은 인륜 개념에 대한 반발도 만만치 않다.

특히 존존의 차등 원리는, 이 강연의 토론과 청중의 질문에서도 드러났듯이, 사회적 서열을 고착화하고 신분적 위계를 정당화하는 퇴행적인 것일 수 있고, 그 점에서 오늘날의 민주주의적 평등 원칙에 어긋날 수도 있다. 또 '부드러운 통치'로서의 예치는 심리적 호소력을 가질 수 있는 반면, 실제로 그것이 얼마나 현실적 효력을 가질 수 있을지 의문스럽다. 예는 이미 선한 인간을 전제하고, 따라서 법과 같은 강제력을 갖기 어렵기 때문이다. 예로써 불선不善한 자를 다룰 수 있는가?

정당성의 세 원칙

여기에 대하여 김우창 교수께서 인권 개념이 '자기주장'에 기초한 것이라면 인륜 개념은 '존중'에 기초한다는 것, 인간의 사회적 관계에서 서열이나 차이는 단체나 조직의 운영상 불가피하다는 것, 이때의 서열은 '개인'에 대한 것이 아니라 '일의 필요와 그중요성'에 대한 존중이기에 받아들여야 하고, 그보다 더 근본적인 바탕은 '인간됨에 대한 존중'이라고 했다. 그러니까 서열이나 차이를 단순히 서구적 의미의 인권 개념 아래 이해하기보다 사회적 삶에서 요구되는 상호 존중의 틀 안에서 이해하는 것이 더 옳다는 것이다.

이 강연과 이런저런 논평을 들으면서 나는 그동안 어지럽게 얽혀 있던 생각이 좀 더 분명하게 정돈되는 느낌을 받았다. 그러면서 삶을 살아가는 데는, 그날 강연의 끝에서도 잠시 언급했지만, 세 가지 원칙이 필요하지 않나 여겨졌다. 그것은 '세 개의 정당성 원칙'이라고 부를 만하다. 첫째, 모든 사람이 원칙적으로 평등하여야 한다는 민주적 가치의 전제 아래, 둘째, 그러나 유교의 인륜 개념에 따라 나이와 지위, 그리고 덕행德行/학행學行에 따른 순서와 차이를 존중하면서, 셋째, 이때의 존중이 유교적 서열을 넘어 좀 더 보편적인 가치, 이를테면 인간과 생명 자체에 대한 존중으로 확장되도록 하는 게 필요하지 않나 여겨졌다.

이런 생각은 다소 복잡하게 여겨질 수도 있다. 하지만 사람 대하는 데 있어서, 또 바른 사회생활을 하는 데 있어서 이 세 가지 정당성의 원칙을 가질 수 있다면, 우리는 이런저런 무원칙에 따른 크고 작은 과오를 조금씩 줄여갈 수 있지 않을까? 사람은 사람으로서 모두 평등하다는 것, 그러나 지위나 신분과 덕행에서 상사上司나 연장자 혹은 선생을 존중하는 것, 그리고 이러한 존중이 단순히 인위적 서열이나 신분적 위계의 표현으로서가 아니라 모든 인간에 대한, 또 더 넓게는 살아 있는 그리고 존재하는 모든 것에 대한 존중이 된다면, 우리는 서로 높여 주면서 동시에 그 높임을 받을 수 있지 않을까? 이런 삶은 물론 지금의 처지에서 보면 아득하게 여겨지지만, 그러나 그 상태를 염원하며 조금씩 실천해 간다면 우리는 스스로 행복하다고 말해도 될 듯 싶다.

심학心學의 실학實學으로

이제 마무리하자. 이번에 다섯 강연을 들으면서 갈무리된 생각은 무엇인가? 이것은 다섯 개의 문장으로 요약될 수 있을 것이다.

① 로미오와 줄리엣에서 배우듯이, 우리는 사랑 속에서 사랑을 넘어 불멸을 꿈꿀 수도 있다.

② 진리를 추구하며 우리는 우리의 삶을 스스로 만들어 가고, 바로 그 점에서 선하며, 바로 그 때문에 구원될 수도 있다.

③ 셰익스피어적 사랑 추구나 괴테적 진리 추구가 자기 삶을 스스로 만들어 가는 '근대적' 도정이라면, 근대적 인간의 이런 노력은, 『근사록』이 알려 주듯이, '절실하

게 묻고 가까운 것을 사고하는' 데서 시작될 수 있다.

④ 자기 형성의 근대적 삶은 또, 『성학십도』가 알려 주듯이, 심신을 연마하고 세계를 탐색하면서 시작되기도 한다.

⑤ 마음의 수련이 개인을 넘어 사회·정치적인 차원으로 나아가야 한다면, 이 두 원리는, 『목민심서』가 알려 주듯이, 가까운 사람을 친애하고 먼 사람을 공경하는 도덕적 실천 속에 있다.

동양 고전을 흔히 그러하듯 경학經學과 경세학經世學으로 나눈다면, 경학은 수신修身으로서의 심학心學에 해당될 터이고, 경세학은 치인治人으로서의 실학實學에 해당될 것이다. 그렇다면 동양학, 혹은 더 넓게 학문 일반의 과제는 결국 심학과 실학을 어떻게 '동시에' 끌고 갈 것인가가 될지도 모른다. 이와 관련하여 나는 얼마 전에, "실학에서 놓친 것이 퇴계의 심학"이라던 김우창 교수께 이렇게 여쭤 본 적이 있다.

나: 그렇다면 오늘날 세대의 학문적 과제는 심학과 실학을 어떻게 융합시키는가가 되는 건가요?

선생님: 그러나 심학이 우선되어야 하지요.

다산 이후 우리가 놓친 것이 퇴계의 심학이라면, 그것은 어쩌면 다산학 자체의 한계가 아니라 다산을 해석한 후대 학자의 세계관적 미비일 수도 있다. 왜냐하면 『목민심서』를 구성하는 주요 내용 중에는 개인 수양에 관한 세 가지 사항—'율기律己'와 '봉공奉公' 그리고 '애민愛民'이라는 기본 강령이 분명 들어 있기 때문이다. 그렇다면 지금 이후 한국학의 과제는 심학과 실학, 다시 말하여 심성의 수련과 정치·경제학의 동시적 운용에 있을 것이다. 여기에서 우선시되어야 할 것은 마음의 수련일 것이다.

마음은 자기주재自己主宰의 최종심급이다. 그것은 주체가 변화하는 외물外物 앞에서 자신을 잃지 않고 스스로를 주관하면서 독립적으로 느끼고 생각하며 행동하기 위한 불가결의 준거틀이다. 우리는 매일 매순간, 적어도 이상적으로는, 마음을 갈고닦으면서 이 마음에서 시작하고 이 마음으로 돌아와야 한다. 새 마음은 마음속에서 마음을 넘어가고자 하고, 이렇게 마음 밖으로 나간 마음은 이전과는 다른 모습으로 다시 자신에게 돌아온다. 생각하는 마음은, 이 마음의 눈은 나의 안과 밖에 걸쳐 있다.

그러므로 마음의 수련은, 적어도 그것이 제대로 된 것이라면, 그 자체로 실학적 성격, 말하자면 현실주의적인 성격을 지닐 것이다. 왜냐하면 심학은, 그것이 몸과 마음의 잘못과 부족을 부단히 고쳐 간다는 점에서, 보다 나은 사회적 관계를 준비하고, 바로 이런 이유로 현실적이라고 할 수 있기 때문이다. 마음의 수련에는 사회·정치적인 차원에 대한 일정한 입장 그리고 그에 따른 주체의 방향설정과 현실 대응의 태도가 이미 겹쳐 있기 때문이다. 그리하여 우리는 '심학의 실학'—마음수련의 실학을 말할 수 있다.

마음수련의 개인적 문제건, 공동체 구성이라는 사회·정치적 문제건, 그 핵심은 퇴계 선생이 장재張載에 기대어 『성학십도』에서 말한 바—자신의 '완고함을 바로잡아 가는(訂頑)' 데서 시작할 것이다. 이 주체 교정의 출발점은 다시 한 번 강조되어야 한다. 심학의 길은 곧 실학의 길과 다르지 않을 것이다. 심학은 어쩌면 실학보다 더 실학적일 수 있다. 중요한 것은 마음수련의 현실주의—위기爲己로부터 시작하는 이성적 사회의 구성 가능성 문제다. 오늘 이후 우리 학문의 가장 큰 과제의 하나는, 줄이고 줄이면, 결국 자기의 마음수련으로부터 시작되는 사회정치적 디자인의 문제일지도 모른다.

한국 사회에서 수신제가치국평천하修身齊家治國平天下의 오랜 이상은 이제 아득해 보인다. 정확하게 말하면 개인의 마음 닦기도 안 되고, 다른 사람을 다스리는 일은 더

더욱 안 된다고 할 수도 있다. 이런 상황에서 시작은, 거듭 강조하여, 다시 나-주체-개인-마음이 될 만하다. "옛날의 학자는 자기를 위해 학문을 했고, 지금의 학자는 남에게 보이기 위한 학문을 한다"고 공자는 2500년 전에 썼지만, 현실 변화의 출발점은 자기의 몸과 마음가짐을 부단히 쇄신시키는 데 있지 않나 싶다. 마음을 고쳐 가며 무엇인가 '되어 가게 하는', 더 적극적으로 말하여, '만들어 갈' 일이다. 만들어 가는 것은 모든 창조의 본질이라고 했다. 기존과는 다르게 무엇인가 만들어 가고 있다면, 그래서 지금의 내가 무엇인가 다르게 되어 가고 있다면, 우리는 이미 창조하고 있고 새 의미의 지평을 여는 것이다. 다르게 함, 다르게 만들어 감, 창조, 개시……. 이것이 그 어떤 주장이나 명분보다 중요하다.

삶의 목가牧歌는 더 이상 불가능하다. 우리는 매일매일 낮의 이성과 밤의 악몽 사이에서 자기의 마음을 다독이고 연마하면서 이 현실과 새롭게 응전해야 한다. 마음수련의 현실주의는, 그것이 '주체구성'이든 '인격도야'든 그 무엇으로 불리건 간에, 지금껏 살펴보았듯이, 셰익스피어와 괴테가 묘사한 근대적 과제의 핵심이기도 하고, 주자와 퇴계와 다산이 전해 주는 동양 정신의 요체이기도 하다.

전체주의 사회의 잔재
2015년 노벨 문학상 작가를 보고

2015년 10월 초순에 발표된 올해 노벨 문학상은 벨라루스(백러시아)의 언론인이자 작가인 스베틀라나 알렉시예비치Swetlana Alexijewitsch에게 돌아갔다. 이와 관련하여 나는 대여섯 편의 외신 기사와 인터뷰를 읽었는데, 그것은 여러 가지 점에서 곱씹을 만한 내용으로 여겨졌다.

알렉시예비치의 작품 세계는, 이미 보도되었듯이, 구소련 연방—사회주의 체제에서 일어난 여러 폭력적 사건과 재앙을 인터뷰 형식으로 보여 준다. 그 중심에는 제2차 세계대전에서의 여성이나 아이의 운명, 소련—아프가니스탄 전쟁에서의 사상자 그리고 체르노빌 원전 사고가 자리한다. 다뤄지는 소재가 무엇이건, 거기에는 비극적인 삶의 사연이 있고, 부당한 죽음과 상실 그리고 말 못할 고통이 있다. 이것을 그녀는 대담 형식을 빌려서 가능한 한 여러 사람들의 목소리를, 그러나 최대한 압축시켜, 마치 옷감을 짜내듯이, 놀라운 기록물로 엮어 낸 것이다. 그래서 그 작품들은 흔히 '소비에트적 일상의 콜라주'이자 '몰락의 연대기'로 불린다.

그 같은 평가가 어떻든 간에 알렉시예비치의 문제의식은 내게 이런저런 생각을 불러일으켰다. 그것은 이를테면, 왜 문학을 하는가 같은 구체적인 물음에서 시작하여, 우리가 고통으로부터 무엇을 배우는지, 삶에서 정치는 무엇이고 역사는 어떻게 자리하는지 같은 현실적인 물음을 지나, 인류는 과연 어디를 향해 나아가야 하는가 같은 궁극적인 질문을 포함하는 것이었다. 그러면서 그것은 무엇보다 지금의 한국 사회를 돌아보는 데에도 매우 중요한 통찰을 여럿 담고 있지 않나 생각된다.

1. '붉은 인간' — 전체주의적 인간형

알렉시예비치의 작품은, 그 대상이 전쟁이건 혁명이건, 강제수용소건 체르노빌이건 간에, 결국 전체주의적 지배 체제의 크고 작은 폐해를 보여 준다고 할 수 있다. 그리고 그 원인은, 그 폐해의 뿌리를 끝까지 더듬어 보면, 그녀가 '붉은 인간'이라고 부르는 인간 유형의 몇 가지 특

Svetlana Alexievich(1948~)

"알렉시예비치가 중시하는 것은
각 개인이 갖는 그 나름의 개별적 운명이고,
이 개별적 운명의 진실성이다.
모든 인간은 그 나름의 비밀을
한 아름씩 안고 죽어 가는 까닭이다."
"우리 각자는 자기 안에 한 토막의 역사를 지닌다.
어떤 사람은 큰 토막의 역사를 갖고,
다른 사람은 작은 토막의 역사를 갖는다.
그리고 이 모든 것으로부터 거대한 역사가 생겨난다."
"중요한 것은 개별적 인간이고,
결정적인 것은 사적인 계기들이다."

징들로 수렴되는 것 같다. 이 붉은 인간의 가장 중요한 특징 하나는 이들이 '국가'나 '집단'과 같은, 전체를 나타내는 이념에 거의 맹목적으로 헌신한다는 사실이다. 한 인터뷰는 흥미롭다.

알렉시예비치는 노벨상 수상 이전에도 이미 여러 차례 상을 받았지만, 그녀의 책은 자신의 나라에서 비난받거나 출간 보류되거나 아니면 재판에 회부되곤 했다. 소련의 아프가니스탄 침공을 다룬 『아연 소년들(Zinky Boys)』(1992)이란 작품이 소련군을 폄하했다는 이유로 그녀는 고발당했다.

이 작품에 격분한 것은 힘 있는 사람만이 아니었다. 일반 시민들—군인으로 나간 아들을 둔 한 어머니도 그랬다. 그 아들은 신병 훈련 때 장군 막사를 지었고, 그 뒤 첫 전투에 투입되었다가 죽고 말았다. 하지만 군은 이렇게 전사한 청년을 '영웅'으로 칭송했고, 그 뒤에 그 어머니는 이 이야기를 다룬 『아연 소년들』을 비난하면서 알렉시예비치를 '배신자'라고 불렀다. 그래서 작가는 되물었다. "나타샤, 당신은 거기 적힌 얘기를 당신 스스로 말하지 않았던가요?" 그러자 그 어머니는 대답했다. "그건 당신의 진리이고, 난 그 진리에 대해 아무것도 알고 싶지 않아요.

내게 필요한 것은 영웅 아들이니까요!"(Kerstin Holm, 『Die Zeit』, 2013. 6. 20)

사람은 많은 것을 전체—자기가 사는 나라나, 그가 속한 집단과 동일시하곤 한다. 그래서 그냥 '나라'라고 불러도 될 것을 굳이 '조국'이라 부르고, 그냥 '모임'이라고 하면 될 것을 '동지회'니 '결사체'니 칭한다. 무엇이든 크고 거창한 이름을 좋아하는 것이다. 동서 냉전 시절 '위대한 조국해방전쟁'이란 어휘가 자주 거론되었던 것도 그 때문일 것이다(아마도 '위대한 조국해방전쟁'에서 필요한 것은, 적어도 궁극적으로는, '해방'뿐일지도 모른다). 전체에 대한 이 맹목적인 집착—너무도 맹목적이어서 거의 살인적인, 아니 살인도 무시할 만큼의 눈 먼 복종은 작가의 아버지에게서도 나타난다.

알렉시예비치는 제2차 대전 후인 1948년 지금은 우크라이나에 속하지만 전에는 폴란드 땅이었던 이바노프란코프스크에서 우크라이나인 어머니와 벨라루스인 아버지 사이에서 태어났다. 아버지는 '점령군' 공산주의자였다. 민스크에서 자랄 무렵, 그녀는 너무도 가난하여 굶어 죽을 지경이었다. 그래서 어머니는 당시 '계급의 적'이던 가까운 수녀원에 그녀를 맡겼고, 그녀는 이곳 수녀의 보살핌 아래 염소젖을 먹으며 자랐다. 알렉시예비치는 이때의 경험을 떠올리며, "사람은 어떤 처지에서건 인간으로 있을 수 있다"고 말한다. 그녀의 아버지는, 친인척 10여 명이 전쟁과 테러로 목숨을 잃었지만, 평생 공산주의 이념에 충실했다. 그는 죽을 때도 당원증을 관 속에 넣게 했다고 한다.

2. 영웅주의 — 국가주의에 반대하여

이런 체험 때문에 알렉시예비치는 여하한의 국가주의와 집단주의, 나아가 민족주의나 애국주의를 거부한다. 온갖 신비화나 신화화 혹은 영웅주의에 대한 비판도 이와 이어져 있을 것이다. 여기에는 모두 '거창한 것'에 대한 욕구가 들어 있다.

맹목적 욕구로부터 온갖 병폐—전쟁과 살인, 폭력과 탐욕이 생겨난다. 탐욕은 이 거창한 것에 대한 예찬이 물질적 차원에서 일어난 것일 테고, 권력욕은 힘의 차원에서 일어난 형태일 것이며, 영웅 숭배는 심리적 차원에서 일어난 것이 될 것이다. 또 국가주의나 애국주의는 이념적 차원에서 일어나는 전체와의 자기 동일시의 결과일 것이다. 그러나 이 모든 열광에는 각 존재에 대한 존중이 빠져 있다. 각 존재가 그 자체로 고귀하며, 그 때문에 존중되어야 한다는 생각—개별 생명의 존귀함에 대한 반성적 의식은 누락되어 있는 것이다.

다시 쓰자. 거창한 것들에의 찬양은 심리적으로는 화려하고 그럴듯한 외양에 대한 추구에서 잘 나타나고, 그 행동적 특징은 전체/국가/집단에 대한 맹목적 복종으로 나타난다. 그것은 정치적으로는 권력에 대한 무조건적 추종으로 나타나고, 이념적으로는 전체주의에서 잘 확인할 수 있다. 영웅 숭배는 힘에 대한 이런 예찬이 의인화된 형태가 될 것이다. 이런 사람들은 자기보다는 단체의 이름을 자주 내세우고, '나'보다는 '우리'라는 말을 선호한다. 그러면서 그들은 자신을 예외화하려고 애쓴다. 크고 작은 특권 의식은 이렇게 해서 나온다. 특권 의식은, 그것이 자기 삶의 충실에서 오는 작은 기쁨에 만족하기보다는 자기의 우월성을 어떻든지 드러내고 과시하려는 데서 나온다는 점에서, 허영심의 발로다.

요즘 우리 사회에서 자주 거론되는 '갑질 행위'는, 여기에도 물론 여러 요인이 있지만, 뭐든 스스로를 특권시하려는 데서 나온다고 볼 수 있다. 그것은 어떤 일에서건 상대를 제압하려 하고, 또 잘난 체하려는 후진적 습성의 하나다. 가족을 소중히 여기는 것은 충분히 이해할 만하고 또 필요한 일이지만, 그에 대한 자부가 지나쳐 공공연한 자랑이 된다면, 그것 또한 못난 일이다. 조상—가문—족보에 대한 숭상도, 2015년 10월 7일 유종호 교수께서 「우리 안의 전근대」라는 글에서 지적하셨듯이, 거창한 것과의 이런 병리적 자기 동일시에서 온다고 할 것이다. 이런 폐단과 그로 인한 갈등을 보면, 지금의 한국 사회는 '전체주의 체제'라고 말할 수는 물론 없지만, 그러나 '전체주의적인' 사고방식이 아직도 강하게 잔존하는 곳이지 않나 여겨진다.

그런데 이런 종류의 비판은 거의 모든 뛰어난 작가에게서 확인된다. 그 좋은 예는 헤르만 헤세다. 헤세는 개인적이고 개별적인 것을 억압하는 모든 집단적인 것들—폭력과 전쟁, 슬로건과 프로그램, 영웅주의와 애국주의에 대한 가장 단호한, 그러면서도 가장 일관된 비판자일 것이다. 그가 소중히 여긴 것은 개인—'생각을 가지고 사는 개인'이고 내면성이며, 자연이자 다양성이고 정신이었다. 실제로 한 인터뷰에서 알렉시예비치는 자신이 사랑하는 작가로 알베르트 슈바이처와 카를 야스퍼스, 그리고 헤르만 헤세를 든 적이 있다.

알렉시예비치가 인터뷰한 사람들은 거의 예외 없이 거창한 것들에 대한 열광—전체주의적 맹목성을 보여 준다. 그렇게 대화를 나눈 많은 경우가 이른바 소비에트적 인텔리겐챠로 분류될 만한 사람들이었지만, 그들은 대개 이 전체주의적 사고방식으로부터 벗어나지 못했던 것으로 보인다. 그들은 주어진 이념에 복종하고 부과된 명령에 순응할 뿐, 그 내용이 무엇이고, 왜 그것에 따라야 하는지 묻지 않는다. 그래서 영웅이 된다면 자식마저 죽어도 상관없다고 생각하는 것이다. 그리하여 붉은 인간들은 독재 시절에 맹목적이었던 것처럼, 페레스트로이카와 자본주의가 밀려온 다음에도 삶을 지탱할 대안가치를 세우지 못한다. 벨라루스의 알렉산드르 루카셴코A. Lukashenko 대통령이 30여 년 이상 독재를 계속할 수 있게 된 것도 다수의 맹목적 지지 때문이다. 전체주의하에서든, 그 이후 자본주의하에서든, 사람들은 그 많은 시간 동안 그저 먹고 마시고 떠들면서 보냈던 것이다.

그렇다면 우리는 어디에 희망을 둘 수 있는가? 나는 다시 삶의 일상적인 계기와 각 개인의 사고방식을 떠올린다. 알렉시예비치가 주목한 것은 바로 이것이었다.

3. 개별적 운명의 진실

아무리 거대한 사건도 '개인적으로' 닥친다. 그것은 일정한 지역에서 마을 전체를 덮치거나 국가 단위로 일어나기도 하지만, 그에 대한 낱낱의 체험은 사적으로 일어난다고 할 수 있다. 그리하여 사람들은 대부분 사건의 온전한 구조나 의미는 파악하지 못한 채 그와 맞닥뜨리고, 그래서 당혹과 좌절 속에서 어안이 벙벙한 채 휩쓸려 사는 것이다. 사건의 전모를 아는 것은 그 일을 결정한 당사자와 그 주변의 몇몇 정도다. 일반인들이 그 규모나 의미를 알게 된다면, 그것은 사건이 종결되고 나서다. 그러니까 일의 의미는 언제나 '사후적事後的으로만' 자각되는 것이다.

이 역사의 사건들 앞에서 알렉시예비치는 개별적으로 접근한다. 그녀의 역사이해법은 거대이념적인 것이 아니라 미시생활적이다. 그 방법이 바로 개인과의 인터뷰였고, 이 개인이 더 작고 더 힘없는 경우라면 더 적절하게 여겨졌을 것이다. 그녀가 인터뷰 대상으로 남자보다는 여자 그리고 아이나 미망인을 선호한 것은 자명해 보인다. 전장에서의 간호원이나 세탁병, 제빵병과의 이런 인터뷰는 이념적으로 '완전한 삶'을 추구한 사회주의체제의 몰락에 대한 기록물이고, 페미니즘적 시각에서는 남자들에 의해 자행된 '위대한 조국해방전쟁'에 대한 여성적 시선이며, 작게는 여하한의 집단주의에 의한 개인적 삶의 유린에 대한 증거가 아닐 수 없다.

그리하여 알렉시예비치가 중시하는 것은 각 개인이 갖는 그 나름의 개별적 운명이고, 이 개별적 운명의 진실성이다. 그녀가 거듭 강조하는 것은 개별적 인간의 사연을 잊지 말라는 것이다. 모든 인간은 그 나름의 비밀을 한 아름씩 안고 죽어 가는 까닭이다. 2013년 독일평화문학상을 받을 때, 그녀는 이렇게 말했다. "우리 각자는 자기 안에 한 토막의 역사를 지닌다. 어떤 사람은 큰 토막의 역사를 갖고, 다른 사람은 작은 토막의 역사를 갖는다. 그리고 이 모든 것으로부터 거대한 역사가 생겨난다." 카르멘 엘러가 옳게 적었듯이, "중요한 것은 대중이 아니라 개별적 인간이고", 따라서 "결정적인 것은 역사의 이정표가 아니라 사적인 계기들이다."(Carmen Eller, 『Die Zeit』, 2015.10.8) 문학예술이 끊임없이 상기시키는 것도 바로 이 사적 계기의 진실과 다르지 않다.

그러나 알렉시예비치가 사적 계기와 개별적 운명의 진실을 강조한다고 해서, 그 시선이 사사로운 차원에 매몰되어 있다고 보면 안 된다. 그녀가 사적 계기를 강조한다면, 그것은 인간의 삶이 이 사적 요소 속에서 유일무이하게, 그러니까 결코 대체될 수 없는 방식으로 펼쳐지기 때문이다. 한 사람의 고유한 사적 계기와 또 다른 사람들의 또 다른 사적 계기가 착잡하게 어우러지면서 한 사회의 집단적 성격, 그리고 한 시대의 역사적 사건은 구성된다. '착잡하게 어우러진다'는 것은 이 접점에서 진실과 거짓이, 가해자와 피해자가 하나로 얽혀 있기 때문이다.

진위를 가리는 것은 중요하지만, 이 진위가 나누어지는 기준의 정당성을 검토하는 것도 중요하다. 인간은 대개 가해자이면서 '동시에' 피해자인 까닭이다. 가해자나 피해자보다 상위개념은 개인이다.

알렉시예비치는 크고 작은 고통을 다루지만, 그래서 그 시선은 늘 가해자보다는 피해자 쪽으로 기울지만, 그러나 그 마음이 종국적으로 가닿는 것은 개인의 운명이고, 그 진실이다. 결국 좀 더 옳고 좀 더 틀린 경우가 있을 뿐, 절대적으로 옳거나 절대적으로 틀린 경우는 삶에 없는 것이다. 현실의 갈등은 어느 정도로 타당한 것과 어느 정도로 부당한 것과의 지속적인 싸움이라고나 할까. 그러니 단언해도 좋을 만큼 간단한 진실은 인간의 현실에 드물다고 해야 한다. 하나의 '이야기'가 얘기되는 방식 자체가 이미 '역사'의 일부를 이룬다(독일어에서 '역사[Geschichte]'라는 말에는 '이야기'라는 뜻도 들어 있다. 그것은 '덩어리' 혹은 '모인 것'을 뜻하는 'Ge'와, '[지]층' 혹은 '층위'를 뜻하는 'Schichte'로 이뤄져 있다).

그러므로 역사란 하나의 이야기 덩어리라고도 할 수 있다. 그것은 하나의 단일 층위로 이뤄진 것이 아니라 여러 층위로 된 덩어리다. 그렇다는 것은 역사의 진실을 그만큼 알기 어렵다는 뜻이고, 역사는 역사 자체가 아니라 '그에 대한 이야기'에 불과하다는 뜻도 된다. 이러한 점은, 지금 우리 사회의 국정교과서 논란과 관련하여, 좋은 참조틀이 될 수 있을 것이다. 사실 '국정國定교과서'란 단어 자체가, 적어도 이 나라가 민주주의 국가라고 한다면, 우스꽝스러운 것이다(이 글을 퇴고할 무렵, 올해 박경리문학상 수상자로 한국에 온 아모스 오즈A. Oz의 인터뷰를 우연히 읽게 되었다. 그는 이렇게 말한다. "…… 뚜렷한 선과 악의 대결은 없습니다. 이스라엘과 팔레스타인 사람들 모두 역사 속에서 서로에게 잘못된 일을 많이 해왔습니다. 그림을 흑과 백으로만 칠하려고 해선 안 됩니다." "작가로서 저의 일은 '목소리를 들어 주는 것'입니다 …… 어떨 때는 한쪽이 더 맞고 한쪽이 틀립니다. 하지만 제가 소설을 쓸 때는 양쪽을 모두 동정합니다."[연합뉴스, 2015.10.22])

역사의 이런 모순, 현실의 이 같은 다면체적 복합성을 고려하는 것이야말로 깨어 있는 개인이다. 생각하는 개인은 확신의 상실을 슬퍼하지 않는다. 그는 이 상실 속에서 자신을 부단히 쇄신하기 때문이다. 국가나 집단이 선전하는 이념이 무엇이고, 외부에서 부과하는 명령이 과연 온당한 것인지 묻지 않으면, 우리는 언제든지 '붉은 인간'이 될 수 있다. 바로 이것을 묻는 것이 개인의 반성 의식이고 정직성이며 양심이고 책임 의식이다. 고통의 경험을 자유와 품위를 위한 발판으로 삼는 것이야말로 살아 있는 인간의 의무다. 하지만 이것은 쉽지 않다.

사람들은 자기의 고통을 쉽게 타인에게 전가하거나 이런저런 식으로 이용하기도 한다. 그래서 고통으로 더 비굴해질 수도 있다. 하지만 이것은 '그들'만의 문제가 아니라 사실은 '우리 모두'에게, 아니 무엇보다 '나' 자신에게 있는 일이다. 정말이지 고통의 경험을 자유와 품위의 계기로 삼는 경우는 참으로 희귀한 것이고, 그래서 그것은 너무도 많은 노력을 요구한다. 양심을 지키려면 때로는 배신자가 되는 일도 감당해야 한다. 실제로 알렉시예비치는 '기피 인물'이었고 '조국의 배신자'로 비난받았다. 앞서 말한 오즈 역시, 팔레스타인 독립국에 대한 공개적 의사표시 때문에, '배신자'로 불리고 있다.

바로 이런 어려움 때문에 우리는 나아가지 못하는 것일까? 이 같은 어려움 때문에 현실은 그 숱한 고통에도 더 나아지지 못하는 것일까? 이것은 체르노빌 원전 사고에서도 되풀이된다.

1986년 체르노빌 원전 폭발 시 그 부근에 살던 사람들은 철거 명령을 받았고, 그래서 그들은 살던 집과 동물들은 모두 놔둔 채 그곳을 떠나야 했다. 이틀 후 동물들은 죄다 사살되었고, 땅속 깊이 매장되었다. 그 후 그 땅에서는, 생물학자에 의하면, 벌레조차 살 수 없게 되었다고 한다. 체르노빌 가까이에 위치한 프리피야트Pripyat라는 도시는 오늘날 지구상에서 가장 악명 높은 유령도시가 되었다. 폭발 당시 어느 원전 노동자는 아이들과 호기심에 차서 불꽃에 휩싸인 원자로를 구경하려고, 그것이 얼마나 해로운지 알지 못한 채, 발코니로 나갔다. 또 어떤 여자의 경우, 방사선에 쪼인 남편이 병원에서 쓰러지자 그를 껴안았고, 그 후 아이를 낳았으나 며칠 뒤 죽었다고 한다.

이 원전 폭발 이후 소비에트 제국의 해체가 가속화되었다는 사실은 널리 알려져 있다. 그리고 기술의 발전이 인간을 전쟁의 상태로 몰고 간다는 것도 분명해졌다. 그럼에도 우리는 체르노빌의 교훈—'인간은 자연을 기술적으로 제어할 수 없다'는 것을 배우지 못했다고 알렉시예비치는 강조한다. 이런 믿음은 그 뒤에 일어난 후쿠시마 원전 재앙으로 더욱 강화된다. "고통이야말로 인간을 인간으로 만든다"고 도스토예프스키는 썼지만, 고통으로도 인간은 깨우치지 못하는 것인가? 어쩌면 역사는 현실에 짓밟힌 자들의 끝없는 목록이고, 인간의 역사는 인간성 배반의 역사일 뿐인지도 모른다. 과연 기존의 역사와 다른 역사—대체 역사의 가능성은 있는가?

알렉시예비치의 여러 작품들 가운데 『세컨드핸드 타임*Secondhand Time*』이라는 이름을 보았을 때, 나는 왜 이 제목이 쓰였을까 궁금했다. 한국에서 그녀의 약력이 소개될 때도 이 책은 그냥 『세컨드핸드 타임』으로 언급될 뿐, 그에 대한 더 자세한 설명은 없었다. 그녀가 자기 나라의 독재 체제를 비판한 것은 잘 알려져 있다. 크림 반도를 병합한 러시아 정권에 대한 비판은 더 거센 것이었고, 푸틴 숭배는 그녀가 보기에 러시아에서의 새로운 스탈린 숭배와 다름없었다. 그러나 이런 경험 후에도 현실은 달라지지 않는다. 그래서 인간은 '쓰다 남은 삶', '쓰다 남은 시간'을 살아갈 뿐이다. 그녀는 말한다. "우리는 더 이상 그 어떤 새로운 생각도 창출하지 못하는 중고 시대에 살고 있다." (Kerstin Holm, 『Die Zeit』)

이 '중고 시대'라는 개념은 소비에트 전체주의 이후의 시대를 우선 일컫는 것이지만, 오늘의 사람들이, 사회주의하에서건 자본주의하에서건, 이 체제가 강제하는 크고 작은 맹목성을 반성하지 못한다면, 그래서 집단적인 것에 대한 맹신 아래 현실의 고통이 이어진다면, '중고품으로서의 삶'은 계속되는 것이라고 우리는 말해야 한다. 중고품 삶은 표면적으로 그럴듯해 보일 수 있다. 그러나 그 속은 '이미 있어 왔던 것'이고, 그러니만큼 구태의연한 것이다. 그것은 갱신이 없는 껍데기로서의 인생이다.

그러니까 그녀가 '중고 시대'라는 말을 쓴 것은 단순히 고통을 증언하기 위해서가 아니라, 이 고통의 경험에서도 아무것도 배우지 못하는, 아니 배우려 하지 않는 인간의 무감각과 직무 유기를 말하기 위해서일 것이다. 스웨덴 한림원은 노벨상 수상자를 발표하면서 알렉시예비치의 작품이 "우리 시대의 고통과 용기에 대하여 하나의 기념비를 세우는" 작업이었다고 칭송했지만, 그러나 그녀는, 정확히 말하여, 단순히 그 고통을 예찬한 것이 아니라 그런 개인적·역사적 고통에도 불구하고 아무것도 나아지지 않은 현실의, 죽음처럼 완고한 어리석음의 각질을 보여준 것이다.

삶의 고통에서 배우지 못하는 것은 아마도 전체주의적 인간형의 저주에 그치는 것이 아니라, 인간 일반의 종적 저주일 것이다. 과거의 비극에서 배우지 못하는 것은 체르노빌 인근 사람들뿐만 아니라, 또 소비에트 인민들뿐만 아니라, 지금 여기서 살아가는 모든 이들의 일이라고 해야 할 것이다. 오늘날의 디지털 정보사회에서 우리 앞에 놓인 것은, 적어도 매일매일 그래서 부단히 돌아보지 않는다면, 이 중고로서의 껍데기 삶일 것이다. 그러는 한 그것은 과거에 대한 이야기가 아니라 현재와 미래에 대한 이야기다.

그렇다면 지금 할 수 있는 것은 무엇인가? 20세기 초에 '문명의 파국'으로서의 아우슈비츠 수용소를 겪고, 또 20세기 말에 '기술의 파국'으로서의 체르노빌 원전과 '이념의 종말'로서의 '붉은 제국'의 몰락을 거쳐 온 우리는 앞으로 무엇을 할 수 있을 것인가?

5. '생명의 경외감'이라는 정언명령

인간은 전체주의적 지배 체제 때문에, 이 체제가 강요하는 그럴듯한 이념 때문에, 그리고 여기에 덧붙여 인간 자체의 숙명적 한계 때문에 크고 작은 잘못을 수없이 저지른다. 그러면서 폭력을 자행하고 전쟁을 불사한다. 하지만 우리는 그로 인한 고통을 줄이지 못한다. 지난 과오를 헤아리고 그 고통을 점검하면서 어떤 다른 길—고통이 없는 자유와 평화의 삶을 모색하는 것이 아니라, 그 이전의 맹목과 무사고無思考를 되풀이한다.

알렉시예비치는 앞서 적은 홀름과의 2년 전 인터뷰에서, 슈바이처가 말한 '생명에 대한 외경이라는 정언명령'에 대해 언급한다. 그러면서 한 가지 에피소드를 전해 준다. 언젠가 일본의 한 방송팀이 민스크의 그녀 집으로 찾아와 그 정원에서 인터뷰를 한 적이 있는데, 한 카메라맨이 인터뷰를 끝내고 떠날 때 자신이 밟은 민들레를 다시 일으켜 세웠다고 한다. 그리고 이 장면은, 평소 꽃을 바라보는 데서도 명상할 줄 아는 일본 문화를 생각하던 그녀에게, 깊은 인상을 남겼다면서 이렇게 덧붙인다. "인류는 오직 공감에 의해서만 살아남을 수 있다고 나는 믿는다. 그러나 유감스럽게도 유럽인 역시 점증하는 합리화 때문에 정서적으로 빈곤해지고 있다."

'생명에 대한 경외감'은 김우창 교수께서도 자주 말씀하시는 것이지만, 또 그것은 동양 고전에서의 '경敬(mindfulness)'이란 개념과도 연결되고, 더 풀어쓰면 '신중하게 생각하는 일(愼思)'과도 이어질 것이지만, 이제 우리에게 필요한 것은, 우리가 지구의 어느 편에 있건 간에, 모든 살아 있는 것에 대한 존중이고, 더 넓게는 모든 존재하는 것에 대한 마음 씀일 것이다. 우리의 삶이 살아 있는 모든 것과 더불어 숨 쉬는 까닭이다.

이것을 앞서 말한, 전체주의적 잔재에 대한 비판과 다시 연결시키면, 이렇게 된다: 전체의 이념은 오직 이 전체를 이루는 개별적인 것에 대한 존중 속에서만 정당할 수 있다. 개체와 전체의 이런 얽힘을 의식하는 일 자체가 반성적 사고의 산물이고, 이 사고는 생각하는 개인으로부터 나온다. 과거에서 배울 수 없다면, 우리는 미래도 생각할 수 없다. 고통을 평화로 바꿀 수 없다면, 굴욕을 품위로 전환시킬 수 없다면, 미래는 인류에게 없는 것과 같다.

올해 67세인 알렉시예비치 여사는 더 이상 전체주의 같은 이념이나 그 몰락이 아니라 이제는 '사랑'이나 '죽음' 혹은 '늙어감'에 대해 쓰고 싶다고 말한다. 그러면서 만약 돈을 가졌느냐 아니냐에 따라 사람의 자유가 측정된다면, 그것은 절망적일 것이라고 덧붙인다. 아마도 그것은 사랑이나 죽음이 정치나 이념보다 더 상위개념이고, 삶에 더 근본적인 일이기 때문일 것이다.

그녀는 현재 벨라루스의 민스크에 있는, 방 하나에 거실 하나 딸린 집에서 살고 있다. 이곳에서 그녀는 일에 필요한 몇 가지 물품에 기댄 채, 삶의 근본적인 일에 대해

구상 중이다. 가난과 폭력이 없는, 이념이나 국경으로 구획되지 않은 세상에서 우리는 살 수 있을까?

잠구묵완 종신사업潛求默玩 終身事業
폭염 한 철을 지나며

릴케가 말한 대로, "지난 여름은 위대했다"가 아니라 혹독했다. 바로 두어 주까지만 해도 이 땅의 무더위는 만만찮았기 때문이다. 7월 하순부터 시작된 폭염은 8월 하순까지 거의 한 달 계속되었으니, 그것은 1994년 이후 가장 심했다고 할 만한 것이었다.

나 역시 자주 밤잠을 설쳐야 했고, 그렇게 잠에서 깨어날 때마다 베개는 흥건히 젖어 있었다. 아침에 일어나면 이마나 목덜미 그리고 가슴까지 다 땀으로 미끈거렸다. 그래서 세수가 아니라 머리와 어깨까지 온통 비누칠을 하고 등목도 쳐야 했다. 이것이 서너 주 이어지자, 평소에는 없던 두통이나 목 결림 증세까지 찾아왔다. 사람에게 '적당한' 기온의 폭이 그리 크지 않음을 새삼 나는 느꼈다. 그만큼 인간이 취약하다는 뜻일 것이다. 그렇던 더위가 이제는 언제 그랬느냐는 듯이 그 자취를 감추었다. 선풍기를 틀어 놓지 않아도 괜찮은 것이 신기하기까지 하고, 그래서 어디에라도 고마움을 표해야 할 것 같은 기분이 든다.

이 부서지기 쉬운 몸과 마음을 다스리며 지난 여름 동안 내가 마무리 지은 일의 하나는 가을에 하게 될 한 강연의 원고 작성이었다. 교양과 교육, 형성과 수신修身의 문제가 얽혀 있는 이것은 주제상으로 워낙 흥미롭고 사상사적으로도 중요한 문제라서 신경이 많이 쓰였다. 몇 차례 숙고 끝에 나는 '교양'과 관련하여 괴테의 소설을 다루고, '수신'과 관련하여 퇴계의 여러 저작 가운데 『자성록自省錄』과 『언행록言行錄』 그리고 『성학십도聖學十道』(1568)를 다루기로 하였다. 이번 여름은 이런 책들을 읽고 생각하고 쓰는 사이에 어느덧 다 가버린 것이다.

고전과 만나던 그 시간은 전체적으로 괜찮았던 것 같다. 어쩌면 이 '괜찮았다'는 표현은, 내가 그 폭군 같던 무더위를 잊고 지냈을 뿐만 아니라 그것이 그런대로 뜻있었기에 '아주 좋았다'라고 말해야 더 정확할 것 같다. 그렇다. 이번의 동양 고전 논의에서 어떤 책은 오래전에 이미 읽었고, 또 어떤 책은 처음 읽은 것이었지만, 이렇게 읽은 내용을 연결 지으며 그에 대한 내 생각을 글로 적어

가는 과정은 흥미롭고 재미있었다. 엉켜 있던 생각의 복잡한 타래들이 그런대로 정리되고 점차 질서를 잡아가면서 뭔가 나 스스로 '나아간다'는 느낌이 들었던 것이다. 그것이 얼마나 나아가고, 또 얼마나 의미 있는 것인지는 앞으로 더 물어봐야 할 것이다. 그러나 그와 별개로 그 체험에서 나온 몇 가지 생각을 적어보려 한다.

1. 동양 고전 — 해석의 축적사

동양 고전에 대한 필자의 생각은 말할 것도 없이 아마추어적이다. 그러니 이 분야에서 오랫동안 공부한 분들과 어떻게 견줄 수 있겠는가. 하지만 나의 이런 관심에는 동서양 사고의 어떤 핵심을 서로 잇고 이렇게 이어진 것을 현재적 관점에서 재구성함으로써 오늘의 방향 상실을 성찰해 보고 싶은 열망도 있다.

동양 고전의 주된 생각들은, 잘 알려져 있듯이, 언제나 되풀이된다. 지금으로부터 2500여 년 전에 공자와 맹자가 살았고, 이들의 저작인 『논어』와 『맹자』를 해석한 것이 송대宋代 정주학程朱學이라면, 1100년대의 이 '신유학'은 양명학을 지나 조선에서는 1500년대 퇴계와 율곡의 학문으로 이어지고, 그 뒤 1800년대에 이르러서는 다산의 사상으로 나타난다. 그리하여 이를테면 나이 70을 일컫는 공자의 유명한 구절—'마음이 원하는 바를 따르되 그것이 법도를 벗어나지 않는다(從心所慾不踰矩)'는 말이나, 맹자가 강조한 '잃어버린 마음을 구하는 일(求放心)' 같은 말은 1100년대의 『주자어류朱子語類』에서도 해석되고, 다시 그 뒤의 『성학십도』「심학도설心學圖說」에도 또 거론된다.

그러니까 동양에서 '고전'으로 불리는 책들은 기존의 고전에 대한 해석이고, 이 해석의 재해석이다. 말하자면 어떤 글에 대한 해석, 이 해석에 대한 해석, 그리고 해석의 해석의 해석……. 이렇게 끝도 없이 이어지는 해석 행위의 축적이 동양의 학문적 전통을 이루고, 나아가 그 사회의 문화적 업적을 구성하는 것이다. 글자 하나하나에 대한 주해이나 각주, 훈고訓詁나 논평, 그리고 설명과 지시가 중요해지는 것은 그 때문일 것이다. 그렇다는 것은 거꾸로 후대에 잘 쓰인 책을 꼼꼼히 읽으면, 앞선 고전에서 어떤 생각이 중요한 것이었는지를 웬만큼 포착할 수 있다는 뜻이기도 하다. 예를 들어 왕양명의 『전습록傳習錄』을 상세히 읽는 일은 『논어』와 『중용』, 『대학』과 『맹자』 같은 저작의 핵심 문제의식을 다시 정리해보는 기회가 될 뿐만 아니라 그 외 다른 중국 문헌의 여러 내용도 일

별해볼 수 있는 경험도 된다.

그렇다면 해석의 반복사는 동양학에서만 그런 것일까? 서양 학문의 전체도, 크게 보면, 기존 저서에 대한 재해석의 역사가 아닐까? 실제로 앨프리드 화이트헤드A. N. Whitehead는, 잘 알려져 있듯이, 서양 철학사가 플라톤의 각주에 불과하다고 말한 적도 있다. 하지만 학문의 역사가 해석과 재해석으로 점철되어 있다고 해도 거기에는 정도 차이가 있고, 이 정도의 차이에 따라 창의성의 수준도 달라질 것이다. 말하자면 대상 저작에 대한 해석이 더 적극적이고 더 급진적일수록, 독창성의 순도도 더 높아질 것이다. 그리하여 새로운 의미의 지평은 해석의 창의적 순도에 따라 마침내 처음 열릴 것이다. 한 사회의 변화는, 이렇게 열린 새 의미를 행동 속에서 하나하나씩 구현해갈 때, 실제로 일어날 것이다.

2. 입은 병瓶처럼 다물고, 뜻은 성城을 지키듯 갖고

그렇게 읽은 고전의 여러 구절 가운데 어떤 문장은 원문과 대조하며 나는 읽어 보았다. 한 자 한 자씩 짚어 가면서 해석을 보고 다시 원문과 대조하면서 잘 모르는 한자는 모두 찾아 확인하며 그 의미를 곱씹었다. 그것은 더던 과정이었지만, 때로는 어떤 뉘앙스가 전해져 오기도 했다. 신기했다. 그렇게 공들여 오랜만에 다시 읽은 글에는 「경재잠敬齋箴」과 「숙흥야매잠夙興夜寐箴」이 있다. 이 두 편은 퇴계가 1568년에, 그러니까 세상을 떠나기 2년 전 당시 17살이던 선조를 위해 올린 『성학십도』의 마지막 두 편이다.

'경재잠'은, 오늘날의 말로 풀이하면, 공경하고 삼가기 위한 잠언이고, 이름도 고색창연한 '숙흥야매잠'은 '일찍 일어나고(夙興)' '늦게 자며(夜寐)' 갖는 잠언이다. 「경재잠」에 나오는 첫 구절은 이렇다. "의관을 바르게 하고 눈매는 존엄하게 하라. 마음을 가라앉히고 있기를 상제上帝를 대하듯이 하라." '상제'라는 말은 지금 관점에서 수긍하기 쉽지 않다. 그것은 어쩌면 천리天理나 천성天性—하늘의 이치나 본성쯤 될 것이다. 사실 '하늘의 이치'이라는 표현도 어떤 면에서 추상적이기는 마찬가지라고 할 수 있다(그러나 다르게 생각해 볼 수도 있을 것이다. 우리는 흔히 '여름을 보냈다'고 말하지만, 사실 인간이 여름을 '보내는' 것은 아니라 사계절이 '가고 오는' 것이다. 계절 자체는, 더 정확히 표현하면, 가고 오는 것으로 '있다'. 그리하여 핵심은 가고 오는 데 있는 것이 아니라 가고 오는 순환의 역동적 체계로서 존재한다. 자연은 이 역동적 체계로서의 존재이고, 인간은 이 체계의 리듬을 잠시 타면서 기나긴 생

퇴계退溪 이황李滉
(1501~1570)의 초상화

도산서원陶山書院 전경

퇴계에게 공부의 시작은
멀리 있는 게 아니라 가까이에 있고,
큰 일이 아니라 작고 사소한 데 있었다.

"비근하고 얕고 작은 일이라도 저버리지 않아야
실로 높고 깊고 원대하게 된다(不離乎卑近淺小, 而實有高深遠大)"

퇴계 이황, 「무진육조소」(1568)

성 소멸의 한 매듭을 이룰 뿐이다. 그러므로 천리가 자연의 역동적 순환 체계를 뜻한다면, 그것은 추상적인 것이 아니라 적확한 지칭일 수도 있다).

겉으로 보기에 이 애매한 구절보다는 다음 구절이 훨씬 더 생생하고 인상적이다. "땅을 밟을 때는 가려 밟고, 개미집도 돌아가라. 문을 나서면 손님을 맞듯이 하고, 일은 제사를 지내듯이 하라. 전전긍긍 두려워하고 조심하며, 감히 경솔하거나 안이하게 하지 말라. 입은 병처럼 다물고, 뜻은 성을 지키듯이 가져라(擇地而蹈, 折旋蟻封. 出門如賓, 承事如祭, 戰戰兢兢, 罔敢或易, 守口如甁, 防意如城)." 계신공구戒愼恐懼 — 경계하고 삼가며 두려워하는 마음은 유학이 되풀이하여 강조하는 생활 원칙이다. 그것은 사람이 자기 삶을 살아갈 때도 필요하고, 다른 사람을 만날 때도 필요하다. 삼가고 두려워하면 쉽게 경솔하거나 안이하지는 않을 것이고, 그래서 "입은 병처럼 다물고, 뜻은 성을 지키듯이 가질" 것이다. 또 그런 마음으로 그는 "문을 나설 때도 손님을 맞듯이 하고, 일을 할 때에도 제사를 지내듯이" 처신하게 될 것이다.

여기에서 퇴계의 해석은 더 나아간다. "땅을 밟을 때는 가려 밟고, 개미집도 돌아가라." 이 같은 해석이 동양의 다른 고전에도 있는지는 더 확인해 보아야 할 것이지만,

어쨌든 그것은 생활에 더 밀착된 경험적 진술이 아닐 수 없다. 그러면서 그것은 생명 있는 모든 것에 대한 존중이 담긴 경애의 태도라고 할 수 있다.("문을 나서면 손님 맞듯이 하고, 일은 제사를 지내듯 하라"는 「경재잠」의 구절은 『논어』에 거의 비슷하게 나온다. "문을 나갔을 때는 큰 손님을 만난 듯이 하고, 백성을 부릴 때는 큰 제사를 받들 듯이 하라(出門如見大賓, 使民如承大祭)."(「안연顔淵」, 12장)

「숙흥야매잠」에는 이런 구절이 있다. "새벽에 일찍 일어나 세수하고 빗질하고, 의관을 갖추고 단정히 앉아 몸을 가다듬고, 마음 가지기를 마치 돋아 오르는 해와 같이 밝게 하고, 엄숙하고 정제하고 허명虛明하고 정일靜一하게 하라." 이것은 몸가짐이나 옷차림을 조심하고, 앉아 있는 태도나 마음먹기를 엄격히 가지라는 뜻일 것이다. 그것은 그만큼 외물外物로부터, 이 외물이 사욕私慾이든 물욕物慾이든 인욕人慾이든, 거리를 두고 마음을 밝게 비우며 조용히 하나로 두라는 뜻이 될 것이다. 그리하여 허명정일—온갖 사사로움으로부터 벗어나 공평하고 바른 상태로 몸과 마음을 유지하는 것은 학문의 기본 태도이면서 삶의 자세가 아닐 수 없다. 퇴계는 이런 원칙에서 잠시라도 "멀어진다면, 도가 아니다(可離 非道也)"라고 썼다. 『언행록』은 바로 이 같은 원칙 아래 살았던 그의 생활상을 기록한 글이다. 나는 『자성록』만큼이나 이 『언행록』이 좋았다.

3. 「'속續'경재잠」이 필요하다

퇴계 선생은 집에 있는 것을 좋아하여 '조용히 자기를 지키며(靜以自守)' 있는 것을 즐겼던 것으로 보인다. 자수自守 하며 보냈기 때문에 외출하는 일은 자연히 드물었을 것이다. 그러나 그렇다고 그가 사람과의 만남을 싫어한 것은 아니었던 것 같다. 그는 잔치를 하거나 마을 사람들이 청하면, 특별한 일이 없는 한, 반드시 참석했다고 전해진다. 또 사람들과 즐겨 얘기도 하고 토론도 하였다.

하지만 퇴계가 논쟁을 일삼았던 것으로 보이지는 않는다(앞서 언급했던 화이트헤드도 그랬다고 한다). 그것은 그 마음의 중심에 공경의 정신이 있었기 때문일지도 모른다. 한 제자는 이렇게 적었다. "선생께서는 일반인들과 말하실 때 부드럽게 말하고 다투지 않으셨다. 그러나 대부大夫와 얘기할 때는 반드시 정색하고 엄격히 따지고 사리를 분별하셨다(先生與衆人言 和說無諍 與大夫言 未嘗不正色極言辨之)." 그는 대체로 부드러운 어조를 띠셨지만, 필요한 경우 엄격한 논리를 요구했던 것이다. 또 "손님을 접대하여 음식을 차릴 때, 반드시 집의 형편대로 하였다. 귀한 손님이 와도 성찬을 차리지 않았고, 비천하고 어린 사람이라고 해서 홀대하지 않으셨다(對客設食, 必稱家有無, 雖貴客至, 亦不盛饌, 雖卑幼, 亦不忽焉)." 성의를 다해 대접하되 그 형편을 넘기지 않는 것, 이것은 중요한 원칙이 아닐 수 없다. 그러나 더 중요한 것은 나이가 어리거나 신분이 낮다고 하여 하대하거나 홀대하지 않은 것이 될 것이다. 나는 한국 사회의 온갖 횡포를 떠올린다.

퇴계는 언제나 '화설무쟁和說無諍'의 원칙을 가지고 행동하였고, 이 원칙 아래 때로는 관대하게 때로는 엄격하게 대응했다. 그러면서도 이 모든 것이 일정한 형편을 넘어서거나 사리를 거스르지는 않도록 했던 것 같다. 아마 이 모든 것이 나오게 된 바탕은 '부단히 고쳐 나가려는' 마음이라고 해야 할 것이다. 한 제자는 썼다. "남에게 한 가지 선이 있으면 자기가 잘한 듯이 좋아하셨다. 자기에게 작은 실수가 있으면, 비록 필부의 말이라도 따르고 고치는 데 인색하지 않으셨다(人有一善 若出諸已, 已有小失 雖匹夫言之 改之無吝色)." 자기 교정에 인색하지 않는 것이야말로 뛰어난 사람의 가장 중요한 특징 아닌가? 퇴계가 쉼 없이 배우고 묻고 생각하고 분별한 것도 아마 이런 교정과 갱신의 의지로부터 올 것이다.

화설무쟁의 절제는 생활의 다른 측면, 이를테면 자식 교육이나 집안 단속에도 잘 나타난다. "자손들이 잘못을 저질러도 심하게 책하지 않으셨고, 조용히 훈계하고 거듭 타일러 스스로 깨우치게 하셨다. 비록 종들에게도 한 번도 노하거나 꾸짖는 일이 없으셨다(子孫有過 則不爲峻責 警誨諄復, 俾自感悟, 雖俾僕亦未嘗遽加嗔罵)." 퇴계 선생은 쉽게 분노하거나 꾸짖지 않았다. 언행의 이런 절제가 식생활에서 나타나면, 그것은 검소함이 될 것이다. 그리하여 단순 소박한 생활은 술을 마실 때나 손님 접대에서도 드러난다. "손님과 함께 음식을 드실 때는 수저 소리를 내지 않으셨다. 음식의 절도는 끼니마다 세 가지 반찬을 넘지 않았다. …… 선생은 술을 드려도 취하도록 드시지 않고, 약간 얼큰할 정도에서 끝내셨다. 손님을 접대할 때는 양대로 권했으며, 접대의 성의를 다하셨다." "제삿날에는 술이나 고기를 들지 않았다(忌日 不設酒, 不受肉)." 흥미로운 구절이 아닐 수 없다. 먹고 마시는 일이어서인지, 마치 퇴계 할아버지가 바로 곁에 계신 것처럼, 내게는 생생하게 느껴진다.

퇴계 선생의 이런 자세를 한마디로 요약한다면, 그것은 "어디에 가든 공손하고, 일은 경건하게 하며, 사람에게는 충실하라(居處恭, 執事敬, 與人忠)"쯤이 될 것이다. 그의 사상을 '경敬 의 철학'이라고 일컫는 이유도 아마 이 때문일 것이다. 아니면, 앞서 말했듯이, '조용히 자기를 지키고', '부드럽게 말하고 언쟁하지 않는' 태도가 될지도 모른다. 이것을 우리는 '오늘날에도 유효한' 「경재잠」이라고 칭해도 좋으리라. 정말이지 지금의 한국 사회에 필요한 것은 「'속續'경재잠」이고, 「'속'숙흥야매잠」이 아닐까? 그리하여 나는 「속경재잠」을 세 문장으로 만들어본다. 첫째. 조용히 나를 지키자. 이렇게 한다면 언쟁은 자연히 줄어들 것이고 어조는 조금씩 부드러워질 것이다. 둘째. 자기 교정에 인색하지 말자. 여기에 나는 한 가지—'삶의 기쁨'을 추가하고 싶다. 셋째. 남의 선을 나의 선처럼 기뻐하자.

퇴계 역시 선을 행하는 이 기쁨을 모르지 않았던 것 같다. 말년에 쓴 「무진육조소戊辰六條疏」에는 이런 구절이 있다. "전하께서는 배우기를 좋아하시고, 가까운 데서 살피시며, 즐거운 마음으로 선을 이루시기 바랍니다(殿下好問而察邇, 樂取以爲善)." 그러나 이 즐거움, 삶의 이 감각적 기쁨, 그리고 이 자발성은 한국과 중국의 지적 전통에서 더 적극적으로 강조될 필요가 있지 않나 싶다.

그러나 비판적으로 보면, 「속경재잠」의 세 원칙이 개인적 기율로 국한되어 있고, 그러니만큼 사회제도적 차원은 간과되었다고 볼 수도 있다. 삶의 변화에서 정치제도적 측면이 가장 우선시되어야 할 것임은 말할 필요도 없다. 그러나, 다시 한 번 더 강조하여, 정치·경제적 토대나 제도적 구비도 사람이 하는 것이다. "참으로 높고 깊고 원대한 일은", 「무진육조소」에 적혀 있듯이, "비근하고 얕고 작은 일이라도 저버리지 않는 데(不離乎卑近淺小, 而實有高深遠大)" 있다. 그리하여 자기 기율은 사회 기율과 분리될 수 없다. 마찬가지로 치인治人과 경세經世도 마땅히 수신修身에서 시작되어야 한다. '수신제가치국평천하'라는 말도 바로 여기에서 나온다.

4. 깊이 구하고 조용히 행한다 — 평생 과업

오늘의 한국 사회는, 더러 지적되듯이, 규범의 전적 망실 상태로 보인다. 이른바 '압축 근대화'에 '압축 성장'을 해왔으니, 사회·정치적 갈등도 압축적인 것은 당연한 일인지도 모른다. 음주 사고를 낸 사람이 경찰청장으로 취임하고, "4,000원 부당 이익도 범죄"라던 한 검사장은 120억 원의 부당 이익을 챙기기도 한다. 하지만 이런 공직자 비리가 아니더라도 우리 사회에는 아직도 너무 많은 무시와 유린이 있다. 내세우고 으스대며 우쭐거리고 행세하려는 한국적 촌스러움은 곳곳에 자리한다. 이 나라는 정말 '국가'라는 이름에 값하는가?

이 불순한 사회에서 '마음을 보존한다'는 말은 얼마나 한가하고 무책임하게 들리는가? 그것은 너무 소극적이고 수세적守勢的 대응법이 아닌가? 의미 있는 삶은 예나 지금이나 어렵기는 마찬가지다. 소크라테스가 가장 중시했던 것도 그냥 '사는 것(to zēn)'이 아니라 '훌륭하게 사는 것(to eu zēn)'이었다. 이것은 지극히 어려운 일이지만, 그러나 가장 간단한 한 방법으로 내게 떠오르는 말은 "잠구묵완"이다. 잠구묵완潛求默玩이란 '물속으로 잠수하듯 깊이 들어가서 조용히 실행하는 것'을 뜻한다. 퇴계의 여러 글을 읽고 나서 남은, 가장 압축적이면서도 핵심적인 원칙은 바로 이 두 가지—"잠구묵완"의 "종신사업終身事業"이다("잠구묵완"은 『언행록』에, "종신사업"은 「답기명언答奇明彦」「별지別紙」와 「답이숙헌答李叔獻」이라는 글에 나온다). 종신사업이란 물론 '평생토록 행하는 일'이라는 뜻이다. 이 원칙이야말로 나는 도덕을 훈장처럼 내세움 없이, 그저 자기 삶을 다독이고 자신을 팔지 않는 작은, 그러나 결코 양보할 수 없는 가치가 아닌가 생각한다.

그리하여 나는 오늘도 이렇게 '잠구묵완 종신사업'이라고 가끔 읊조린다. 책상 가에 앉아 있을 때나 간혹 창밖을 바라볼 때, 또는 집 주위를 산보하거나 지하철을 기다릴 때, 나는 마치 수도사가 「주기도문」을 외우듯이 "잠구묵완 종신사업", "잠구묵완 종신사업"을 중얼거린다. 깊이 구하고 조용히 실행하는 것을 우리는 종신토록 행해야 한다. 옛글의 의미는, 우리가 그것을 어떻게 오늘의 실감 있는 언어로 번역해내고, 이렇게 번역한 말의 뜻을 어떻게 지금 여기에서 행할 것인가에 달려 있다.

Ⅲ 네 삶을 살아라

네 삶을 살아라

네 삶을 살아라

학기 초가 되어 강의를 시작한 지 한 달 정도. 과목마다 나는 한두 작품을 선택하여 학생들과 같이 읽어 가기 시작한다. 한 수업에서는 페터 바이스P. Weiss의 『소송』과 『새로운 소송』이란 희곡을 다루기로 했다. 주제는 법과 정의 혹은 선의다. 그래서 존 롤스와 마이클 샌델의 정의론, 그리고 김우창의 『정의와 정의의 조건』을 간략히 다루기도 한다. 하지만 학생들의 반응은 신통치 않다. 정의라는 주제도 낯설거니와, 희곡이란 장르도 그렇고, 책을 읽는 것도 낯선 모양이다.

어떻게 해야 할까? 나는 잠시 책을 덮고 오늘의 삶에 대해, 대학 생활과 교육에 대해 이런저런 얘기를 한다. 그러면서 우리가 무엇을 누리고 있고, 무엇을 빠뜨리고 있는지 한번 짚어 본다. 우리가 법치국가에 살고 있다고 해도 학생들은 대개 '법'을 별로 의식하지 못한다. 직접적 체험도 제한되어 있고, 요즘에는 그보다 재미있고 즐거운 일이 더 많지 않는가. '트위터'가 그렇고, '카카오톡'이 그렇다. 어디서나 핸드폰으로 이메일을 주고받고, '인증샷'을 찍어 올리고, 지금 일어나는 일을 문자나 영상으로 주고받는다. 많은 것이 편리해지고, 많은 것이 '스마트'해졌다.

그런데 대부분의 일에는 당사자가 빠져 있다. '내'가 빠져 있을 때, 내가 하는 일이 실감을 줄 수 있는가? 자기 물음이 실리지 않는 삶이 참으로 자기 것이 될 수 있는가? 그렇게 되기 어렵다. 그 삶은 자기가 아니라 타인이 지시하고 명령하는 데 따라 꾸려지기 때문이다. 그것은 '살아가는 삶'이 아니라 '살아지는 삶'이다.

이 수동적이고 타율적인 삶에 우리는 오늘날 익숙하다. 요즘의 학생들은 더 그렇지 않나 여겨진다. 초등학교 때부터, 아니 유치원 다닐 때부터 늦도록 학원에 다니고, 갖가지 '선행수업'을 하면서 수능 때까지 버텨 낸다. 짜인 일과와 주어진 일정에 따라 매일 기계처럼 움직이지만, 그 어디에서도 주관主觀이나 자기 뜻은 드물고, 각자의 느낌이나 갈망은 외면된다. 그가 아닌 '그의 유령'이 삶을 꾸려 가는 것이다. 현대인의 삶은 얼마나 스스로 살아가는 것이 아니라 그렇게 살아지도록 강제되는 것인가?

예술에서 말하는 것도, 줄이고 줄이면, 주체적·독립적 삶과 무관하지 않다. 아니 그런 삶—스스로 선택하고 이 선택에 책임지는 삶을 그것은 옹호한다. 문학이 그렇고, 음악과 미술, 건축과 조각도 결국에는 그런 자율적이고 자유로운 삶을 예찬한다. 자율성을 연마해 갈 때, 개인은 정직해지고 사회는 건전해진다. 즉 정의로워지는 것이다. 그러니까 정의로운 사회는 각자가 선택과 책임 속에서 자율을 배우고 분별력을 익히는 데 있다. 단지 이것은 외적 명령이나 강요에 의해서가 아니라 스스로 하나하나씩 깨우쳐 가는 절실한 내면적 요청에 따르는 일이다.

왜 이런 선택과 책임과 자율과 분별력이 필요한가? 그것은, 가장 간단히 말해, 내가 내 삶의 주인으로 살아가기 위해서, 그런 주체적인 삶의 기쁨을 누리기 위해서다. 그래서 나는 학생들에게, 또 20대의 젊은이들에게 이렇게 말하고 싶다. '네 삶을 살아라'고. '네 자신의 삶을 어떻게 살 것인지 고민하라'고. 그것은 책임이 따르는 일이지만, 이 책임 때문에 결정은 더 신중하고, 성취의 기쁨은 더 클 수 있다. 문학에서 다루는 것도 이것이고, 인문학 교육이나 대학 교육의 방향도 그와 다르지 않다.

대학 교육의 핵심은 자율을 연습하는 일이고, 이 훈련을 통해 자기 삶을 의미 있게 살도록 도와주는 데 있다. 무엇을 하건, 일을 하건 공부를 하건 사랑을 하건, 아니면 시시껄렁한 잡담으로 시간을 죽이건, 이 모든 것이 자기 삶을 제대로 만드는 데 이어지지 못한다면, 그것은 어디다 쓸 것인가? 바로 그런 의미에서라도 우리는 무엇보다 나 자신에 주의해야 하고, 나를 돌아보며 내 느낌과 생각을 조금씩 키워 가야 한다. 사람이 인간이 감당해야 할 최초이자 최후의 대상은 바로 자기인 것이다.

이 같은 자기 실천은 모든 사람에게 열려 있지만, 소수의 노력하는 사람만 할 수 있다. 내가 자신과의 관계를 어떻게 설정하고, 그 관계를 얼마나 향상시킬 수 있는가에 깊은 행복이 있다. 자기를 더 진실하고 선하고 아름다운 존재로 만들어 가고자 할 때, 나는 이미 나만이 아니다. 그것은 나 속에서 나를 넘어 다른 사람들과 만나고 그들과 더불어 있다. 타인과 함께 있을 때, 주체는 세계의 전체를 산다. 그러니 네 자신의 삶을 당당하게 살아라! 눈치 보지 말고, 유행에 휘둘리지 말고, 자기를 쉼 없이 변형시키면서…….

'세계화'라는 이름으로 만나는 오늘날의 현실은 간단하지 않다. 세상은 그 어느 때보다 많은 정보로 넘쳐 나고 있고, 인터넷이나 스마트폰은 이 많은 정보를, 터치만 하면, 금세 우리 눈앞에 옮겨다 준다. 세상은 정말이지 하나가 되어 가는 듯하고, 다가온 모든 정보는 나의 '자산'처럼 느껴지기도 한다. 하지만 정말 그런가?

이렇게 급변하는 세계에서 한국의 현실은 더욱 요동치고 있다. 여기에는 물론 여러 가지 이유가 있다. 그러나 가장 큰 이유는 19세기 말부터 지속된 현대사의 파행들—일제 침탈과 그에 이은 식민지화, 해방과 남북 분단, 군사독재와 경제산업화, 그리고 정치적 민주화에 이어 IMF 파국 등을 거치면서 이 땅은 흔들릴 대로 흔들렸다. 그렇게 계속되던 나라 안팎의 외풍에 사회적 관습과 윤리적 규범은 무너질 대로 무너졌다. 게다가 인구는 많고 경쟁은 극심하여, 교육은 위에서 시키는 대로, 또 밖에서 주어지는 대로 행해져 왔다.

누구를 탓할 일만도 아니다. 한국 사회의 현재적 상태는 우리 모두가, 윗세대와 지금의 동시대인이 만들어 왔고, 동시에 그에 시달려 온 결과물이다. 그것은 그렇다고 치자. 우리가, 특히 젊은 세대가 잊지 말아야 할 사실이 하나 있다. 지금의 사회와 현실, 그리고 집과 학교가 어떻다고 해도 변할 수 없는 것은 "내가 내 삶을 살아가고, 내 스스로 그 삶을 만들어 가야 한다"는 엄중한 요청이다.

우리 각자의 삶이, 생애의 막바지에서 보면, 결국 엑스트라의 그것으로 여겨질 수도 있다. 주인공이 아니라 주인공을 옆에서 돌보는, 아니면 잠시 얼굴을 내비치거나 허드렛일을 하면서 끝나는 삶을 우리는 살 수도 있다. 그래서 인간은 인생이라는 무대에서 탁자나 걸상 같은 '소도구' 역할밖에 하지 못한다고 어느 작가는 썼다. 하지만 각 개인은, 적어도 자기 삶에서만큼은 엑스트라가 아니다. 엑스트라가 아닐 뿐만 아니라 엑스트라여서도 안 된다. 다른 삶과 견주어서, 또 역사의 보다 큰 인물 주변에서나 큰 사건에서 부가적인 역할을 하며 끝날 때도 있다. 하지만 자기 삶에서는 다른 누구가 아닌 바로 자기 자신이 마땅히 그 삶의 주인이어야 한다.

"자기 삶을 살아라"는 것은 사회적 기준과 평가들—이른바 스펙이나 학점을 무시하라는 뜻이 아니다. 또 "이기적인 삶을 살아라"는 뜻도 아니다. 그것이 '멋져 보여서', 혹은 '도덕적이어서' 그래야 한다는 말도 아니다. 이 땅에서의 각 삶은 유일무이하기에 대차대조상으로도 제 삶을 사는 것이 '가장 수지맞는' 일이기 때문이다. 그러면서 그 삶은 스스로 충실한 일이기에 '윤리적'이기도' 하다. 가끔, 하루에 한 번 혹은 일주일에 한두 번은 자기를 돌보는 시간—주변을 돌아보며 자신을 다독이고, 그럼으로써 질적으로 나아지는 내면 성찰의 시간이 필요하다. 그것은 평생에 걸친 자발적 내면 전투 속에서 비로소 습득된다.

내가 내 삶을 산다는 것은 스스로 묻고 판단하고 결정하면서 자기를 좀 더 높은 진선미의 수준에서 변형시킨다는 뜻이다. 비록 서투르고 때로는 위태롭지만, 매일매일 자기 삶을 하나하나 만들어 가는 일만큼 놀랍고 두렵고 기쁜 일이 어디 있는가? 이렇게 변화된 자기, 좀 더 진실되고 선하며 아름답게 고양된 주체로부터 믿음과 사랑과 선의도 나올 수 있다. '선한 자는 바로 자기 자신을 사랑하는 자'라고 아리스토텔레스는 쓰지 않았던가? 모든 일의 크고 작은 의미는 자기를 잃지 않는 데서, 자기 충실로부터 비로소 시작한다.

나 자신에 대한 나의 관계

이제나저제나 삶의 속도는 점점 빨라지고, 정보도 많아지며, 세계는 점점 더 복잡해져 가는 듯하다. 도시에서의 삶은 더 그렇고, 한국에서의 그것은 더더욱 그렇다. 좁은 땅에 너무도 많은 사람들이 북적대며 사는 까닭이다. 그러니 경쟁은 피할 수 없다. 또 경쟁이 반드시 나쁜 것도 아니다. 그리하여 몽골 같은 초원에서 양을 키우며 시류와 무관하게 사는 것이 아니라 여기 이곳에서 살아가는 한, 생존경쟁은 불가피해 보인다. 어떻게 살아야 하는가? 제대로 된 삶을 위한 원칙은 무엇일까? 아니, 그런 원칙 이전에 이 원칙이 있기 위해 우선 필요한 것은 무엇일까? 우리는 이것을 임마누엘 칸트I.Kant와 미셸 푸코M. Foucault에 기대어 잠시 생각해 볼 수 있다.

『계몽이란 무엇인가?(*Was ist Aufklärung?*)』(1784)라는 글에서 칸트는 '계몽'이란 "마땅히 스스로 책임져야 할 미성년의 상태로부터 벗어나는 것"이고, "미성년 상태란 다른 사람의 지도 없이 자기의 지성을 사용하지 못하는 상태"라고 정의했다. 그러니까 계몽된 인간이란 자기 이성을 사용하는 사람이고, 이렇게 사용된 이성에 스스로 책임지는 사람이다. 이것이 바로 "사페레 아우데sapere aude—감히 알려고 하라(dare to know)"의 정신이다. 그렇지 못하면 우리는 미성년의 상태—육체적으로뿐만 아니라 무엇보다 정신적으로 올바로 자라나지 못한 상태에 머문다.

푸코는 칸트의 『계몽이란 무엇인가』를 읽으면서, 칸트가 제기한 계몽의 정신이 근대 철학 200년 동안 되풀이

되었다는 것, 근대 이후의 철학이란 칸트가 던진 이 물음에 대한 답변의 시도와 다르지 않다고 말한다. 그리하여 계몽의 근대성은 '역사의 한 시기'가 아니라, '하나의 태도(attitude)'이고, 현재를 기존과는 '다르게' 상상하고 변형하려는 열정으로 이해한다. 그러므로 '근대인(modern man)'이 된다는 것은 단순히 문명의 현대적 이기利器를 사용하는 것이 아니라, 스스로 이성을 사용하고 그 이성에 책임지면서 자기 삶을 만들어 가는 일이다. 이것은 자기를 자율적 주체로 구성하는 일과 다를 수 없다.

나는 어떻게 나를 자율적 주체로 구성할 수 있는가? 그것은 간단히 말하여 내가 나 자신에 대해 갖는 관계를 새롭게 설정하는 일이다. 이때 나의 관계란 두 가지—대상에 대한 나의 관계와, 나 자신에 대한 나의 관계로 나뉠 수 있다. 대상에 대한 나의 관계가 나의 '밖'으로 향한다면, 나 자신에 대한 나의 관계는 나의 '안'으로 향한다. 여기에서 중심은 안의 관계다. 왜냐하면 외면적 관계 역시 내면적 관계를 바탕으로 이뤄지기 때문이다. 그리하여 세계에 대한 나의 관계는 "내가 나 자신에 대해 어떤 관계를 맺는가?"에 따라 달라질 수 있다. 내가 현실에 어떻게 대응하느냐도 내가 나에 대해 맺는 이 관계의 성격, 그리고 그 수준에 달려 있다.

이런 점에서 보면, 자율적 주체의 구성 가능성도 나 자신에 대한 나의 관계의 성격으로부터 온다. 나 자신에 대한 나의 관계 속에서 세계에 대한 나의 관계가 규정되듯이, 나 자신에 대해 내가 어떤 위치에 있느냐에 따라 나는 두 발을 스스로 내디딜 수 있고, 반대로 '자기를 붙들어 매는 수레 없이는 한 발자국도 나가려 하지 않는' 말과 같을 수도 있다. 자기 삶의 주인이 되는가, 아니면 그 노예가 되는가는 내가 나에 대해 맺는 관계의 방식에 달려 있다. 오늘을 사는 사람이 이성을 책임 있게 사용하지 못한다면, 그래서 전근대적 미성숙을 반복할 뿐이라면, 그는 깊은 의미에서 '현대인'이기 어렵다.

내 삶은 정말 '나의 것'인가?

나이가 들수록 삶은 더 복잡하고, 인간은 더 알 수 없으며, 현실은 더욱 요지부동한 것처럼 보인다. 그러나 그에 대응하는 방식은 의외로 간단할 수 있고, 또 그 원칙은 간단해질 필요가 있다. 나는 이 땅의 생활 조건—한반도 남쪽에 자리한 삶의 이 좁은 공간을 떠올린다.

좁은 땅에 사람들은 많고, 남과 북은 정치·군사적 긴장관계를 이루고 있다. 남북한의 이런 대치는 주변 강대국 사이에 위태롭게 자리한다. 그러니 크고 작은 압박이 거셀 수밖에 없다. 아이들의 교육 환경이나 청년들의 사회 진출도 갈수록 녹록치 않다. 한국 사람들은 참으로 신산스런 20세기 역사를 살아왔고, 경제적 곤궁과 정치적 억압을 덜어 낸 지 겨우 20~30년에 불과하다. 단기간에 비약적 발전을 이뤘기에 사회제도적 미비는 물론 정신적·문화적 차원에서의 누락도 적지 않다. 사람 사이의 관계가 거칠고 사회적 신뢰도가 현저히 낮은 것도 그 때문일 것이다.

아마도 지금의 한국 사회만큼 유행과 소문, 그리고 시류時流 같은 외풍外風에 휩쓸리는 나라도 많지 않을 것이다. 이것은 하루가 멀다 하고 터지는 가족 범죄나 인터넷 댓글의 몰염치에서 잘 확인된다. 우리가 잃고 있는 것 가운데 가장 중요한 것은 무엇일까? 나는 그것이 각자의 보람 있는 삶—스스로 만들어 가는 인생의 체험이라고 생각한다. 그래서 묻는다. 내 삶은 얼마나 나의 것인가? 우리는 열심히 또 바쁘게 살지만, 그것은 자기를 위한 것인가? 그것은 정말 '자기를 잃지 않고' 사는 것일까?

그렇게 보이지 않는다. 만약 그렇다면, 우리는 수없이 만들어지면서 동시에 수없이 폐기되는 광고물 같은 삶을 사는 것이라고 말해야 한다. 하인리히 뵐H. Böll의 단편

「광고물 폐기자」(1957)에는 이런 구절이 있다.

> 누가 뭔가 궁리해서 글로 쓰고, 인쇄하여 봉투에 넣고 우표를 붙인 다음, 그것은 우체국에서 집 주소로 보이지 않는 배달 채널을 통해 전해진다. 그러기까지 도안을 한 사람과 문구를 쓴 사람, 인쇄공, 소인을 찍는 우체국 직원이 흘린 땀은 얼마인가. 게다가 우편물 종류에 따라 다양한 요금까지 지불된다. 이 모든 노력과 돈을 들였는데, 정작 수신자의 눈길 한 번 받지 못하고 바로 휴지통에 처박힌다는 게 대체 말이 되는가 …… 인쇄공, 식자공, 디자이너, 광고 카피라이터, 그래픽 디자이너, 인쇄물을 봉투에 집어넣는 사람, 포장하는 사람, 다양한 업종의 수습사원으로 일하는 사람들이 얼마나 많은가 …… 매일같이 수십억 사람들이 광고 인쇄물을 버리는 일로 에너지를 허비하고 있는데, 그 에너지를 잘만 활용하면 지구의 모양을 바꾸고도 남을 테다.

자본주의 사회가 수없는 낭비와 과잉을 전제하는 체제임에는 틀림없다. 그리하여 그 속의 많은 일은 수없이 궁리하여 만들어 보내지만 결국 폐기되고 마는 광고전단지의 운명과 비슷하다. 그러나 우리가 갖고 누리며 다스려야 할 궁극적인 것은 상품이나 타인이 아니라 바로 자기 자신의 삶이다.

삶을 자기 것으로 만든다는 것은 '내가 나로서 사는 일'이다. 그러나 그것은 내 마음대로 산다는 뜻이 아니다. 그것은 내가 내 삶을 살면서 스스로 세운 원칙에 따라 자신을 만들어간다는 뜻이다. 그것은 달리 말해 '주체의 주체화(subjectivation of subject)' 활동이다. 삶의 가치와 방향이 자신의 선택과 책임이 아닌 세평世評이나 유행에 따라 정해진다면, 그는 그 삶의 주인이 아니라 하수인이다. 그것은 '열심히' 사는 삶일 수는 있지만, 불필요하게 바쁜 삶—껍데기로서의 삶이다. 삶에서 가장 큰 죄악은 자기의 삶을 책임 있는 개입 없이 아무렇게나 내버려두는 일일 것이다. 그것이야말로 인생의 방치이고 직무유기다.

자기 생활의 리듬

외로움 즐기기

지난주에 나는 한 책의 출판과 관련하여 우리나라의 대표적인 사진작가 한 분을 만났다. 예순이 넘은 그와의 서너 시간에 걸친 환담은 여러 가지 점에서 내게 유익하고 인상적이었다. 그 가운데 내 뇌리에 아직 남아 있는 것은, 다소 진부하긴 하나, 그의 외로움과 이 외로움 속에 배어 있는 어떤 자부심이었다.

이렇다 할 전통이 없었던 사진계이다 보니 이끌어 줄 선배나 선생은 없었고, 그래서 그는 영어 원서를 사서 혼자 읽고 고민하고 깨우치면서 지금까지 살아온 것이다. 어떤 협회에 회원으로 가입하지도 않았고, 흔히 그러하듯 자기 이력을 장황하게 나열하지도 않았다. 언론사에서 해직된 후 그는 나이 42세 때 '프리랜서'를 선언한다. 말이 프리랜서지 그것은 실업자 신세와 다름없어 수입은 불안정하고 매달 매달의 생계를 겨우 유지할 정도였다. 그래도 그의 세계를 지켜 온 것은 '나는 사진작가다'라는 한 가지 자부심이었다. 그는 다들 하는 자비 전시회도 하지 않았고, 그러다 보니 사진을 시작한 지 거의 30년이 되어서야 첫 전시회를 갖게 된다.

그런 그가 누구보다 쓸쓸하였고 또 힘들었을 것이라는 것은 자명하다. 오로지 '사진으로 살겠다'는 것은 먹고살기조차 힘들었던 이 땅의 현실에서 얼마나 무모한 시도였던가. 예술을 직업으로 삼는다는 것, 이른바 전업 작가란 그때나 지금이나 일부 소수를 제외하면 이 땅에서는 꿈같은 일이다. 그러나 넓은 관점에서 보자면 삶의 조건이 예술에 우호적이었던 적은 거의 없다. 그의 프로 정신보다 더 내 눈에 띈 것은 하고 싶은 일을 했을 뿐 더 이상 바랄 것은 없다는, 스스로 행복해 하는 모습이었다. 그러면서 그는 지금의 광화문 사무실을 유목민처럼 수도 없이 옮길 운명에 처할 수도 있었는데, 농부처럼 초지일관 정해진 일터로 삼을 수 있었던 것은 행운이었다고 내게 토로하였다.

사사로움 없는 그런 자족감은 거꾸로 그로 하여금 사진에 좀 더 집중하도록 했을 것이고, 이런 집중 속에 견지된 작품주의가 우리 땅과 현실에 맞는 사진 문법의 가능성을 생각하도록 하였을 것이다. 결국 그는 사진의 표현과 자유 이외의 것은 부자유한 것으로 보고 덜어 냄으로써 오히려 자기 세계를 채우고 확대시킬 수 있었는지도 모른다. 그와의 만남은 우리 현대사의 문화적 궁핍과 그 진전 가능성에 대해, 또 홀로 있음과 그 즐김에 대해 다시 생각할 기회를 주었다.

우리 현실의 낙후성은 크게 보면 현대의 문화적 활동이 시작된 지 겨우 100년밖에 되지 않았고, 이 100년의 현대도 일제에 의해 단절된 데 기인할 것이다. 작게 보면 그것은 개인과 개인의 생산적 교류를 말하기에는 우리의 지적 자원이 다양하고 풍요롭지 않았으며, 그것이 부분적으로 충족되었다고 해도 서로의 서로에 대한 대응이나 태도가 세련되었다고 말하기 어려운 데 있을 것이다. 이런 열악한 조건에도 불구하고 지금의 여러 활동을 살펴보면 이전과는 다른 기운—단절되었기는 할망정 면면이 이어져 마침내 문화적 현대의 번성하는 기운이 사회 각 분야에서 싹트기 시작하는 듯하다.

학문의 각 분과가 '우리 이론의 토대'를 마련하기 시작하였고, 연극이나 무용, 건축과 회화 등의 예술 분야에서도 그런 문제의식은 퍼져 가고 있다. 그렇다면 그 추동력은 무엇일까? 그것은 여러 가지로 말할 수 있지만, 가장 작게는 홀로 있음을 즐기는 데 있다고 나는 생각한다.

예술가는 여느 사람들처럼 자기 세계를 갖는다는 점에서 하나의 개성이지만, 이 세계가 그의 세계이면서 작품을 통해 다른 사람들의 세계를 대변할 수도 있다는 점에서 하나의 탁월한 개성이 된다. 참된 개성은 유별난 세계를 뜻하지 않는다. 튀는 것은 유행이지 바른 인성의 표현이 아니다. 예술가는 홀로 즐겨 사는 자다. 이것은 괜한 자만심의 소산이 아니라 삶 자체의 근본 성격—인간은 누구나 홀로 죽어 간다는—에 그가 철저한 결과이다. 그가 과장 없이 사실에 밀착하고 자기 일에 철저한 것도 이 때문이다.

우리는 이 점을 삶의 일반 원칙으로서, 또 개인성의 참고할 만한 태도로서 배울 필요가 있다. 건전한 사회란 건전한 개인으로 이루어진다면, 이 개인은 홀로 있음을 견디고, 이 있음 가운데 자기 느낌과 생각을 부단히 갱신시키는 데서 자라난다. 문화적 고양은 홀로 있음의 즐김과 그 어우러짐을 구현하는 데서 시작될지도 모른다.

편집자로부터 다음 주가 내 집필 차례라는 연락을 받고 되돌아보니, 지난 두어 주 동안 한 일이 거의 없다. 아파서 내내 누워 있었으니……. 조금 불편하다고 느끼곤 했는데, 어느 날부터 몸을 가누기 어려울 만큼 허리가 아팠다. 선풍기 바람마저 무덥던 8월 초순과 중순 나는 집에서 그렇게 끙끙대며 지냈다.

몸의 통증은 사람이 얼마나 '순식간에' 우습게 되는지를 깨닫게 한다. 서 있기는커녕 앉아 있기도 어렵고 허리를 굽히는 것은 아예 엄두도 내지 못했다. 그래서 세수도 선 채 물을 줄줄 흘리며 했고, 볼 일을 끝내고도 변기 위에서 한참 그 자리에 있어야 했다. 일어나지 못해서. 누구야, 하며 사람을 부를 수도 없고……. 그것은 홀로 감당해야 한다. '절반의 죽음 연습'쯤 되나? 미셸 드 몽테뉴도 아플 때 이렇게 생각했던 것 같다.

담석증을 오래 앓았던 몽테뉴는 심령의 고통보다 육체적 고통을 더 심하게 느낀다고 고백한 적 있지만, 사실 그는 매우 평정한 사람이었다. 점잖게 꾸미거나 형식에 구애되는 것을 싫어했던 그는 아프면 아프다고 말하고, 고통이 덜어진다면 차라리 소리도 질러보라고 권했다. 그가 담석증을 겪으며 '죽음과 '사귄다'고 표현하면서 삶의 위안과 희망을 발견한 것도 이 평정심에서 가능했을 것이다. 담담한 마음으로 본성에 순응하면서 그는 자신과 현실을 탐구했다. 그는 썼다. "철학은 남을 위해서가 아니라 나를 위해서 나를 훈련시킨다. 시늉하려고 하는 것이 아니라 살아가기 위해 하는 것이다."

열흘 남짓 버티다가 마침내 나는 침을 맞으러 갔다. "침은 많이 아픈가요?" "아뇨." "뜸은 얼마나 아파요?" "아픈 게 아니라 좀 뜨거워요……. 그런데 환자분은 한의원 처음 오세요?" 괜히 말했나? 하여간 며칠 지나자 몸 상태가 훨씬 나아졌다. 물어보니 침의 효능은 기혈氣穴을 뚫는 데 있다고 한다. 그렇다면 사회의 기혈은?

우리나라 사람들은 흔히 '격정적'이라고 말해진다. 많은 것은 '내'가 아니라 '집단'의 이름으로 행해지고 또 정의의 구실 아래 이루어지지만, 이것도 자주 사익 추구의 방편이 된다. 현실의 문제도 법률적·제도적 장치로 해결하기보다 '운동'의 열의, 또는 선동과 포퓰리즘에 호소하며 행해진다. 이런 명분 아래에선 참된 의미의 개인성도 자리하기 어렵고, 바른 의미의 집단주의도 실종되고 만다. 자기 생각을 가지고 사는 사람이 드문 것은 공공선公共善에 대한 관심의 부족과 짝을 이룬다. 허겁지겁 모두들 살아가지만 무엇을 향해, 또 무엇을 위해 일을 하는지 묻지 않는 것이다. 자기 물음이 없는 까닭이다.

아프면 몸도 마음도 단순해진다. 허약한 몸은 내가 이 땅과 하늘 사이에서 사람과 더불어 살아감을 새삼 깨우쳐 준다. 행복이 건강에서 오는 것은 틀림없다. 그러나 이때의 건강은 영혼의 건강과 휴식, 그리고 안정을 포함한다. 그러니 육체만의 건강은 마음에도 몸에도 다 해롭다. 좀 덜 허황되고 더 내밀하며 거짓을 삼가고 타인에 주의하는 것. 학문이나 문화의 길도 이런 방법의 고안에 있을 것이다. 그 핵심은 '자기로 돌아가는 것', 그리고 이렇게 돌아간 자아가 다시 사회로 새롭게 나아가는 것일 거라고 내 아픈 몸은 말한다.

'나는 충분하다네'

연말연초에는 끙끙 앓았다. 계획한 일을 다 못해 '그래도 마저 끝내야지' 하며 며칠 연이어 무리했던 게 탈이 나버린 것이다. 그래서 새해 첫날부터 사나흘 누워 지내야 했다. 한기 들고 몸 쑤시는 건 말할 것도 없고, 목이 아파 견디기가 어려웠다.

아프면 많은 것이 귀찮아진다. 그런데 귀찮아지는 것은 귀찮아할 만한 것이기에 귀찮게 되는 것이기도 하다.

'이히 하베 게눅Ich habe genug(난 충분하네)'이라는 부제를 갖고 있는 Bach의 칸타타 음반 표지

Elias Gottlob Haussmann이 그린 Bach의 초상화(1748)

"아프면 너그러워지고 욕심도 주는 듯하다.
아프면 여태껏 크게 보이던 게 물러나며 작아 보이고,
전혀 생각지 못한 것이 소중하게 나타나기도 한다.
더 큰 자아, 더 큰 세계와 함께 하는 공동의 시간으로."

여태껏 크게 보이던 게 물러나며 작아 보이고, 전혀 생각지 못한 것이 소중하게 나타나기도 한다. 마음이 더 넓은 곳으로 나아간다고 할까. 혹은 다른 시간의 경험이라고 할까. 죽음을 기다리는 북극곰이나 포탄으로 피투성이 된 '가자 지구' 아이도 한낮 꿈에 떠오른다. 더 큰 자아, 더 큰 세계와 함께 하는 공동의 시간. 그래서 아프면 너그러워지고 욕심도 주는 듯하다. 이럴 때면 떠오르는 친구가 있다.

"이히 하베 게눅Ich habe genug(난 충분하네)", 이런 말을 입에 달고 살던 이가 있었다. 독일에서 공부할 때 사귀게 된 친구였다. 내가 뭘 물어보거나 권하면, 그는 손바닥을 펴 보이며 이렇게 대답하곤 했다. "이히 하베 게눅." 그럴 때면 눈은 반쯤 감겨 있었고, 마치 세계를 다 용서하는 듯 미소를 짓곤 했다. 참 묘하군! 이 낯선 서구 사회, 그 구석진 한 동네에서 동양의 현자 같은 사람을 만나다니……. 그때 이후 나는 동서양을 이런 식으로 나누는 걸 삼갔다.

바흐의 그 많은 칸타타 중의 하나가 「난 충분하다네」란 제목을 달고 있음을 나는 그 후에 알게 되었다. 이 음악을 들을 때면 그 친구가 떠오르곤 했다. 숭고하기 그지없는 「마태수난곡」 같은 것은 듣는 이로 하여금 가끔은 옷깃을 여미게 하고, 또 가끔은 착하게 살아야지 하는 다짐도 하게 했으니, 그 친구가 남긴 이미지와 크게 다르지는 않았다. 학위논문을 쓰면서도 '빵 벌이'를 위해 빵 배달을 했고, 연극평 기사를 썼으며 번역을 병행하기도 했다. 그는 늘 바빴지만, 억지로가 아니라 즐기듯 삶을 살았다. 그의 거친 손을 보며 난 공부에만 전념할 수 있는 내 처지가 고맙고 또 부끄러웠다. 아버지가 잘 사는데도 그 일을 하나, 라고 물으면, 많이 도움 받았지만 가족 생계는 내가 벌어야지, 했다. 갈 때마다 그 집은 완벽하게 어질러져 있었고, 아이들은 거의 '방목' 상태였다. 어느 날 오후 자청하여 그 아이들을 돌봐 준 적이 있다. 아이들은, 거기 아이들이 대개 그렇지만, 참 티가 없었다. 친구와 그 아내는 조용한 기쁨을 놓치지 않았다.

그러나 이것은 오래전의 일이다. 이제는 아이의 말에 귀 기울이거나 마른 옷가지를 개거나 비 오는 창밖을 바라보는 순간들은 내게도 드물어졌다. 나날은 똑같이 보이지만, 어떤 날도 그리 친근하게 느껴지지 않는다. 일상과 파탄, 평상시와 위급 상황은 뒤섞인 채 오늘의 시대 현실을 이루고 있다. 조용한 기쁨들은 어디로 사라졌나? 우리는 이 일에 정신이 빼앗겨 저쪽을 보지 못하고, 저 일에 정신이 빼앗겨 이쪽을 알지 못한다. 틈만 나면 의미를 들먹이지만 해놓은 일은 무의미한 것으로 가득 차 있다.

아마 이 무의미를 없애기는 어려울 것이다. 그러나 공동의 시간을 떠올린다면, 싸움은 줄고 웃음은 조금 늘지 않을까? 이제는 싸우지 않고 함께 나아갈 수 있어야 한다. 올해는 그 친구에게 편지 한 줄 보낼 수 있으려나?

글의 자기회귀성

글 쓰는 일이 날이 갈수록 불편해진다. 그것은 물론 상투성에서 못 벗어나는 내 무능 탓이지만, 생각하여 쓴 글도 현실의 해명은커녕 이미 있는 갈등에 소음만을 더한다고 여겨질 때 '이 글이란 무엇인가?'를 묻지 않을 수 없다. 공부 주제야 내가 원하는 대로 할 수 있지만, 칼럼을 쓸 때는 현실에 더 다가가지 않을 수 없고, 그 때문에 무기력은 더 커지는 듯하다.

이런 실망에는 아마도 나라 전체의 틀에 대한 믿음—말하자면 공적 질서가 사적 관계에서보다는 더 투명하고 합리적이어서 미래에는 좀 더 나은 세상이 될 거라는 믿음을 갖기가 어렵다는 사정이 자리할 것이다. 나라의 밖도 그렇지만, 이 안은 더 그렇다. 언론법 개정이나 인터넷 논객 구속, 용산 철거민 사망에 이어 안산·군포 연쇄살인 사건에 이르기까지 우리 사회에는 바람 잘 날이 하루도 없어 보이고, 도대체 이렇게 되어서야 어디에 희망을 둘 수 있을지 난감해진다. 우리는 정치·경제적으로 무척이나 어려운 시절을 겪어 왔는데, 제도적 차원이나 이 제도를 운용하는 의식적·실천적 차원에서 해야 할 일이 아직도 태산 같아 보이는 것이다.

그러니 내 차례가 되어 이번엔 뭘 쓸까 생각할 때도 흥이 별로 나지 않는다. 그렇게 미적거리고 있는데, 아내가 불쑥 말했다. "책 읽는다는 말도 겁이 나서 이젠 이 말을 자제하고 싶다." 왜 그런가 물었더니, 요즘은 '책 읽는다'는 이름 아래 상대 말을 안 듣는 경우가 너무 흔하다는 것, 책 읽는 목적이 자기 생활을 돌아보는 데 있다면, 읽어도 생각하지 않는 사람보다는 안 읽어도 남의 말에 귀기울이는 사람이 훨씬 낫다는 것이다. 그런 면이 있겠다고 나는 수긍했다.

독서의 이로움과 폐해에 대한 검증이 자기로부터 시작한다면, 사실 이 일도 간단한 것은 아니다. 그런 자기 검증의 능력 자체가 일정한 반성력을 전제하고, 이 반성력에는 주의와 경청, 양해와 견딤의 개인적 수련만이 아니라 이를 장려하는 사회제도적 틀과 문화적 관습이 관계하기 때문이다. 가장 작은 일에도 시간을 통해 온축된 오랜 형성의 노고가 배어 있는 것이다. 말과 글의 어려움도 이 점에 있다.

말과 글은 개인으로부터 나와 사회로 나가면서 현실을 비추고, 이렇게 비춰진 외부 현실에서 다시 자아의 내면 현실로 돌아온다. 이렇게 오가면서 삶을 규정해 온 규범에서도 조금씩 벗어날 수 있다. 우리는 흔히 '계급적 관심'이란 말을 쓰지만, 또 이건 매우 중요한 지적이지만, 그러나 계급적 속박의 차원 그 너머를 바라보는 것은 더 중요하다. 보편으로 나아가는 한 길이기 때문이다. 이걸 그르치면, 사상과 문화는 표피적으로 될 가능성이 크다. 말과 글은 이 성찰의 경로를 걷는다.

그러나 자기회귀적 성찰 경로가 삶의 거의 모든 분야에서 누락되어 있는 것이 오늘의 한국 사회이고, 이런 문화적 조야함이 정치적 무책임과 아울러 지금의 사회적 갈등을 키우는 듯 보인다. 이 경로를 살피기에는 책임 있는 기관은 자기이해관계에 너무 깊이 사로잡혀 있고, 서민의 삶은 곤핍하며 대중은 어떤 지속적 흥분 상태에 있지 않나 여겨진다. 그러니 너무도 많은 문제가 그 어느 것도 온전히 해결되지는 못한 채 끝없이 되풀이되는 고통과 낭비와 대면해야 할 운명을 이 땅에서의 글쓰기는 앞으로도 피할 수 없을 듯하다.

자기 생활의 리듬

한 해가 바뀐다고 해서 시간의 질은 달라지진 않는다. 그래도 연말연초에는 이래저래 모임이 잦고, 줄이고 줄여도 서너 차례 된다. 여기에 가족모임도 있지만, 이것도 하루 이틀 지나면 떠나온 내 일이 뭐였던가 생각하게 만든다. 이젠 제자리에서 매일 하는 일이 가장 원하는 게 돼버린 것인가?

새해 첫 주는 그리 화창하지 않았다. 대체로 우중충하여 구름 낀 날이 많았다. 그러다가 햇살은 하루에 몇 차례 기적처럼 비쳐 들다가 곧 사라지곤 했다. 어제 오후였다. 쓰던 글을 멈추고 거실로 나와 자리를 잡았다. 그러다가 베란다 화분이 눈에 띄어 반 컵씩 물을 주었다. 축음기에 CD를 얹고 볼륨을 조절한 후 다시 앉았다. 그럴 때면 떠오르는 이런저런 물음들. 나는 어디쯤 있는 것일까? 우리는 시간의 범주를 제대로 이해하는 것인가? 도대체 시간은 '가고 온다'고 말할 수 있는가? 아니면 가늠할 길 없는 시간의 대양—시작도 끝도 없는 주기적 순환 속에서 우리는 그저 '떠다니는' 것일까? 나는 시간의 유민流民, 시간의 익사자는 아닌가?

1년이 365일이 아니라는 것은, 그래서 밤낮이 매년 일정치 않고, 절기가 바뀌며, 조수 간만의 차도 다르게 나타나는 것은 잘 알려져 있다. 지구가 태양 주위를 도는 데는 365일이 아니라, 정확히 365일 5시간 48분 45.96768…… 초이기 때문이다. 기원전 45년에 율리우스력(로마력)을 채택하여 4년마다 하루를 더해 1년을 366일로 만든 것은 그와 연관된다. 그래도 해마다 늘어나는 11분 14초는 어쩔 수 없다. 이것이 1,000년 모이면 7일쯤 생긴다.

이런 잉여, 이런 임의성은 19세기 중엽에 이뤄지는 '시간의 표준화' 이후 본격적으로 잊혀진다. 사람들은 이제 정해진 시간표, 짜인 일과표에 따라 행동을 짜 맞춰야 한다. 그때 이후 어딜 가든 우리는, 역이나 공항, 정거장이나 지하철에서는 더더욱, 시간을 확인하고 시계를 쳐다본다. 이렇게 정해진 일정을 지키는 동안 사람은 "서로를 분리시키는 거대한 공간을 서둘러 지나갔다"고 작가 빈프리드 게오르그 제발트W. G. Sebald는 소설 『아우스터리츠』에서 적는다. 말하자면 공간으로부터의 소외다. 그에게 "시간이란 인간의 모든 발명품 가운데 가장 인위적"이다. 그것은 앞으로 일정하게 나아가는 것이 아니라, "소용돌이 속에서 움직이고, 정체되거나 함몰되면서 계속 변화하는 형태로 되돌아오는", "우스꽝스럽고 기만적인 것"이다. 그래서 주인공은, 벽시계건 자명종이건 손목시계건, 그 어떤 시계도 갖지 않고 살아간다. 그러면서 이 시간의 권

위에 저항하고, '시간의 밖에서' 살아가길 꿈꾼다.

그러나 시간적으로 규정되는 인간이 시간의 밖으로 나갈 수는 없다. 인간이란 죽는 존재이고 죽을 수밖에 없는 운명이라면, 항구적인 것은 살아 있는 생애의 앞과 뒤—아무것도 없었던 상태가 아닌가? 그렇다면 생존이란 예외고 죽음이 정상이다. 시간에 속박된 인간이 시간의 지속, 시간의 본질을 알기란 어렵다. 70년살이가 어떻게 영원을 가늠할 것인가? 하지만 그것은 허구적으로 또 상상적으로 꿈꿀 수 있을지도 모른다. 예술은 시간의 한계 속에서 그 밖을 상상적으로 염원하고 표현하는 활동이다. 이렇게 시간 밖의 가능성을 상상함으로써 우리는 역설적으로 지금 순간의 유일무이한 경이를 자각할 수도 있다.

시간의 밖을 생각하면서 나는 지구의 나이와 화석의 시간을 떠올린다. 인류의 문화사는 5,000년도 채 되지 않는다. 인류의 출현 자체가 '진화의 부수 현상'이라고 말한 고생물학자도 있다. 절실한 것은 무엇일까? 나는 그것이 '자기 삶의 리듬을 잃지 않는 것'이 아닐까 여긴다.

표준화된 시간을 무시할 순 없지만 하루의 어떤 때는 표준화하지 않는 것, 그래서 자기만의 리듬에 따라 자기 생애를 만들어 갈 때, 그 시간은 누군가에 의해 '살아지는' 시간이 아니라 스스로 '살아가는' 시간이 된다. 부과된 시간의 공허한 집적이 아니라 실감 있는 생애의 뜻있는 축적이 된다. 새해라고 해서 묵은 해와 다르진 않겠지만, 해가 바뀌면서 갖게 되는 생각이다.

용유도에서의 두어 시간

독일에서 온 편지

오가는 길에 보이는 나무들의 색채가 푸르다. 1년 가운데 아마도 요즘처럼 나뭇잎이 눈부실 때도 없을 것이다. 이 잎에 비가 뿌리고 햇살이라도 비치면 그것은 마치 한낮의 물결처럼 찬연하게 빛을 반사한다. 빛을 품고 말없이 자라나는 나무를 생각하면 지금 하는 일에 알 수 없이 생기가 솟고, 주위의 많은 것들이 고맙게 여겨진다. 그러면서 떠오르는 몇 가지 못 다한 일들, 그 가운데는 한 편지에 대한 답장도 있다. 연초 독일에서 온 그 편지는 안부를 물은 다음 이렇게 이어진다.

> 그 사이 나는 그 어떤 인간도 완전하지 않다는 것, 과오는 인간적 삶에 속하며 내 게으른 글쓰기도 그 속에 있

다는 것을 배웠답니다……. 2년 전에 나는 은퇴하여 병원을 팔았지요. 작은 개인 진료실을 열었고, 그것은 동종 치료법이나 임종 준비(Sterbebegleitung)를 전문으로 해요. 나는 이전 정서법正書法으로 글을 씁니다. 독일은 그 사이 글말이 약간 바뀌었고, 『프랑크푸르터 알게마이네 차이퉁』 같은 신문은 새로 바뀐 정서법에 반대하고 있지요…….

요즘 나는 음악에 관심을 두고 있답니다. 이전처럼 지금도 반주를 즐겨하고, 피아노 3중주나 4중주, 그리고 오르간 연주를 합니다. 지난 성탄절에는 한 가톨릭 성당의 오르간으로 모차르트의 「교회 소나타」를 두 명의 바이올린 주자, 첼로 주자와 연주했지요. 저녁 11시경에는 자정미사를 큰아들이 목사로 있는 피쉬바흐에서 드렸어요. 12명의 합창단원과 함께 오르간 연주를 하며 예배를 드렸는데, 간혹 실수도 했습니다. 둘째 아들은 여전히 포츠담에 살고 있는데, 그는 베를린의 북쪽 바르님이란 곳의 폐수 처리장에서 환경기사로 일하지요. 그곳까지는 120킬로미터 정도인데, 편도로만 차로 한 시간 반 걸리는 이 거리를 그는 매일 출퇴근합니다. 그렇지만 이 정도 출퇴근 거리는 서울 같은 대도시에도 있겠지요…….

우리는 점점 늙어 간다는 것을 건강상 느끼고 있고, 나의 경우 내장이 따끔거리고, 아내는 왼쪽 신장이 막혀 있습니다. 당신과 당신의 가족 그리고 친구들 모두에게 행운이 있길 빕니다.

이 편지를 쓴 분은 지금 연세가 일흔이 다 되어 가는 독일인 의사다. 내가 이분을 만난 지는 벌써 10년이 넘어간다. 어떤 인연에 의해 이루어진 그분과의 만남은 나의 유학 기간 동안 내내 이어졌다. 1~2주일에 한 번씩 만나던 그의 진찰실에는 일각수가 그려진 큰 양탄자가 걸려 있었고, 동양의 산수화 몇 점도 걸려 있었다. 우리는 그곳에서 그간에 일어난 독일 국내외의 여러 사건에 대해, 그리고 함께 읽었던 독일어판 『노자』에 대해 이런저런 얘기를 나누었다.

언젠가 그 부부를 우리 집에 초대한 적이 있다. 식사를 하고 환담을 나눈 후 귀가할 때, 나는 그곳 사람들이 으레 그러하듯 현관에서 작별하는 대신 주차장까지 나갔다. 그랬더니 그는 왜 그런가, 하고 물었다. 나는, 그냥, 원래 그런데요, 라고 말하였다. 얼마 뒤 그가 우리 부부를 초대하였을 때, 우리는 야채와 콩이 들어간 멕시코 전통음식을 맛보았고, 보리맥주도 한 잔 마셨으며, 그리고 헤어졌다. 그러나 그는 이 인사를 현관에서가 아니라 내 차가 있던 곳까지 따라와서 하였다. 왜 그러신가, 하고 내가 물었더니, 그는 당신이 지난번 하던 것이 보기 좋아서요, 라고 하였다.

그는 내가 아는 한 매우 검소한 삶을 살았다. 10년도 더 된 구식 자동차를 타고 다녔고, 신실하여 그가 사는 지역에 교회를 세웠으며, 그 교회에서 간혹 오르간 연주하는 것을 무척 즐겼고, 어느 자선단체에 도움을 주고 있었다. 어디 그뿐인가? 나는 그가 젊은 시절부터 읽었던 수백 권의 책을 선사받았다. 그럼에도 그는 내게 한 번도 "나는 누구이다"라거나 "선행은 어떻게 해야 한다"고 말한 적이 없다. 기억나는 한 문장 있기는 하다. 그것은 "나는 예술의 친구이지요(Kunstfreund)"였다. 동방예의지국이나 선의, 교양, 자애, 시민적 삶……. 이런 말들을 내가 다시 생각하게 된 것은 이분 덕택이었다. 그럼에도 내가 그에게 한 것이라곤 연말에 카드 한 장 보내 드린 것뿐이다.

마음에는 품고 있으나 놓쳐버린 일, 이미 잊어버려 기억조차 못하는 일이 우리에겐 얼마나 많은가. 어버이날이 다가온다. 이번에는 이 선생님께 드리고 싶은 인사를 '다음에' 라는 말로 떠넘기지 않을 작정이다.

용유도에서의 두어 시간

'생활의 결절점' 같은 때가 있다. 정신없이 나날을 보내지만 이런 날들이 문득 멎는 듯한 어떤 시간. 그럴 때면 그때까지 하던 일도 그렇게 할 만한 것이었나, 그것 아니래도 다른 일이 있지 않았을까, 혹은 없었다 해도 그럭저럭 살았겠지, 이런 생각도 하게 된다. 지나온 시간을 되돌아보듯 앞으로 맞을 시간을 내다보는 계기도 이때 온다. 지난 일요일 오후가 내게는 그랬다.

그날 인천 앞바다의 용유도라는 섬에 갔다. 동서의 차를 얻어타고 가족들과 함께. 영종도의 인천공항을 지나니 몇 개의 섬들이 있고, 갯벌과 해수욕장도 더러 있었는데, 용유도는 그 하나였다. 전날 비가 많이 와서인지 대기는 더없이 깨끗하였고 하늘은 청명하여 기분이 절로 홍겨웠다. 가져간 파라솔을 펴 놓고 그늘 아래 앉아 두어 시간 있었던가. 그렇게 앉아 아무 얘기나 나누며 지냈다. 사흘 연휴 중 남아 있는 것은 그 시간.

내가 한 것이라곤 물가로 가는 아이를 따라가거나 노는 모습들 몇 장 사진 찍어 주는 것. 그 외는 모래사장에 앉아 그저 수평선을 바라보며 있었다. 오랜만에 경험한, 아무것도 하지 않던 한가한 시간. 아이들은 신이 나서 바닷가로 연신 뛰어들고, 고동을 잡아 병에 담고 잡은 게를 손바닥에 놓고 장난치곤 한다. 하늘이 파래서인지 갈매기도 더 희게 비치고 날개짓도 한결 평화로워 보인다. 앞에 앉은 장모님의 머리카락은 이제 검은 것이 드물다. 아내 뒤에서 처제는 흰머리를 뽑고 있고, 아이들은 사다준 아이스크림을 먹으며 쉼 없이 조잘댄다. 처남은 햇볕을 받으며 멀찍이 서 있거나 주변을 어슬렁거리며 있다. 한 입 베어 먹으면 안 될까, 나는 작은 아이를 구스른다.

대학 생활을 마친 지도 벌써 20년이 지났네요, 누군가 말한다. 가만히 보니 거기 있던 대부분은 그 연령대에 다 들 있다. 아이들은 커가고 있고, 각자는 저마다 직장에 다니며, 부모님은 이미 떠나가셨거나 삶의 늘그막에 계신다. 좋은 시절, 다 가버렸어요. 누군가 이렇게 덧붙인다. 거의 모든 것은 이미 한 번씩 일어났으니. 가족끼리도 사실 우리는 잘 알지는 못한다. 장모님의 머리 자락에 또 한 번 시선이 간다.

햇살이 따갑지는 않나요? 나의 물음에 장모님은, "괜찮아요. 이렇게 나오니 얼마나 좋은지. 하늘도 참 높아요. 파랗기도 하고……." 이렇게 덧붙이신다. 나는 시선을 멀리 수평선으로 준다. 기울어 가는 해에 비친 물결의 광채가 점점 더 넓게 번지고 있다. 그늘진 쪽으로 자리를 옮겨 앉는다. 자외선은 해로워요, 누군가 처남을 그늘 안으로 들어오라며 다그친다. 물 한 모금 마시고, 옆으로 날아드는 갈매기도 한 컷 담는다. 하늘을 배경으로 녀석들의 비상이 참 편안해 보인다. 북적대지 않아서, 또 시간이 오후라 더 그럴 것이다.

돌이켜 보면 행복도 동심원적으로 구조화되어 있는 듯하다. 어느 한 가지 요소가 아니라 여러 요소들로 그것은 겹쳐져 있다. 어떤 하나에서 나오면서도 이 한 가지가 다른 요소에 의해 지탱되고 또 이런 요소들로 퍼져 나갈 때, 행복은 건전해 보인다. 이렇듯 나의 기쁨이 아이의 명랑함으로 이어지고, 가족의 즐거움이 이웃의 유쾌함으로 번져 가며, 이것이 또 살 만한 동네와 나라의 평화로 확대될 때, 그것은 진실해질 것이다. 이 행복이 닿는 맨끝은 세계의 전체가 될 것이다. 수평선은 이 전체의 한 자락을 보여 준다. 단지 우리는 이 끝으로부터 평소 너무나 멀리 있을 뿐.

온갖 검열과 탄압으로 고국에서 추방당했던 하인리히 하이네는 이렇게 쓴 적이 있다. "고통이 크다고 한탄하는 자는 바보라네. 고통이 그렇게 큰 것이 아니라 이 고통을 품은 가슴이 너무 좁을 뿐이지." 사람의 가슴은 그러나 고통만이 아니라 기쁨을 느끼기에도 작아 보인다. 우리의 생애는 세계라는 무한무대에서 일어나는 잠시의 막간극일 뿐. 이런 생애를 사물과 세계와 자연이 겹겹으로 에워싸고 있다. 행복을 개인적·사회적 차원에서처럼 생애적·물리적 차원에서, 나아가 생명적 연쇄의 광대한 차원에서도 생각하는 시간이 필요하다. 이때 우리는 알 수 없이 착해지고 조금은 더 바르게 되는 듯하니. 가없이 넓어지는 지평 속의 한 점으로서 우리가 간직할 만한 것들은 과연 무엇일까? 맑은 하늘을 즐기며 이렇게 나는 내게 묻는다.

우리가 행복해지기까지

나라나 사회의 일에 있어, 또 가족이나 개인의 일에 있어 이 모든 활동을 하나로 꿰는 것은 무엇일까? 이 모두는 무엇을 위해 일어나는가? 그것은 만족감 또는 행복이라고 말할 수 있을지도 모른다. 무슨 일을 하건 결국에는 행복해지기 위해 우리는 일하지 않는가?

그러나 행복에 대한 생각은 사람마다 다르고 문화권마다 다르다. 부자는 가난한 사람보다 만족할 수 있지만, 그렇다고 더 행복한 것은 아니다. 늘 좋은 일만 생긴다면 행복할까? 이것은 현실적으로 불가능하지만, 그렇다고 해도 그것이 평상적 상태로 고착되면 지루해지고 만다. 내가 무엇을 가져 즐거운 것은 다른 사람이 그것을 안 가져서일 때가 많다. 또는 그렇게 갖는 것이 좋다고들 말하니까 나 역시 좋게 여긴다. 만족감도 많은 경우 사회 발생적으로 주입된 결과인 것이다.

이렇듯 행복에 관한 여러 규정들은 맞아 보이지만 그 어떤 것도 결정적이지 않다. 그렇다면 행복의 길이 전혀 없는 것인가? 심리학자이면서 노벨 경제학상을 받았던 대니얼 카너먼D.Kahneman은 최근의 한 인터뷰에서 '아니다'고 대답한다.

그에 의하면 사람은 성공을 생각할 때 부정적 면을 과소평가하고, 실패를 떠올릴 때 부정적 면을 과대평가한다. 가령 부자가 되거나 유명해지고자 할 때, 성공의 그늘진 면은 무시되거나 실제보다 하찮은 것으로 간주된다. 결국 행복은 어디에 어떤 마음으로 집중하느냐에 달려 있는 것이다. 그래서 그는 '거창한 일을 많이 벌이기보다는 즐거이 집중할 수 있는 작은 계기들을 여럿 만들어라'고 권한다. 비싼 차나 빌라를 구입하기보다 꽃을 사거나 파티를 열거나 손자와 노는 것이 더한 행복감을 주는 까닭이다. 아이와 노는 순간은 늘 신선하지 않은가?

카너먼의 이런 생각은 독일에서 생활하던 때를 떠올려 주었다. 독일인들은 사람을 즐겨 초대한다. 이때 가져가는 것은 초콜릿 한 봉지나 싼 포도주 한 병, 아니면 화분 하나. 심지어 벼룩시장에서 반값으로 사온 동화책도 있었다. 그래서 커피 한 잔 마시고 케이크 한두 조각 먹으며 두어 시간 얘기 나누다가 집을 나온다. 아이들은 무슨 일이 있어도 저녁 8~9시면 잠자리에 들기 때문이다. '벌써 가야 되는가? 자정도 안 됐는데. 좀 거나하게……' 처음엔 그런 때이른 작별에 아쉬움도 물론 있었다. 그러나 그런 모임은 그 나름을 조촐했고 편안했고, 또 유쾌했다.

우리는 행복을 거창하게 또 는 너무 좁게 생각하는 습관이 있다. '몸이 편하다'든가, '건강하다'든가, '물질적으로 부족함이 없다'는 뜻으로 흔히 생각한다. 이것도 행복의 조건이다. 그러나 더 엄밀히 말하면 행운이지 행복은 아니다. 행복하기 위해서는 영육이 모두 쾌적해야 한다. 이것은 한두 번의 큰 만족감이 아니라 '작은 즐거움이 여럿으로 연결될 때' 가능하다. 이때의 즐거움은 이미 개별적 차원을 벗어나 사람과 사람 사이에, 그러니까 사회적으로 퍼져 나간다.

그러나 이 땅에서 '여러 작은 즐거움'을 생각하는 것은, 그래서 삶의 행복을 화두로 삼는 것은 우리 현실에 버거워 보인다. 내년에는 즐겨 집중할 수 있는 순간—행복의 계기가 몇 가지 늘어났으면 좋겠다. 아니다. 더 간단한 것—두어 달에 한 번쯤 가까운 이들과 작은 모임도 열고 싶다. 여러 해 별렀지만 아직 못하고 있는 일 하나, 한 해의 막바지에 떠오른다.

이 땅에서 환멸 없이, 특히 정치 현실에 대한 좌절감 없이 살기란 불가능해 보인다. 2007년 대선 정국을 보노라면, 우매함이 극한으로 치닫는 듯하다. 저녁 뉴스를 안 보게 된 것도 그 때문인지도 모른다. 2007년경에 보도된, 테레사 수녀의 일기에 대한 두어 논평은 그런 시간에 읽었다.

1910년 알바니아에서 태어난 수녀는 18살에 수도원으로 들어갔고, 곧이어 인도에 선교사로 간다. 콜카타의 한 수도원 학교에서 가르치다가 1946년 어느 날, 기차를 타고 가던 중 예수와의 영적 만남을 체험한다. "가난한 이들 가운데 가장 가난한 이에게 봉사하라"는 가르침을 좇아 수녀는 그때까지의 수도원 생활이 너무도 안락했음을 깨닫고 사회에서 내버려진 사람들—거지와 아이들, 나병인 그리고 죽어 가는 자를 돌보기 시작한다.

그러나 이런 헌신 속에서도 테레사 수녀는 자신이 거짓말쟁이가 아닌지, 세상에 무엇을 속이지는 않는지 자주 묻곤 한다. 이런 종교적 위기는 수십 년간 이어져 신앙을 부정하기 직전까지 이르기도 한다. "나는 무엇을 위해 일하는가? 신이 없다면 영혼도 없을 것이고, 영혼이 없다면 당신, 예수도 진실하지 않겠지요." 이런 구절이 그 일기에

Mother Teresa(1910~1997)
ⓒEvert Odekerken

"어떤 이름도, 어떤 수식어도 필요치 않았다.
어떤 종파에 속하든, 기독교도건 이슬람교도건 힌두교도건,
모든 사람은 그녀를 '어머니'로 불렀다.
그 죽음이 국장國葬으로 결정되었을 때,
극우주의자들마저 찬성하였다고 한다."

는 나온다고 한다. 그럼에도 신에 대한 갈망, 이웃사랑의 신념은 사라지지 않는다. 그래서인가, 그녀가 죽었을 때, 그녀는 수녀(mother)로 모두에게 통했다. 어떤 이름도, 어떤 수식어도 필요치 않았다. 어떤 종파에 속하든, 기독교도건 이슬람교도건 힌두교도건, 모든 사람은 그녀를 '어머니'로 불렀다. 그 죽음이 국장國葬으로 결정되었을 때, 극우주의자들마저 찬성하였다고 한다.

이런 사랑과 헌신이 우리에겐 가능할까? 이 땅의 현실은 테레사 수녀가 보여 준 인간 품위를 위한 헌신과 연민을 말하기엔 한참 먼 듯하다. 우리는 사랑해야 할 이유 이전에 비참의 원인에 대해, 그 불의에 대해 질의해야 할지도 모른다. 그러면서 이 정치적 물음이 사랑으로 행해진다면, 더 좋을 것이다. 작가 베르톨트 브레히트는 『사천의 선인』에서 선행의 어려움을 보여 주면서 이렇게 말한다. "사람은 자기가 할 수 있는 것을 그저 기꺼이 보여주지요. 자기가 친절하다는 것 이상으로 뭘 더 잘 보여 줄 수 있겠어요? 악행이란 일종의 서투름(졸렬함)이지요. 누군가 노래하거나 기계를 만들거나 곡식을 키우는 것, 이것이 다 친절이지요."

살면서 자기 일을 하는 것이 곧 친절함이고 선행이다. 거꾸로 말해, 자기 일을 과장하고 삶에서 벗어나 과욕을 부리는 것은 치졸하다. 그래서 악이 된다. 2007년 대선에 뛰어든 많은 이들은 인터뷰상에서, 경선 과정에서, 공약을 발표할 때, 부적절하고 서툴며 부정직한 모습을 계속 보이고 있다. 이런 부정직과 졸렬성을 브레히트는 악이라 했다. 휠체어를 타고 법정에 들어서는 재벌들이나, 이런 재벌을 '사회봉사'로 석방하는 사법 체계나, 외국 정상과 만나려고 비공식 라인도 마다 않는 어떤 주자나 내겐 똑같이 졸렬한 예로 보인다. 우리 사회엔 왜 이리도 다양한 천박함이, 사랑과 믿음을 무너뜨리는 악행이 횡행하는가? 우리를 대표하고, 대표하려 하는 이들을 언제까지 우리는 허용해야 하는가?

수선화가 지고 난 후

시간이 지나는 것도 때로는 비현실적으로 느껴진다. 밤과 낮이 그렇듯, 계절이 오가는 것도 언제인지 모르게 닥쳤다가 곧 사라진다. 실감 있게 느끼고 실감 있게 생각하며 실감 있게 사는 건 가능한 것인가? 이번 봄도 그러지 않을까 싶어 지난 2월 말에는 화분을 두 개 사왔다.

튤립 하나와 수선화 하나, 그리고 아이가 고른 선인장류 식물 하나. 내 어릴 때만 해도 수선화도 드물고, 튤립은 아예 구경조차 힘들었는데, 이제는 어디서나 구할 수 있다. 꽃은 좋지만 지는 걸 생각하면 꽃 없는 식물이 낫다. 풀도 좋지만 나무가 더 끌린다. 좀 더 오래가서일까. 그런데 꽃을 피우면서도 오래가는 것이 있다. 그중에서도 나는 구근球根식물을 늘 신기하게 여긴다. 한 계절에 꽃을 피웠다가 지고 나면 그 자리에서 말라 버린다. 더 이상 영양공급도 없이 그건 그냥 계절을 넘긴다. 그렇게 한 해를 죽은 듯 보내다가 이듬해가 되면 다시 꽃을 피우는 것이다.

일주일이 지나자 수선화가 피었고, 꽃은 일주일쯤 필 거라고 했는데, 두 겹 꽃잎에 줄기가 튼튼한 그것은 보름 이상 노란 꽃을 피웠다. 아침에 일어나면 그 잎을 보았고, 저녁에도 밥 먹은 후엔 한 번씩 베란다로 나가 보곤 했다. 아이가 골랐던 식물은 '캐빈'이라 불리며 관심을 끌었는데, 이내 시들어 버렸다. 내가 치우려고 들고 나가자, 아이는 "애물단지야, 잘 가" 그랬다.

따뜻해지는 낮에 튤립은 탐스런 꽃봉오리를 열고, 저녁이면 꽃잎을 닫고, 이렇게 몇 차례 반복했다. 다 알고 있는 것이지만, 의식도 없는 것이 그렇게 하는 게 새삼 놀라웠다. 주말 낮에는 포근해서인지 가장 늘어지게 꽃망울을 펼쳤던 듯 싶다. 그 옆으로 마른 채 서 있는 수선화 꽃잎도 이젠 눈여겨보게 된다. 오래 보고 있으면, 귀하지 않은 것이 없는 듯하다. 각각은 저마다의 방식으로 곡진하게 살아간다. 말라 버린 꽃잎도 얼마 가지 않아 떨어질 것이고, 줄기마저 곧 삭아 내릴 것이다. 그러면 또 구근만 남겠지. 그래서 다시 내년을 기다리는 것인가.

한 번의 꽃핌과 한 번의 시듦, 한 번의 만남과 한 번의 망각—곳곳에 읽어 내어야 할 몸짓이 있다. 자연이란 '상형문자로 글을 쓰는 태고적 작가'라고 철학자 프리드리히 빌헬름 셸링은 적은 적이 있지만, 사람을 에워싼 모든 것은 거대한 책처럼 보인다. 자연이든 그 사물이든, 땅 위의 모든 건 무수히 다른 사연과 삽화로 얽혀 있다. 각자는 스스로 만들면서 이렇게 만들어지는 다른 것에 참여한다. 그래서 그것은 다른 존재에 대한 공동의 작자가 되고, 이 모든 게 얽혀 세계의 유기적 전체가 이뤄진다. 공적 선의나 연대도 정의감이나 도덕적 당위에서가 아니라 유기적 전체성에 대한 자각에서 시작하면 어떨까? 삶을 지탱하는 것은 가족이나 사회 혹은 국가만이 아니다.

'서정시를 쓰기 힘든 시대'란 오래전에 언급됐지만, 시와 꽃과 나무를 말하는 것은 오늘날의 시대에 철없어 보인다. 정말이지 예술을 아무런 유보 없이 말하기가 참으로 어렵게 되어 버렸다. 그러나 현실의 하루하루는 무엇에라도 기쁨의 원천을 마련하지 않으면 안 될 만큼 척박해 보인다. 떠나가고 사라지고 붕괴하는 것이야말로 세계의 순수한 모습인지도 모른다. 나는 계절을 넘어서는 수선화 뿌리를 잠시 떠올린다.

Daffodils ©Juni

Daffodil ©Er Komandante

"오래 보고 있으면, 귀하지 않은 것이 없다.
각각은 저마다의 방식으로 곡진하게 살아간다."

선풍기 먼지를 닦아 내며

가족의 분화

사람이 한 가족의 일원으로 태어나 누군가의 형이나 누나 혹은 동생으로 지내다가 결혼하고 아이 낳고, 그래서 자기 가정을 일구며 겪게 되는 친숙함과 낯섦의 교차는 언제쯤 확연해지는가? 가족이 생겨나고 분화되는 경계는 어디쯤인가?

지지난주 일요일에는 조카의 결혼식에 다녀왔다. 여러 조카가 있지만, 큰 형님네 두 조카는 내가 어릴 때부터 같은 집에 살며 보아 오던 터라, 그리고 대학 생활 이후 떨어져 살아도 명절이나 기일이면 으레 보아 오던 터라, 다른 조카들보다 친근한 터였다. 그런 큰조카가 재작년에 시집을 갔고, 둘째 조카도 이번에 결혼하게 된 것이다.

아침 10시에 KTX를 타고 부산으로 갔고, 오후 6시에 다시 왔으니, 다섯 시간 정도 거기에 머물렀다. 그동안 내가 한 것은 식장에 도착해 친인척 어른들께 인사드리다가 곧이어 밀려드는 하객들의 축의금을 받는 일이었다. 큰 형님의 하객은 많았고, 그래서 식이 시작된 후 난 정신없이 봉투를 받아 그 번호를 적었고, 옆에 선 친지에게 건네주었다. 반 시간 남짓 그렇게 접수대에 앉아 있으면서 일어나 인사한 건 대여섯 차례 되었던 것 같다. 그러니 그날 하객 중에서 내가 기억하는 사람은 거의 없는 셈이다.

결혼식은 그렇게 진행되었고, 기념 촬영을 한다고 불러서 가보니 식은 이미 끝나 있었다. 신랑 얼굴은 그때 처음 봤다. 사람 사는 데 갈등이 없을 수 없으니 그 횟수를 줄이며 즐겁게 살자. 헤어질 때 그렇게 난 말했던 것 같다. 폐백을 준비하는 동안 큰조카는 백일이 다 돼 가는 아기를 보여주었고, "삼촌은 이제 작은할아버지가 된다"고 했다. 작은할아버지……. 참으로 민망한 호칭이 아닐 수 없었다. 해놓은 일 없이 삼촌이 되고 아버지가 되었듯이, 벌써 할아버지도 돼 버렸네. 스스로가 허황돼 보여 난 너털웃음을 터뜨렸다. 하나 남은 딸마저 보내서인지 큰 형님은 금방 취하셨고, 난 또 일을 핑계삼아 그곳을 떠나왔다.

아마 앞으로도 이렇게 될 것이다. 누군가의 아들과 딸이 되고 누구의 언니와 오빠와 동생이 되는 의미는 자기 아이가 분가해서 새 가정을 꾸릴 즈음, 그리고 이 가정에서 아이가 날 무렵에 반 이상 휘발되는지도 모른다. 이전 관계가 멀어져서라기보다는 하나의 관계와 또 다른 관계 사이에 삶은 있으므로, 이렇게 무수한 관계를 만들고 지우면서 옮겨 가므로. 그러면서 형제자매 그리고 부모로부터도 우리는 자연스레 멀어져 간다. 그러니 가족의 분화는 기쁘거나 슬퍼할 일이 아니라 그저 받아들여야만 되는 일인지도 모른다. 가족에의 이런 사랑이 모르는 사람에 대한 관심으로 확대된다면, 그 서운함의 얼마간은 상쇄될 수 있을까? 각자는 이미 있는 것에 기대어 자기 세계를 새로 만들어 가야 한다.

더 이상 찾아가지 못하거나 기억하지 않는다고 해도 아쉬워하거나 한탄하는 건 삶에 어울리지 않는 것일지도 모른다. 가족 안의 억압이 성찰되어야 할 것이라면, 그 구성과 분화는 수긍하고 격려하고 축하해야 할 일이다. 그렇게 하여 한 세대는 다시 시작되고, 이 시작에는 출발이란 기대 이상으로 묵은 절차를 처음부터 되풀이해야 하는 두려움도 있다. 세대의 연속에도, 또 물질적 진전에도 어떤 일은 오직 반복하는 데서 시작하고 끝난다.

하루 2~3분씩 해 지는 시각이 앞당겨지고 있다고 한다. 이제는 아침저녁으로 부는 바람도 서늘해졌다. 막바지 매미 소리도 아직 남아 있고, 저녁엔 귀뚜라미 풀벌레 우는 소리도 자욱하다. 새벽녘이면 저도 모르게 홑이불을 가슴 쪽으로 끌어당기게 된다. 더위가 물러가는 건 좋지만, 가을의 문지방에 들어서자마자 낮이 짧아지는 건 아쉽다. 기이하여라, 아무것도 온전히 누리도록 주어지진 않으며, 어떤 결핍도 전적인 부재는 아니니.

지난 일요일에는 선풍기 날개를 닦았다. 거실과 아이들 방의 선풍기를 들고 와 한자리에 세운다. 베란다 쪽 볕 드는 곳에 걸레를 쥐고 앉는다. 한낮의 시간, 아이들 노는 소리가 밖에서 들린다. 가만히 보니, 1년에 두 번은 이렇게 하는 것 같다. 서늘한 기운이 돌기 시작하는 요즘 같은 때와, 더워지기 시작하는 늦봄 무렵…….

앞 철망을 걷어내고 죄임쇠를 천천히 푼다. 날개를 빼내고, 뒷철망도 조심스레 들어낸다. 서너 달 동안 쌓인 먼지가 날개 모서리와 그 잔등에 빼곡하다. 이렇게 쌓인 것보다 더 많은 먼지를 내 허파는 들이마셨을 것이다. 가족도, 이 세상 사람들도. 그리고 이 이상의 먼지가 이 세상을 지난 몇 달 동안 떠다녔을 것이다. 먼지와 어울려 다니고, 먼지를 호흡하며 그와 동침했을 것이다. 여러 다른 시간과 추억은 먼지 속에 입자가 되어 녹아 있다. 선풍기를 닦으며 나는 몇 달 전의 거실을 돌아보는 듯하고, 아이 방에 다시 한 번 들어선 듯하다.

먼지야말로 모든 시간의 흔적이다. 이 시간 속의 활동이 남긴 잔재다. 그것은 사물의 메커니즘이고, 모든 인간적 노력의 한계를 이룬다. 가버린 먼지와 남아 있는 먼지. 닦아내야 할 먼지와 닦아 낼 수도 없는 먼지. 떠다니는 먼지와 자리 잡은 먼지. 보이는 먼지와 볼 수도 없는 먼지. 곳곳에 먼지가 쌓여 가고 곳곳으로부터 먼지가 몰려온다. 먼지는 빈둥거리지도 않는다. 그에겐 휴일도 없다. 이 먼지의 운명을 삶은 피할 수 없을 것이다. 먼지가 삶의 실재고 생명의 리얼리티다. 나는 먼지니 먼지로 돌아갈 것이다.

열어 둔 베란다 창문으로 바람이 불어온다. 아마 이 바람에도 미래의 먼지는 뒤섞여 있을 것이다. 몇 번 더 먼지를 닦아 내어야 하고, 이렇게 닦아 내며 몇 차례나 더 이 계절을 넘겨야 할까? 그래도 먼지는 없어지지 않을 것이다. 성공이나 행복, 웃음이나 한탄마저 결국 먼지가 되어 떠내려간다. 그렇게 날아가 버린 것에는 선풍기의 날개나 녹슨 철망도 있을 것이다. 그러니 먼지와 공존하는 법을 우리는 익혀야 하는지도 모른다. 먼지와 공존하며 자기의 부족함을 스스로 발견해 내야 한다.

집의 안과 밖에서 진 치고 있는 먼지가 어쩔 수 없는 거라고 말할 수도 있고, 그래서 닦아 내는 게 부질없다고 낙담할 수도 있다. 그렇지만 먼지 속에서 먼지 같은 것과 더불어 먼지를 이겨 내려는 것이 사람의 삶이다. 살아도 사람의 하루를 살아야지 구복口腹에만 충실한 개의 10년은 싫다고 작가 이태준은 1931년에 썼다. 예술과 문화는 바로 이 먼지 같은 사람의 하루를 기억하려 한다. 그것은 먼지의 운명 아래에서 이 운명에 저항하고 기억하며 기록하면서 의미를 만들어 내고자 한다. 먼지를 덜어 낸 선풍기 바람이 상쾌하다.

앎과 힘과 돈의 횡포

한 작가의 발언이 문제되어 '금붕어 기억'이란 지적이 나오고, 이게 '변절' 논란으로 확대되더니 급기야 '공부 다시 하라'는 질타까지 이어지던 일을 보면서 지난주엔 이래저래 뒤숭숭했다. 그 내막이야 간단할 수가 없고, 그래서 이 글도 또 하나의 단순화가 될 수 있지만, 작가라면 책임만큼이나 사고와 언어의 자유가 있을 것이고, 선학에 대한 존중이 필요하듯 후학에 대한 꾸중도 이와 조금 다른 식이었더라면 더 좋았을 것이다. 어떤 말과 이 말을 받아들이는 방식에서 아쉬움과 실망이 없을 순 없는 것일까? '논객'이나 '원로'라는 분의 언어는, 또 이 사회의 공적 언어란 왜 이렇게 험담과 비아냥과 질타로 점철되는 것일까?

이런 생각을 하던 주말 오후에 노무현 전 대통령의 죽음을 알게 되었다. 참담한 심정이나 사건의 시비를 떠나 한 나라의 대통령을 지낸 분이 스스로 목숨을 끊는 사회가 정상적일 수는 결코 없다. 행복할 수는 더더욱 없다. 사실적 검토는 뒤로 미룬다고 해도 며칠째 글이 눈에 잘 들어오지 않는다. 난 무엇보다 우리 사회의 성격, 이런 구조 속에서 살아가는 사람들의 삶을 떠올린다. 낙후된 사회일수록 그 사회는 더 심하게 요동치고, 그로 인한 고통은 그 속에서 사는 모두가 짊어져야 한다. 일주일이 멀다 하고 터지는 실망스럽거나 혹은 비극적인 일로 스스로를 부끄럽게 하고 세상에 충격거리가 되는 일을 우리는 언제까지 해야 하는가?

지금 한국 사회는 비틀려진 관념과 거친 말 때문에 그리고 어이없는 죽음으로 하여 너무도 큰 비용을 치르고 있다. 그 비용이란 정신적이고 육체적이며 심리적이고 물질적이다. 그것은 치유하기 힘든 상처를 내면서 모두의 영혼을 갉아먹는다. 그 요인은 물론 여럿이지만, 핵심은 앎과 힘과 돈의 횡포에서 오지 않나 여겨진다. 이 땅에서 지식은 사실의 전달보다는 그 왜곡에 이용되고, 권력(지위)은 마치 사적 소유물처럼 행사되며, 금전은 삶의 수단이 아니라 목적 자체가 되어 있다.

그리하여 앎의 왜곡, 힘의 사유화 그리고 돈의 수단화로 하여 이 땅의 언어는 쉽게 격앙되고, 이 격앙된 말이 사실을 과장하면서 당사자를 좌절시켜 극단으로 몰고 간다. 어떤 이들은 이런 분위기에 편승하고, 어떤 이들은 환멸로 인하여 더 멀어지려 한다.

사람의 말이 늘 차분하기란 어렵다. 그러나 적어도 공적 마당에서의 말은 결코 격앙되어선 안 된다. 다수에 번지면 그것은 엄청난 편견과 폭력을 야기한다. 지식도 사실의 객관적 해명에 충실하고, 권력도 어느 한쪽을 편듦 없이 공정하며, 돈을 쓰되 그에 사로잡히지 않는 것은 그 자체로 윤리적이다. "자유의 실천이 아니라면 윤리란 무엇인가?" 라고 말년의 미셸 푸코는 말한 적이 있지만, 윤리적인 것은 인간이 자유로워지고자 하기 때문이다. 그러나 우리 사회는 윤리로부터도 멀고, 자유로부터는 더 멀어 보인다.

사람들은 흔히 타협과 화해의 필요성을 거론한다. 그

러나 여기에도 원칙이 없는 것은 아니다. 손쉬운 화해란 거짓 화해이기 때문이다. 우선 사실을 직시해야 하고, 이런 직시 위에서 각자는 제 마음의 바탕을 다시 다져 가야 한다. 이렇게 다진 마음으로 고쳐 가야 할 일이 이 땅에선 너무도 많다. 우리 모두는 앎과 힘과 돈의 용의주도한 자기 판관이어야 한다. 거듭되는 불행이 앞으로는 조금 줄어들까?

생플롱 호스피츠에서의 이틀

늘 있던 집도 어딜 갔다 오면 낯설어진다. 그렇듯이 맘먹고 찾아간 곳도 집에 와 다시 보면, 꿈인 듯 생시인 듯 아득하다. 그러면서 어떤 곳은 대체 이 땅에 있었나 싶을 만큼 벌써 그리워진다. 생플롱 호스피츠Simplon Hospiz라는 곳도 그러하다. 엑상프로방스나 프라하—아, 나는 얼마나 오래전부터 이곳에 가고 싶어 했던가?—, 아니면 뮌헨 부근의 다하우Dachau 강제수용소가 모두 이런저런 회한과 그리움과 안타까움을 일깨우는 곳이었지만, 생플롱 호스피츠는 이 장소들에 얽힌 감정의 강렬함이 없는 데도 내 마음 한 켠을 아직 채우고 있다.

그곳에 도착한 것은 지난 7월 30일 오후 8시쯤이었

다. 밀라노에서 베른 쪽으로 방향을 잡자 우리는 이태리—스위스 국경을 지나 알프스 산맥을 넘어야 했다. 날은 어두워지고 있었고 산세는 점점 험해져 어디든 묵을 곳을 찾아야 했다. 그러다가 만난 것이 생플롱 고개(Simplon Pass)에 위치한 2,005미터의 이곳이었다. 그것은 4층짜리 큰 건물이었지만, 바랜 벽색에 아무런 간판도 없이 구석진 곳에 있어서 그냥 지나치려 했다. 그런데 차가 몇 대 있길래 혹시 싶어 문을 두드렸다.

생플롱 호스피츠는, 나중에 알아보니, 1831년에 한 봉록 성직자 단체가 세운 건물이었다. 호스피츠란 원래 순례자를 숙박시키는 수도원이고, 병자나 극빈자를 수용하는 시설을 일컬었다. 그러다가 오늘날에는 '쉬면서 자신을 영적으로 강화시키려는' 청소년이나 가족 등의 단체를 위한 복지시설로 쓰이고 있다. 그래서 하루 자는 데도 1인당 4만 원이 되지 않는다.

흥미로운 것은 이 건물의 내부였다. 한파를 견뎌 내기 위해선지 벽은 족히 30센티미터는 더 되어 보였고, 돌이 박힌 바닥은 울퉁불퉁했지만 반들반들했다. 층 사이의 계단은 높았다. 중앙에 난 이 계단을 올라가면, 각 층에는 양쪽으로 방이 길게 좌우로 놓여 있었는데, 이 복도에는 두터운 여닫이문이 세워져 있었다. 그래서 양쪽의 소음도 들리지 않았다. 각 방의 문도 이중으로 되어 안에 들어서면 모든 게 잠잠했다. 방에는 대여섯 개의 침대가 놓여 있었고, 탁자와 의자도 구비되어 있었다. 화장실과 샤워실 그리고 옷장도 현대식이었다. 우리가 머물렀던 4층 창문을 열면 고원지대의 드넓은 목초지와 3,000~4,000미터의 만년설 산봉우리가 저 멀리로 보였다. 나는 이 건물이 어떤 사람의 외면과 내면을 닮았다고 여겼다.

유별나게 꾸미지 않지만 그 내부는 충일하고, 이렇게 채워진 내면의 각 부분이 유기적으로 기능하는 것은 이상적 인간의 모델이자 자연이란 체계의 속성 아니던가? 자연은 더없이 친근하게 우리 곁에 있으면서도 우리를 넘어서 있다. 그것은 포근하면서도 광포한 것이고, 귀엽고 앙증맞은 것이면서 광활하고 장대한 무엇이다. 그러면서 무심하다. 3,400미터의 융프라우 요흐Jungfrau Joch를 단숨에 뛰어내리는 청년도 있었다. 산 아래 닿는 데 얼마나 걸리느냐고 물었더니 그는 "낙하산이 작아서 10분 정도"라며 씩 웃고는 곧바로 절벽 아래로 돌진했다. 그 얼마나 섬뜩하도록 멋진 일인가.

자연은 인간의 도전을 너그럽게 받아들이면서도 이 도전이 하나의 물무늬 같음을 보여 준다. 사회적 정의나 도덕적 당위도 자연의 진실을 이루는 사소한 파편일 것이다. 우리는 인간을 보면서 인간 너머도 보아야 한다.

이곳에서 우리는 굳은 빵 몇 개로 저녁을 때웠고, 나는 접수대를 찾아가 가져온 공에 바람을 넣을 수 있는지 물었다. 다니엘이라는 신부는 이웃 농부가 펌프를 빌려 갔다며, 거기 공 두 개를 꺼내 주면서 축구도 농구도 다 괜찮다고 말했다. 그리고는 밖으로 나가 농구장에 세워진 차를 옮겨 달라고 부탁해 주었다. 명상 대신 나는 이 공으로 어둠이 밀려들 때까지 형과 아이들과 공을 찼다.

다음 날 아침에는 다시 안개 천지였지만, 이 안개는 두어 시간 후에 너무도 투명한 햇살로 변했다. 기온은 영상 10도 안팎이어서 상쾌하면서도 쌀쌀했다. 우리는 여기에서 하루 더 머물기로 했다. 이번 여행에서 가장 잘한 결정이었던 것 같다.

나무 그늘 아래에서

'결정적 순간'이라는 말이 있다. 흔히 사진에서 쓰이지만, 시간이나 행동의 경과에서 어떤 전환점이라고 할 수도 있다. 그것은 하루의 한때일 수도 있고, 어떤 장소에서 일어날 수도 있다. 이때 우리는 지난 일을 돌아보고 앞으로의 실천을 가늠한다.

내게 그 전환점은 금요일 오후 1시나 2~3시쯤이지 싶다. 장소는 내가 일하는 학교의 인문대 뒤편, 그 등나무 아래 작은 의자다. 물론 예기치 못한 일로, 또 날씨로 인해 오지 못할 수도 있다. 그러나 크게 변하지 않는다. 아침저녁으로 서늘하지만 낮에는 아직 시원한 그늘을 즐길 수 있다. 벚나무, 소나무, 은행나무, 잣나무가 우거진 이곳에 앉으면 얼마 지나지 않아 헨델의 아리아 「나무 그늘 아래에서(Ombra Mai Fu)」가 들려오는 듯하다. 그럴 때면 나는 이 아리아를 부르는 페르시아 왕이 아니어도 내려앉은 나무 그늘의 소중함과 사랑스러움을 흥얼거리고 싶어지는 것이다.

일주일의 일과가 끝나고 집으로 가기 전 나는 잠시 여기 앉아 하루를 돌아보고 지난주 일을 떠올린다. 그동안 어떠했지? 수업에서는 무얼 얘기했고, 학교에서는 어떤 일이 있었으며, 사회에서는 무슨 일이 일어났나? 종류와 비중은 제각각인 채로 사건과 사고는 우리 사회에서 그치지 않는다. 어떻게 하면 좋을까? 하던 일을 멈추고 제자리에 앉는 것, 그리고 이렇게 앉아 주위를 한번 돌아보는 것은 어떤가. 올해(2011년) 노벨 문학상을 받은 토마스 트란스트뢰메르Tomas Tranströmer도 그런 시인으로 평가받는다. 그는 매일 보고 느끼고 말하는 구체적인 것들을 엮어 새로운 비유를 만들어 내는 데 능숙하다. 이런 비유로 억지로 꾸미거나 멋 부리는 것들로부터 우리를 해방시켜 보다 자연스런 것들로 나아가게 한다.

정치적인 것이란 그에게 자연에 나타나는 여러 현상 중의 하나였고, 자연의 움직임은 그 자체로 인간과 사회의 자기 파괴에 대한 근원적 암호였다. 그는 일정한 이념에 얽매이기보다는 둑이 파도에 깎이고, 투명한 얼음 조각이 떠내려가며, 그늘에 침묵이 깃들고, 별이 하늘을 가로지르는 풍경을 묘사하면서 새로운 현실 시각을 제시한다. 화해를 내세우기보다는 난류와 한류가 만나는 지점을 슬며시 보여 준다고나 할까. 그러면서 시간의 이 이행 속에서 소리 없이 사라지고 훼손되는 목록을 추적한다.

> 얼음 덮인 강물은 반짝거리며 침묵하네.
> 여기 깊숙이 그늘이 놓여 있네.
> 아무런 목소리도 없이.

시인은 자연의 수많은 부호들에 둘러싸여 있다고 여겼고, 이 부호를 해석할 수 없는 자신을 완벽한 까막눈이로 간주했다. 보이는 현실은 현재를 압도하지만, 그렇다고 보이지 않는 것이 없는 건 아니다. 우리는 현실에서 멀리 떨어진 듯한 곳에서도 현실의 실체를 만날 수 있다. 시적 진실은 보이는 것 뒤에 있는 까닭이다. 그 점에서 시적 진실은 삶의 진실이기도 하다. 그러니까 시인은 사회·정치적 이슈를 외면하는 것이 아니라 현실의 이면을 보여 줌으로써 삶의 더 넓고 깊은 전체를 다시 생각하게 하는 것이다. 좋은 시인은 조용한 혁명가다. 나무 그늘 아래에 앉아 내가 스칸디나비아의 얼음 바다를 떠올리는 것도 이 순간이다.

주변을 돌아볼 때 외출 나간 나의 일부도 돌아오는 듯하고, 잊고 지낸 현실의 한 조각도 기억되는 듯하다. 저만치 대나무 숲이 흔들리는가 싶으면 어느덧 바람이 귓가를 스치고, 이 스치는 기운에 익어 가는 모과도 이리저리 흔들린다. 풍성한 플라타너스 잎들도 머잖아 이 바닥에 나뒹굴 것이다. 그러면 한층 쌀쌀해질 것이고, 여윈 가지 사이로 눈발이 꽃잎처럼 날릴 것이다. 그러나 이 공터에도 주차장이 들어선다는 말이 나돈다.

세상은 어딜 가나 개발이고 어딜 가나 들썩이지만, 우리 사는 주변이라도 이 개발을 줄일 수는 없을까? 있는 것을 없애는 것은 누구나 할 수 있다. 지금의 사회·문화적 과제는 있는 그대로의 자연적 혜택을 최대한 보존하면서 현실의 요구에 응하는 것이다.

고요 가운데 나를 지킨다(恬靜自守)

염정자수 恬靜自守

지난 12월 말부터 1월 말까지 나는 거의 폐인처럼 살았다. 동면하는 곰처럼 집에만 칩거하여 움직임을 최소화하면서, 자고 먹고 일하고 자고 먹고 일하고. 그렇게 보냈다. 그래도 일은 쉼 없이 일어나고, 전화기는 꺼놓아도 연락은 온다. 그럴 때면 '염정자수', '염정자수'……. 이렇게 난 중얼거리곤 했다. '고요한 가운데 자기를 지키라'는…….

일은 곧 쓰는 것이다. 어떤 선언문을 썼다. 원고지 600매 정도로 계획하고 시작했지만 그 사이 조금 더 늘어날 것 같고, 서너 군데 삽화를 붙이면 초고는 곧 마무리될 것 같다. 지금의 문화 상황이, 우리 삶의 문화적 조건이, 이것은 물론 정치 현실과 닿아 있는데, 더 이상 견디기 어렵다는 자괴감 혹은 불쾌감에서 비롯되었다고나 할까. 물론 그 글은 비현실적이고 쓸모없는 것으로 판명날 것이지만, 나 나름으로 절박했다. 그렇다고 무슨 사명감이나 정의감에서 쓴 것은 아니다. 그저 나 자신을 지탱하기 위해서일 뿐…….

그렇게 쓰고 쓰기 위해 읽은 것 가운데는 피에르 아도의 책이나 미셸 푸코의 후기 저작이 있다. 콜레주 드 프랑스에서의 강연록인 푸코의 『주체의 해석학』을 나는 한동안 매일 저녁 읽고 번역본과 영어판을 대조해 보면서 지냈다. 철학서를 읽는 것도 감동을 줄 수 있다니! 그것은 오랜만의 즐거움이었다. 그러나 낯선 건 아니다. 이미 가진 느낌과 생각을 쇄신하지 못한다면, 그 어떤 기쁨이 있는가? 감각과 사고의 확장적 갱신이야말로 깊은 행복감의 원천이고 뛰어난 철학의 조건이다.

『주체의 해석학』이 강조하는 하나는 외부 세계에 대하여 자기의 독립성을 유지하고 이 독립성을 검토하며 지내라는 것이다. 주체라는 것은 완성된 실체가 아니라 부단한 검토 속에서 만들어지고 얻어지기 때문이다. 타자에의 관심도 실은 타자의 결점에 대한 악의적 관심일 때가 많지 않는가. 악의적 호기심에는 타인도 없고 주체도 없다. 내가 빠진 주체는 유령이다. 푸코는 타인들에 대한 악의적이고 적대적인 시선으로부터 벗어나 자기 자신에 이르도록 정신을 집중해야 한다고 말한다. “사람이 도달해야 할 곳은 바로 자기 자신이다.”

자기에게 집중하라는 것이 자기중심적으로 살라거나, 타인을 외면하라는 뜻은 아니다. 또 현실을 무시하고 자폐적으로 살라는 뜻도 아니다. 그것은 모든 관계의 출발점으로서 자기 자신에 대한 주체의 관계를 자율적이고 이성적으로 만들라는 것이고, 또 그렇게 할 수 있을 때 타인과의 관계에서도 책임 있게 행동할 수 있다는 뜻이다. 그래서 어떤 사안이든 판사처럼 스스로 판별하고 이 판단에 따라 선택하고 행동하지만, ‘동시에’ 마치 피고가 된 것처럼 그 행동을 다시 검토하라는 것이다. 이 이중적 역할을 스스로 행한다면, 그는 그만큼 주체적이다. 이렇게 얻어진 앎은 또 삶 속에 상당 부분 녹아들어 있을 것이다. 앎보다 삶이 더 중요하기 때문이다.

흥미로운 것은 푸코의 이런 생각들이 그가 분석한 고대 그리스·로마의 철학에도 담겨 있지만, 1700년대에 활동한 조선의 화가이자 학자였던 공재恭齋 윤두서尹斗緖의 삶에서도 확인된다는 사실이다. 그의 아들이 쓴 행장行狀에는 그런 모습을 보여 주는 인상적인 구절들이 많다. 그는 “제가諸家의 책을 연구하되 문자를 해설하여 귀로 듣고 입으로 말하는데 그치지 않았다. 반드시 정밀하게 연구하고 체험하여 실질적으로 얻고자 했다." "어릴 때부터 어진 것을 좋아하고 선을 즐겼다. 비록 미천한 자도 재주가 있으면 반드시 사랑하고 아꼈다." "문상이나 문병 외에는 문밖으로 나다니지 않았고, 손님이 올 때도 책을 손에서 놓지 않았다." 이런 글귀들 가운데 내 눈에 가장 띈 것은 바로 "염정자수恬靜自守"란 말이었다. 평온하고 고요한 가운데 자기 자신을 지키는 것…….

철학보다 더 철학적인 것은 생각하며 살고 이렇게 살도록 자기 삶을 만드는 일이다. 나는 요즘, 이것 역시 엉뚱한 일일수도 있지만, 공재의 귀기鬼氣 서린 초상화를 보면서 나를 다독이고 나를 다잡는다.

나리 분지에서의 나흘

울릉도 나리분지에 다녀왔다. 오래전부터 가보고 싶었던 곳이었는데, 이번에 맘먹고 간 것이다. 그곳으로 정한 것은 험한 산들로 둘러싸인 오목한 평지여서 뭔가 자족적인 별세계別世界가 아닐까 여겨졌기 때문이다. 또 영육의 배터리를 재충전할 필요도 절실했다.

하지만 울릉도 가는 길은 간단치 않았다. 대부분 '패키지여행'을 선호했고, 그 때문에 숙소나 구경할 곳을 확정치 않은 채 혼자 가는 경우는 거의 없어 보였다. 비바람으로 출발을 한 차례 미룬 다음 나는 결국 묵호에서 하루 묵고 다음 날 배를 타기로 했다. 터미널에서 표를 예매하고 삼척 방향으로 내려가다가 하평해안가라는, 길이 200미터 정도 되는 모래사장에 들어섰다. 심상대의 소설 『묵호를 아는가』가 생각나서였다. 날씨는 후텁지근했지만 불어오는 바닷바람은 시원했다. 서너 아이들이 뛰어노는 그 작은 해안가에서 나는 어둠이 밀려올 때까지, 책장의 까만 활자가 책 밖의 어둠으로 보이지 않을 때까지 장 폴 사르트르의 단편소설을 읽었다. 떠나온 많은 것들이 아득하게 느껴졌다.

그렇게 배를 타고 울릉도에 내려 다시 버스로 어렵게 찾아간 나리분지는 과연 별천지처럼 여겨졌다. 그곳은 해발 300미터 정도에 동서로 1.5킬로미터 남북으로 2킬로미터 정도 되는 분지로, 성인봉의 화구가 함몰되어 생긴 작은 평원이다. 거기에는 전통 가옥인 투막집이나 울릉국화 같은 천연기념물도 있지만, 전체적으로 평범하게 여겨졌다. 떠나는 날 들렀던 성인봉에서 바라본 이곳 풍경은 아름다웠다. 뭍에서 이토록 멀리 떨어진 섬의 척박한 땅을 일구어 나날의 생계를 유지해 간다는 것이 놀라웠다.

척박한 대지에서 삶을 이어 가는 것이야말로 아름답다.

날씨가 갠 날에 나는 동네 입구나 야영장 주변을 어슬렁거렸고, 산마늘 씨앗을 고르는 할머니들과 이런저런 얘기를 나누기도 했다. 민박집 내외분은 친절했다. 비가 오면 방에서 쉬거나 책을 뒤적이거나 바람 소리를 들으며 지나가는 구름과 안개를 바라보기도 했다. 하지만 내가 가장 즐겼던 것은 숙소에서 신령수水까지 왕복 4킬로미터를 산책하는 일이었다. 아침이나 오후에 그 성인봉 원시림구역을 두어 시간 걷는 것은 호젓한 일이었다. 주변의 나무들은 울울창창했고, 그래서 왜 이 섬이 '울창한 구릉鬱陵'으로 불리는지 이해할 것 같았다. 간혹 산비둘기와 꿩이 발걸음 소리에 놀라 허공으로 날아올랐다. 기척 드문 그 숲 그늘을 나는 나무의 신기한 이름들을 웅얼거리며 걸어 다녔다. 섬말나리, 말오줌나무, 맥문동, 회솔나무…….

사실상 나리분지를 지배하는 것은 바람과 안개와 침묵과 어둠 같은 것들이었다. 찾아드는 관광객들로 낮에는 시끌벅적할 때도 있었지만, 그 소음은 오래가지 않았다. 어떤 소리가 들린다고 해도 그것은 끝없이 이어지는 적막 가운데 잠시 일어나는 해프닝 같은 것이었고, 주위는 이내 잠잠해졌다. 무엇보다 밤이면 바람 소리밖에 들리지 않았다. 그것이 어디에서 불어오는가 싶어 창문을 열면, 밖은 지척을 분간하기 힘든 암흑천지였다. 낮에는 눈에 띄지 않던 희미한 것들이 저녁이면 이렇게 가까이 다가와 있는 것이다. 하지만 이 어둠과 침묵을 우리는 마치 없는 것처럼 여기곤 한다. 사람과 사람, 사람과 세계 사이에 세워진 벽도 이 어둠과 침묵의 빈자리 때문 아닌가? 사르트르도 이렇게 썼다. "우리는 영원을 위한 어음을 끊으며 시간을 보냈지만, 아무것도 이해하지 못한 것이다."

우리가 어떻게 살고 있는지, 또 이렇게 살면서 어떻게 동시에 죽어 가고 있는지 느끼기 위해선 주변의 사물들을, 나무나 거리나 밭이나 계곡 또는 사람의 표정을 찬찬히 살펴보는 것으로 충분한지도 모른다. 이것은 시시각각 생겨나면서 사라진다. 그러니 이 순간에 우리가 실제로 존재하고 있음을 증명하기란 쉽지 않다. 우리는 파도에 휩쓸리듯 시간의 물결에 떠밀려 가기 때문이다. 그래서 아무것도 제대로 알지 못한 채 잉여의 존재로, 있어도 되고 없어도 고만인 하나의 생애로 살아가는 것이다. 나리분지의 저녁과 바람과 숲과 침묵은 내가 선 옹색한 자리와 내가 사는 허망하도록 짧은 시간을 돌아보는 데 도움이 된 듯하다.

사람을 많이 만나는 편이 아니지만, 연말연초에는 모임 횟수가 잦았다. 하지만 어디서나 돈이고 '1등급'과 아파트 시세다. 선배·동료와의 만남에서도 이 주제는 빠지지 않고, 일가친척 사이에서는 더 자주 등장한다. 하는 일이 다르고 관심사가 다르다 보니 시간이 갈수록 얘기 나누기가 더 힘들어진다.

그렇다고 내가 가진 생각이 꼭 옳은 것도 아니다. 또 반드시 전해야 할 것도 아니다. 그렇다고 해도 한두 마디 이어지면 서로 딴 곳을 쳐다보고, 재차 물으면 고개를 돌리고 만다. 사실을 정확히 알기보다는 대충 듣고 대충 말하다가 시간이 되면 황급히 일어선다. 옳고 선하고 아름다운 것은 다른 세상 일인 것 같다. 우리는 왜 만나고, 무엇을 위해 만나는 것인가?

그럼에도 나는 이들로부터 이리저리 도움을 받기도 하고 힘을 얻기도 한다. 나는 내가 원하면서도 원치 않는 어떤 것과 바로 접해 있고, 이 모순과 역설의 이웃으로 살아간다. 어떤 사람을 '괜찮다'고 여기거나 때로 좋아하면서도 실망시키듯이, '사랑'의 이름으로 고통스럽게 하면서도 그 고통에 무관심한 채 '다 널 위해서'라고 변명한다. 새벽까지 이어진 선배·동료와의 만남에서 나눈 얘기가 뭐였는지 기억도 안 나지만, 그 끝에서 이 말은 한 것 같다. 모든 만남, 모든 관계가 요즘은 왜 이리 슬픈가요? 한 독일 의사로부터 받은 연락도 그랬다.

> 문 선생, 한국에서 당신이 보내 준 연락을 받고 기뻤습니다. 그렇게 빠르게. 많은 흥미로운 것을 담고 있더군요. 대학은 어디쯤 놓여 있나요? 오송 쪽인가요, 청주 아니면 고수동굴(Gosu Cave) 쪽인가요? 당신은 매일 기차로 서울에서 그곳까지 가나요?
>
> 막내아들이 오늘 찍어 준 사진을 보냅니다. 아내는 지난 11월에 심장 수술을 받고 대동맥 판막을 고쳤고, 회복기를 지나 12월에 퇴원했습니다. 함께 연말을 보내려고 두 손자가 와 있어 기뻐하고, 이젠 얼굴빛도 좋아요. 내가 연극 가면(하회탈) 목걸이를 자주 한다는 것을, 그래서 당신을 생각하고 있다는 걸 볼 수 있을 겁니다…….
>
> 문학 질문을 하나 하지요. 게오르크 리히텐베르크를 아시나요? 그는 독일의 가장 중요한 아포리즘 작가인데, 그가 당신에게 새로운 나라라면, 그 작품을 보내 드리겠습니다…….

몇 년 만에 본 이 두 분의 사진 속 모습은 여러 가지로 애잔했다. 수술 탓인지 부인은 여위었지만, 두 분은 마치 소년·소녀처럼 어깨를 기댄 채 활짝 웃고 계셨다. 그가

써 보낸 『노자』의 한 구절이 떠오른다. '술잔은 가장자리가 넘치도록 채울 게 아니라 반쯤 채우는 게 더 좋다./소리가 너무 날카로우면 금세 무뎌진다./공을 세우고 나면 물러나는 것이 하늘의 길이다.'

이분에 대해서는 이전에도 이 자리에서 쓴 적이 있지만(「독일에서 온 편지」, 2004년 5월 4일 자), 나는 독일 유학 당시 그와 일주일에 한 번씩 그의 진료실에서 만나 노자와 장자를 얘기했었다. 고수동굴도 이분에게서 처음 듣는다. 내가 사는 이 땅은 왜 이리 낯선 곳인가. 곳곳에 아쉬움과 못 다함과 맹목과 피로가 있다. 삶의 어떤 것은 고칠 수 있지만, 또 어떤 것은 어찌할 바 없어 보인다. 이 한계 지점은 날이 가고 해가 바뀔 수록 더 자주 또 더 많이 눈에 띈다. "깨끗하긴 어렵단다. 깨끗해지려면 매일 청소해야 하고." 걸레가 욕조에 놓인 것을 보고 아이가 투덜거리길래 나는 이렇게 말했다. 경험이 감정을 해명하는 데 도움될 때는 적다.

어쩔 수 없는 슬픔은 운명처럼 껴안고 살아가는 수밖에 없다. 많은 것이 기울고 떠나고 있지만, 이렇게 떠나가는 것들 중에는 소중한 것도 분명 있다. 어떤 만남, 어떤 미소, 사람 사이의 어떤 믿음, 그리고 이 믿음으로 쓰는 선의의 인사 같은 것들. 낳고도 소유하지 않고(生而不有),

위하고도 자랑하지 않으며(爲而不恃), 으뜸이면서도 지배하지 않는 것(長而不宰)을 '깊은 덕(玄德)'이라 했는데(『노자』, 10장), 이 독점과 자만과 지배에서 벗어난다면, 우리는 이 삶의 슬픔을 조금 줄이게 될까?

오색동백을 바라보다

방학이라 종일 집에 있다. 거실에 앉아 고개를 들거나 숨을 돌릴 때면, 시선은 자주 베란다 쪽으로 간다. 오색동백 때문이다. 그것은 지난달에 다녀온 남해안 여행에서 구해 온 것이다. 보길도는 고산 윤선도의 유배지라서, 청산도는 산보길이 많을 것 같아, 찾아간 것이다. 내가 태어난 이 땅을 아직 잘 모른다는 것과, 내 공부에서도 어떤 근본적 전환이 절실하다고 여겨 온 터였다.

내가 찾아간 남녘은 황량하였다. 계절 탓도 있겠지만, 어딜 가나 해안과 산천이 참으로 많이 망가져 버렸다는 느낌을 받았다. 지난 태풍의 여파인지 해안가는 스티로폼과 플라스틱 조각으로 넘쳐 났고, 산이나 계곡도 쓰다 버린 온갖 기자재로 더럽혀져 있었다. 편리한 도로나 시설이 있다면, 그것은 모두 이런 폐기물을 동반한 것이었다. 먹고살기 위한 몸부림, 생존을 위한 고단한 노동 현장이 먼저 눈에 띄었다.

나는 해남 땅끝에 내려 노화도 산양진항으로 배를 타고 갔고, 고개를 넘어 이목항에서 첫밤을 보냈다. 다음날 보길대교를 건너 윤선도가 기거했다는 세연정洗然亭과 낙서재樂書齋까지 걸어갔다. 낙서재는 터만 남아 있었고, 지금 건물은 곡수당曲水堂과 함께 최근에 지은 것이었다. 이 곡수당 뒤로 난 산길을 넘어 예송리 해안으로 내려가 둘째 밤을 지냈다.

다음 날 아침은 회색 구름이 잔뜩 낀 날씨였다. 바람이 불고 공기는 차가웠다. 예송리 해안가에서 통리 마을을 지나고, 산을 에돌아 여항 마을 넓은 벌판으로 나왔을 때, 갑자기 눈바람이 불기 시작했다. 목화송이 같은 큰 눈발이 비스듬히 퍼붓는데, 몸을 가누기 힘들 만큼 바람이 거셌다. 살을 에듯 추웠고, 한치 앞도 보이지 않았다. 나는 배낭을 더 조여매고, 고개를 숙인 채, 모자 위에 외투에 달린 덮개까지 눌러쓴 후 발걸음을 내디뎠다.

다른 방도는 없었다. 그렇게 정신없이 한 걸음씩 나아가는 수밖에. 언제 끝날지 모를 길을, 적어도 그때는 그랬던 그 차도를 얼마나 걸었을까? 문득 무성한 초록나무가 길옆으로 나타났다. 그것도 집채만큼 큰 동백나무였다. 눈바람 치는 이 삭막한 겨울에 붉은 꽃을 피우는 이 나무

2013년 1월 청산도 범바위 부근

2013년 1월 18일 남해 청산도 범바위 부근 풍경.
도청항에서 하루 묵은 뒤 나는 종일 걸었다.
도락리에서 시작하여 화랑포와 장기미를 거쳐 신흥리 해변까지
산길이나 해안을 따라 나는 홀로 걸었다.
햇살은 따스했지만, 목도리를 풀면 금세 한기가 몰려 왔다.
어디든 인적은 드물었다.
가끔 집 없는 고양이가 방치된 무덤처럼 무심하게 지나갔다.
사물들은 원래 말이 없다.
그렇게 나는 사흘 동안 청산도를 한 바퀴 걸으며 돌았다.
그날을 나는 지금 그리워한다.

란 대체 무엇인가? 나는 숨이 막혔다. 지금껏 예사롭게 보아 왔지만, 동백은 그런 나무가 아니었다. 이 겨울에 꽃 피기 위해 나무결은 바짝 말랐고, 푸른 잎은 두꺼웠다. 그것은 잎이 아니라 빛, 숭고한 빛줄기였다. 돌아올 때 완도 터미널에서 오색동백을 한 그루 사온 것은 그 때문이다.

노화도 동천항에서 완도 화흥포항까지 배를 탔고, 여기에서 완도 터미널까지 다시 걸었다. 청산도 도청항에서 하루 묵은 뒤 다음 날도 나는 종일 걸었다. 도락리에서 화랑포를 거쳐 읍리와 말탄 바위 그리고 장기미까지 산길이나 절벽 혹은 해변을 따라 걸었다. 장기리에서 섬 안쪽으로 들어와 신흥리 해변까지 갔다. 햇살은 따스했지만, 목도리를 풀면 금세 한기가 몰려왔다. 어디든 인적은 드물었다. 가끔 집 없는 고양이가 방치된 무덤처럼 무심하게 지나가기도 했다. 사물들은 원래 말이 없다.

상산포에서 1박한 후, 진산리와 국화리를 지나 지리해변에서 마지막 날을 보낼 때도 그랬다. 1.2킬로미터 백사장에는 아무도 없었다. 나와 세상 밖에는……. 이곳을 아침, 점심, 저녁으로 거닐며 이 세계 전체와 나는 만났다. 오전에는 강아지 두 마리가 쫓아왔다. 갖고 있던 비스켓 네 개 중 두 개를 던져 주었다. 녀석들은 해변 끝까지 날 따라왔다. 많은 것이 물결에 밀려왔다. 나는 성게화석이나 구슬우렁이나 큰가리비를 주웠다. 그 무늬는 극히 미세하면서도 아름다웠다. 그 해안가에 앉아 나는 해가 뜬 것을 보았듯이, 해가 질 때도 바라보았다. 방문을 열면 곧 모래사장이었고, 이 방에서 자거나 글 쓰거나 『인간불평등기원론』을 읽을 때도 파도 소리는 그치지 않았다. 그것은 새벽녘 꿈결까지 날 쫓아왔다.

사선으로 내리쏟던 눈바람과, 밀려오는 파도에 자그르르 굴러 대던 조약돌 소리가 아직도 아른거린다. 세파를 견디려면 의지가 필요하고, 숭고함에는 의지 이상의 헌신이 있어야 한다. 겨울이 오면 우리는 어디에서 꽃과 햇볕을 구할까? 이렇게 프리드리히 횔덜린은 1803년에 썼다.

진실에 대한 두려움

진실에도 표면적 차원과 심층적 차원이 있다면, 한국사회는 여전히 표면적·사실적 차원의 진리도 어떤 점에서 이뤄지지 않지 않았나, 그래서 시민적·문화적 가치의 실현이 지체되고 있지 않나 여겨진다. 무기 중개상 고문이었던 사람이 국방장관을 하겠다고 나서는 걸 보면, 더 그런 생각이 든다. 여기서 파묻히는 것은 진리의 깊고 넓은 차원이다. 삶에는 보이는 진리밖에 없는 것일까?

영화 「소피의 선택」(1982)이 다룬 주제도 그런 것이었다. 홀로코스트에서 살아남은 한 여자의 삶을 그린 이 영화에서 두 장면이 아직도 눈에 선하다. 소설가 지망생 스팅고가 소피와 처음 만나던 날, 타자 소리가 싫다면 밤에는 안 치겠다고 말하자, 그녀는 말한다. "어린 내가 잠들었을 때, 아버지도 늘 밤에 타자를 쳤어요. 그 소리를 들으면 편안했지요. 아버지는 폴란드 국민에게 나치 위험을 경고하는 글을 썼지요." 하지만 이것은 거짓으로 드러난다.

그녀의 아버지는 인류의 완벽성을 믿던 법학 교수였고, 그녀는 그에 어울리는 딸이 되고자 노력했다. 어느 날 그녀는 아버지의 연설문을 받아 적다가 '학살'이란 단어를 보았고, 이 학살 대상인 유대인의 거리를 가본 후부터 아버지의 진실성을 의심한다. 그러나 차마 묻지 못한다. 살아남기 위해 반유대주의 연설을 했던 아버지도 죽고, 어머니와 남편마저 소피는 잃는다. 이 사실을 안 스팅고가 "왜 거짓말을 했느냐?"고 다그치자, 소피는 "홀로 되는 것이 두려워서"라고 말한다.

그러나 이것이 전부는 아니다. 아우슈비츠로 끌려간 그녀 앞에서 독일 장교는 두 아이 중 한 명만 선택하라고 명령한다. 이 선택으로 여섯 살 된 딸은 가스실로 끌려가 죽고, 여덟 살 된 아들도 사라진다. 그녀를 지켜 주겠다며 스팅고가 청혼하자 그녀는 이렇게 대답한다. "아무도, 그 누구도 약속할 수 없어요. 진실이 무엇인지 모르겠어요. 너무나 많은 거짓말을 해서……."

모든 선택은, 그것이 간절하면 간절할수록, 더 끔찍하다. 하나를 선택한다는 것은 선택되지 못한 다른 것을 버린다는 뜻이기 때문이다. 삶의 진실은 이 끔찍한 선택에서 얼마나 진실하기 어려운가를 자각하는 데 있다. 그녀가 스웨덴 난민 수용소로 옮겨진 후, 교회에서 무릎 꿇고 손목을 그어 자살하려 한 것은 이 선택의 끔찍함 혹은 진실의 고통 때문이었을 것이다. 소피는 말한다. "세상에는 상상할 수 없는 일이 많아요. 당신한테 할 수 없는 얘기도 많고요." 진실하기란 철부지 두 아이 가운데서 '살 아이'와 '죽을 아이'를 고르는 일과 같다. 그것은 그토록 저주스런 일인 것이다. 진실을 견지하기란 '더 이상 삶을 살고 싶지 않을 정도로' 어려울 때도 있다.

나는 '진실'이란 말을 떠올릴 때면, 소피의 이 "난 선택할 수 없어요"와, "잊었어? 우리는 죽어 가고 있어!"라고 외치던 연인 네이단의 말이 생각난다. 사랑에는, 영화가 보여 주듯이, 결핵과 뇌종양과 암도 수반한다. 미는 모든 불미스런 것들을 힘겹게 뚫고 나갈 때, 조금씩 생겨난다. 그것은 너무도 아득한 일이다. 네이단이 연주한 첫 곡도 슈만의 「먼 나라들과 사람들」이었다.

삶의 복합성을 말하는 것은 진실의 어려움을 떠올리기 위함이지, 진실 자체가 불필요하다는 뜻은 아니다. 삶이 아무리 애매하다고 해도 진실의 추구를 멈출 순 없다. 단지 진리가 무엇인가 이상으로, '진리라고 알려진 것'에 이르는 길의 미묘한 굴곡을 헤아리는 일도 진실의 바른 이해에 기여할 것이라는 점을 보여 주고자 필자는 애써 왔다. 진실의 주장도 중요하지만, 진실이 얼마나 선택의 고통을 야기하고, 얼마나 자주 슬픔의 심연으로 몸을 내던져야 가능한지 살피는 것도 이미 진실하다. 우리는 남의 잘못을 기뻐하지 않으면서도 자신과 사회를 부단히 갱신시켜 갈 수 있는가? 그래서 보이는 진실을 넘어 삶의 더 넓고 깊은 지평으로 나아갈 수 있는가? 우리는 이 순간에도 죽어 가고 있기 때문이다.

Ⅳ 예술은 위로일 수 있는가?

실러와 200년 묵은 꿈

월전月田 화백의 까마귀 울음

금요일 오후에는 도시 한복판으로 몇 시간 잠행을 하였다. 정해진 시간에 무엇이든 해야 하는 그런 시간에서 잠시 떠나는 것도 때로는 필요하다. 이번에는 덕수궁의 그림 전시회와 인사동의 사진전을 위해서였다.

두 군데 모두 생각의 여유와 깨우침을 주던 휴식의 시간이었다. 그러면서 인사동의 그곳도 덕수궁의 미술관처럼 주변에 빈 공간을 허용하는 공원이 있었더라면, 또 실내에서도 차가 있어 한 잔 마시며 숨도 돌리고 작품도 감상할 수 있었더라면 하는 아쉬움을 주었다. 쫓기듯 와서 땀을 닦으며 보다가 이내 떠나야 하는 곳으로서가 아니라 홀로 감상하다가 원하면 옆에 선 사람과 소곤소곤 의견도 나눌 수 있는, 그러나 그렇다 해도 여느 모임에서처럼 명함은 꼭 주고받을 필요는 없는, 편안한 이 땅 밖의 여느 전시회처럼 말이다. 그러나 소규모 사설 전시장에서 거장들의 사진을 이 땅 안에서도 볼 수 있었다는 것은 행운이었다.

리커란(李可染) 옹의 작품에 「산 그림자를 그리다(畵山側影)」(1959)라는 그림이 있지만, 월전月田 장우성張遇聖 화백은 늙어가면서 자연을 점점 더 즐겨 그리고 스스로도 자연을 닮아 가는 것처럼 여겨졌다. 다함이 없는 강과 산을 그리면서 바람결에 저녁 매미 소리를 듣고, 늙은 소나무의 굽은 허리도 그는 아름답게 본다. 리커란은 싼 여물을 먹으면서도 큰일을 해내는 소 같은 인물—유자우孺子牛를 닮고자 하였고, 장우성은 말없이 채소밭을 가꾸리라는 한 시인의 말을 화제畵題로 삼기도 한다. 결국 두 노대가가 이르고자 하는 곳은 지금 여기와 저기 저곳, 현실과 형이상학을 이어 주는 무엇일 것이다. 이 무엇이란 동양화에서는 마음이 될 수 있을 것이다.

그러나 이 마음을 현실의 인간은 선과 색채를 통해 그려 낼 수 있는가? 이것은 수많은 역설과 모순을 내포하는 힘겨운 작업이 아니 될 수 없다. 그리하여 우리는 절규를,

외로움을 그리고 성난 몸짓을 그림에서 자주 본다. 장 화백은 「까마귀 울음」에서 이런 시를 적고 있다.

> 까마귀가 밤에 우네
> 그 소리 어찌 그리 스산한가
> 듣기 싫다 듣기 싫다
> 어서 천리만리 밖으로 물러가거라

마음을 교란하는 세상의 어지러움을 화가는 까마귀 울음으로 나타내고 있지만, 그러나 이것은 외침이 아니라 그림—'말없는 시'로 표현된다. 사람 사는 세상에 정의는 불가결한 것이지만 부정에 대항하는 유일한 방법은 아니다. 세계의 폭력과 부패는 마음의 서정을 포기하지 않음으로써, 침묵에 귀기울임으로써, 여백과 한가를 귀하게 여기는 데서 제어될 수 있을지도 모른다.

동양화의 한가는 바로 이 마음의 제어법을 말없이 보여 준다. 거기에는 무논리가 아니라 논리 이상의 예술적 직관이 있다. 여백의 여운은 그래서 오래도록 마음속에 남는다. 이 여운을 체화하기 위해 회화의 거장은 일평생 자신만의 용필법用筆法과 용묵법用墨法을 단련했을 것이다. 붓과 벼루를 어떻게 다루느냐에 따라 마음을 드러내는 정도와 수준, 깊이와 넓이가 달라질 것이기 때문이다. 그러므로 붓과 벼루의 사용법은 궁극적으로 마음의 사용법에 다름 아니다.

한 달 만의 시내 잠행에서 마음만을 생각하게 되었다면 그것은 그러나 너무 상투적이다. 또 이 험한 시대에 빈 마음만을 목표로 삼는다면, 그것은 너무 무기력하지 않은가. 남의 돈 몇 억이나 몇십억 원을 길거리의 어묵 한 꼬치값 정도로 여기는 족속들은 아직도 이 땅에 건재하다. 불쌍한 정치 귀족들. 「서울 1964년 겨울」과 「서울 2004년 겨울」은 서로 얼마나 다른 것인가? 현실을 움직이는 것은 그때나 지금이나 교활과 후안무치일 뿐이다. 정의나 정직은 인간의 현실에 대한 과분한 술어에 지나지 않는다.

그러나 자기가 선 자리를 가끔 돌아볼 수 있다면 부패와 치졸이 현실을 휘젓는 일은 피할 수 있을지도 모른다. 마음은 적어도 이런 반성을 위한 작은 출발점은 되지 않겠는가? 허심의 아름다움은 그림을 보고 생각하는 가운데, 미적 반성 속에서 은연중에 암시된다. 정의와 민주를 말하지 않아도 우리가 마음을 다시 다잡고 서로를 위해 서로의 바른 일부가 되고자 한다면, 세상의 노략질도 10리 밖으로 물러가리라. 그림 속의 현실은 그림 밖의 현실이 어떠해야 함을 비추어 준다.

완당과 소치, 그리고 박이소

방학이 지나도 그전에 계획했던 일을 마치지 못하기가 일쑤다. 개학이 되어서도 애를 태우다가 몇 주 지나서야 그것을 마무리 짓곤 한다. 그런 후 한두 주일 긴장도 풀 겸 이전에 구입해둔 책을 읽는다. 이번에 읽은 것은 완당阮堂 김정희金正喜와 그 제자이던 소치小痴 허련許鍊에 관한 책이었다. 그 가운데 김영호가 편역한 『소치실록』과 유홍준의 『완당평전』(3권)은 인상적이었다. 이 책들은 왜 이제야 읽게 되었던가 후회될 정도로 안타까움과 흐뭇함을 안겨 주었다. 안타까움은 『소치실록』의 경우 그것이 옛 문헌 중 직업 화가가 남긴 유일한 자서전이라는, 우리의 빈약한 '기록의 전통'에서 왔고, 그 흐뭇함은 그 사이 발견된 100여 점의 소치 관련 자료들이 차례로 소개되고 있다는 사실에서 왔다.

최근에 나온 『완당평전』은 선명하고 깔끔한 도판과 사진을 담고 있다. 게다가 그것은 구성과 배치에 있어 편집의 수고와 정성이 돋보인다. 사실 이것은 완당의 변화무쌍한 예술과 드넓은 학문 세계에 상응하는 것이기도 하다. 놀라운 것은 방대한 자료에 대한 저자의 감식안과 균형 잡힌 시각이었다. 그것은 치밀하고 정확하며 풍성하고 섬세하다. 400여 장에 이르는 도판과 사진에 대한 그의 자상한 설명만으로도 나는 내 눈이 맑아지고 마음이 고요해지는 행복을 참으로 오랜만에 누렸다. 놀랍고 고마운 역작이지 않을 수 없다.

완당과 허치의 삶이 보여주듯 시서화詩書畵의 관계는 문사철文史哲의 그것처럼 우리 전통에서 별개의 것이 아니다. 옛 사람들의 읽기와 쓰기는 생활 가운데 체질화되어 있어 벼루와 먹이 어울리듯 서로 만난다. 가령 편지에 난을 그리고 낙관을 찍어 보내면 받는 사람은 이 그림을 품평하며 제화시題畵詩를 덧붙이거나 소장하게 된 경위를 밝힌다. 그래서 이 글과 그림, 시와 도장에는 속된 냄새가 아니라 그것을 아끼는 격조와 문기文氣가 서려 있다. 몸과 머리털이 깨끗해야 정신도 맑아지고 글과 그림도 제대로 되지 않는가. 책을 읽던 내내 옛사람의 청고淸高하고 담아淡雅한 경지가 내 마음으로 번져 오는 듯했다. 그러나 이런 풍족감 이상으로 회한도 옆에 쌓였다.

완당은 무려 10년 가까이 제주도 유배를 겪어야 했다. 그것도 집 울타리 밖으로 나가지 못하는 '위리안치圍籬安置'라는 가혹한 형벌이었다. 그 후 그는 다시 북청으로 귀

양살이를 가야 했다. 이유는 위패를 옮겨야 하는가 말아야 하는가 하는 문제로 한 고관이 자기 의견을 말하였고, 완당은 이 선비와 친하였기 때문이다. '묵소거사黙笑居士'는 선생의 한 호였다. 온갖 모함과 시기 그리고 상소에 이은 유배와 귀양에서 나는 죄 없는 생애의 훼손과 역사의 망령됨을 새삼 확인한다. 소치는 소치대로 곤궁하였다. 몰락한 양반 가문의 자손으로 왕의 부름을 받고 당대 최고의 학자들과 교유하는 꿈같은 세월을 보냈지만 그의 삶은 대체로 불우하고 궁핍하였다. 그의 시와 그림이 보여 주는 맑은 기상으로 우리는 이 음산한 세계를 이겨 낼 수 있는가? 문득 지난(2004년) 4월에 세상을 뜬 작가 박이소朴異素가 떠오른다.

나는 이 설치미술가를 잘 모른다. 그에 대해 몇 편의 글과 작품을 본 것이 전부지만, 그래서 이 글이 그를 욕되게 하지 않을까 염려부터 앞서지만, 그를 떠올리는 마음은 무척 안타깝다. 작고한 예술가를 신비화해서도 안 되지만, 그가 누구도 탓함 없이 오로지 자신만의 스타일로 삶의 불확정성과 자아의 정체성을, 미술의 존재 이유를 밝혀 보고자 했던 것만큼은 확실해 보인다. 그는 말의 바른 의미에서 '작가'이지 않았나 하는 생각이 든다.

완당은 자신을 찾아온 소치에게 "자네는 화가의 삼매三昧에 있어 천리 길에 겨우 세 걸음을 옮겨 놓은 것과 같네"라고 말한 적이 있지만 시와 그림, 학문과 예술은 이렇듯 '천 리 길에 세 걸음'을 옮기는 일과 같은지도 모른다. 그렇긴 해도 숨겨진 개성과 재능이 문화의 날림판에 의해, 시대의 상투적 시비에 의해 질식되는 것을 막을 수는 없는가? 예술사의 불운을 우리는 언제까지 반복해야 하는가? 예술을 배양하는 문화 체계 안에서라도 작가의 요절은 피해야 하지 않는가? 예술가는 우리를 치유하는 자이므로…….

베르톨트 브레히트는 「서정시를 쓰기 힘든 시대」라는 시 작품으로 암울한 시대에서 예술하기 어려움을 말한 적이 있지만, 굳이 이것이 아니더라도 이 땅에서 예술이나 문화를 말하는 것은 늘 어떤 주저를 느끼게 한다. 사회적 제도나 정치적 현실이 이전보다 훨씬 나아졌다고 하지만, 이즈음의 경제 상황은 매우 열악하기 때문이다.

그럼에도 관심과 취향의 경사는 피하기 어려운 것인

데, 나로서는 우리의 문화유산 가운데 기와나 공예품의 문양, 옹기나 신라 시대 토우 같은 것들을 오래전부터 알고 싶었다. 분청사기 명품전에 대한 소식을 한 달 전쯤 기쁜 마음으로 들었던 것은 이런 이유에서다. 기형器形이 우아하고 비취색이 아름다워 높은 격조를 느끼게 하는 상감청자도 좋고 담백하기 그지없는 백자도 좋지만 나는 이보다 더 다채롭고 분방한 그러면서도 어떤 면에서는 정갈한 분청사기가 좋았다. 물어 찾아간 그 박물관은 내가 사는 동네로부터 한 시간 반 거리에 있었고, 몇 번의 지하철과 버스를 갈아탄 후에야 그리고 또 골목길을 몇 번 돌아가야 도달할 수 있는 곳에 있었다.

실제로 본 분청사기는 생각보다 훨씬 다양한 '하나의 세계'를 이루고 있었다. 문양의 다양성은 여러 기법에 따른 것이고, 이 기법은 각각의 무늬를 어떻게 찍고 파고 긁고 칠하고 그리느냐에 따라 서로 다른 느낌을 준다. 예를 들어 풀비로 그릇 표면을 쓱쓱 문질러 바람이 휘몰아치는 듯한 분위기를 만들어 내는가 하면, 백토물에 그릇을 담가 내었다가 장식하면 흰 부분과 그렇지 않은 부분의 대비가 참신함을 준다. 도장으로 그릇 표면에 작은 문양을 찍어 만든 인화印花 무늬는 세심하고 정갈한 느낌을 주고, 철분 안료를 사용하여 그려진 무늬 그릇은 거칠 것없이 호방하고 자유롭게 여겨진다. 병이나 접시, 항아리나 장군(술병), 편병 등 그릇의 종류가 무엇이건, 또 모란이나 연꽃, 버들이나 물고기, 국화 등 그 무늬가 어떠하건 이 모두는 기형이나 문양 기법, 그리고 구성에 따라 놀랄 만큼 다양하게 나타난다.

놀라운 것은 분청사기의 이런 변주가 한결같이 어떤 독특함—'성격'을 지니고 있다는 사실이었다. 성격은 자기 세계 없이는 육화되지 않는다. 성격을 뜻하는 영어의 캐릭터character는 원래 '새겨진 문자나 표지'를 말하는데, 절조나 인격, 그리고 품성이란 파생적 의미는 여기에서 온다. 새겨지거나 그려진 모든 사물은 그 자체의 그리고 그 사물을 만든 사람의 품성이나 지조를 드러낸다. 일부러 모양냄 없이 소탈하게 그려 나가되 믿음직스럽고 호쾌한 붓질에도 질박함이 배어 있으며 정갈하면서도 강렬함을 그것은 잃지 않는다. 그러면서도 어떤 것은 익살과 여유를 지니고 있다.

한 송이 연꽃을 물고 헤엄치는 물고기는 그런 익살스런 여유를 느끼게 하였다. 기법과 무늬와 구성의 다양함은 필시 그 그릇을 만들었던 도공陶工의 일상이, 그리고 그 정신이 자연스럽지 않았다면 나오지 못했을 것이다.

그러므로 분청사기는 그 시대 환경의 수동적 산물이라기보다는 적극적 대응의 결과인 것이다. 이 점에서 나는 분청사기의 힘—500~600년 전 조선 사람들의 성격과 절조가, 멋과 흥취가 아직도 이 땅에서 둥둥거림을, 둥둥거려야 함을 느낀다. 하늘과 땅 사이에서 자연과 어울려 살았던 이들의 활력은 우리의 예술사와 정신사에 확고한 자리를 차지해야 마땅하다.

그러나 오늘날에도 우리는 자연미를 말할 수 있는 것인가. 도시든 농촌이든 현대의 자연은 이미 많은 부분 훼손되었고, 사람의 삶은 이로부터 멀리 떠나와 있다. 자연을 원형의 형태로 체험한다는 것은 이제 산이나 바닷가로 가지 않으면 힘든 일이 되어 버렸다. 분청사기는 현대인간의 이런 자연 상실을 일깨워 준다. 단순히 상실된 자연의 상기가 아니라 예술 속에 녹아 있는 삶—삶과 예술의 힘겹고도 놀라운 일치를 그것은 보여 준다.

그러나 이런 일치는 저절로 주어지지 않는다. 그것은 우리가 작품을 찾아가는 데서, 시장과 박물관 사이의 거리를 메움으로써 비로소 '우리의 것'이 된다. 지금 여기의 생활 속에서 삶과 인간을 비추지 않는다면 예술도 문화도 공허함을 피하기 어렵다. 참된 예술은 동시대적 삶의 조건과 방향을 불편하게 돌아보게 한다.

실러와 200년 묵은 꿈

사람이 편견으로부터 가능한 한 거리를 두려 하고, 사회가 부패와 야합으로부터 벗어나기를 염원하는 바탕에는 어떤 계몽적 정신이 들어 있다. 그리고 이 정신은 작게는 이성의 힘에 대한 믿음을, 크게는 역사의 진전에 대한 신뢰를 내포한다. 우리는 이런 믿음이 오래되었다고 생각하기 쉽지만, 사실 이것이 시대적 가치로 자리하게 된 것은 그리 오래되지 않는다. 그것은 1800년을 전후로 해서 비로소 사회적으로 확산된다.

사회의 이성적 구성에도 다양한 방식이 있다. 그 가운데 예술은 아마도 '가장 비강제적이고도 자율적인 방식으로' 삶의 가능성을 탐색한다고 할 수 있다. 이 가능성을 문학예술사에서 시도한 이는 누구인가? 여러 철학자와 예술가가 있지만 그 가운데 프리드리히 실러(1759~1805)는 심미적 이상을 이론과 실천의 차원에서 두루 펼쳐본 하나의 전형이라고 할 수 있다.

실러의 시는 많은 부분이 관념어로 뒤덮여 있고, 작품

Anton Graff가 그린 Friedrich Schiller의 초상화(1786)

『빌헬름 텔』 초판본(1804)

각 개인의 독자성과 자발성을 존중하면서,
그러나 아무런 강제 없이
삶의 더 나은 가능성을 모색하려 할 때,
우리는 실러를 피해 갈 수 없다.
그는 그 모색의 방법을 '예술'에서 찾았다.

속 인물은 어느 정도 유형화되어 있으며, 철학적 저서 역시 개념적으로 불분명한 데가 적지 않다. 그의 사고는 여러 논자의 지적대로 이상주의적 틀 안에서 움직이는 것이다. 그러나 그의 글에는 본성과 이성, 억압과 해방, 육체와 형이상학이 뒤엉켜 나타나고, 이 뒤엉킴 속에서 권력의 폭력적 메커니즘은 해소되지 않은 채 나타난다. 애국주의적 열광은 종교적 독선을 닮아 있고, 귀족의 지배는 시민 계층의 굴종과 나란히 자리한다. 노동은 나날의 생활과 분리되어 있고, 이런 분리로 인하여 삶의 소외는 점증되며, 사람은 효용의 가치를 숭상하면서 스스로 결정할 능력을 잃고 있다. 이 같은 징후들에 대한 분석은 정도의 차이가 있는 채로, 그것이 오늘날에도 계속되고 있다는 점에서, '현대적'으로 여겨진다.

실러는 이 모든 야만적 상태를 '미숙함'의 징후로 읽었고, 이 징후에서 벗어나려면 무엇보다 자유로워야 하며, 이때의 자유는 '스스로 규정할 수 있음'에 있다고 보았다. 그리고 자기 규정 또는 자기 결정의 능력에 인간성의 가치가 있다고 여겼다. 예술은 다름 아닌 이 인간적 가치를 장려하는 매체이고, 연극의 무대는 이런 가치가 검토되는 도덕적 마당이었다. 그는 아름다움을 통해 자유로 이르는 길을 글 속에서 입증하고자 한 것이다. 그는 한 시에서

이렇게 노래한다. '아름다움이라는 영역에서 우리는 가장 자유로운 시민이라네.'

실러가 위대한 것은 단순히 현실의 계몽이나 폭력의 거부를 주장한 데 있지 않다. 또 아름다움을 찬미하거나 예술을 옹호했다는 점에 있지도 않다. 그의 중대성은, 거친 본성이 아니라 이성이 삶을 규율해야 한다는 데 있고, 더 하게는 이런 규율이 정치적 행동이나 도덕적 강령을 통해서가 아니라 이와 더불어 무엇보다 예술의 교양과 그 교육을 통해 이루어져야 하고 또 그렇게 될 수 있다는 믿음을 가진 데 있다.

그러나 더 놀라운 것은, 이런 믿음이 실제로 자신의 저작 속에서 광범위하고도 체계적으로 시도되었다는 사실에 있다. 철저하지 않으면 그 어떤 것도 우스꽝스런 운명을 피하기 어렵다. 이 점에서 그의 예술적 이상은 현실의 모순에 분노하거나 반대로 그에 순응한 낭만적 감상이나 허영과 분명하게 구분되어 보인다.

물질의 편리는 자유의 상실을 대가로 하는지도 모른다. 인간은 어쩌면 근본적으로는 한 걸음도 더 나아가기 어려운지도 모른다. 그러나 자연의 사물이 필연적이라면 인간은 자유롭다는 것, 문화란 이 필연성 속에서 자유를 창조하는 것이며, 예술은 자유로운 문화의 이런 창조에 어떤 역할을 할 수 있을 것이라는 실러의 믿음은 여전히 유효하다. 이런 이유로 그의 200년 묵은 꿈은 우리의 과제가 된다.

지금 독일의 문단은 실러 200주기의 열기로 떠들썩하다. 우리나라에서도 여러 행사가 열리고 있는데, 그중에 눈에 띄는 하나는 국립극단의 공연이다. 시인 기형도가 '문화게릴라'로 불렀던 이윤택 선생이 연출한 「떼강도」가 다음 주부터 열흘 동안 국립극장의 무대 위에 올려진다. 원작에 충실하면서도 우리 현실을 담은 몸짓과 대사와 음악으로 재해석된다는 이번 공연이 벌써부터 기다려진다.

바흐의 땔감

5월의 문화 행사는 다채로웠다. 서울국제문학포럼은 형식과 내용에 있어 아마 가장 큰 규모였으리라. '평화를 위한 글쓰기'라는 주제 아래 그것은 문학, 공동체, 근대성, 빈곤, 세계화, 환경 등 지금 시대가 직면한 거의 모든 문제를 토의한, 그야말로 풍성한 행사였다. 지역과 인종, 언어와 관심은 달랐지만 발제자들은 모두 부당한 차별을 철폐하고 인간성의 가치를 공통적으로 염원하였다.

누가 초청되고 어떻게 조직되며 또 무엇이 토론되는가는 그 자체로 주최하는 쪽의 역량을 증거한다. 그 점에서 이번 모임은 자긍할 만한 것으로 보였다. 오에 겐자부로 선생도 부러움을 토로했지만, 이 같은 행사는 유럽의 여느 나라에서도 흔치 않다. 우리 문화도 이제 숨통을 틔워가는 것인가. 한 대학 연구소가 개최한 국제바흐페스티벌 또한 중요한 행사로 보였다. 내가 사는 도시 안에서 최고 전문가들의 바흐 얘기와 연주를 들을 수 있다니!

바흐Bach를 보고 "당신은 '시냇가(Bach)'가 아니라 '바다(Meer)'라고 베토벤은 말했다지만, 그러나 그는 내게 멀리 있었다. 그를 알고 싶었지만 곡은 무겁고 엄숙하게 여겨져 어디서 어떻게 시작할지 나는 한참 헤맸다. 그러던 중 누군가로부터 '라 쁘띠 방드La Petite Bande'라는 연주 단체를 알게 되었고, 이들 연주를 찾아 듣게 되었다. 그들의 「칸타타」는 단연 새로운 세계였다. '작은 악단'은 결코 작지 않았던 것이다. 믿음은 이때부터 확고해졌다. 지기스발트 쿠이켄Sigiswald Kuijken은 이 단체의 바이올린 주자였다. 그 뒤 나는 '쿠이켄'이 들어간 CD를 몇 장 더 샀고, 그 하나가 모차르트의 「그랑 파르티타」를 지휘한 바르톨트 쿠이켄이었다. 바로 이 쿠이켄 형제들로 구성된 앙상블이 이번 페스티발에서 「음악의 헌정」을 연주하게 되었다. 믿음을 주었으니 아니 갈 수 없는 일. 나는 초대받은 손님처럼 그 연주장을 찾아갔다.

「음악의 헌정」은 흔히 「푸가의 기술」이나 「골드베르크 변주곡」과 함께 바흐 말기의 대위법적 대작으로 알려져 있다. '대위법(contrapunctus)'이란 간단히 말해 음의 높고 낮음이나 길고 짧음, 빠르고 느림이 서로 대조되어(contra) 놓이는(punctus) 형식쯤 될 것이다. 자세히 알 수는 없으나 어떤 규칙적이고도 보석처럼 정제된 느낌을 그것은 갖게 한다. 일주일 전의 연주는 그러했다. 플루트가 부드럽게 울리고 바이올린이 애절하게 솟구치면, 오르간은 선명하고 경쾌하게 메아리치고 첼로는 따뜻한 저음으로 이 모두를 다독인다. 솟구치며 올랐다가 나직이 가라앉고 드넓게 울려 퍼지며 화음은 그 깊이를 더해 간다. 어쩌면 이다지도 아름답게 어우러지는지.

사실상 바흐는 소리의 어울림, 이 어울림의 질서를 축조해 내고자 평생 노력했다. 화음의 질서가 곧 자연의 법칙이고, 이 법칙은 신으로부터 온다고 여겼기 때문이다. 그래서 조화를 표현하는 것이 최고의 음악적 완전성이라 그는 믿었다. 이것은 무색무취한 「무반주 바이올린 소나타와 파르티타」에도 나타나고, 첼로의 구약으로 불리는 「무반주 첼로 조곡」이나 우아하고 섬세한 「관현악 조곡」 그리고 숭고하기 그지없는 「마태수난곡」에도 잘 드러난다. 이 많은 화음의 우주를 도대체 그는 어떻게 다 지었을까.

바흐가 일벌레였다는 것은 널리 알려져 있다. 토마스 교회의 칸토르로 있던 라이프치히 시절, 그는 칸타타를 한 주에 거의 하나씩 작곡했다. 이것이 종교적 관례를 깨뜨린다고 도시의 유지들은 그를 비난했고 심지어 봉급을 깎기도 했다. 그래도 그는 매 주일 교회 프로그램을 짰고, 장례식과 결혼식을 위해 곡을 썼으며, 또 학생들을 가르쳤다. 그리고 찾아오는 손님을 맞았으며, 어린 자식들과 협연을 즐겼다. 그는 쉼 없이 일하고 또 일했다. 이렇게 일해 받은 돈으로 그는 빵과 양초, 그리고 땔감을 샀다.

바흐의 나날은 위태롭고 불운했으나 그를 듣는 오늘의 우리는 행복하다. 그것은 그가 보인 노동의 에토스ethos 덕분일 것이다. 음악이 바흐에게 땔감을 주었다면, 우리 삶의 땔감은 바흐이고 음악이다. 선율의 어울림을 듣고 즐길 수 있다면 평화주의자가 아니 될 수 없으리라. 바흐를 들으며 나는 평화의 땔감을 구한다.

일본에는 조선 시대의 민예품民藝品이 많고, 그 중심에 일본민예관日本民藝館이 있음을 나는 1980년대에 어떤 글에서 읽은 적이 있다. 그 뒤 이 민예관의 창시자인 야나기 무네요시(柳宗悅)라는 이름을 알게 되었고, 그가 누구인지, '민예품'이란 어떤 장르에 속하는지, 왜 이것들이 일본에 있는지 자문하곤 했다. 그 뒤에도 가끔 이곳이 언급되었다. 지난(2005년) 7월 말 한일 간의 우정을 기념한 음악회가 열린 곳도, 작년(2004년) 그즈음 정명훈과 나루히토(德仁) 왕세자가 피아노와 비올라를 함께 연주한 곳도 바로 이곳이었다. 이 민예관 등의 도움을 받아 서울역사박물관에서는 지금(2005년) '조선 민화民畵' 전시회가 열리고 있다.

박물관에 가기 전 나는 책을 몇 권 구입하여 시간 나는 대로 쉬엄쉬엄 읽었다. 눈에 띈 것은, 그 어디를 펼치더라도 야나기의 글이 독자의 심성에 호소하는 정감 어린 것이었고, 이때의 정감적 호소가 흥분된 것이 아니라 차분하다는 것이었다. 이것은 조선 민화의 한 특징이기도 하지만, 이 작품을 사랑하고 수집·기록하였던 그의 생활 감정이자 삶의 태도로 내게는 여겨졌다. 이 점이 거듭 그의 책을 뒤적이게 했다.

한 지역에 산다고 해도 여기 사는 모두가 예술과 문화에 관심을 갖는 것은 아니다. 여러 불가피한 이유가 있겠지만, 사는 일이 힘들어서 아니면 미처 깨닫지 못하여 그럴 수도 있다. 설령 관심이 있다 해도 그 글이 단순한 분석이나 설명의 차원을 넘어서는 것은 어렵고, 감성과 논리의 긴장을 잃지 않는 것은 더더욱 어렵다. 그러나 가장 좋은 것은, 이런 긴장도 어떤 목적의식에서 추구되기보다는 자연스럽게 얻어질 때일 것이다. 성심誠心은 이 자연스런 마음의 정서적 표현일 것이다. 야나기의 글을 관통하는 것은 이런 성심—조선 예술과 민중에 대한 한결같은 사랑의 마음으로 보인다. 그는 『조선과 그 예술』에서 이렇게 적는다.

> 마음과 그 생활은 어떤 경우에도 그 작품의 원천이 되고 있지 않은가. 작품을 통해서 사람을 보지 않는다면 그 작품을 충분히 보았다고 할 수 없을 것이 아닌가. 만들어진 작품에 대한 경이는 바로 만든 사람에 대한 경이가 아니어서는 안 된다.

인간과 삶에 대한 야나기의 믿음이 다소 관념적으로 생각될 때도 있다. 이것은 그가 조선 예술의 '내면'이나 '비밀'을 강조하는 데서도 나타나고, 정치나 현실에 비해 예술과 종교를 지나치게 우위적으로 파악하는 데서도 보인다. 내면의 심성은 중요하지만 '더 밝혀져야 하는 것'이지 신비화되어선 곤란하기 때문이다. 그렇듯 정치 자체가 불신되어선 안된다. 제국주의의 '칼'은 녹여져야 하지만, 그 실행은 정치적 과정 '안에서' 해결되어야 한다.

그렇다고 해도 야나기의 저작은, 무엇보다 그 삶은 상호문화적 이해에 있어 참으로 중대한 궤적을 보여 준다고 할 것이다. 마음이 자연으로 돌아가고, 정치가 인정人情 위에 자리하며, 예술을 사랑하는 마음이 사람을 사랑하는 마음으로 이어져야 한다는 그의 생각은 검열과 감시의 엄혹했던 시절에 글로써, 강연과 모임을 통해 부단히 실천된 것이었다. 성악가인 아내와 음악회를 개최하여 경복궁 안에 미술관을 세운 것은 그 좋은 예다. 이런 염원으로 그는 아무도 돌보지 않던 식민지 조선의 생활용품을 예술의 차원으로 끌어올렸다. 우리 문화의 자연스러움—소박함과 담담함, 무욕無慾과 비작위성의 아름다움을 이토록 절절하게 기록한 이는 아마도 달리 없으리라.

야나기 선생을 읽노라면 나는 어느덧 마음이 가라앉고 차분해짐을 느낀다. 이것은 아마도 그가 아낀 조선 자기처럼 그의 심성 또한 여리고 온화했기 때문일 것이다. 나는 문득 그를 뵙고 싶다는, 뵈어 그의 학생이 되고 싶다는 소망을 갖게 된다. 때를 놓친 이 소망은 그가 남긴 글을 읽을 때 조금 이루어질지도 모른다.

선한 자를 위한 소나타

248개의 오케스트라

이 땅에도 248개의 오케스트라가 있다면!

28세의 구스타보 두다멜G. Dudamel이 10월 8일 오늘, 월트 디즈니 콘서트홀에서 이번에 맡게 된 LA 필하모닉의 개막 연주로 구스타프 말러의 「교향곡 1번」을 연주한다는 것, 그리고 조국 베네수엘라에서처럼 LA의 빈곤 지역에서도 청소년 오케스트라를 1년 전에 만들어 100여 명의 아이들이 필하모닉 단원이나 음악원생들의 도움 아래 연주하고 있다는 기사를 읽으며 내게 떠오른 첫 생각은 이런 것이었다. 우리에게도 전국의 시와 군 그리고 구마다 오케스트라가 하나씩 있어 정부에서 지원하고, 아이들이 무료로 빌린 악기로 연주하며, 이런 연주회에 부모와 동네 사람들이 주말마다 듣고 즐기고 쉰다면 어떨까 하는…….

두다멜이 이끄는 '시몬 볼리바르 청소년 오케스트라'와 이들을 지원하는 운동인 '엘 시스테마El Sistema'는 이제 많이 알려져 있다. 이 단체에는 무려 30만 명의 아이들이 속해 있고, 이들은 전국에 있는 200여 오케스트라에서 연주한다. 두다멜 역시 이 단체 출신이고, 시몬 볼리바르 오케스트라는 이들 중에서 정선한 단원으로 구성되어 있다.

두다멜은 지난주(2009년)의 한 인터뷰에서 왜 고전 음악이 자기 고향에서는 그렇게 활기 있고 실존적인 것인데 반해 유럽에서는 엘리트적으로 되어 경험에 취약하고 현실에 무기력해졌는지 이해하기 어렵다고 말하고 있지만, 그리고 이런 생각에는 전통적 유산에 만성이 된 서구인들의 무기력과 이에 대비되는 남미인들 특유의 생기가 자리하겠지만, 음악의 기쁨이 삶의 활력을 북돋는다는 건 분명하다고 말했다. 음악도 결국 어떻게 듣고 느끼고 연주하며, 이러한 경험을 얼마만큼 자기 삶의 의미 있는 에너지로 전환시키는가에 달려 있다. 이것이 제대로 된다면, 음악은 훌륭한 교육적·사회적·윤리적 기능을 하는 것이다. 사실 이런 동화 같은 운동을 30년 전에 시작했던 호세 안토니오 아브레우H. A. Abreu 역시 음악가이자 사회활동가였다.

음악을 연주한다는 것, 특히 오케스트라에서의 협연

이란 무엇인가? 그건 팀플레이다. 협연한다는 것은 상대에 귀 기울인다는 뜻이고, 서로 배운다는 뜻이며, 틀린 음도 참고 다른 견해도 받아들인다는 뜻이다. 다른 사람과 연주한다는 것은 그 자체로 엄청난 인내와 관용을 연마시킨다. 자신을 낮추지 않으면 화음은 결코 만들 수 없다. 그래서 그것은 독단을 막고 아집을 줄이면서 함께 발전해 가는 즐거운 교양의 훈련이 되는 것이다. 이것은 음악을 넘어 다른 일로도 확대될 수 있다. '배제야말로 사회에 자리한 모든 악의 뿌리'라고 아브레우는 말했다. 그는 음악을 통해, 마치 볼리바르가 스페인 압제로부터 남미를 해방시켰듯이, 가난과 무지와 억압으로부터 우리 모두를 해방시키고자 했던 것일까. 음악은 인간의 기본권이다.

예술에 접근하기 힘든 이유는 물질적 궁핍에만 있는 게 아니다. 거기엔 정신적 빈곤—여유 없음도 한몫 한다. 두다멜을 후원하는 베를린 필의 지휘자 사이먼 래틀이 지난 시즌부터 유치원 아이들을 방문하고 있듯이, 우리도 이런 음악적 시민운동을 시작하는 건 어떤가? 248개의 오케스트라는 현재로선 아득한 얘기지만, 지금부터 장기적 계획을 세워 하나하나씩 만들어 갈 수도 있으리라.

도시 공간과 성스러움

지난주(2006년 6월) 오늘 저녁 무렵 나는 여의도 KBS홀 앞에 있었다. KBS 교향악단의 정기연주회가 있어서 좀 일찍 그곳에 도착했다. 빵으로 요기를 하고 커피를 한 잔 마시며 그 건물 앞 광장에 앉아 있었는데, 그곳은 매우 넓고 한적했다. 주변의 건물은 멀찌감치 떨어져 있어서 전혀 다른 느낌이 들었다. 어떤 '다른 느낌'이었나?

현대사회의 또 한국 사회의 우리는 대부분 도시에 산다. 그러나 이 도시에 대해 우리는 별다른 느낌을 갖고 있지 않다. 매일 오가는 거리에 대해, 차를 타고 지나가는 길과 그 길의 저편을 우리는 몇 번 생각하는가? 보이는 공간, 그 경계의 너머를 과연 생각한 적은 있는가? '광장' 하면 '시청 앞 광장'만을 떠올릴 정도로 우리에게 열린 공간은 적다. 그러니 하나의 추억이 되고 이야기가 되는 장소는 아주 드물다. 있다고 한다면 요즘 보듯 월드컵 기간에만 일어난다고나 할까. 현재의 시간 속에서 지나간 역사를 느끼고, 여기의 내가 다른 곳의 그들과 공존함을 느끼는 일—집단적 기억의 공간 경험은 오늘날 참으로 빈곤하게 되었다.

도심의 건물에 대해서도 마찬가지. 그것이 삶을 채우고 즐거운 회상이 되는 경우는 적다. 건물도 거리도 장소도 삶의 의미 있는 이야기로 엮어지기보다는 그와는 무관하게 있다. 자연은 질식되고, 시간은 더 이상 축적되지 않는다. 도시는 이제 돈 벌고 장사하며 소비하는 곳일 뿐, 내가 나로서 활동하고 다른 주체와 만나 삶을 꾸려 가는 공동의 공간이 되지 못한다. 도시 안에서 이 도시의 낯선 자로 우리는 살아가는 것이다.

그러나 추억과 사연을 만들지 못하는 거리는 죽은 거리다. 공동체적 유대감을 느낄 수 없다면, 그 도시는 공존의 공간이 되기 어렵다. 그날 연주된 다케미쓰 도루의 「레퀴엠」도, 또 모차르트의 「레퀴엠」도 바로 이 점을 느끼게 했다.

죽은 자의 혼을 달래는 미사곡인 모차르트의 「레퀴엠」은 그지없이 장엄하여 초월적 세계를 떠올려 준다. 굳이 종교적 의미를 말하지 않더라도 그것은 경험의 영역을 넘어서는 신성하고 거룩한 것을 가늠케 한다. 이것은 기악과 기악의 화음만이 아니라 기악과 성악, 성부와 성부의 화음에 크게 힘입었지만, 특히 100명가량의 합창단 연주는 실로 감동적이었다.('안산시립합창단'과 '인천시립합창단'에 우리 모두 박수를!) 강약과 속도를 조절하면서 죽음의 비애를 아름다움으로 승화시켜 가는 과정은 그날 저녁을 '신성한 밤'으로 만들기에 족했다.

사실 이 모든 신성함, 그 뿌리에는 공간의 경험이 있지 않나 여겨진다. 이때 '공간'이란 삶의 터전 또는 바탕으로 자리한다. 그것은 그 무엇으로도 제한되지 않는 무한한 어떤 것이다. 그래서 알 수 없이 두려운 것이면서 이 두려움으로 스스로를 돌아보게 한다. 성스러움은 종교적·형이상학적 차원이면서 일상적 차원이기도 하고, 무엇보다 열린 공간 자체의 성격이기도 하다. 겸허함은 이 경험에서 생긴다.

예술과 문화는 이 무한성의 상기를 통해 사물의 새로운 질서—세계에 대한 다른 시선을 장려하는 데 있다. 사람 사는 장소는 이런 공간의 테두리가 늘 기억될 수 있도록 조직되어야 한다. 그러나 오늘의 도시적 삶은 이것을 돌아보기에는 부질없이 또 피상적으로 보인다.

큰 작가의 큰 오류

최근 독일 문단을 달구었던 큰 논쟁은 하인리히 하이네상을 둘러싸고 일어났다. 심사위원회가 이 상의 올해 수상자로 페터 한트케를 결정했는데, 상과 상금의 집행 권한을 가진 뒤셀도르프 시에서 이를 거부한 것이다. 이유는 한트케가 세르비아의 정치 지도자 슬로보단 밀로셰비치를 예찬했고, 더욱이 그의 장례식에 참석했기 때문이다. 수만 명의 목숨을 앗아 간 '발칸의 도살자'에게 그렇게 했으니……. 거기 간 것도 어떤 충성심에서가 아니라 언론이 밀로셰비치를 매도해서라고 한트케는 뒤에 설명했지만, 입증된 사실에 주의하기보다는 세르비아계의 주장만을 되풀이한 그의 입장은 계속 논란을 일으켰다. 결국 그는 상을 포기하고 말았다.

이 일을 두고 한편에서는 이른바 위대한 작가에게는 '오류의 권리'가 있고, 이 오류는 의미 있는 자극제가 된다고 한트케를 옹호했고, 다른 한편에서는 '시적 언어의 심오함'이라는 미명 아래 비판을 포기하는 것은 잘못되었다고 질타했다. 여기에는 많은 요소들이 얽혀 있다. 어머니쪽으로 세르비아계와 연결되는 작가의 전기적 사실이 있고, 구 유고연방의 비극적 역사가 누적되어 있으며, 크게는 이런 재앙을 방조하기도 한 유럽연합의 정치적 책임도 있다. 그래서 균형 잡힌 판단을 내리기란 매우 힘들다.

위대하게 사고하면 위대하게 잘못하는 것인가? 마르틴 하이데거가 나치에 동조했고, 에즈라 파운드가 베니토 무솔리니를 찬양했으며, 브레히트가 공산주의 이념 아래 희생된 개인의 삶을 묵인했던 것은 잘 알려져 있다. 그래서 예술가의 생각은 자주 얼룩진다. 얼룩진 통찰은 광기가 되고, 이 광기는 많은 생명을 빼앗는 데 봉사하고 만다. 밀로셰비치가 내건 '위대한 세르비아의 꿈' 아래 얼마나 많은 이가 죽어 갔던가? 위대한 꿈과 광기의 사이는 그리 멀지 않다. 한트케의 오류는 지나친 주관주의 속에서 자기 관점을 고집한 데 있지 않나 여겨진다. 그는 20대 초에 연극사의 새 장을 연 재능 있는 작가지만, 바로 그 때문에 그 재능은 아쉽다.

내가 이 논쟁을 언급하는 것은 한트케가 옳았는가 틀렸는가를 말하기 위해서가 아니다. 더 흥미로운 것은 문학과 정치, 작가와 현실의 관계이고, 더하게는 이런 관계를 조율하는 공론장의 존립 여부다. 문학을 순전히 정치적 잣대로 단죄하는 것도 문제지만, 예술과 현실을 별개의 것인 양 간주하는 것은 더 무책임하다. '선한 의도가 야기한 불행한 결과'의 오랜 역사를 우리는 잘 알지 않는가.

한트케의 작가성을 인정하면서도 그보다 더 높은 도덕성—사회 현실에 눈멀지 않은 보편적 문학의 가치를 요구할 수 있었던 것은 뒤셀도르프 시의 의회가 사민당과 녹색당, 그리고 자민당의 연합으로 구성되어 있기 때문일 것이다. 그리고 이 옆에는 깨어 있는 공론장이 자리한다. 하나의 정당이 독식하다시피 하는 우리의 기초자치제도에서 과연 이런 식의 제어가 가능할까? 우리의 공론장은 모든 '상대화의 유희'를 문제시하면서 인권과 상호 이해를 증진하는 데 기여하고 있는가?

각자의 관점은 하나의 관점일 뿐이다. 그러나 이 관점의 수를 늘릴수록 우리는 더 공정해진다. 늘어난 관점 안에서 자기 방향을 잃지 않는 것은 더 중요하다. 문제는 다시 겹겹의 현실 인식이다.

오르한 파묵과 한반도 평화

올해(2006년) 노벨 문학상은 터키의 소설가 오르한 파묵에게 돌아갔다. 모든 문학 수상자에게 관심을 갖는 것은 아니지만, 올해의 경우 몇 가지 점이 눈에 띈다. 그는 이스탄불 출신이지만 서구적으로 교육받았고 뉴욕에서도 여러 해 산 적도 있다. 그래서 '이슬람 문화의 서구적 관찰자'로 흔히 지칭된다. 내게 흥미로운 것은 그의 문학적 태도다.

파묵은 흔히 생각하듯 정치적 사안의 참여나 어떤 단체 또는 정당에서의 활동을 작가의 정치 행동으로 파악하지 않는다. 정치를 단순하게 이해하지도 않지만, 그렇다고 정치에서 많은 것을, 적어도 문학에 관한 한, 기대하는 것도 아니다. 오히려 그는 문학을 도구화하는 일체의 시도에 반대하고, 그 점에서 마르셀 프루스트나 블라디미르 나보코프를 좋아한다. 그러나 문학의 고유성에 대한 이 믿음이 반드시 현실도피적으로 보이지 않는다. 현실이 누락되었다기보다는 다른 색채를 입고 있지 않나 내게는 여겨진다. 그러니까 그는 틀에 박힌 정치 참여가 아니라 전혀 다른 방식의 현실 개입을 하는 것이다.

파묵은 소설의 의미가 "자신을 타자에 이입시키는 가능성"에 있다고 말한 바 있지만, 현실 참여는 그에게 이런 이입을 통해 일어난다. 소설은 역지사지易地思之의 매체에 다름 아니다. 단순히 자신을 표현하는 데 그치는 것이 아니라 자신을 타자로 느끼며, 타자를 자신과 동일시하는 기회를 소설은 제공해 준다. 이것은 예술 일반에도 타당하다.

주의할 것은 상상적 이입의 바탕이 여전히 사실이라는 점이다. 파묵은 "상황에 현명하게 대처해야 한다"는 식의 도덕적·당위적 발언을 하지 않는다. 그대신 갈등과 충돌이 일어나는 모순된 지점을 다층적으로 보여 준다. 그의 작품에 혁명가나 좌파, 민족주의자나 종교적 근본주의자와 같은 여러 진영의 인물들이 자주 등장하는 것은 이 때문이다. 아르메니아인들에 대한 오스만 제국 시절의 대량

학살이나 터키 내 쿠르드인 학살과 같은, 서구에서는 자명하나 터키에서는 금기시된 사항에 대한 지적은 더 구체적이다. 이 부당한 세계에서 우리가 평화를 갈구하고 행복을 기약하는 것도 작가의 이런 개입 덕택일 것이다. 그는 쓴다. "번역되고 읽혀지는 중요한 이라크 작가가 다섯 명만 있었더라도, 미국은 이라크에 전쟁 포고하는 것이 훨씬 힘들었을 것이라고 나는 확신한다."

북핵실험으로 나라 안팎이 떠들썩하다. 한쪽에서는 안보위기론이나 햇볕정책폐기론이 나오고, 다른 한쪽에서는 미국책임론이 거론된다. 중요한 것은 어느 한편으로의 책임 전가가 아니다. 위기를 과장하여 핵무장을 주장하는 것도 잘못이지만, 지난 10년간 200만 명이 굶어 죽고 20만 명의 정치범이 감금된 북녘의 실상을 덮어 두는 것도 옳지 않다. 그러나 무엇보다 절실한 것은 이 땅의 삶이 훼손되어선 안 된다는 대원칙의 확인이고, 이 원칙은 어떤 세력이나 국가에만 해당되지 않는다. 평화의 추구, 전쟁불가의 원칙은 언제 어디서나 불가결한 보편적 원리다.

경직된 현실에서 공존의 절대성을 알리는 작가가 북한에 없다면 남한에라도 여럿 있어야 한다. 더하게는 좀 더 많은 사람들이 보편적으로 사고하는 일이다. 우리에게는 안 되고 남에게는 해도 되는 폭력이나 죽음은 결코 없다.

역지사지의 관점으로 견해의 근본주의를 넘어서는 것은 이 땅의 평화를 위해 더없이 긴급하다.

지배와 사랑

나는 오페라를 잘 모른다. 예술 장르 일반에 관심을 갖고 있지만 오페라는 여전히 낯설다. 몇 가지 선입견도 있다. 화려한 무대장치와 의상, 노래의 격정, 과장된 몸짓에 선뜻 호감이 일지 않았고, 그래서 늘 주저되었다. 그런데 반드시 그런 것은 아니었다. 지난 토요일 밤에 본 베르디의 「돈 카를로」는 매우 독특한 경험이었다.

오페라 「돈 카를로」는 실러의 희곡 원작을 줄인 대본에 베르디가 곡을 붙인 것이다. 이것은 스페인의 왕 필립보 2세가 아들 카를로의 연인 엘리자베타를 왕비로 삼은 후 일어나는 갈등을 그리고 있다. 그러나 여기에는 부자간의 갈등 이외에도 신교와 구교, 자유와 억압, 개인과 국가 간의 갈등도 겹쳐 있다.

오페라의 흡인력은 음악과 무용, 노래와 연기, 독창과 합창, 조명과 무대장치 등 눈과 귀를 압도하는 '전면적 호소'에 있어 보인다. 여러 분야의 사람들이 오케스트라 반주 아래 해가는 공동 작업은 엄청나게 매력적일 거라는 느낌이 이제서야(!) 들었다. 이것은 연출가(이소영)의 인터뷰에서도 묻어났다. 사랑을 잃은 카를로와 그를 대변하는 로드리고의 이중창이나 고뇌하는 왕의 독창도 좋았고, 왕과 대심문관의 저음 이중창도 인상적이었다. 여기에 거대한 세 개의 입상 기둥은 웅장하면서도 단출했고(이것은 현재를 규정하는 전통의 뿌리나 역사의 연속성을 느끼게 했다), 무덤과 기울어진 벽면은 양식적으로 절제되어 현대적 느낌을 주었다. 그래서 사건의 공간은 400년 전이 아닌 오늘의 현실로 여겨졌다.

왕이 신권 아래 민중을 탄압하면서 아들의 연인을 가로챘다면, 이 연인을 되찾으려는 아들의 노력은 자연히 아버지의 통치에 대한 저항으로 이어진다. 이것이 비극으로 치달으면서 연인은 '영원한 미래의 시간'을 기약한다. 그런데 사랑을 못 이루는 것은 두 연인만이 아니다. 왕자의 관심을 끌지 못하는 에볼리 공주도 그렇고, 같이 사나 왕비에게 애정을 못 얻는 왕 역시 그러하다. 그래서 왕은 왕관 대신 차라리 왕비의 마음을 읽게 해달라고 탄식한다.

갈등의 축이 어디에 있건 기본 줄기는 두 필연성 사이의 충돌—개인과 국가, 자유와 억압 간의 충돌로 보였다. 이 핵심을 나는 '지배와 사랑'으로 이해했다. 지배가 억압의 원리라면, 사랑은 비지배—평등과 평화의 원리다. 그러나 평화는 현실에서 얻기 어렵다. 그것은 대개 '피'로써 지켜진다. 그래서 차라리 죽은 자의 몫이 된다. 결국 권력의 지배도, 이 지배에 대한 사랑의 저항도 죽음—인간의 한계조건에 수렴되는 것이다. 이것은 작품의 모든 사건이 '왕의 무덤가'라는 처음과 끝 장면에 감싸여 있다는 사실에서도 암시된다.

그러므로 평화의 원리는 정치적으로 정당해서, 또는 도덕적으로 바르기에 필요하기도 하지만, 더 근본적으로는 죽음이 삶의 모든 것을 삼켜 버리기에 절실하다. 살아 있을 때 평화롭지 않다면, 평화란 어디에 쓸 것인가? 그것은 죽은 자가 아닌 산 자들의 몫이어야 하고, 미래가 아닌 현재의 시간 속에서 확보되어야 한다. 살면서 싸우는 것은 오만과 허영 때문이다. 이 허영으로 우리는 무덤까지 고통을 가져간다. 관에서 깨어나 산 자들의 탐욕을 질타하는 선왕先王의 목소리가 아직도 귀에 쟁쟁하다. 이 평화의 사랑이 불과 칼의 지배를 이겨 낼 수 있을까.

'선한 자를 위한 소나타'

영화를 좋아하지만 자주 보지는 못한다. TV에서라도 주말에는 좋은 영화가 한두 편 했으면 싶은데, 그렇지도 않고 방영시간도 너무 늦다. 그나마 EBS의 「세계의 명화」를 가끔 볼 수 있어 다행이다. 그런데 지난 토요일에는 새벽 1시에 영화 한 편을 보게 되었다. 「타인의 삶」이라는, 이전부터 보고 싶었던 영화였다.

내용은 비밀경찰인 비즐러가 상부의 지시로 예술가 부부—드라이만(극작가)과 그의 아내(배우)를 감시하면서 겪게 되는 심정적 변화—전향轉向의 과정을 보여 준다. 비즐러는 '상대가 무죄를 주장하면 죄 없는 시민을 국가(동독)가 심문했다는 주장 자체가 위법이므로 상대는 죄인'이라고 말할 만큼 악랄하다. 그러나 여배우를 탐낸 장관의 지시로 도청이 이루어지고, 극작가의 친구가 당국의 압력으로 자살한 것을 알게 되면서 비즐러는 흔들리기 시작한다. 친구가 작곡한 '선한 자의 소나타'를 드라이만이 슬픔에 젖어 연주하고, 이렇게 연주하는 것을 들은 비즐러는 점차 변해 간다.

이윽고 비즐러는 드라이만의 반체제적인 글도 보고하지 않는다. 극작가의 책상에 놓인 브레히트의 시집을 가져와 읽기도 하고, 경찰이 들이닥치기 전에 문제시된 그 글을 숨겨 주기도 한다. 선의는 매우 더디게, 양심의 주저 속에서 조금씩 자라난다. 상관은 비즐러가 개입했음을 추측하지만 증거는 불충분하다. 그래서 파면시켜 정년할 때까지 편지 뜯는 일을 하도록 조처한다.

영화 속의 누군가가 이렇게 말한다. "자신을 팔지 않는다고 하니 당신은 착한 사람이네요." 선이란 자신을 팔지 않는 것이다. 그러나 이것은 지극히 어렵다. 선을 행하면 재앙이 따르고, 때로는 생명까지 지불해야 한다. 그러나 선의 궤적을 좇는 사람도, 드물지만, 있다.

드라이만이 피아노를 치며 죽은 친구를 추모하듯, 그래서 그 역시 현실의 시비를 기록하듯, 드라이만의 이 괴로움을 비즐러도 조금씩 나누게 된다. 베를린 장벽이 무너진 후, 드라이만은 동독의 지식인이 다 도청되었음을 알게 된다. 그런데 왜 자기는 도청되지 않았는지 묻는다. "당신도 도청되었어." 상관의 이 말에 드라이만은 "당신 같은 인간들이 이 나라를 이끌어왔으니……."라며 옛 문건을 뒤지게 된다. 그리고 자기의 도청자가 비즐러임을 알게 된다. 비즐러는 지금 우체부로 살아간다. 그는 비즐러를 찾아가는 대신 『선한 자의 소나타』라는 책을 써 그에게 바친다.

선은 오로지 위태롭게 지속된다. 예술 작품은, 책이든 음악이든, 자기를 팔지 않은 양심의 궤적이다. 이 울림은 더디지만 그러나 끊기지 않는다. 선의의 소나타가 예외적 순간만이 아니라 평상시에도 울릴 수는 없을까? 아니 그게 아니라, 그냥 이런 좋은 영화를 저녁 11시쯤에는 볼 수 없을까?

알프레드 브렌델의 마지막 소망

알프레드 브렌델Alfred Brendel은 지금 살아 있는 피아니스트 중 가장 위대한 연주자의 한 사람으로 불린다. 올(2008년) 12월에 빈 필하모닉과 마지막 무대를 가질 77세의 그에게 누가 이렇게 물었다. "몇 해 전 프랑스의 어떤 피아니스트는 연주 생활을 마감하면서 피아노를 헬리콥터로 실어다 호수에 빠뜨렸는데, 이런 식의 작별을 어떻게 생각하나요?" "그것이 안 좋은 피아노이길 바라요." 나는 웃는다.

사람이 하는 많은 일은 지루하고 판에 박힌 것이기 쉽다. 그러나 그렇지 않는 것도 있다. 음악은 그 예외가 아닌가 싶다. 이때의 음악이란 물론 직업이 아닌 취미로서의 음악이다. 음악을 즐겨 듣다보니 요즘은 그에 관한 글을 읽는 것도 휴식처럼 돼 버렸다. 브렌델의 5월 초 인터뷰도 그랬다.

음악을 잘 연주하는 것도 어렵지만, 연주와 학문에 능하기란 더 어렵다. 브렌델은 뛰어난 피아니스트 중에서도

Alfred Brendel(1931~) ©GuyFrancis

에세이
『A Pianist's A-Z』

Schubert 즉흥곡
D. 946 음반 표지

브렌델은 연주자이면서 시집과 에세이집을 낸 작가이기도 하다.
음악은 소리 이전의 말없는 세계를
선율로 화음으로 경험케 한다.

유난히 학구적이고 철학적인 사람으로 꼽힌다. 그의 엄격성은 정확한 작품 해석에서 잘 드러난다. 이 같은 세부적 충실은 에세이스트로서 책을 출간하거나 시집을 내는 보편적 교양 활동으로 확대된다. 이런 그에게 당장 실현될 수 있는 소망 한 가지를 말해 달라고 하자, "연주장에서 아무도 기침하지 않는 것"이라고 그는 대답한다. "기침하고 싶을 때 당신은 어떻게 하나요?" "안 하려고 무진 애를 쓰고, 어떨 땐 눈물까지 흘려요. 소란해지는 순간까지 참기도 해요."

실제로 브렌델은 시카고에서 연주하다가 말고 이렇게 말한 적도 있다고 한다. "신사 숙녀 여러분, 난 당신들을 들을 수 있지만 당신들은 날 들을 수 없어요." 그러자 다들 조용해졌다. 그러면서 이전에는 손수건으로 막고라도 기침했는데, 요즘은 아무렇게나 터트린다고 말한다. "연주장에 오면 음악을 제공받듯이, 음악을 제대로 들으려면 무언가를 가져와야지요. 그건 침묵이에요. 음악에서 모든 것은 침묵 위에 축조돼요." 그러니까 브렌델의 소망은 소음이 아닌 소리 속에서 침묵을 느끼는 것이라고 할 수 있다. 음악은 소리를 통해 소리 이전의 말 없는 세계, 그 무한성을 경험하는 일이다.

공자 같은 성인이든 소 치는 아이든, 음악이란 '어떤

통일을 얻은 인간에게만 즐길 권리가 있지 그중간 사람에겐 없다'고 최인훈 선생은 쓴 적이 있지만, 이 통일이란 나와 너, 인간과 자연, 소리와 침묵의 만남 같은 것이 아닐까? 이렇게 만나 하나가 될 때, 우리는 비로소 '즐길 수' 있다. 오늘 저녁엔 브렌델이 연주한 베토벤의 말년 소나타를 듣고 싶다. 가만 보니 그것은 집에 없다. 대신 슈베르트의 「즉흥곡」을 들어 볼까? 즉흥곡 946번은 슈베르트가 죽기 바로 몇 달 전에, 마치 지나온 삶을 고백하듯, 작곡했다. 열정과 체념, 그리움과 작별의 아쉬움이 배어 있는 이 곡을 오늘은 잠들기 전에 들으려 한다.

이태준의 '택민론擇民論'

이태준의 '택민론擇民論'

시절이 어려울 때, 그래서 난공불락으로 여겨질 때, 사람은 가끔 물러나고픈 유혹을 느낀다. 물러나 조용한 곳에서 자기를 추스르며 새롭게 시작할 어떤 계기를 찾게 된다. 이렇게 해서 지난여름 내가 잡았던 책 중에는 이태준의 단편 전집이 있었다.

우리 문학에서 흔히 "운문은 정지용이요 산문은 이태준"이란 말을 하지만, 이태준의 글에는 문인 특유의 향기가 느껴진다. 지금은 문자향文字香 같은 말도 고리타분해졌지만, 그의 글은 어느 것이나 성실하게 일을 처리하고, 솔직하게 현실과 만나며, 이웃을 성심으로 대하려는 화자의 존재를 느끼게 한다. 그것은 이리저리 끌려다니는 것이 아니라 자기를 잃지 않고 살려는 안간힘을 증거하기에 독자에게 힘을 준다. 그런 글을 읽다 보면, 그것이 조금 긴 호흡으로 더 밀도 있게 나타났으면 하고 바라게 되기도 하는데, 『해방 전후』나 『먼지』같은 중편은 이런 바람에 상응하는 훌륭한 작품으로 여겨진다. 그중 『해방 전후』에 나오는 '택민론'은 아직도 머리에 남아있다.

『해방 전후』는 여러 생각할 거리를 주지만, 단순화하면 식민시대 말기 총독부의 강권과 개인의 양심 사이에서 갈등하는 한 지식인의 삶을 회고 형식으로 보여 준다고 요약할 수 있다. 혐오하거나 의심할 만한 곳에는 자리해선 안 된다는 한 인물에 대하여, 혐의를 무릅쓰고라도 지금은 일해야 할 아주 중대한 시기라고 주인공은 대답한다. 그래서 임란 직후 조선이 그럴 여력이 없음에도 명나라를 도와 참전해야 한다는, 그래서 백성을 도탄에 빠뜨리고 마는 명분파와는 달리, 왜적에게 시달린 백성을 또다시 고통스럽게 해선 안 된다는 택민파를 그는 옹호한다. 명분과 의리가 아니라 백성의 실질적인 안위를 먼저 생각하고 마침내 폐위까지 당하고 마는 광해군 같은 지도자가 절실하다는 것이다.

이태준의 '택민론'이 오늘의 상황에 그대로 대입될 수는 없다. 지금의 현실은 그때보다 훨씬 복잡해졌고, 그러니만큼 우리의 현실 인식은 더욱 면밀해야 한다. 그렇지만 정치적 결정에서 명분이나 구호가 아닌 국민의 안위를 최우선시하는 그 생각의 방향은 고귀하고 타당해 보인다.

가장 어려운 것은 현실이다. 그렇게 양식 있고 양심적이며 현실에 철저하고자 했던 이태준 같은 작가마저도 이 현실에 희생되어 버리지 않았던가. 월북 후 그는 곧 숙청되어 신문사 교정원으로, 마지막엔 고철을 수집하며 지내다가 죽는다. 나는 그의 작품을 읽을 때마다 그토록 험난한 시절에도 그처럼 좋은 작품을 남겨 준 그가 고맙고, 그 삶이 안타까우며, 그를 희생시킨 이 땅의 현실이, 우리의 정치와 역사가 두려워진다. 어디 이태준뿐이겠는가. 지금도 많은 사람들은 이런저런 말 못 할 곤경 속에서 산다. 이들을 정치제도적으로 포용하지 못하는 한, 우리 문화는 '초기 단계'에 있다고 말해야 할지도 모른다.

작가 마르케스의 유머

책은 가능한 한 정선해 읽어야겠다고 맘먹고 있으면서도 이렇게 정선해 놓은 책은 갈수록 쌓여간다. 이번 방학에도 틈나면 읽으려고 대여섯 권 구해 뒀지만, 이런저런 일로 다 읽지 못했다. 그렇게 읽은 책 중 아직도 흐뭇하게 하는 건 단연 가브리엘 마르케스가 쓴 『이야기하기 위해

Gabriel Garcia Márquez(1927~2014)
©Festival Internacional de Cine en Guadalajara

Márquez가 태어난 집의 부엌 풍경

"예술적 재능은 모든 재능들 가운데 가장 신비로운 것인데,
인간은 이 재능 덕분에
무엇인가 얻을 것이라는 기대는 전혀 하지 않은 채,
자신의 모든 삶을 바친다……"

가브리엘 가르시아 마르케스, 『이야기하기 위해 살다』(2002)

살다』(조구호 역)다.

이 책은 콜롬비아에서 7남 4녀의 가난한 집 만이로 태어난 마르케스가 75세의 늘그막에 삶을 돌아보며 쓴 700쪽의 자서전이다. 거기엔 흥미진진한 일이 끝없이 일어났던 가족의 역사와, 더 나은 세상을 꿈꾸던 외조부의 좌절, 아버지·어머니의 놀라운 사랑과, 중앙권력으로부터 자유로웠던 고향 마을의 평화, 이곳 바나나 농장의 노동자 학살 사건 그리고 신문기자로서의 치열한 활동 등이 믿을 수 없을 만큼 정확하게 복원되어 있다.

흔히 마르케스의 문학을 '마술적 사실주의'라고 칭하지만, 이런 개념 없이 읽어도 그의 글은 놀라울 정도의 다채로운 사연과 관찰과 견해와 고백이 시종일관 즐거움을 선사한다. 이 모든 것은 작가의 산문 정신에서 올 것이다. 지극히 너그러우면서도 더없이 철저하고, 현실을 비판하면서도 차분하게 처신하는 것은 어떻게 가능했던 것일까? 나는 이것이 그의 유머 감각에서 오지 않나 여긴다.

유머는 그의 글 도처에서 나타난다. 그것은 사건을 서술하거나 대화를 기록하거나 이런저런 인물을 평할 때 배어 있다. 예를 들어 그의 어머니는 사랑의 감정을 이렇게 토로한다. "내가 그 사람을 생각하고 있다는 생각에 화가 치밀어 잠을 잘 수 없었어. 하지만 날 가장 화나게 한

건 화가 날수록 그 사람 생각이 더 간절했다는 것이었어." 담배에 대한 다음 언급은 어떤가. "죽음에 대한 공포 때문에 밤에도 수시로 잠에서 깨어났고, 담배를 피움으로써 그 공포를 이겨 낼 수 있었는데, 마침내 담배를 끊기 위해서는 죽는 게 더 낫겠다는 결론에 도달했다." 삶의 공포와, 이 공포를 이겨 내려는 노력과, 이 노력의 목표가 순식간에 뒤바뀌는 현실이 간명하게 표현된다.

유머가 늘 실없는 농담인 것은 아니다. 우스개일 때도 있지만, 거기에는 생애의 허망함과 이 허망함에서 오는 비애와, 이 비애에도 삶을 긍정하려는 여유가 있다. 그것은 그 어떤 슬픔도 여기 살아 있는 기쁨을 대치할 수 없음을 나타낸다. 유머는 슬퍼하지 않을 권리의 선언이다. 가장 절망적일 때조차도, 적어도 살아 있다면, 기뻐하지 말아야 할 이유는 없다.

마르케스는 젊은 시절에 만난 가장 멋진 사람으로 한 맹수 조련사를 언급한다. 이 조련사는 가족 같은 사랑으로 맹수를 다뤘기 때문이다. 그는 호랑이 우리를 청소해도 좋으니 그 서커스단에 입단시켜 달라고 부탁하기도 한다. 그에게 매력적인 것은 지식이나 재산 혹은 권력이 아니라 삶을 사는 독립된 방식이고, 어떤 비극에도 꺾이지 않는 성격이었던 것이다. 그는 품위를 유지하면서 "좋은 시절은 향유하고 나쁜 시절은 인내하라"는 부모 말씀을 잊지 않았던 것 같다.

마르케스는, 힘 있고 배운 사람들이 흔히 그러하듯, 잘난 체하거나 점잔 떨지 않는다. 그는 선의도 거드름 없이 자연스럽게 행하던 어떤 사람을 예찬한다. 그는 자기 인격에 문제가 있다고 여겨지면 그 벌로 자기 일이 잘 안 되게 바라기도 한다. 마르케스의 유머를 만날 때마다 내 마음 한구석이 정화되는 듯하다.

헤르타 뮐러의 작업 방식

스톡홀름에서 걸려 온 노벨 문학상 수상 결정을 듣고 헤르타 뮐러는 "큰 웃음을 터뜨렸다"고 한다. 그러면서 지금은 아무 생각도 안 나니 12월 10일 수여식 때까지 적당한 말을 찾아보겠다고 말했다는 것이다. 2년 전 도리스 레싱이 이 상을 받을 때도 그랬지만, 뮐러의 인터뷰나 그 논평에서도 가장 눈에 띄는 것은 어떤 자연스러움이다. 이것은 치장된 몸짓이 아닌 고통의 오랜 단련에서 오는 듯하다.

루마니아에서 태어나 그 전체주의 체제 아래 오랫동안 감시와 심문에 시달렸던 작가 자신이나, 러시아 수용소로 끌려가 고초를 당했던 어머니, 그리고 여기서의 수백 수천의 죽음. 그 당시 스탈린은 루마니아 정부를 압력하여, 히틀러 독일과 결합할 수 있다는 이유로 루마니아에 살던 독일인을 강제수용소로 추방시켰던 것이다. 고통은 여기서 그치지 않았다. 루마니아 정보부는 그녀를 첩자로 삼고자 했고, 그녀가 거부하자 온갖 트집을 잡으며 괴롭혔다. 겨울에는 난방이 안 들어온다고 불평할까봐 국영방송이 나서서 기온까지 조작했다고 하니, 국가 기만의 정도는 짐작할 만하다. 결국 그녀는 독일행을 결심하지만, 베를린에 와서도 모함은 그치지 않았다. 첫 작품인 『저지대』가 루마니아 정보부의 위탁으로 쓰였다고 주장되기도 했고, 심지어 독일 정보국마저 스파이인 양 그녀를 취급했다.

뮐러가 글을 쓰게 된 것도 '작가가 되겠다'는 결심에서가 아니라 그렇게 쓰지 않고는 견뎌낼 수 있는 방법이 달리 없었기 때문이다. 독재 정권에 의해 그녀는 이미 '국적國賊'이 돼 버렸고, 사람들은 그녀를 기피했다. 끌려갔던 사람은 할 말을 잃었고, 고통을 떠올리려 하지 않았다. 그런 그녀가 혼자 할 수 있는 거라곤 쓰는 일밖엔 없었다. 말할 수 없는 것에 대한 언어를 만들어 내는 것이 문학이었다. 뮐러의 글은 억압 체제 아래 자행된 일상의 순응과 비겁함 그리고 파괴된 개인성에 대한 불가피한 항거였던 것이다.

뮐러의 답변은 냉정하고도 명료하다. 그녀 작품을 '세계문학'이라고 칭송하자 그녀는 웃으며 이렇게 대답한다. "세계문학이라고요? 완전히 허튼소리죠. 책이란 이미 세계에 있는 걸요." 노벨상으로 특별한 지위를 누릴 거라는 통념에 대해, 작가에겐 어떤 지위도 없다는 것, 하나의 보상이 있다면 그녀가 다룬 주제—정치적 압제하의 개인성 파괴라는 주제가 얼마간 보상되는 효과가 있을 거라고 덤덤하게 말한다. 그래도 많은 게 변하지 않겠느냐고 묻자, "전혀 기대하지 않았어요", "과분한 행운이죠. 때로는 이해하지 못할 정도로"라고 말한다.

나는 그저 나인 사람일 뿐이라고 그녀는 말했던가. 여하한의 상도 그녀에겐 '비문학적인 것'으로 여겨졌을 것이다. 자기가 겪고 들어온 삶의 고통을 세계문학적 차원으로 끌어올리고, 이렇게 도달한 차원으로부터도 거리를 유지하는 그녀는 글쓰기 이외의 다른 것을 하려 하지 않았고, 명예를 구한 것은 더더욱 아니었다. 그녀는 문학 외적으로 행복해지는 일조차 경계하는 듯하다. 기대 없이 전념하기—아마도 이런 자의식이야말로 예술가적 정신의 자유를 나타낼 것이고, 이 자유가 거꾸로 그 문학을 마침내 보편적인 것으로 만들었을 것이다.

있는 그대로 말하기

있는 그대로 말하기

가짜 학력 파문이 날이 갈수록 커지고 있다. 처음엔 한 큐레이터에게 나타나더니, 만화가와 디자이너, 극단 대표와 라디오 진행자를 지나 급기야 연극배우에게까지 번졌고, 여기에 한 스님까지 더해졌다. 이를 두고 여기서는 이 땅의 체질화된 거짓을 질타하고, 저기서는 개인의 도덕적 불감증을 문제시한다.

연희전문을 중퇴했던 시인 김수영은 시를 발표할 때면 자기 학력이 '연희전문 졸업'으로 적히는 것에 매우 불편해 했다. 그래서 누차 편집자에게 자기는 졸업자가 아닌 '중퇴자'라고 말했지만, 그의 말은 먹혀들지 않았다. 시인이 활동하던 1950~1960년대 당시나 지금이나 한국 사회의 간판 숭배 또는 외모지상적 분위기는 여전히 지극한 것 같다. 왜냐하면 이런 허위와 과장, 허풍과 위장의 습성은 분야나 정도의 차이는 있지만 우리 사회의 곳곳에 배어 있기 때문이다. 그러니 앞으로 드러날 거짓 파장이 더 클 지도 모른다.

우리의 과시 습성은 사회제도적 구조에서처럼 사람 관계에서도 나타나고, 작게는 개인의 말이나 태도에도 묻어 있는 듯하다. 가령 자기 프로필을 길게 늘여놓거나, "내가 왕년에는……."이라고 말하거나, 처음 만난 자리에서 "학번이……?"라고 묻는 경우를 우리는 흔히 보지 않는가. 늘 주의하며 살기는 어렵지만 속물근성은 언제든 출몰할 수 있다.

이것은 어디에서 오는가? 그 이유는 많을 것이다. 외모지상주의나 학벌 숭배도 있고, 자신감 부족이나 패거리문화도 있다. 그러나 더 소박하게 말하면, 그 끝에는 '사실 기피증'이 있지 않나 여겨진다. 우리나라 사람들은 사실을 있는 그대로 말하는 데 매우 서툴러 보인다. 혹은 그것을 꺼린다. 말이나 태도도 그러하고, 사람 대할 때의 방식이나 집단의 성명서도 그러해 보인다. 사실을 가능한 한 적확하게 말하려 하기보다는 대충 얼버무려 선명하지 않은 것이다. 이것은 삶에 불가피한 '모호성'과는 다르다. 차라리 그것은 대상과 정면으로 맞닥뜨리는 사실 존중의 정신이 부족해서 나온다. 그러니 자기를 믿기보다 사람의 평이나 시선을 더 의식하게 된다.

'있는 그대로 말한다'는 것은 가장 쉬운 듯하면서도 어려운 일이다. 그것은 '사실을 존중한다'는 것이고, 더 적극적으로는 '미화하지 않는다'는 뜻이다. 그래서 조금 더 신중하게 된다. 사안의 요모조모를 나누어 생각하는 것도 이즈음이다. 가령 학벌이 신분증처럼 되는 것은 잘못이지만, 그렇다고 아무러한 것은 아니다. 잘못된 것은 학력의 특권화지, 그 자체가 아니다. 학력은 능력 평가의 한 척도일 뿐이다. 우리 현실의 문제는 능력 평가에서도 누구나 동의할 수 있는 공정한 척도가 사회적으로 정립되지 못한 데 있다.

그러나 학력 위조 사건 이상으로 심각한 우리의 병폐는 이들 당사자를 아무렇게나 몰아가는 어떤 집단주의적 움직임이라고 나는 생각한다. 잘못된 것은 마땅히 비판되어야 하지만, 잘못을 지적하는 방식 역시 잘못되어선 곤란하다. 몇 가지 사건으로 전체 여론이 요동하는 사회는 성숙한 사회이기 어렵다. 결국 우리는 '두루 차분해져야' 하는 것이다. 어디서 시작해야 하나? 있는 그대로 말하기를 연습하는 것, 그리고 휩쓸리지 않는 것, 이것은 어떤가?

지난 일요일 오후엔 오랜만에 가족 외출을 하였다. 아이들을 데리고 시내의 한 대형 서점에 갔는데, 그곳은 사람들로 발 디딜 틈조차 없었다. 이렇게 우리에게 독서열풍이 있는가 처음에는 의아해지기도 했다. 그런데 그 세부가 하나하나씩 드러나면서 놀라움은 곧 사라졌다.

대개 젊은 가족들이었고, 주로 어머니들이 아이를 하나둘 씩 데리고 와서 책을 고르고 있었다. 이들이 북적대던 곳은 주로 실용영어나 각종 학습지를 전시한 서가였다. 한 구석에 아이들이 30~40명 다닥다닥 붙은 채 더러는 의자에 앉아 있고, 대개는 바닥에 주저앉아 무엇인가를 열심히 읽고 있었다. 둘러보니 그것은 거의 다 만화책이었다. 그렇게 사람들로 가득 차 있어도 교양서적이나 전문서적 아니면 시나 소설, 미술이나 음악 서가의 주위는 오히려 한산하게 보였다. 그제야 나는 우리의 출판시장이 '학습지 시장'이라던, 언젠가 들었던 말이 생각났다.

우리 집 큰아이가 가는 곳도 '베스트셀러' 목록이 붙어 있던 한 책장이었다. 모든 베스트셀러가 나쁜 것은 아니지만, 나는 아이가 이전에 샀던 이 작가의 다른 책을 다 읽어 보았느냐고 물었다. 어려워서 읽다가 그만두었다고 하였다. 나는 아이에게, "우리가 읽고 보는 것이 무엇이든 간에, 시든 동화든, 아니면 영화든 소설이든 간에, 그것이 좋은 작품이라면, 우리 삶이 무엇이고, 무엇이 의미 있는 것인지에 대해 묻지 않는 것은 없다. 그러니까 늘 이런 물음을 가진 채 책을, 영화를 접하는 것이 중요하다. 이 작가를 네가 이해하지 못하는 것은, 그런 물음을 스스로 하지 않고, '베스트셀러'라고 많은 사람들이 말하니까, 또 친구들이 그렇게 하니까 그냥 따라 해서 그런 것은 아닐까" 하고 말하였다. 아이는 고개를 갸우뚱거렸다. 나의 말은 계속되었다.

책을 읽는 데에도 순서가 있겠지. 우선은 그림동화나 전래동화로부터 시작하여 저학년 동화에서 고학년 동화를 지나 김유정의 『봄봄』이나 이효석의 『메밀꽃 필 무렵』 등 쉬운 단편이나 수필을 읽고, 이것이 이해되면 손창섭의 『잉여인간』이나 김승옥의 『무진기행』 같은 좀 더 문제적인 작품을 읽으면 되겠지. 더 관심이 있으면 우리 소설, 그 다음에는 세계문학전집을 읽고, 이 모든 것을 자기 나름으로 이해하게 되면 그 다음엔 도스토예프스키 같은 큰 작가가 올 수 있겠지. 그러면서도 이런 읽기가 다른 예술이나 철학 그리고 과학으로 번져갈 수 있다면 더 좋겠지. 그렇지만 그 핵심에는 아까도 말했듯이, 왜 우리가 사는가, 어떤 삶이 바른 것인가, 바른 삶을 위한 바른 사고와 행동은 어떤 꼴이어야 할까 하는 물음이 놓여 있단다.

또 하나 중요한 일은 책을 고를 때 우선 괜찮은 출판사인지를 알아보고, 편자나 역자가 믿을 만한지, 그리고 저자가 누구인지를 살펴보는 것이야. 이것이 간단한 일은 아니지만, 주위의 형들이나 선생님께 물어서 선택하면 큰 실수는 없겠지. 아이야, 책을 고르는 것 자체가 하나의 훈련이고 시험이란다. 그 사람의 고유한 무엇을 보여 주는 것이니까.

아이는 고개를 끄덕이면서 내가 권해 준 한국단편집을 받아든다. 나는 말을 많이 한 것 같아 다른 책은 직접 고르라고 얘기한다. 아이는 '청소년 권장도서'칸으로 가더니 두 권의 외국 작가 책을 가져와 어떠냐고 내게 물었다. 괜찮아 보인다고 나는 대답하였다.

책을 구입하는 데에도 이 땅에는 사려보다는 유행이, 교양보다는 실용이 하나의 시대풍조로 되었다. 오늘날 우리 사회에서 '외국어'란 영어이고, '세계'란 미국이 되어 버렸다. 그러나 외국어에 영어 이외의 다른 많은 언어와 문화가 있듯이, 이 지구에는 여러 나라와 사람들이 있다. 하나만을 고집할 때, 나 아닌 것, 다른 문화에 대한 존중이 자리하기는 어렵다. 타자를 존중하지 않는 나와 우리가 바를 수는 없다. 우리의 바른 꼴은 자신과 삶을 부단하게 묻고, 스스로 생각하는 법을 기를 때 마련된다. 그것은 자율성의 학습에 다름 아니다.

참된 교육은 점점 더 많은 자율성이 실현되는 방향에서 이루어진다. 이 땅의 교육이, 우리 사회가 실용과 이윤만을 좇게 된 것은 이 자율성이 제거된 획일화의 안락함 때문일 것이다. 법을 만드는 국회의원이 법을 어기는 것은 이 안락한 집단이기와 무관한 것인가? 해가 바뀐다고 해서 현실이 달라질 리는 없지만, 지금 여기의 작은 자율성을 연습하는 일로부터 우리의 생활 주변이, 기형화된 사회 문화가 새해에는 좀 더 내실 있는 것으로 나아가기를 희망해 본다.

'크게 배운다(大學)'는 것의 의미

봄이 오고 새 학기를 시작한 지 한 달 반이 되어 간다. 각 단과대학에서나 학과에서는 이런저런 일이 많다. 매일 매일의 수업 외에도 신입생 환영회에 이어 신입생 한마당축제가 열렸고, 지난주에는 거의 모든 학과가 MT도 다녀왔다.

어떤 모임이건 이 모든 것은 사람이 서로 어울리는 관계의 문제다. 이 같은 관계에서 주체는 '나', 즉 각각의 자기다. 그런데 '나'라는 주체는 '너'라는 타인과 어떤 점에서는 같지만, 어떤 점에서는 다른 존재다. 개인과 개인 사이에는 공유할 수 있는 것이 있는가 하면, 공유할 수 없는 것도 있다. 서로 어울릴 수 있는 것이 있듯이 어울리기 힘든 것도 있고, 토로할 수 있는 것이 있듯이 고백하기 곤란한 것들도 분명 있다.

대학생大學生이 된다는 것은 무엇인가? 그것은, 간단히 말해, '크게 배운다(大學)'는 뜻이다. 이 배움은 자기에게 한정되는 것이 아니라 자기를 둘러싼 세계를 포함한다. 그것은 자기와 인간 일반에 대한 이해를 넘어 현실의 논리와 사회의 구조, 자연의 섭리와 우주의 질서를 익힌다는 뜻이기도 하다. 넓이란 깊이에 의해 보완되는 것이라면, '크고 넓게 배운다'란 '깊게 배운다'는 뜻이 된다. 대학생이 된다는 것은 삶의 넓고 깊은 가능성을 익힌다는 뜻이다.

그러나 이것은 간단치 않다. 어떻게 할 것인가? 여러 가지로 생각할 수 있지만, 그 한 방법은 '자기'로부터 출발하는 것이다. '너'나 '우리'가 아니라, '나로부터 시작하는' 삶이다. 자기의 빛과 어둠을 정면으로 직시하는 데서 바른 삶은 시작한다. 그렇다는 것은 매일 매 순간의 일에서 남의 조언과 가르침을 참고로 하면서도 동시에 스스로 고민하고 결정하며, 이 결정에 최선을 다한다는 뜻이다. 이렇게 최선으로 내 삶을 만들어 갈 때, 우리는 지시나 명령이 아니라 타이름과 설득을 통해, 훈계나 설교가 아니라 양해와 상호 존중 속에서 더 나은 삶의 상태로 조금씩 나아갈 수 있다. 그것은, 다르게 말하여, '자기와의 관계를 새롭게 구성하는 일'이다.

자기에 대한 자신의 관계는, 그것이 쇄신되는 한, 밀폐된 것이 아니라 열려 있다. 참된 개인은 주체가 자기와의 관계를 열어 둘 때, 열어 두면서 지속적으로 갱신시켜 갈 때, 조금씩 완성된다. 그래서 더 진실하고 더 선하며 더 아름답게 되는 것이다. 삶은 주체가 자기에 대해 최상의 관계를 유지할 때, 이렇게 유지하려고 노력할 때, 좀 더 온전한 모습으로 만들어질 것이다. 이때 주체는 스스로 자유로울 것이다. 돈과 권력과 명예가 아니라 자기 자신에 대한 자기의 진실성이 우선될 것이다. 자기와의 관계를 거듭 갱신하지 못한다면, 그는 소학생小學生일 뿐이다. 대학은 더 높은 진선미의 가능성을 고민하는 곳이지, 편법이나 처세술을 가르치는 곳이 결코 아니다.

스스로 선택하고 조직하는 삶은 두려운 일이다. 그러나 이 두려움으로 인해 사람은 자기 일에, 적어도 자신이 선택한 절실한 것이라면, 최선을 다할 수 있다. 또 다른 사람의 결정에 대해서도, 그것이 공적으로 해롭지 않는 한, 존중할 수 있다. 깊은 의미의 행복은 그저 주어지는 것이 아니라, 외로운 결정과 선택 그리고 최선을 다한 생활 후에야 찾아드는 것이다. 공들여 스스로 만들어 가는 삶만이 각자의 생애를 '살 만한' 것으로 만든다.

예술은 위로일 수 있는가

예술은 위로일 수 있는가

현실을 생각하면 막막함이 눈앞을 가린다. 그것이 어떤 모습이고, 어디에서 무엇부터 고칠 것인지는 더 어렵고, 이 일에서 나 그리고 우리가 어떻게 할지는 더 세밀한 대응을 요구하는 것 같다. 그러나 현실은 이런 대응과는 무심한 듯 자기 식대로 변해 가고, 그 변화의 속도는 날이 갈수록 더 빨라지며, 사람의 삶은 그래서 더 복잡하게 되는 것 같다. 아니, 길은 오히려 분명한데 너무나 얽혀 있는 욕구와 사익적 전략으로 인하여 이 길 위의 시야가 더 흐려지고 있는지도 모른다. 예술과 문화는 무엇을 할 수 있을까?

이 점에서 『디 차이트』에 최근에 실린 「책은 위로를 줄 수 있는가?」는 되새겨 볼 만해 보인다. 이것은 독일의 이름 있는 출판인이자 작가인 미하엘 크뤼거Michael Krüger와의 대담인데, 여기엔 이런저런 얘기들—정보부 사주로 한 친구를 수십 년 전에 감시했다는 혐의를 받고 있는 작가 밀란 쿤데라와 통화하던 일이나, 로마에서 이전에 영화감독 안드레이 타르코프스키와 얘기하던 에피소드가 소개되기도 한다. 모든 것을 '문화'로 부르는데 들어 있는 문화 부재의 현실에서 책이 위로가 될 수 있는가?

이런 질문자의 물음에 대해 크뤼거는, 위대한 책은 영혼을 '안정'시키지만 '위로'가 되는지는 알 수 없다고 대답한다. 세상은 너무도 빠르게 변하고—그는 원자력의 이용과 그중단, 기후 재난, 인터넷, 디지털화, 컴퓨터가 불과 지난 한 세대 동안 일어난 일이라고 지적한다. 그래서 1989년 이후 사람은 미래에의 예측 능력을 상실하게 되었다고 말한다. 그리하여 전체에 대한 논의가 자리하지 않는 건 "하나의 스캔들"로 이해된다.

흥미로운 것은, 이런 그가 초등학교 아이들에게 일주일에 한 시간씩 '어떻게 침묵하는지'를 가르치고, 또 한 시간은 '혼자 있을 수 있는 능력'을 알려줘야 한다고 제안한다는 점이다. 왜 그랬을까? 지금의 사람들은 너무 몰려 있거나, 혼자 있을 때도 자기 자신을 생각하기보다는 무엇인가에 사로잡혀 있기 때문일 것이다. 그는, 그 연배의 대개의 문학예술인들이 그러하듯이, 문학이 현실 위기에 대응하는 하나의 해독제일 수 있고, 문화가 이런 위기해소에 어떤 긍정적 역할을 하리라는 걸 믿는 마지막 세대인지도 모른다. 사람은 이제 전적인 우둔화의 시대에 접어들었다고 말하는 그는 아직도 '더 많은 교양'을 말하고, 『구약』과 카프카의 『일기』 그리고 릴케를 읽으라고 권한다(그는 매 주말마다 3,000쪽의 책을 읽는다고 한다).

지금 예술 문화의 종사자(그리고 공부하는 이들)에게 우선 필요한 것은 예술이 어떤 의미 있는 위로이기가 어렵다는 사실을 인정하는 것인지도 모른다. 안이한 낙관주의는 언제든 현실을 그르칠 수 있기 때문이다. 그것은 거짓 위로요 거짓 화해다. 중요한 것은 거짓 위로의 가능성을 경계하는 것이다. 이것은 현실의 미화가 아니라 직시하는 데서 줄어질 수 있다. 그리고 이 직시로부터 아주 작은, 너무나 작아 없다고도 할 수 있는 가능성은 자라나올지도 모른다. 여러 견해란 때로는 절망의 표현이라고 카프카는 썼지만, 그럼에도 할 수 있는 유일한 것은 조용히 구분하는 이성을 견지하는 것이라고 했다.

'소극적 저항'의 방법

소설을 이해하는 데는 물론 여러 방법이 있다. 작품 전체의 줄거리나 핵심 주제를 통해 알아볼 수도 있고, 작가의 성향이나 작품의 사회·역사적 배경을 살펴보면서 알 수도 있다. 그런데 굳이 이것이 아니더라도 어떤 장면에 작가의 세계관이 녹아 있을 수도 있다. 톨스토이의 『안나 카레리나』 6부에는 이런 대목이 나온다.

이권 개입으로 돈을 번 어느 부잣집에서 안나의 오빠인 오블론스키가 식사 대접을 잘 받았다고 말하자 동서인 레빈은 그런 사치에 거부감을 느끼지 않는지, 그 부자는 부정직하게 돈을 벌고, 이 돈으로 예전에 받은 경멸을 무마하려 든다고 말한다. '노동 없는 돈벌이란 악'이라고 여기기 때문이다. 이런 레빈의 말에 오블론스키는 아무리 열심히 일해도 농부는 50루블도 못 받지만 집주인은 5,000루블을 받는다면, 그 역시 잘못된 일 아닌가 라고 반박한다. 그리고 불평등이 부당하다고 생각한다면, 농부에게 자네부터 땅을 주라고 말한다.

오블론스키의 이런 지적이 옳다고 동의하면서도 레빈은 자기가 땅을 주지 않는 것은 농부 중 누구도 요구하지 않기 때문이고, 또 "줄 만한 사람이 없다"고 말한다. 그러면서 이렇게 덧붙인다. "나도 행동하고 있어. 다만 내가 나와 농부 사이에 존재하는 처지의 차이를 더 버리려고 애쓰지 않을 거라는 의미에서 소극적이라고 할 수 있지." 이런 '소극적 저항'의 방법은 "궤변"이라고 폄하되고 만다. 왜냐하면 오블론스키는 양자택일—현재의 사회구조가 정당하다고 인정하고 자기 권리를 지키기 위해 애쓰든지, 아니면 자신의 부당함을 인정한 후 기꺼이 누리는 길만 있다고 생각하기 때문이다. 여기에 대하여 레빈은 자기 자신이 '소극적으로만 정당할 수밖에 없는가'라고 계속 자문한다.

이 대목을 나는 몇 달 전에 부산 가는 고속버스 안에서 읽고 있었다. 참 흥미롭군, 하면서. 왜냐하면 레빈은 이런 괴로운 물음 속에서 자기의 부가 가난한 민중에 비해 공정하지 못하다고 느끼면서, 마치 톨스토이가 그러했듯이, 사치를 삼가고 열심히 농사에 참여하면서 나중에는 농부들에게 땅을 나눠 주기 때문이다. 레빈은 민중을 이해하느냐 혹은 사랑하느냐 라는 질문에 답하는 것이 얼마나 난처하고도 어려운 것인가를 직시하면서, 이에 대한 즉각적인 답을 구하기 보다는 인간 일반을 끊임없이 관찰하고 이해하려 노력한다. 이런 자신의 입장이 모호하고 때로는 모순에 찬 것임을 알았지만, 그렇다고 하나의 신념에 매달리진 않는다. 일방적 헌신은 왜곡으로 치달을 수 있고, 확신이란 무지의 다른 표현일 수도 있음을 직시하기 때문이다. 이것이 아마도 그가 선택한 세상에의 사랑법일 것이다.

이런 생각에 골몰해 있는데, 차가 뒤흔들렸다. 차선을 지키지 못하고 왼쪽 오른쪽으로 끊임없이 흔들렸다. 혹시나 싶어 운전사 쪽을 보았는데, 그래도 마찬가지다. 둘러보니, 승객들은 태반이 졸고 있다. 나는 앞으로 나가 운전사에게 "지금 졸고 있는 것은 아니냐"고, "이렇게 운전을 불안하게 하시면 어떻게 하느냐"고 소리쳤다. 그는 화들짝 놀라면서 자리를 고쳐 앉는다. 혹시 "술을 마신 것 아니냐, 다음 휴게소에 잠시 대자"고 나는 말한다.

그리하여 다음 휴게소에서 나는 이 고속버스의 서울 본사에 전화를 걸었다. 그리고 다른 버스를 탈 수 없는지, 왜 이렇게 안전 운행의 책임을 소홀히 하는지 따졌다. 담당자는 어떻든 죄송하다면서, 다음 버스가 오면 갈아탈 수 있다고 했다. 붉은 혈색의 운전사는 안절부절못했다. 술은 안 마셨을 것이라고 생각하지만, 여러 승객의 생명을 책임진 사람이 그렇게 불안하게 운전할 수 있느냐고 나는 항의했다. 그러나 나 혼자만 차를 바꿔 타는 것도 그렇고, 운전이 이상하다고 몇 사람이 말할 뿐 대부분은 무표정했기에, 다시 버스에 올랐다.

차는 더 이상 갈지자 걸음을 하지 않았다. 그리고 무사히 부산에 도착했다. 내리는데 운전사는 본사에 전화를 걸 테니 아무 일 없었다고, 다 괜찮다고 말을 좀 해달라고 내게 말했다. 나는 한참 그를 쳐다보았다. '생계', '살림', '가정', '자식'……. 이런 말들이 떠올랐다. 나는 그의 바람대로 말해 주고 터미널을 빠져나왔다.

가장 단순한 물음

가장 중요한 것은 늘 가장 단순한 물음으로 요약되는 듯하다. '왜 사는가', '왜 이 자리에 있는가', '우리는 어디로 가고 있는가' 같은 질문 말이다. 이것은 사람이 살아가는 한 피할 수 없다. '독일예술문화 기행'이라는 수업을 6~7년째 하면서 던지는 질문도 결국 이 하나로 귀결되는 것 같다.

독일의 예술문화를 다룬다고 해서 물론 그 전부를 다룰 순 없다. 관건은 각 시대의 가장 빛나는 유산을 어떻게 그 일부로 생생하게 전달할 것인가다. 16세기에는 뒤러의 「자화상」이나 스케치를 보고, 17세기에는 바흐의 「골드베르크 변주곡」을 들으며, 18세기에는 칸트의 계몽철학을 토론하는 식이다. 이 같은 레퍼토리는 상황이나 발표자의 관심에 따라 얼마든지 확대될 수 있다.

그런데 낭만주의 음악을 다룬 이번 주는 좀 특별했다. 클라라 슈만과 프란츠 슈베르트에서 시작했는데, 무엇보다 악기를, 플루트든 바이올린이든, 직접 시연하길 권했지만, 신청자가 없었다. 그러던 중 한 학생이 "사촌 누나가 피아니스트인데 한번 알아볼까요?" 했다. 줄리아드와 베를린에서 공부하고 브뤼셀 왕립음악원을 졸업했다고 했다. 고맙지만 나는 이 제의가 버겁지 않나 염려되었다. 사례도 그렇거니와 강당의 음향 상태나 피아노도 썩 좋진 않았기 때문이다. 그래서 미적댔는데, 며칠 후 들려온 얘기로는 "프로란 피아노를 따지지 않는다", "나는 즐겨 연주한다"였다. 흐뭇해진 나는 그를 초대하기로 했다.

수요일 오전 9시에서 12시 사이, 서너 학생이 스스로 선택한 주제를 먼저 발표했다. 누구는 하이네의 시에 곡을 붙인 「시인의 사랑」 중 세 곡을 발표했고, 누구는 현악 4중주 「죽음과 소녀」를 소개했으며, 또 누구는 이와 관련하여 한스 발둥 그린과 에곤 실레가 그린 같은 제목의 그림들을 보여 주었다. 또 한 학생은 슈베르트의 가곡을 준비하다가 그의 음악 이상으로 생애가 더 궁금하다고 했다. 그래서 교사라는 안정된 직업 대신 왜 음악가라는 힘든 길을 택했는지를 '사람은 무엇으로 사는가'라는 톨스토이적 테제와 연결지어 발표하면 안 되는가라고 되물었었다. '이런 문제의식은 노래 몇 곡을 듣는 것보다 더 근본적일 것이고, 음악은 이 문제의식과 분리된 것이 아니라 바로 그 표현일 것'이라고, '좋다'고 나는 대답했다. 한 학생의 피아노 연주도 있었다. 이 학생도 유명한 피아니스트가 온다는 걸 알고, 자기는 서투르니 하지 않겠다고 했었다. 그러나 "그 음악가는 그 음악가대로, 자네는 자네대로 소중한 것"이라면서 해보길 나는 권했다. 그는 이루마의 「리버 플로우스 인 유River flows in You」와 「키스 더 레인Kiss the Rain」으로 우리를 즐겁게 했다.

이날 피아니스트가 연주한 것은 쇼팽의 「연습곡」 등 네 곡이었다. 쇼팽의 다른 곡이 그러하듯, 「연습곡」은 단순히 연습 삼아 치는 곡이 아니다. 그것은, 슈베르트의 「즉흥곡」이 숨겨진 보물이듯이, 대단한 훈련과 집중을 요구한다. 악보가 25쪽인 프란츠 폰 리스트의 「단테소나타」는 지옥의 괴로움과 비극적 사랑을 15분이나 묘사한 것이었다. 쇼팽의 「왈츠」는 아름다웠고, 슈만의 「헌정」은 기쁨이자 고통인 사랑의 안타까운 감정을 표현한 것 같았다. 소감을 부탁하자 그 피아니스트는 "연주란 신이 입김을 흙에 불어넣듯 죽은 악보에 혼을 불어넣는 일과 같다"고 말했다.

'감각의 논리'를 밝히는 것은 쉽지 않지만, 심미적 경험은 대체로 그렇다고 해야 할 것이다. 예술 경험에서 우리는 나의 느낌을 다듬고 다독이는 가운데 너의 느낌과 만나고, 이 느낌의 공유 속에서 생각도 조금씩 넓어지고 더 단단해진다. 단단한 사고에는 이미 변화된 실천이 내장되어 있다. 이 과정에는 경계가 없다.

시에서 노래가 나오고, 음악이 그림으로 넘어가는 것은 자연스럽다. 발표와 연주와 논평은 제각각 다르지만, 예술가의 고민을 해석하면서 이 해석을 자기 삶으로 끌어들이는 일이다. 그것은 굳은 작품에 숨결을 불어넣고, 이 숨결로 결국 자기 삶을 살아 움직이게 한다. 그래서 세상의 강물이 바다로 흘러들듯이, 그리움의 강물은 내 가슴속으로도 흐르고 있음을 우리는 느끼는 것인가? 만약 그렇다면, 이 예술 감상이 허영은 아니라고 말해도 좋으리라.

가능성의 탐색 시기

한 학생이 중간 보고서에 이렇게 적었다. "초등학교부터 고등학교 때까지 학교와 학원에 가면 선생의 지시에 따라 했고, 집에 가면 부모의 말씀에 따라 시키는 대로 했다. 그런데 대학에 들어오니 '이제 자유롭게 되었으니 스스로 책임지라'고 했다. 자유와 책임에 대해 아무런 대비가 없었고, 그래서 당혹과 혼란 속에 좌충우돌 보내다 보니, 벌써 졸업할 때가 되었다……."

아마 이러한 사정은 여기 이 땅의 대학생들에게 정도의 차이는 있는 채로 대개 해당되는 일일 것이다. 학교 생활에서의 경쟁도 심하고, 취업전선에서의 스펙 압박도 갈수록 더해 간다. 그렇지만 자기가 무엇을 원하는지, 자신에 맞는 삶은 무엇이고 어떤 성향과 목표를 지녔는지에 대한 물음은 부족하거나 없다. 그래서 결국에는 아무런 방비 없이 사회로, 이 살벌한 생계의 현장으로 내던져진다. 무엇을 말할 수 있을까?

로베르트 무질Robert Musil의 소설 가운데 『특성 없는 남자』가 있다. 그는 20세기의 그 어떤 작가보다 더 철학적인 사유를 펼쳤기에, 그 작품은 간단하지 않다. 그러나 그 핵심 전언의 하나는 '현실 감각(Wirklichkeitssinn/sense of reality)'과 '가능성의 감각(Möglichkeitssinn/sense of possibility)'이다. '현실 감각'이 '있는 혹은 일어난 일에만 주목하는 것'이라면, '가능성의 감각'이란 '일어날 수 있고 일어날 것 같은 것에도 주의하는 일'이다. 작가의 강조점은 물론 가능성의 감각에 있다. "현실 감각이 있다면,

가능성의 감각도 있어야 한다.”

가능성의 감각이 대상을 있는 그대로가 아니라 있을 수 있는 것으로 파악하고, 따라서 기존과는 다른 가능성에 주목하는 것이라면, 그것은 현실보다는 그 배후와 전체 지평을 더 고려한다는 뜻이다. 그것은 꿈과 상상력의 일이고, 그래서 창조적이고 예술적인 소질에 가깝다. 그러나 바로 그 때문에 거꾸로 ‘쓸모없거나’ ‘비현실적으로’ 비쳐지기도 한다. 그러나 가능성의 감각 때문에 우리는 대상을 더 넓은 시각에서 이해할 수도 있다. 작가의 많은 통찰, 예를 들면 “오늘날 무수한 다수는 또 다른 무수한 다수를 향해 지속적으로 적대적인 입장에 서 있다”거나, “왜 세상은 모든 비본질적이고 좀 더 큰 의미에서는 진실하지 못한 말들을 섬뜩할 정도로 좋아하는 것일까?”는 이렇게 해서 나온다.

우리가 누구인지, 또 어디로 가고 있는지, 그리하여 지금 살아가는 이 삶이 살 만한 것인지, 그래서 결국 의미 있는 것이 될지 우리는 물어보아야 한다. 그 물음은 우리가 살아 있는 한평생 던져야 하는 것이지만, 특히 독립적인 삶이 시작되는 20대에 절실한 것이지 않을 수 없다. 대학 생활이란 이쪽으로 갈 수도 있고 저쪽으로도 갈 수 있지만, 그러나 이 양쪽과 전혀 다른 삶도 꿈꾸고 기획하는 시기라는 점에서, 마땅히 '가능성의 탐색 시기'여야 한다. 왜냐하면 이때야말로 오로지 자기에게, 자기 자신의 내면적 목소리에 가장 집중할 수 있는 시기인 까닭이다. 이때를 넘기면 우리는 다시는, 아마 죽음이 찾아오거나 죽음에 버금가는 고통스런 체험을 갖기 전에는 그런 근본적 모색기를 갖기 어려울 것이다.

어쩌면 대부분의 사람은 살아 있을 때 살아가는 이유를 모르듯이, 죽을 때조차 죽어 가는 이유를 모른 채 떠나갈 것이다. 그러나 설령 그렇다고 해도, 우리는 부단히 묻는 가운데 자신의 삶을 스스로 만들어 가야 한다. 자기로부터 나오는 이 내적 근거 없이 살아간다면, 이 삶에서 받아들인 모든 믿음과 원칙 그리고 의미는 그리 참되기 어려울 것이다. 바로 이 물음을 던지는 것이야말로 '크게 배우는 사람(大學生)'이지 않을까?

위대한 고독자 루소

봄날이 도망간다

계획했던 일을 몇 가지 하고 나니 겨울이 다 지나가 버렸다. 이제는 봄이 온 듯 낮에는 따스한 기운이 느껴진다. 그러나 아침저녁으로는 아직 춥다. 봄은 어느 모퉁이에서 서성대고 있는 것일까? 매년 맞는 봄이지만, 처음부터 끝까지 봄을 만끽했던 적은 없었던 것 같다. 계절은 언제나 내 관할이 아닌 듯 느껴지는 것이다. 삶도 그런 것일까.

놓쳐 버린 많은 것들. '총장직선제'가 폐지되어도 나는 밥 잘 먹고 있고, 국회의원 정원이 300명으로 늘어나도 다들 무탈해 보인다. 어이없고 납득하기 힘든 일들은 시도 때도 없이 일어나고, 나는 그 일을 빤히 쳐다보지만, 한 사건은 아무렇지도 않은 듯 다음 사건으로 또 이어진다. 대학의 개혁은 왜 MOU 체결로 시작되는 것일까? 어디에서부터, 무엇이, 또 어떻게 비틀어지기 시작했을까? 이제 새 학기가 시작되는데, 책상에서 잠시 물러나 어디라도 한번 다녀와야지. 그래서 이번 주 하루는 경동시장에 갔다.

길게 늘어선 매대에는 고춧잎, 가지, 취나물, 토란대, 무말랭이, 냉이, 은달래. 쪽파, 포항초, 생굴과 명태, 꽃게와 꼬막이 한도 끝도 없이 늘어서 있고, 그 사이사이로 할머니나 아낙네 들이 앉아 바쁘게 손을 놀리고 있었다. 손질하고 털고 묶고 나누고……. 셀 수 없이 많은 것들을 사람들은 왁자한 호객 소리 아래에서 사고 팔았다.

"직접 캤나요?" "아뇨." 한 주인과 얘기하는데, 옆에서 누가 이렇게 거든다. "요즘 누가 직접 캐나요? 그냥 들여다 파는 거지." "저 주인은 거짓말도 못해요. 그냥 자기가 캤다 하고 팔면 될 걸." "정직하면 손님도 차츰 늘겠지요?" 이렇게 내가 덧붙였다. 과일상과 채소상, 고기점, 약초점을 지나며 하나하나 찬찬히 바라보는데, 뭘 사려느냐고 한 상인이 물었다. "그냥 구경하려고요." "구경을 했으면 사야죠!" 이때 이후로는 가만히 보기도 어려웠다.

그러다가 이불점을 지나게 되었다. 뭔가 떠올랐는지 아내는 그 안으로 들어섰다. 삼베로 된 베갯잇. 오래전부터 구하려 했지만, 파는 데가 없어 못 샀다는 것이다. 다행히 서너 개 재고품이 있었다. 30년 되었다는 한 할머니 가게였다. 두 개를 사서 기분 좋게 나왔는데, 아내는 갑자기 발걸음을 재촉했다. 누군가 고기를 자르고 있는데, 바로 그 옆 우리에 개를 키우고 있더라는 것이다. 그래서 기겁한 것이다. "그것 또한 사람의 현실"이라고 나는 말했다.

오랜만에 찾아간 재래시장 풍경이 마냥 즐거운 것은 아니었다. 대학에 다닐 때, 그리고 그 후에 나는 몇 번 가 본 적이 있다. 그러다가 거의 10년 만에 맘먹고 들렀는데, 예전 같지가 않았다. 우리는 냉이와 은다래 몇 움큼 샀고, 삼베 베갯잇을 구한 건 행운이었다. 이제는 시장에서, 현대식이건 재래식이건, 추억을 만드는 게 불가능해진지도 모른다.

저녁 반찬으로 오른 냉이를 아이들은 잘 먹었다. 내겐 상큼 씁쓸한 것이었다. 우리 집에는 이렇게 봄이 왔다 간 것인가. 경험 하나하나는 즐거울 수도 있고 슬플 수도 있지만, 전체적으로 보면 모든 경험은 살아 있다는 데서 오는 기적과 같은 것이다. 삶이 하나의 기적이라면, 이 기적은 낱낱의 고통과 기쁨으로 엮어진 무수한 고리들의 묶음이다. 현재는 무한히 작은 이 순간들의 고리로 이뤄져 있다. "우리는 오직 무한히 작은 순간인 이 현재 속에서만 살 수 있음을 기억하라. 나머지는 이미 지나갔거나 불확실한 것일 뿐". 마르쿠스 아우렐리우스는 이렇게 썼다.

지금이란 현재 뒤에는 그 어떤 것도 생생하지 않고, 이 현재 앞에서는 모든 게 불확실하다. 확실하게 여기 있는 것은 현재라는 짧은 순간뿐이다. 이 순간은 제대로 알아차리기도 전에 가 버린다. 아니 그냥 가는 것이 아니라 도망쳐 버린다. 그러니 '봄날이 간다'는 말은 틀린 표현이다. 차라리 봄날은 도망간다. 도망간 시간은 다시 오지 않는다. 그러니 이 순간순간이 어디에서부터 와서 어디로 가는지 우리는 주시하고 직시하며 응시해야 한다. 그렇게 봄이 달려온 것처럼, 우리 생애 또한 그렇게 달아나 버릴 것이다.

피아노 협주곡을 들으며

귀가 멍하여 지난주말에는 멍하니 보냈다. 병원에 갔더니 '중이염 초기'라고 했다. 흔히 '감각의 기만'을 얘기하지만, 오감五感은 피상적인 채로 가장 직접적이고 확실한 경험임에 틀림없어 보인다. 귀가 안 좋으니 많은 게 실감나지 않았다. 들을 수 있다는 게 새삼 고마웠다. 사실 지난 10여 년간 음악이 없었더라면, 내 삶을 견뎌 내지 못했을 것이라는 생각이 가끔 든다. 특히 고전 음악은 가장 평화롭고 깊이 있는 위로를 준 듯하다.

그 가운데 지난 2~3년 즐겨 들었던 것은 피아노 곡이었던 것 같다. 여러 작곡가와 장르가 있지만, 거듭 들은 것에는 베토벤의 「후기 피아노 소나타」, 슈베르트의 「즉흥곡」 그리고 슈만의 피아노곡들이 있다. 타티야나 니콜라예바가 연주하는 이들 곡은 물 흐르듯 자연스럽다. 아르투르 루빈스타인의 브람스 「피아노 4중주」도 내 몸처럼 곁에 있다. 하지만 요즘 가장 좋아하는 것은 「피아노 협주곡」이다.

몸이 지치거나 세상일이 복잡하게 여겨질 때, 하루 일이 끝나거나 주말이면 나는 습관처럼 피아노 협주곡을 듣는다. 모차르트든 베토벤이든 라흐마니노프든 바흐의 건반 음악이든 다 좋아한다. 그러나 가장 즐겨 듣는 「피아노 협주곡」은 베토벤의 다섯 곡 가운데 「4번(op.58)」, 브람스의 「1, 2번」 그리고 쇼팽의 「1, 2번」이다. 어떻게 그리 엄격하면서도 풍성하고, 정교하면서도 동시에 과감할 수 있으며, 유연하면서도 품위를 잃지 않고 있는지. 이 모든 것은 계속되는 선율 속에서 한 고리를 이루며 다음 선율로 나아간다. 어느 것이나 깃털처럼 여린 것으로부터 폭풍처럼 세찬 것에 이르기까지 장대한 규모의 건축적 구조를 선율로 그려낸다.

한때는 베토벤의 「피아노 협주곡 4번」만 스비아토슬라프 리히터S. Richter나 에밀 길렐스의 연주로 반복해 듣다가, 아르투로 베네데티 미켈란젤리나 루빈스타인의 연주와 비교해 듣기도 했다. 마우리치오 폴리니나 크리스티안 치메르만도 훌륭하다. 그것은 철학적이면서도 전원시 같다. 브람스의 「피아노 협주곡」도 그렇다. 이들에게 서정성과 깊이, 절제와 자유는 별개가 아니라 선율의 화음 속에 통합되어 있다. 진정 위대한 예술은 많은 대립적 요소를 조화시킨다고 했던가.

음악의 매순간은 드러나거나 숨은 리듬을 탄다. 세계가 보이는 보이지 않는 리듬으로 차 있다면, 음악가는 이 세상에서의 경험을 선율로만 표현하는 사람이다. 소리의 장단과 강약과 높낮이와 속도로 온 세상을 파악할 수 있다니. 음악가만큼 현실을 섬세하게 느끼고 세계와 깊게 화응하는 이는 없는 듯하다. 그들은 최상급 상태를 '각자의 방식으로 다양하게 창조하는' 것이다. 이 세계와 만나려면 신중해야 하고, 침착함 속에서 삶의 바닥에서부터 천상의 저 끝까지 나가야 한다. 음악을 즐긴다는 것은 침잠 가운데 세계의 깊은 흐름과 우주의 숨은 질서에 닿아 있다는 뜻일까. "음악의 본질은 우리를 세속적인 것보다 더 높게 고양시키는 힘에 있다"고 포레는 썼다. 이것은 거장의 연주에서도 확인된다.

뛰어난 연주자는 아예 눈을 감거나 허공을 쳐다보며 무심하게 연주한다. 이것은 스스로 리듬을 타고 즐기며 누리지 않으면 안 된다. 때로는 열 손가락이 열 개의 다른 건반을 '동시에', 그것도 1초에 서너 번씩 치며 화음을 만들어 내는 것이 어떻게 가능한가. 이런 세계는 베토벤의 것이면서 베토벤을 연주하는 리히터의 것이기도 하고, 리히터를 넘어 세계의 질서이기도 하다. 소리 속에 세계가 담겨 있고, 선율 속에 음악가가 들어앉아 있는 것이다. 그 신중함과 추진력, 집중력과 비애감은 무시무시하다. 이것은 베토벤의 「피아노 협주곡」에서는 30분쯤 되지만, 브람스에서는 50분이나 이어진다. 한 시간 가까이 감동받을 수 있는 예술 장르가 음악 외에 달리 또 어떤 게 있는가?

거장들의 연주를 들을 때마다 나는 세계의 가장 깊고도 머나먼 한구석을 건드리는 듯 희열과 경외감을 느낀다. 음악가에게서 나는 전체적 조화에 대한 감각을 배운다. 리듬은 세계에 있으면서 우리 마음속에도 있다. 하지만 오늘의 여기는 얼마나 좁고 얄팍한 것인가. 어지러운 마음이 음악을 불러들였다.

지난주말에는 월악산에 있는 학술림에 다녀왔고, 이번 주 초에는 통영으로 인문대 연수를 갔다 왔다. 월악산의 울창한 계곡은 서늘했고, 통영 앞바다의 한려수도는 장대하고도 평화로웠다. 말로만 듣다가 처음 가 보았는데, 오래 추억할 듯이 그 풍경은 인상적이었다. 내가 태어나고 살아가는 이 땅에서 제대로 아는 곳이 별로 없다는 자괴감이 일었다.

월악산 숙소에서는 작은 세미나가 열렸다. 독문학 은사님과 선후배 20여 명이 모인 자리였다. 발표 주제는 '촉각의 미디어'에 관한 것이었다. 인간의 오감 가운데 촉각은 시각중심주의적 관점을 극복하고, 무엇보다 공학과 인문학의 교차점을 마련해 준다는 점에서 문화 융합의 모범적 예로 제시되었다. 요즘 많은 이들이 사용하는 스마트폰에서 촉각의 기능은, 센서나 터치의 강조에서 드러나듯, 말과 영상과 그림과 사진의 소통에서 절대적이다. 이런 내용에 대부분 흥미로워했고 또 신선하게 받아들였다.

나도 손을 들어 견해를 밝혔다. 문학과 예술이 근본적으로 감각적 활동인 만큼 감각에 대한 과학적 서술은 필요하다. 특히 가장 직접적이고 본능적이라고 할 수 있는 촉각의 역할에 대한 과학적 접근은 문학의 위치를 반성하고 재정위再定位하는 데 좋은 자극이 된다. 지난 80년대 이후 문화 연구나 매체론이 유행하게 된 것도 기존의 문학 이해가 작품 해석 위주로 전개되어 왔기 때문일 것이다. 논의의 공정성을 위해 다른 생각도 덧붙였다.

이 발표가 '인문학의 융복합'을 내세우고 있지만, 소개된 것은 주로 촉각에 대한 공학적·기계적 서술로 보인다. 촉각의 문제에서 핵심은 촉각의 역할 이상으로 촉각과 그 외 감각들과의 관계라고 한다면, '감각들 사이의 상호작용'에 대한 논의는 누락된 셈이다. 또 인문학의 융합과 문학의 재정립이 필요하다면, 우리는 새로운 분야에 대한 매진을 '문학 안에서' 소화해 낼 수는 없는가. 말하자면 문학적인 것의 가능성 안에서 과학적 성취를 포용해 가며 현실의 이면을 탐색해 갈 수도 있지 않은가.

문학에 대한 비판이 문학의 포기가 아니라 문학 속에서 보다 넓고 깊은 삶의 탐색으로 이어진다면, 우리는 굳이 문학을 포기할 필요가 없다. 오히려 좋은 문학은 새 현실을 늘 보여 주었고, 그 점에서 자기비판적이고 자기갱신적이었다. 나는 "시를 공부하는 것은 전체를 공부하는 것"이라던 시인 김수영의 말에 동의한다. 이때 시는 물론 문학을 대변하고, 문학 대신 예술을 써도 좋을 것이다. '문학과 예술은 삶의 전체를 공부하는 것이고, 이 전체 현실과 씨름한다.' 이런 언급들은 그날의 설왕설래를 단순화한 것이지만, 어떻든 이어진 뒷풀이에서 한 선배는 웃으며 나를 '탈레반'이라 불렀다. 그런 근본주의적 고집이 없지 않다고 나는 수긍했다.

근본주의(fundamentalism)가 미리 정해진 원칙이나 기준에 대한 광신적 맹종을 뜻한다면, 나는 사절하겠다. 하지만 문학적 진실에 대한 절대적 헌신이고, 이 헌신 속의 성실이라면, 나는 그 말을 명예로 받아들이고 싶다. 일에 대한 헌신은, 이 헌신이 야기할 수 있는 공적 폐해의 가능성을 경계하는 한, 윤리적일 수 있기 때문이다. 게다가 지금 현실은 '실용'이나 '융합'이란 이름 아래 학문과 문화의 많은 것이 제 뿌리를 잃어 가고 있지 않은가. 생활 세계는 시장근본주의적으로 급격히 재편되고 있다.

나는 경험적이고 과학적인 진술을 존중하지만, 그렇다고 문학이 문학 외의 것으로부터 시작하는 것이 바람직하다고 여기지 않는다. 문학은, 적어도 '잘 된' 문학이라면, 그 자체의 충실과 자기정직성 속에서 그 외의 영역으로 퍼져 나가기 때문이다. 나는 문학의, 문학에 의한, 그러나 삶을 향한 진실성을 믿는다. 오직 문학에서 출발하여 결국 문학으로 돌아가는, 하지만 그 과정 속에서 인간과 자연에 봉사하고 이 봉사를 통해 전체 타자에 열려 있기를 바라는 것이다. 그리고 이런 문학이 결국 문학사에서 살아남을 작품이 될 것이라고 여긴다. 그 점에서 나는 '문학근본주의자'로 불리는 것이 두렵지 않다.

위대한 고독자 루소

나는 가끔 우리 사회가 지나치게 집단주의적이지 않는가, 이 땅에 참된 개인주의의 역사는 있는가 라고 묻곤 한다. 주기적으로 불어 대는 사회적 열풍이나 유행을 보면 특히 그렇다. 조기 유학과 성형 바람이 한창 불더니 요즘에는 '힐링'으로 곳곳이 들썩인다. 장 자크 루소 탄생 300주년을 기념하여 실린 외신의 이런저런 논평을 읽으면서, 또 그의 책을 다시 뒤적거리면서 갖게 되는 생각도 그렇다.

루소는 흔히 『고백』이나 『고독한 산책자의 몽상』 같은 문학적인 작품의 저자로 알려져 있지만, 프랑스에서는 『사회계약론』이나 『인간 불평등 기원론』 같은 사회·정치적 저술로 더 유명하다. 그는 당대의 편견과 불합리한 정치 현실에 맞서 싸운 부르주아 사회의 투사였다. 편지 소설인 『신 엘로이즈(*Julie ou la Nouvelle Héloïse*)』가 1761년에 출간되었을 때 유럽 전역이 들끓었다. 여기에는 농촌공동체

Maurice Quentin de La Tour가 그린
Jean-Jacques Rousseau의 초상화(1753)

루소의 글에는 말하는 자아와,
이 말의 공허함을 의식하는 자아가 동시에 있는 듯하다.
이런 자의식을 통해 그는 늘 거창한 명칭 이전의
본래적 자기 자신으로 돌아가려 한다.
아래 글도 마찬가지다.

"내가 방어하고자 하는 것은 장 자크 루소가 아니기 때문이다.
장 자크 루소도 물론 자주 잘못 생각하던 때가 있었다.
그렇게 여겨질 때마다 나는 여지없이
그와 결별할 것이다."

장 자크 루소, 『루소의 반박문(서한집)』(1861)

와 수공업적 덕성 그리고 계몽의 정신이 혼재된 지역 코뮌이 묘사되어 있다. 사람들은 앞을 다투어 『신 엘로이즈』와 『에밀』을 읽었고, 이 책들은 혁명 전까지 100쇄 이상을 거듭했다. 루소가 없었더라면 프랑스 혁명은 일어나지 않았을 거라는 말도 있다. "인간은 자유롭게 태어났지만 곳곳에서 쇠사슬에 묶여 있다." 『사회계약론』은 이렇게 시작된다.

하지만 이런 사회·역사적 맥락이 아니더라도 루소의 글은 생생한 느낌을 준다. 어디에서나 풍부한 감성이 꿈틀대고, 깊은 사유가 있으며, 고민하는 실존과 자유로운 정신이 있다. 숨기지 않는 감정, 논쟁과 파벌에 대한 혐오, 아첨의 거부, 전원에의 사랑, 행복의 갈구는 그의 삶의 한결같은 모토다. 그는 호사와 빈곤을 같은 눈으로 보면서 재산과 여론을 초월하여 자족적이고 자유로운 삶을 사는 것을 가장 고결하고 아름다운 것으로 보았다. 그러면서 천성과 자기 분수에 맞는 영역으로 돌아가고자 애썼다. 자유란 원하는 걸 하는 데 있는 게 아니라 원하지 않는 것을 하지 않는 데 있다고 그는 썼다. 그는 어떤 일에서도 있는 그대로의 자기보다 더 나은 사람으로 통하길 바라지 않았다.

루소의 사상은 매우 다채롭지만, '평화로운 사회의 자

유로운 인간' 쯤으로 요약될 수 있을 것이다. 이 자유는 미움을 모르는 자기애에서 시작한다. 인간은 가장 내밀한 의미에서 자유롭고, 이 자유의 의지로 품위 있는 사회를 실현시킬 수 있다고 그는 믿었다. 독단과 기적이 없는 평화로운 공동체는 인간이 두 발로 딛고 선 채 스스로 절대 독립의 삶을 추구할 때 가능하다.

하지만 근대 이후의 인간은 스스로 판단하는 것이 아니라 다른 사람의 판단에 비춰 자기의 가치를 정하고, 자기에게 얼마나 유용한지에 따라 타인을 평가한다. 여기에서 탐욕이 생기고 사회적 억압과 소외가 일어난다. 그러나 악은 루소가 보기에 인간이 아닌 제도에 있다. 교회나 국가 같은 제도기관이 '자연적 인간'을 사라지게 만든 것이다. 낙원은 자연과 영혼적으로 하나가 되는 시적 일치 속에서 실현될지도 모른다.

그래서일까. 루소는 즐겨 숲속을 거닐고, 풀과 나무를 사랑하며, 강과 호수와 외딴 곳을 자주 찾았다. 괴롭히는 사람들에 대한 가장 잔혹한 복수 방법은 스스로 행복해 하는 것이라고 그는 말했다. 누군가를 미워하는 것은 "자기존재를 수축시키고 구속하는 일"이기 때문이다. 이 점에서 그의 자기애는 실리적이다. 그것은 이기적이 아니라 이타적이다. 따라서 나쁜 것은 자기애가 아니라 이기심이고, 이기심을 야기하는 시기와 증오다. 정의에의 요구는 필요하지만, 그것은 갖지 못한 것에 대한 시기심의 표현일 때도 많다. 미움이야말로 자기 안의 절실한 목소리를 외면케 한다는 점에서 가장 파괴적인 것인지도 모른다.

오늘날처럼 과열된 경쟁 사회에서 '고독'이나 '개인주의' 혹은 '자기애'를 말하는 것은 허황되어 보인다. 그러나 그것은 정말 허황된 것인가? 자연스런 자기애는 그 어떤 도덕보다 도덕적이다. 증오와 이기심(amor propre)으로부터 벗어나 자기사랑 속에서 사회적 행복으로 나아가는 것은 어떨까? 루소는 참된 개인주의자였던 것 같다.

V 공동체의 품위

계몽주의의 유산
칸트 200주기에 즈음하여

계몽주의의 유산

지난 두어 주일도 우리 사회는 무척 시끄러웠다. 한 탤런트가 군 위안부 출신 할머니를 "위로하기 위해" 누드 화보집을 제작하였다가 시민단체 등의 반발로 취소되는 소동이 있었다. 수천 억이나 되는 돈을 자기 것인 양 유용한 두 전직 대통령 중 한 명은 '묵비권을 행사'하고 있고, 전 재산이 29만 1,000원이라던 또 한 사람은 아직도 수십 명의 경호원을 데리고 다니며 전직 '국가원수'로 '예우'받고 있다. 그는 얼마 전에 집수리와 연하장 발송에만 6000만 원을 썼다던가? 또 한 정치인은 당내 경선에 불복하더니 최근에는 검찰의 세 번에 걸친 소환도 거부한 후 오히려 검찰을 고소하였다.

일일이 거론하고 싶지 않은 이런 사건들을 보면서 나

는 당사자들 이전에 무엇보다 나 자신에 대해, 그리고 이 땅의 정치와 사회와 문화에 대해 자괴와 수치, 그리고 모욕감을 감당하기 어렵다. 우리의 사회는 과연 '근대적modern'이라고 말할 수 있는가? 지난 몇 주 동안 책 속에 더 깊이 머리를 파묻고 있었던 것도 현실의 이 욕됨을 견디기 위해서였는지도 모른다. 그때 읽었던 글들 가운데 인상적이었던 하나는 독일의 시사주간지인 『디 차이트』에 실렸던 칸트 200주년을 기념한 특집기획이었다.

지난(2004년) 2월 12일은 대 철학자 칸트의 서거 200년이 되는 날이었다. 유럽의 여느 의식 있는 언론처럼 독일의 언론도 작가나 예술가 또는 철학자 등 자기 나라뿐만이 아니라 유럽과 전 세계의 명망 있는 지식인들의 주기에 즈음하여 대개 특집을 싣는데, 이번 『디 차이트』에 실린 일곱 편의 글 또한 "계몽이란 무엇인가"라는 편집자의 질문에 대한 답변 형식으로서 우리 현실과 관련하여 생각해 볼 만한 거리를 주었다.

서구 계몽주의의 의미를 몇 개의 문장으로 요약하기는 물론 어렵다. 그 역사적 전개와 유산은 여러 각도에서 말할 수 있지만, 그 핵심의 하나는 "사페레 아우데Sapere Aude!"—"네 자신의 오성五性을 스스로 사용할 수 있는 용기를 지녀라"라는 호라츠의 표어에 집약되어 있다고 볼 수 있다. 이것은 간단히 말하여 스스로 생각하는, 즉 자율적 사고의 능력을 뜻한다. 그것은 자기 기율 속에서 스스로 자유롭게 사고하고 행동하는 가운데 그 자유에 책임지는 일이다. '미성숙'이란 칸트적 의미에서 이 자율의 능력이 결여된 것을 일컫는다. 인간이 자신과 동시대 사람들 그리고 세계에 대하여 책임을 느끼고 인간성의 가치를 옹호할 수 있는 것도 자율의 실천을 통해서이다. 그러므로 근대의 기획이란 자유와 책임의 실천에 다름 아니고, 이 실천은 자율성의 훈련으로부터 배양된다고 할 것이다.

그러나 계몽주의의 이념에도 역사가 알려 주듯 그 폐해는 있다. 특히 그 역사적 낙관주의는 철학자 베르나르 앙리 레비가 지적하듯 "불합리했을 뿐만 아니라 범죄적"이었다. 그 그늘의 핵심은 자기 논거의 절대화다. 스스로를 절대화할 때 개선이나 발전이 있기 어렵다. 자기비판과 점검이 따르지 않는 선한 의도는 언제라도 악덕이 될 수 있다. 인간을 목적이 아닌 수단으로 다루는 일도 이런 악덕의 하나다.

그러므로 타자비판은 늘 자기비판 위에 서 있어야 하고, 가능성에 대한 탐구는 그 한계의 인식을 통과하지 않

Gottlieb Doebler가 그린 Immanuel Kant의 초상화(1791)

Kant의 사인

칸트적 계몽주의의 핵심은 자기규정력
—스스로 결정하여 선택하고 그 선택에 책임지는 데 있다.
이런 자율능력이 없다면 그는 '미성숙'하고,
이 미성숙한 시대는 '계몽 이전'의 역사라고 그는 여겼다.
그렇다면 오늘날은 계몽의 시대인가?
그리고 나는 계몽된 인간인가?

으면 안 된다. 그렇다는 것은 계몽의 작업에 완성이 있을 수 없음을 말한다. 그래서 계몽의 기획은 신학자 카를 카르디날 레만이 적듯이 '시지프스의 작업' 같은 것이 된다. "태어난 모든 사람에게 계몽의 작업은 새로이 시작된다." 늘 다시 반성되지 않는다면 '계몽의 시대'는 '계몽된 시대'일 수 없다.

한 사회가 미성숙의 상태로부터 벗어난다는 것은 그러나 쉬운 일이 아니다. 그것은 개인의 자율적 사고와 반성을 요구하면서 이런 개인적 노력이 사회적 제도에 의해 뒷받침될 때 조금씩 구현되기 시작한다. 우리 사회의 문제점에 대한 원인으로 공인 의식의 부재나 공공선의 경시, 아니면 상식의 결핍이 자주 말해지지만, 필자의 생각으로 그것은 스스로 느끼고 생각하는 능력의 미숙이 아닌가 한다. 표현의 자유와 상업적 오용을 혼동하고, 견해와 궤변을 구분하지 못하는 것은 감각과 정신의 자율 대신 유행과 관습의 편의—생각 없음의 안락함을 좇기 때문이다. 그리하여 '튀는 일'은 허다하여도 뛰어난 개성은 적거나 찾기 어렵다.

그러나 스스로 느끼고 생각할 수 없다면 참으로 자유롭기도 어렵다. 스스로 자유롭지 못한데 어떻게 인권의식과 관용의 마음을 구비할 수 있는가? 우리 사회는 계몽적

'근대의 이후'를 구가할 때가 아니라 '근대의 토대'에 대해 더 고민해야 할 것으로 보인다.

엉터리 사회와 '제2의 계몽'

책 한 권을 내게서 받은 한 선배가, 그래도 책값은 해야지, 하면서 점심을 사겠다고 했다. 그래서 지난주 어느 날 점심 때 잠시 만났는데, 밥 먹으며 이 선배가 뜬금없이 하는 말. 요즘 우리 마누라가 '로또'해. 물어보니 판교에 나온 아파트 분양 신청을 했다는 것이다. 마흔 중반인데도 집이 없으니. 옆에 앉았던 한 동료가 이렇게 덧붙인다. "내가 아는 한 교수는 목동에 40평 아파트가 있는데, 한 평에 4000만 원 한다나 어쨌다나. 팔면 20억이 되고, 그것으로 광주에서 집을 사면 스무 채가 된다고 자랑하던데."

평소에 말이 없는, 주로 듣는 편인 그 선배의 탄식을 들으며 나는 난감해진다. 그러다가 뭐, 드문 일은 아니지, 이 땅에서, 라고 다시 생각하게 된다.

'교수가 부동산 업자도 아니고. 2~3채 가지는 거야 그럴 수도 있겠지만, 열 채 스무 채로 이익을 챙기면, 그것은 부당한 자산 증식 행위 아닌가요? 땅이 넓으면야 100채인들 무슨 상관인가요? 문제는 이 좁은 땅에서 한쪽이 부동산 거래로 돈을 벌면, 다른 쪽은 그만큼 피해를 볼 수 밖에 없는 점이죠. 정말이지 먹고사는 일—식품이나 의료, 주거와 관련된 불법과 탈법은 가장 악독한 일이에요. 전체 주택 수는 인구 수를 웃돈다는데, 아직도 집 없어 불안 속에 사는 이가 더 많으니. 사실 직장생활 5년 10년 하면, 최소한 주거 걱정은 없이 살 수 있어야 정상적인 사회 아닌가요?

화가 난 내가 이렇게 말하는데, 그 선배가 대뜸 묻는다.

"그런데 판교가 어디에 있지?" 우리는 그냥 웃고 만다. 자조 섞인 웃음. 한탄도 반복되면 한탄도 아니다. 경멸과 분노가 탄식의 옷을 빌릴 뿐. 현실의 모습도 그렇다.

사건의 종류는 달라도 지난 몇 주 동안 우리 사회의 뉴스가 된 것도. 서울시장이라는 사람은 공짜 테니스를 즐기더니 공공 체육관의 천장에 자기 이름과 '용龍'자를 새기지 않나, 공당의 사무총장은 성추문 사건 후 20여 일 잠적하더니 나타나, 6분이었나, 사과문을 낭독하고 다시, 작전하듯, 사라져 버렸다. 또 어떤 사람들은 가짜 학위를 주고받으며 학회까지 만들어 연주회니 발표회니 하다가 적발되었다. 우리 사회는 왜 늘 이 모양인가? 이런 일을 겪다 보면, 예술과 문화를 말하는 것도, 글쎄, 무슨 의미

있나 싶다. 엉터리 사회의 엉터리 작태들……. 명품에 그토록 열광하는 것도 제 삶이 부실해서일 것이다.

역사는, 그것이 발전한다면, 더디게, 역행과 정체를 일삼으며, 아주 더디게 나아갈 뿐이다. 12·12 군사반란과 5·18 민주화운동 관련자의 훈장 포장이 취소된 것은 지난주(2006년)에 와서였다. 그 얼토당토 않은 일을 원상복구시키는 데 무려 26년의 세월이 걸렸다. 그 사이에 얼마나 많은 사람들이 한을 품은 채 죽어 갔고, 그때의 상흔으로 정신병을 앓는 사람이 지금도 수두룩하다. 현실의 개선은 너무 미미하여 차라리 아무런 변화도 없다고 말하고 싶을 정도다.

그러나 그렇다고 해도 삶의 부당함이 우연에 의해 고쳐지길 기다릴 수는 없다. 사회학자 울리히 벡은 '제2의 근대' 프로젝트를 시작해야 한다고 최근에 말한 바 있지만, 이것이 그 어디보다 필요한 곳은 한국 사회이지 싶다. 우리 사회는 높은 수준이 아닌 낮은, 기본적 수준의 최소조건을 체계적으로 정비하는 데 아직 한참 집중해야 될 것으로 보인다. 1900년대 초 이광수류의 계몽활동이, 부족하다 해도, '제1의 계몽'이었다면, 오늘의 시대에는 '제2의 계몽'이 필요하다. 여기에서 교육과 의료, 주택과 환경 분야에서의 사회적 평등 실현은 그 핵심이라 할 수 있다. 예술문화의 성취도 제도적 디자인 없이는 공허하거나 제한적일 수밖에 없다.

계몽의 작업은 각 세대가, 또 개인이 늘 새롭게 시작해야 한다. 내가, 우리가 정신을 차려야, 또 우리 사회의 제도적 틀이 치밀하게 구비되어야 위정자가, 외국계 자본이, 외래문화가 함부로 행하지 못한다. 27억 원을 벌고도 1억만 신고하는 고소득자의 탈세를 언제까지 두고 볼 것이며, 악덕 투기자본이 4조 원의 이윤을 챙기고도 세금 한 푼 안 내는 현실을 언제까지 허용할 것인가. 이 모두는 우리 사회의 정책적·제도적 미비 때문이다. 이 땅이 '살고 싶은 나라'는 못될지언정, 적어도 '떠나고 싶은 나라'는 아니 되어야 하지 않는가.

소수의 목소리에 귀를 열라

오늘날 많은 것은, 특히 '좋은 말'일 때는, 간단치 않아 보인다. 그것은 세계적 차원에서도 그렇고(가령 "세계 경제의 질서는 삶의 기회를 정당하게 배분하는 것이어야 한다"는 하버마스의 말 같은), 국내적 차원에 대해서도 그렇다("토건 국가의 부활이 우려된다"는 사회 시평 같은). 어려움은 문화적 단절이나 정치 안정의 역사가 일천하여 가중되는 듯하다. 사회적 정의나 노동의 가치, 문화의 의미에 대한 이런저런 주장은 매우 중요하면서도 사실 나날의 현실과 얼마나 떨어져 있는가. 이럴 때 나라 밖의 관점은 우리 삶을 점검하는 데 도움이 된다.

독일의 주간지인 『디 차이트』에는 최근(2007년) 대선 관련 논평이 실렸다. 한국 사회에서 더 이상 전쟁이나 평화, 자유나 억압이 아니라 '직장과 월급'이 중요해졌다는 것, 경제 회생과 청년 실업의 해소가 무엇보다 큰 과제가 되었음을 지적한다. 또 이번 정권 교체는 그 사이 견고해진 민주주의에서 '지극히 정상적으로' 일어났으며, 보수 세력의 집권이 권위주의적 퇴행으로 이어지지는 않을 것이라는 것, 진보 쪽에서도 유능한 후보를 내면 정권을 다시 얻을 수 있다는 것이다. 그러면서 낸 결론은 '4번의 민주적 대통령 선거를 치르고 이 정도의 확실성을 가졌다면, 그건 몇 년 전까지 최루탄 악취를 겪은 사람들에겐 '참으로 만족스런 일'이라는 것이다.

우리 현실을 적은 외국 글에서 흔히 그렇듯이, 그것은 사실적·객관적일 수 있지만 누락된 부분도 있다. 그러나 전체적으로 틀려 보이지 않는다. 우리는 불충분한 채로 건국 이후 지난 60년을 좌충우돌 지나왔다. 이제 과제는 모든 분야의 세부를 충실하게 하는 일인지도 모른다. 이것은 생활의 심화 문제고, 사물의 무늬와 결을 고려하는 미시적 실천의 문제다.

얼마 전 뉴스에서 한국 사람들은 부딪쳐도 "미안하다"고 하지 않는다거나, 갓난애의 얼굴을 아무렇게나 만진다거나, 목욕탕에서 아래위를 훑어본다는 외국 사람의 불만이 보도된 적이 있다. 혹은 처음 만나는 데도 대뜸 나이를 묻거나, 자기보다 아래면 그냥 말을 놓는다. 도움을 줄 경우라도 "도와줘도 되느냐?"라고 우리는 잘 묻지 않는다. 이것은 외국의 관습이나 문화에 익숙지 않아서이기도 하지만, 일반적으로는 조심하는 습관이 모자라서이기도 하다. 어느 것이든, 좋은 의미의 세련성과는 거리가 멀다. 문화적 세련미란 간단히 말해 '주의하는 일'이다. 말이나 행동, 교제와 표현에서 양해를 구하고 상대의 입장이 되어 생각하는 일이다. 가능한 한 정확하게 또 거짓 없이 말하려 하는 것이다.

아직도 많은 것이 우리 사회에 갖춰 있지 않다면, 그것은 상호 이해 속에서 정밀한 계획과 검토를 통해 천천히 이루어져야 한다. 그 큰 원칙은 변두리의 삶을 무시하지 않는 것이며, 소수의 목소리에도 귀 기울이는 것이다. 작은 생활의 기쁨을 존중하면서도 이런 일상적 관심은 다시 공적 사안과 연결되어야 한다. 그렇지 않다면 작은 기

뼘의 향유도 공식적 이데올로기의 재생에 기여할 것이기 때문이다. 그러나 문화의 방향에 대한 이런 생각이 점증하는 '개발주의 선진화 담론' 아래 얼마나 유효할지 걱정스럽다.

프랑크푸르트 도서전을 보면서

프랑크푸르트 도서전을 보면서

어떤 한 곳에 머물러서는 자기가 어디쯤에 있고 그 자리의 의미는 무엇인지, 나는 누구고 우리의 삶은 어디로 향해 나아가는지 알기 어렵다. 그래서 사람들은 흔히 여행을 떠나 보라고 말하곤 한다. 어떤 낯선 곳에서 다른 사람과의 만남을 통해 나의 지점, 우리의 의미를 비로소 알 수 있기 때문이다. 이번 프랑크푸르트 도서전(2005년)과 그 앞뒤의 여러 행사를 보면서 내가 느끼게 되는 것도 이런 종류의 것이다. 이제 우리는 '세계와 전면적으로 대화하게' 되었고, 이런 대화를 통해 우리 문화는 비로소 당당한 자기 목소리를 세계의 무대에 내게 된 것이다.

한국이 '주빈국'으로 참여하는 이번 도서전의 의미는 사람과 그 관점에 따라 다양하게 얘기될 수 있을 것이다.

내게 있어 그것은 한마디로 '눈을 밝혀 주는' 것이었다. 예를 들어 주빈국 전시관에 설치된 여러 조형물들은 과거의 전통문화와 현대의 IT기술을 접합시킨 것으로 설계와 디자인, 색깔과 공간 구성에 있어 신선하고 호소력 있는 것이었다. 이것은 강연과 세미나, 낭독회와 대담 등의 문학 관련 행사뿐만 아니라 연극과 음악, 영화, 춤 등 여러 공연에서도 드러나는 것이었다. 그래서인지 이번 행사를 보도하는 유럽 언론의 대체적인 시각 또한 비판이 없지 않은 채로 전체적으로는 놀라움과 경탄, 그것이었다.

가령 『슈피겔Spiegel』은 '더 나은 삶을 위한 꿈'이라는 제목 아래 지금까지 한국 문화는 알려지지 않았으나 무척 다양하고 매력적이라는 것, 1960년 학생운동이 현대 한국인의 제1차 집단 기억이라면, 1980년 광주 민주화운동은 제2차 집단 기억이 되어 있다고 분석하고 있다. 스위스에서 발행되는 『노이에 취르허 차이퉁Neue Zürcher Zeitung』은, 오늘날 속도는 한국의 인터넷 영역에서만이 아니라 서울의 지하철 이용객에서도 보인다면서, 인구의 압박이 너무 커서 시골의 서정이 이젠 찾아보기 어렵다고 쓰고 있다. 그리고 『디 차이트』는 몇몇 작가와 더불어 '전 세계적으로 유일한, 생태적으로 바른 모범 도시'로 파주출판도시를 흥미롭게 소개하고 있다.

나는 유럽 언론의 이런저런 기사를 읽으면서 우리가 지나온 현대사의 굴절을, 그 고통스런 파행 속에서도 힘겹게 일구어 온 예술적·문화적 성취를 새롭게, 어떤 회한과 자부심 속에서, 조감하게 되었다. 이번 행사의 총감독을 맡은 시인 황지우는 『디 차이트』와의 인터뷰에서 "우리의 문화가 더 이상 받는 자로서가 아니라 주는 자로서도 인지되었으면 한다"는 상호 방향적 소통에 대한 희망을 피력하면서, "얼음의 벽이 외국에서의 한국 문학을 에워싸고 있다. 이제 시인의 체온에 의지하여 우리는 그것을 녹이려 한다"고 말하였다. 이제 우리는 더 이상 고립되어 있지 않다. 우리는 우리 문화의 주체이면서 동시에 세계 문화의 주체여야 한다.

더 중요한 것은 이번 행사에서의 문제의식이 일회적인 것으로 그치는 것이 아니라 '보다 지속적인 의미와 효과'를 갖도록 그것을 더 구체화하는 일일 것이다. 그러기 위해서는 무엇보다 우리 사회 내부의 편견과 독단부터 문제시할 필요가 있다. 우리의 현대사를 지배해 온 유형·무형의 각종 이데올로기로부터, 파벌과 계파를 지탱하던 사고의 편집증으로부터 우리는 벗어나야 한다.

우리의 문학, 예술, 그리고 문화가 투명하고 진실하여야 하며, 이 진실 속에서도 고유한 특성을 잃지 않고 보편적 가치에 참여하는 것이어야 한다. 현재적 삶의 조건을 억압하는 것이 무엇인지를 직시하고, 그 속에서 우리가 놓쳐 버린 것이 어떤 것인가를 지속적으로 주제화하는 것이 필요하다. 그럴 수 있을 때 우리는 이미 정직하고 또 스스로 겸허해져 있다고 말할 수 있을 것이다. 우리 사회만큼 도덕과 겸손을 말하면서도 부도덕하고 거만한 곳도 달리 없지 않는가? 자, 이것은 세계로 내딛은 첫걸음일 뿐이다. 각자는 지구 시민의 구성원으로서, 우리 문화는 인간성을 실현하는 보편적 활동의 일부로서 시민적 세계사회로 나아가자.

책의 독자는 삶의 저자

내가 하는 일에서 그나마 위로 삼는 게 하나 있다면, 그건 글로 나를 표현하고 내 생각을 말하면서 사람을 만날 수 있게 되었다는 사실이다. 어디 글뿐이겠는가? 사무적인 일이나 이런저런 인연을 통해 만남이 이뤄지기도 한다. 하지만 일거리를 만들기보다는 가능한 한 만들지 않는 쪽에 선 내게는 글이 사회적 소통의 가장 큰 통로임엔 틀림없어 보인다.

강연도 글이 계기가 되어 일어나는 만남의 형식이다.

요즘에는 한 학기에 서너 차례 하게 되는데, 대부분 시민 강좌나 문화단체 혹은 미술관에서다. 이런 모임에서 만나는 청중은 다양하다. 문학이 뭔지 알려는 고교생이나 인문학에 관심 갖는 대학생·대학원생들도 있고, 예술과 미학을 알고 싶어 하는 30~40대 여성들과 직장인도 있다. 또 그저 책이 좋다는 중장년층도 드물게 있다. 독서의 경로나 생활환경에서 나와는 전혀 다른 이들 독자와의 만남이 내게는 그 어떤 다른 모임보다 즐겁고 신선하다.

지난주 목요일 서울 정독도서관에서 열린 강연도 그러했다. 책 광고가 된다면 독자 여러분은 너그럽게 봐주시길. 그것은 최근에 출간된 『사무사思無邪』에 대한 것으로, 이 책은 '현대의 고전'으로 평가받는 김우창 교수의 『궁핍한 시대의 시인』에 대한 '다시 쓰기'다. 나는 몇 개의 열쇠어로 주어진 시간 안에 그 핵심을 간결하게 전달해야 했다. 그러면서 책을 읽고 누군가를 이해한다는 것이 어떤 의미를 갖는지 청중에게 되물었다. 개별적 삶이 조각나 있듯이, 오늘날에는 독서도 일정한 틀 안에서 파편적으로 일어나기 때문이다. 그래서 많은 것이 개성이나 자유의 이름으로 자의적으로 행해진다.

사물에 대한 느낌이, 사건에 대한 생각과 사람에 대한 인상이 어디쯤 있는지, 그때의 느낌은 어떻게 생각과 이

어지고 또 어떻게 표현되는지, 나아가 그것은 어떻게 결정의 납득할 만한 근거가 되어 행동으로 옮겨지는지 우리는 잘 모른다. 감각과 사고와 언어와 표현과 판단과 실천은 긴밀하게 서로 연결되어 있음에도 불구하고, 느낌은 느낌대로 있고, 생각은 생각대로 놀며, 판단과 행동은 이 느낌이나 생각과 무관하게 자리하는 것이다. 그래서 공들여 글을 읽어도 이렇게 읽은 내용이 독자의 삶에 아무런 영향을 미치지 못할 때가 많다.

그날 강연의 마무리도 이렇게 끝맺었다. 글을 읽는 이유는 스스로 만들어 가는 삶의 행복을 확인하는 데 있다. 그러려면 '지식의 자기화'가 전제되어야 한다. 독자를 만난다는 것은 저자 쪽에서 보면 낯선 취향과 만난다는 것이고, 자기의 문제의식을 이 취향에 호소한다는 뜻이다. 저자와 만난다는 것은 독자 쪽에서 보면 그의 세계를 재경험한다는 뜻이다. 어떤 쪽이든 거기에는 기존의 감각적·사고적 틀을 교정할 수 있는 변형적 계기가 들어 있다. 이 변화는 읽고 느끼고 공감한 것의 자기화를 통해 이뤄진다. 그러려면 심각한 자기 개입―해석과 선택의 엄정한 여과 작용이 필요하다. 이 과정에서 무엇이 절실하고 사소한지, 또 어떤 것이 옳고 그른 것인지 결정난다.

책을 읽으면서 우리는 시간적으로 지나간 것들을 돌

아보면서 오는 것들을 예비하고, 공간적으로는 여기에서 저편의 것들을 상상하고 기획하고 선취한다. 이 시공간적 모험은 오늘의 삶이 이 순간에 머무는 것이 아니라 과거에서 현재를 지나 미래로 걸쳐 있고, 여기에서 저기로 뻗어 있음을 보여 준다. '있는' 현실이 아니라 '있을 수 있는' 현실—가능성의 현실을 탐색하는 것이다. 가능성의 탐구는 그 자체로 현실에 부정적否定的·비판적으로 개입하는 일이다. 짧은 생애에서 '넓고 깊게 산다'는 것은 바로 이런 뜻일 것이다.

넓고 깊은 삶은 개인의 개별적 삶이면서 전체로 지양된 개인—보편성을 구현한 주체의 삶이다. 이런 삶을 사는 사람이야말로 '건전한 시민'일 것이다. 세계시민이란 보편성을 지닌 개별 시민에 다름 아니다. 결국 글을 읽는 것은 이 유한한 생애에서 세계시민으로서 넓고 깊게 살기 위한 것이다. 책의 독자는 마땅히 자기 삶의 작자作者여야 한다.

자크 데리다의 죽음

어떤 행동이 바른 것인가를 아는 것은 깊게 생각하는 데서 오고, 이런 생각은 우선 넓게 느낌으로써 가능하다.

넓게 느끼고 깊게 생각할 때, 실천도 바른 방향을 잡을 수 있다. 그러니까 사고는 감각과 행동을 이어 주는 다리 구실을 한다. 그렇다면 이 모든 감각과 사고 그리고 행동은 무엇으로 나아가는가. 그것은 아마도 자유 또는 자유로운 삶일 것이다.

지난(2004년) 10월 초에 세상을 떠난 철학자 자크 데리다Jacques Derrida는 참으로 자유로운 사고를 자유로운 언어 속에 표현하면서 자유로운 삶을 살지 않았나 여겨진다. 뛰어난 학자치고 감각과 언어와 사고가 두루 자유롭지 않은 이가 있으랴만은 그의 저작은 철학과 문학, 정치와 예술의 경계 위에서 이 경계를 부단히 허물면서 누구보다 치열하게 자유를 실천했던 증거가 아닌가 한다.

학계는 그를 두고 한편에서는 해체론의 입안자로서 서구 철학의 형이상학적 전통을 일거에 무너뜨린 20세기의 가장 뛰어난 사상가의 하나로 생각하는가 하면, 다른 한편으로는 학문적으로 연대감이 부족하고 정치적으로도 미심쩍다는 평가를 내리기도 한다. 그의 글은 이런 면을 부정하기 어려울 정도로 대체로 역설적이고, 기존에의 비판은 전복적이며, 문체 역시 자주 유희적이다.

그러나 그는 정의나 법의 문제를 집요하게 주제화하기도 하였고, 팔레스타인의 권리나 망명자의 문제와 관련하여 현실에 참여하기도 하였다. 나는 그를 무엇보다 풍부한 착상 속에서 사고의 빛이 번득이는, 그래서 그 어디에서도 상투성의 외피를 던져 버린 창의적 사상가로 이해한다. '차연'이나 '의미의 잉여'와 같은 많은 독창적 개념을 통해 그가 알려 주는 것도 흔히 있는 구분의 근거가 얼마나 허약하고, 언어는 얼마나 불안정하며, 존재란 얼마나 취약하며, 세계는 또 얼마나 이질적 것인가였다. 이것을 우리는 사변적 진술로서가 아니라 일상적 차원에서 받아들일 필요가 있다.

그러므로 데리다의 철학을 단순히 '입장 바꾸기와 이를 통한 포용'으로 해석하면 곤란하다. 그의 사고는 하나의 입장으로 굳어진 이념과 원리의 폐해를 지적하고자 하였지, 그 스스로 무입장적 혼돈 속에 빠졌던 것은 아니기 때문이다. 오히려 그는 누구보다 확고한 신념 속에서 독자적 철학을 펼쳐 갔다. 이라크 붕괴 이전에 미국을 "불량국가(rogue state)"로 불렀던 것도, 위르겐 하버마스와 더불어 유럽 의식의 각성을 촉구하면서 "새로운 인터내셔널이즘"을 주창한 것도 다름 아닌 데리다였다.

그의 글이 창의적인 것이라면, 이 창의성은 감각의 개방성과 사고의 자유로움이 아닐 수 없다. 그 글의 신선함도 여기에서 올 것이다. 열린 감각이 자유로운 사고를 가능하게 하고, 이런 사고가 언어에 의해 가감 없이 전달될 때 철학은 꽃피어난다. 상상력의 해방이 학문의 한 존재이유라고 한다면, 그것은 자기가 아닌 것에 열려 있을 때야 가능하다. 그래서 타자에의 열림은 그 자체로 사랑의 표현이 된다. 결국 사랑이 없다면 학문도 사고와 행동의 묵은 관습을 변모시키기 어려울 것이다. 그러나 우리의 현실은 이런 열림을 말할 수 있는가. 말해도 좋을 만큼 녹녹한 것인가.

시인 김수영이 우리 문단과 현실의 낙후성을 지적한 것은 40년 전의 일이지만, 행정수도 이전에 대한 헌재의 판결을 보면서 어쩌면 앞으로 그만큼 더 지나야 우리 사회가 투명하고 합리적으로 되지 않을까 나는 생각하게 되었다. 500년 전 왕조의 관습 헌법으로 민주정체 아래의 지금 헌법을 진단한다? 이보다 개탄스런 일은 그러나 아직 남아 있는지도 모른다. 거짓이 현실의 많은 질서를 이룰 때, 타자에의 개방 이상으로 절실한 것은 분명한 판별력이다. 무엇이 옳고 그른지, 무엇이 합리적이고 무엇이 야만적인지에 대한 구분의 능력이 없다면, 사랑이나 연민은 물론 양보나 합의도 어렵다.

우리는 개혁과 민생의 문제에 대해, 그것이 동전의 양면과 같음을 아직 합의조차 못했다. 한 철학자의 죽음은 자유로운 사고와 현실의 간극 이외에 거꾸로 '절차적으로 사고'하는 일의 중요성을 알려 준다. 집단의 이기로부터 벗어나 '모두가 현명하게 사는 길'을 찾는 데에도 사고의 여러 단계는 있고, 이 단계에서 구별의 능력은 그 바탕이 된다. 구별을 통한 자기입장의 규정 없이는 사랑도 오래가지 못한다.

자본주의라는 종교

물신화物神化된 유령과의 싸움

미국발 금융위기는 여러 가지를 생각하게 한다. 자본주의의 심장부라고 할 수 있는 월 가에서, 그것도 세계 최대의 금융투자회사들이 줄줄이 도산하고, 여기에 역사상 최대 액수라는 7000억 달러의 긴급 수혈이 결정되었고, 이것이 하원에서 부결되는 일련의 과정은 그 증상이 얼마나 심각한가를 가늠케 한다. 'AAA' 등급의 채권 거래마저 실종되었다고 하니 시장의 신뢰는 아예 고갈된 듯하다. 그렇다면 거짓 약속—과대 포장—투기가 금융체제 전반에서 오랫동안 진행되어 왔음을 보여 준다. 그래서 자본주의의 붕괴 징후를 이미 진단하는 이들도 있지만, 어떻든 삶의 이성적 질서를 위한 자본주의 비판은 지금 절실해 보인다. 이런 혼란을 틈타 곳곳에 유령이 출몰하는 듯 보이기 때문이다.

유령? 지지난주에 본 국립극장의 「테러리스트 햄릿」 공연에서도 죽은 아버지의 유령이 사건의 계기였다. 「햄릿」은 잘 알려져 있듯이, 아버지를 죽이고 엄마와 결혼한 숙부에 대한 주인공의 복수 과정을 보여주지만, 「테러리스트 햄릿」은 여러 점에서 독특하였다. 무엇보다 관객석까지 뻗은 긴 돌출 무대는 혁신적이었다. 또 무대 양옆이 객석으로 사용되거나, 샹들리에에 햄릿이 올라가 대사를 읊거나, 2층 관람석에서 계단을 타고 내려오는 장면은 무대 공간을 입체적으로 사용하는 신선함을 주었다. 햄릿은 소주를 마시고, 청바지 차림의 레어티즈는 아버지의 죽음에 K1 기관단총을 휘두르며, 호레이쇼는 증거를 수집하려고 동영상을 찍는다. 서사의 얼개만 빌려 왔을 뿐, 소도구나 의상, 표현 방식은 모두 현대적으로 바뀌었다. 그렇다면 무엇이 지속되고 있을까? 왜 '우리 시대의 「햄릿」'이 필요한 것일까?

「햄릿」의 사건이 슬프고 암울하다면, 그것은 인간의 탐욕—숙부의 삶이 보여 주듯, 권력과 땅과 육체에 대한 끝모를 야망에서 야기된 것이다. 이 점에서 햄릿 역시 예외는 아니다. 그는 비극의 피해자이고 희생자이면서 야기자이기도 하기 때문이다. 인물의 대부분은 그의 갈등에 얽

파리 국립도서관에서의 Walter Benjamin(1892~1940)

자본주의의 궁극 목적은 돈/자본/이윤이다.
돈은 스스로를 최종 목적으로 삼음으로써
'성체변질聖體變質'을 한다.
그리하여 돈이 곧 신神이 되는 것이다.

혀 결국 죽고 만다. 자연의 절도에 맞추어 사는 이는 드물다. 그리하여 "남는 것은 침묵 뿐".

셰익스피어는 이 같은 불상사가 되풀이되지 않아야 한다고 작품의 끝에 썼지만, 그런 불상사는 오늘날 다른 형태로 이어지고 있다.「햄릿」의 유령이 불의와 부패를 고발한다면, 지금 유령의 이름은 시장과 소비, 고수익과 유행이다. 이 헛것에 짓눌려 현대인은 온갖 물건을 숭배한다. 현대의 유령은 물신화된 유령이다. 제도적 처방은 뭘까.

얼마 전 헬무트 슈미트는 세계 금융과 경제에 대한 '전 세계적으로 통용될 감독규정과 안전기준'의 마련이 긴급하다고 했다. 그러나 미국은 이 일에 게으르고, 우리 정부는 오히려 규제 완화로 내달린다. 사람 세상이 "잡초만 우거져 악취가 코를 찌르는 곳"(셰익스피어)은 아니어야 할 텐데, 이 잡초에 거름만 주고 있으니 걱정이다. 늘 짓밟히는 것은 인간이지 역사가 아니다.

자본주의라는 종교

요즘은 어디를 보아도 어두운 듯하다. 어두운 현실이 먼저 눈에 띈다. 이 어둠은 지나다니는 거리에서도 볼 수 있고, 사람들의 표정에도 나타나며, 매일 읽는 신문이나 글에도 담겨 있다. 조용히 내 일에 골몰하고 싶은데, 현실은 이를 허용치 않는 것이다. 극도의 긴장이 일상화되어 있고, 어디서나 재앙이 출현하고 있다. 세상은 그 어느 때보다 밀접하게 교류하지만, 해롭지 않은 것은 더 이상 없는 것 같다.

발터 벤야민은 「종교로서의 자본주의」(1921)란 짧은 글에서 자본주의와 종교의 유사 구조를 지적한 바 있다. 종교처럼 자본주의도 근심과 고통 그리고 불안을 잠재우는 데 기여한다는 것이다. 단지 종교가 신에 의지해 고통을 잠재운다면, 자본주의는 돈을 통해 그러하다는 데 차이가 있다. 그러나 자본주의는 사람을 구원하지 못한다. 오히려 그것은 수많은 채무자를 양산한다. 벤야민은 빚 개념에 주목했다. 빚(Schuld)이란 말에는 '죄'란 뜻도 있다. 빚진다는 것은 자본주의하에서 죄인이 된다는 뜻이다. 많은 수익을 올릴수록 자본주의적 신심은 깊어지고, 수익이 없으면 사람은 죄과를 치러야 한다. 이것이 시장의 신학이다. 신화적 세계에서 집단의 이름으로 행해지던 보복이 오늘의 화폐경제하에서는 빚졌다는 이유로 행해지는 것이다.

자본주의 사회에서 사람의 관계는 모두 채권과 채무의

관계로 재편성된다. 이때 심판은 시장이고 은행이고 자본이다. 국제 질서의 심판자는 세계은행이나 IMF 같은 거대기관일 것이다. 이들은 세계화 시대의 전지전능자로서 모든 걸 관리하고 모든 것을 징벌한다. 세계화의 신앙 아래 세금을 낮추고 국가를 제어하며 다수의 개인을 희생시키는 것도 이들의 업무다.

'수익'과 '효율'이 찬미되는 반면, '규제' 그리고 '공공성'은 해서는 안 될 말—사탄의 언어가 된다. 이런 구조에서는 어느 누구도 채무의 운명을 피하기 어렵다. 자본주의 세계는 빚과 죄악의 항구적 메커니즘이다. 현대인은 신화의 징벌 체계를 오래전에 벗어난 듯 보이지만, 사실은 그 폭력적 운명을 오늘에도 반복하고 있는 것이다.

시장자유주의가 자본주의의 한 흐름이 되어 있는 것은 이해할 수 있다. 그러나 그것이 지배적 경향이 된다든지, 나아가 유일한 삶의 형식이 되어 버린 현실은 다시 살펴보아야 한다. 월 가의 몰락에서 미국식 모델의 무능을 확인했듯이, 이라크 전쟁에서 초강대국 미국의 환상은 깨졌다고 할 수 있다. 문맹률이 28퍼센트에 달하고, 국민 중 230만 명이 수감되어 있는 미국이 어떻게 바람직한 인류사회의 모델일 수 있는가? 그러나 그렇다고 해서 어떤 체제가 그 자체로 구원을 약속할 수 없다. 자본주의가 곧 민주주의인 것은 아니듯이, 사회주의 이념이 그대로 인류의 미래일 수는 없다.

대안체제적 가능성은 당장 답변될 것이 아니라 오랫동안 탐구되어야 하고 여러 세대에 걸쳐 논의되어야 할 것이다. 아마도 우리는 그 사이에 죽을 것이다. 그러나 경제의 자유가 인간 자유의 전부가 아니라는 것을 잊어선 안 된다. 올겨울은 유난히 추울 듯하다. 그리고 이 겨울은, 자본주의적 신화에 대한 각성이 없는 한, 봄이 와도 수년 혹은 수십 년 계속될지도 모른다.

정치의 '심미적 혁신'

발터 벤야민에 대한 글을 쓰면서 정치적인 것의 의미를 살펴보다가 장 뤽 낭시Jean-Luc Nancy를 만나게 되었다. 그를 다룬 서너 편 신문 기사도 읽었다. 흥미롭게 여겨지는 것은 그가 자신을 마르크시스트로 여기지도 않고, 맑시즘 철학의 혁신을 내세우지 않으면서도 사회비판적 이론의 소멸을 아쉬워하고 그 복원을 탐색해 왔다는 점이었다. 그는 루이 알튀세르 그룹처럼 마르크스의 전복적 독해를 통해 공산주의가 본래 가졌던 참된 형태를 획득하려 하지 않는다.

낭시가 보기에 삶은 모순과 장애로 가득 차 있다. 그렇다면 중요한 것은 스스로 열려 있는 것이고, 열린 가운데 감각과 사유가 움직이면서 현실과 만나는 일이다. 그래서 사람 '사이에서', '타인과 관계하면서' 공동의 의미를 만드는 것이다. 어떤 방향을 탐색하며 그쪽으로 나아가지만, 이 방향을 확정하지 않는다고나 할까. 미리 처방된 지침은 재앙을 예비하기 때문이다. 이런 생각은 자본주의 비판과 민주주의 이해에서도 나타난다.

현대의 민주주의와 자본주의는 역사적으로 거의 같은 시간에 발생했고, 그래서 민주주의는 줄곧 자본주의의 압박 아래 있어 왔다고 낭시는 진단한다. 민주주의는 시민의 자유의지를 대변하면서도 사회적 부도 증가시켜야 했다. 그러나 이 둘 사이의 균형이 오늘날에 와서 깨져 버렸다는 것이다. 그것은 민주주의 체제가 기능하지 않아서가 아니라, 경제적이고 기능적인 것이 지나치게 사회의 영역을 갉아먹었기 때문이다. 그래서 사람들은 민주주의에 쉽게 실망한다.

아마도 낭시의 생각이 한국 현실에 적용되려면 여러 차례의 변주—번역과 재구성과 적용의 단계를 거쳐야 할 것이다. 그렇다는 것은 그의 논의에 애매하거나 성긴

부분이 있다는 것이고, 그러니만큼 보완되어야 한다는 뜻이다. 그럼에도 오늘의 삶이 경제적 이성에 예속되어 수치화할 수 없는 가치를 외면하게 되었다는 지적은 타당해 보인다. 참으로 의미 있는 것은 대체되거나 비교되기 어렵기 때문이다. 그는 '민주주의의 정신이란 인간을 끝없이 넘어서는 숨결 같은 것'이라고 했다. 사랑이 그렇고, 우애와 열정이 그렇고, 예술이 그렇다. 그에게 슬라보예 지젝이나 알랭 바디유 같은 좌파의 극단적 견해가 의심스럽게 여겨진 것은 그 때문인지도 모른다(민주주의가 좋긴 하나 어떤 대안도 제시하지 못한다는 것, 그래서 '진리 밖에서' 작동한다고 보는 이들의 절대적 진리관은 극우 쪽 불평과 비슷하다고 지적하는 논자도 있다). 이것을 '정치의 심미적 혁신'이라고 말할 수 있을까.

'심미적審美的(aesthetic)'이란 말이 아직도 한글에서는 익숙하지 않고, 그래서 추상적으로 여겨지기도 한다. 그러나 '미'를 '심사하고 분별한다'는 이 단어는 정확하다. 정치에 대한 심미적 접근의 시도는 사실 200년 이상이나 오랜 고민들 중의 하나다.

프랑스 혁명 이후 공포정치를 겪으면서 실러는 혁명세력에 의해 삶이 장려되는 것이 아니라 죽음이 반복되는 것을 목격하고 정치제도적 개선에 회의를 느낀다. 그러면서 머리(이성)가 아닌 심장(감성)에 의한 성격의 개선에 주목하고, 이 성격의 개선에 예술이 일정하게 기여할 것이라고 믿었다. 예술은 각자의 느낌에 호소하면서도 이 감각적 호소가 이성의 변화까지 일으키기 때문이다. 이것은 하나의 예일 뿐, 사상사와 미학사의 대다수가 이런 생각을 공유하지 않았나 나는 생각한다.

말할 것도 없이 제도 디자인은 중요하다. 한국처럼 공론장이 취약한 곳에서는 특히 그렇다. 그러나 정치의 문제가 정치공학적인 것으로만 해결되는 것은 아니다. 정책은 삶의 그릇 이상은 되지 않는다. 내용을 채우는 것은 사람이고 행동이고 성격이고 태도다.

제대로 된 민주주의는 '삶의 전체'와 만나야 한다. 그것은 수치화할 수 없는 고유한 것에 가치를 부여하지만 이 가치를 독점하지 말아야 하고, 자기 아닌 낯선 것들에 열려 있어야 한다. 그것은 이미 있는 것 속에서 아직 있지 않는 것을 기억하는 일이고, 이 부재 자체를 지속적 쇄신의 의미론적 원천으로 삼는 일이다. 예술도 정치도, 둘 다 삶의 공통 조건(conditio communis)을 고민한다는 점에서, 다르지 않다.

공동체의 품위

교양 교육의 목표

삶의 세계는 이제, 국내외를 막론하고, 차분한 정신으로 따라가기 어려울 만큼 급변하고 있다. 이런 상황에서 인문과학의 문제 그리고 그 바탕으로서의 교양 교육의 문제를 정리해 보는 것은 쉽지 않다. 또 그것은 이미 자주 다뤄졌으므로 구태의연해 보이기도 한다. 하지만 이번 학기부터 이른바 '코어사업'이 시작되니, 다시 검토할 만해 보인다.

첫째. 인문적 교양 교육은 무엇보다 개인을 향해 있고, 이 개인의 감성 계발에 초점을 둔다. 그렇다고 사회나 공동체의 문제를 외면하는 건 아니다. 삶의 사회·정치적 조건이 중요한 것임은 말할 것도 없다. 그러나 인문학의 1차적 무게중심은 '개인'이고, 이 '개인의 건전성'이다. 시민이란 건전한 시민에 다름 아니다. 개인이 건전한 삶을 산다는 것은 건전한 감성과 사고를 가지고 산다는 것이고, 그래서 개인성의 훈련은 곧 건전한 주체성의 훈련이다.

둘째. 그러나 감성의 훈련은 감성에만 한정되지 않는다. 감성은 사고로 뒷받침되지 않으면 쉽게 무너진다. 감성은 사고의 논리에 의해 단단해져야 한다. '체계화'는 이렇게 이뤄진다. 논리화된 체계로서의 사고는 다시 감성으로, 나날의 다른 경험을 풍성하게 느낄 수 있는 감수성으로 연결되어야 한다. 감성 훈련과 사고 훈련은 함께 간다.

셋째. 개인은 풍부하게 느끼고 정확하게 생각하는 방법을 익힘으로써 무엇보다 '자기 삶'을 충실히 사는 법을 배운다. 이때 '충실히 산다'는 것은 스스로 '선택'하고, 이렇게 선택한 일에 대해 '책임'지는 것을 뜻한다. 참된 자유에는 책임이 수반되기 때문이다. 여기에서 기율紀律 혹은 원칙이 생긴다. 사회 전체의 바른 삶은 오직 각 개인이 자기 삶을 자발적으로 책임지는 데서 시작될 수 있다는 원칙 말이다. 개인의 자각된 삶은 이처럼 공동체의 삶으로 자연스럽게 이어진다.

넷째. 인문과학은, 문학예술이든, 철학이나 역사든, 건전한 개인의 사회적 확대 과정을 북돋는다. 그러나 그것은, 사회과학에서처럼, 현실의 설명과 진단에 자족하지 않는다. 또 자연과학에서처럼, 가설과 결과 사이의 편차나 일치에만 의존하지 않는다. 인문과학의 방법은 각자가 행한 자발적 선택을, 그것이 그르지 않는 한, 존중하고 장려한다. 그 어떤 가르침도 처음부터 정해져 있거나, 밖으로부터 주입되거나, 혹은 위로부터 명령되지 않는다. 이런 자발적 형성(Bildung)의 과정은 일평생 계속된다. 인문교양의 과정이란 자발적 자기 형성의 과정이다. 이것은 교양 교육에서 이뤄지는 작품/저술/사료에 대한 토론과 비판적 공감 속에서 학습된다.

다섯째. 이 네 가지 사항이 나아가는 곳은 어디인가? 그것은 '넓고 깊은 삶'이다. 인간의 삶은 그 나름으로 중요하면서도 각각은 '하나의 실현태' 혹은 경우일 뿐이다. 그에 비해 아직 실현되지 않은 잠재적 가능성의 세계는 얼마나 크고 넓은가? 인간은 깊은 의미에서 '가능성의 존재'이고, 그 삶은 '가능성의 삶'이다. 인간의 삶은 상하좌우로 펼쳐진 무한한 가능성의 지평 위에서 하나의 작은 점이다.

우리의 감각과 사고는 이 무한한 삶의 알려지지 않은 지평임을 잊지 말아야 한다. 이 지평이란 곧 사물의 질서이자 자연의 질서다. 이 질서에 열려 있을 때, 우리는 이미 '윤리적'이다. 그 가능성 속에서 편견과 독단은 줄어들 것이기 때문이다. 그때 마음은 비로소 자유롭다. 결국 교양 교육의 목표는 넓고 깊은 가능성의 세계이고, 이 세계에서의 자유로운 삶이며, 이 삶을 향한 유연한 정신이다. 아마도 이 열린 마음 속에서 각 개인은 다른 개인과, 언어나 민족, 문화나 종교의 차이에도 불구하고, 평화롭게 어울릴 수 있을 것이다.

교양·인문주의의 허와 실

오늘의 세계에서 '교양'과 '교육'을 말하는 것은 쉽지 않다. 삶의 조건이 급격하게 바뀌었고, 바로 그 때문에 교육 환경도 변한 까닭에 배우고 가르치는 일도 새로 재편해야 할 것처럼 보인다. 그러니 이런 문제에 납득할 만한 견해를 내는 것은 더욱 어렵다.

급격하게 바뀐 생활환경이란 물론 인터넷 자본주의 세계를 말한다. 지금 우리에게 정보는 어디나 널려 있다. 넘치고 넘치는 것이 정보고 자료이며 '매뉴얼'이고 '앱'이다. 카카오톡이든 트위터든 아니면 페이스북이든, 스마트폰을 쓰거나 인터넷을 이용하지 않으면, 요즘은 사회생활조차 하기 어려운 것처럼 보인다. 그래서 사람들은 뭔가 낙오된 것 같은 느낌 때문에, 혹은 알 수 없는 불안으로 매일 매 순간 클릭을 하면서 문자를 확인한다. 현대인은, 마샬 맥루한이 적었듯이, '유목민적 정보 수집자'가 되어 버린 것이다. 인터넷 정보사회의 시민적 덕성은 디지털 접속 능력에 있는 것 같다.

그러나 정말 그런가? 인터넷 정보는, 자주 지적되듯이, 유용하고 편리하면서도 꼭 그런 것은 아니다. 어떤 정보가 유용하다면, 그것은 표준화된 방식으로만 그럴 것이다. '표준화된 방식'이란 좋게는 상식적 수준이고, 나쁘게는 상투적이라는 뜻이다. 인터넷 정보는 편의와 유용성을 겨냥한다. 아니면 기분 전환을 위한 여흥거리이거나 시간 죽이기 용이기도 하다. 하지만 과연 어떤 정보가 중요하고 어떤 정보가 쓸모없는지에 대한 기준은 드물다. 그것을 학교나 학원이 가르쳐 주는 것도 아니다. 더 중요한 것은 각 개인의 실존적 문제다.

가령 나의 절실하고 절박한 고민에 디지털 정보는 도움이 되는가? 그것은 나의 사랑이나 작별, 혹은 고뇌나 아픔에 적절한 답변을 주는가? 인터넷 정보는 인간이 이 세상에 우연적으로 던져져 있고, 각자 다른 방식으로 타인과 관계하고 있으며, 매일의 생계를 걱정하고, 장래의 진로를 고민하고 있다는 사실에 귀 기울이지 않는다. 인터넷은 인간의 고유하고 유일무이한 문제는 외면하거나 무시한다.

오늘날 교양 교육의 문제는, 각종 수험서나 자격증 강의에서 보이듯이, 생존을 위한 수단으로 축소되어 있다. 교육은 사회적 지위 상승이나 명성 획득을 위한 도구에 불과하다. 이것도 필요하다. 그러나 그것이 인간 교육의 전부는 아니고, 삶의 전체 가능성인 것은 더더욱 아니다. 그렇다면 우리는 이 변화된 현실과 더 적극적으로 만나야 한다. 어떻게 만나는가? 정보의 취사선택은 어떻게 이뤄져야 하고, 바른 사회성이란 무엇인가? 이런 점에서 '형성'과 '자발성', 그리고 '전인적 인격 실현' 같은 교양 이념은 여전히 중요한 것이 아닐 수 없다.

그러나 지금의 시점에서 전통적 교양·인문주의(Bildungshumanismus)를 절대화할 필요는 없다. 이제 교육은 전통적 교양 이상이 지닌 허위성—말하자면 교육의 문제를 '정신' 혹은 '내면'의 형성에만 국한함으로써 현실을 외면한 이전의 과오를 되풀이하지 말아야 하고, 그러면서도 교양 이념의 훌륭한 유산은 적극적으로 받아들일 필요가 있다. 이런 수용은 현실의 엄밀한 검증과 비판적 재구성 속에서 이뤄져야 한다. 배움에서 변함없는 핵심은 각자의 '자발성'이고, 교육은 근본적으로 스스로 만들어 가는 자기형성(Selbstbildung)의 과정이다.

교육은, 학교라는 제도를 통하건 통하지 않건, 교육받는 주체가 스스로 배우고 깨우치고 나아지려고 애쓸 때, 비로소 시작한다. 그 점에서 교육은 무엇보다 '자기교육'이다. 그래서 자발적이어야 한다. 자발적 자기 기율의 원리야말로 모든 개인 형성과 사회 변화의 출발점임에 틀림없다. 학교나 교사는 개인의 이러한 자발성을 옆에서 돕고, 그 자기형성적 결단을 장려하며, 여러 가지 시설과 합리적 프로그램을 통해 동기부여를 지속적으로 제공할 뿐이다.

공동체의 '품위'

이제 나흘 후면 18대 대통령이 결정된다. 지금 단계에서 우리 사회에 필요한 덕목은 많지만, 가장 절실한 것은 무엇일까. 그 덕목이 무엇이건 한국 사회가 궁극적으로 나가야 할 형태는 어떤 모습일까. 나는 공동체의 품위를 생각하고, 이 공동체를 구성하는 품위 있는 인간을 떠올린다. 찰스 디킨스Ch. Dickens의 소설은 이런 인간형을 잘 묘사한 듯하다.

지난 한 달 정도 나는 디킨스를 읽으며 즐거웠다. 주말에는 하루 종일 그의 소설을 읽으며 보냈는데, 정말이지 시간 가는 걸 잊을 정도였다. 그는 산업화 초기 영국의 비참하고 부조리한 현실을 가감 없이 기록한 리얼리즘 소설가로 흔히 분류되지만, 굳이 그것이 아니라도 그의 소설은 여러 장점을 내장한 것으로 보인다. 불합리한 체제와 이 체제 아래 고통받는 가난하고 불우한 사람들, 이들의 개선 노력에서 일어나는 크고 작은 갈등과, 이들과 함께 혹은 이들로부터 떨어져 사는 사람들에 대한 이런저런 생각 등 한 사회의 전체 메커니즘을 그는 놀랍도록 생생하게 보여 준다. 이런 서술의 목표는 결국 '공동체의 품위'가 아닌가 나는 생각한다.

디킨스적 품위는 거의 모든 소설의 몇몇 인물에게서 확인된다. 그 가운데 『어려운 시절』의 스티븐 블랙풀은 인상적이다. 그는 노동자 집회에서 주먹 쥐고 고함지르며 단결을 역설하는 한 연설자에게 동의하지 않는다. 이 지도자는 핍박받는 노동자들의 고통과 권리를 말하면서도 모종의 자기만족에 사로잡힌 채 타인을 빈정대고 경멸하기 때문이다.

자세히 보면 그는 정직하지도 상냥하지도 않다. 블랙풀은 자신이 동료 노동자와 싸운 적이 한 번도 없다는 것, 그러면서 더 근본적인 문제—'먹고 살 수 있는 권리'와

'계속 일할 수 있는 권리'를 말한다. 그는 정해진 원칙을 고수하기보다는 원하는 바를 분간하고 부단히 노력하면서 보다 옳은 일을 선택하려고 한다. 이것은 『위대한 유산』에서 '내'가 좋아하는 대장장이 '조'—"그 어떤 것에 대해서도 결코 불평하지 않고, 오직 힘찬 손과 조용한 입과 따뜻한 가슴으로 늘 자기의무를 다하며 살아가는" 매형을 생각게 한다.

블랙풀은 연설자가 내건 규약에 동참하지 않는다는 이유로 '배반자'고 '겁쟁이'라는 비난을 받는다. 그는 수치와 굴욕감 속에서 따돌림받는다. 그러나 동료에게 끝까지 충실하려 한다. 강경책은 어떤 것도 개선하지 못한다며, 한쪽은 영원히 옳다 하고 다른 한쪽은 영원히 틀리다고 해선 어떤 것도 나아지지 못한다면서. 그의 아내 레이첼은 이렇게 외친다. "노동자는 자기 나름의 영혼이나 생각을 가지면 안 되나요? 사용주나 노동자 어느 한쪽으로 길을 잘못 들어야만 하고, 그렇지 않으면 토끼처럼 몰이를 당해야 하나요?" 이 주인공이 잘생기거나 멋진 것은 아니어도, 그에게는 체스터필드 경(귀족 남성의 예의범절에 대한 책을 쓴)이 "한 세기를 들여도 자기 자식에게 가르칠 수 없는 품위가 깃들어 있었다"고 작가는 쓴다.

품위는 어디에서 오는가? 그것은 '자기에게 좋은' 일을 하는 것이 곧 '다른 사람에게도 옳을' 수 있을 때, 그래서 선함(the good)과 옳음(the righteous)이 하나가 될 때 생겨난다(정치철학자 로널드 드워킨도 선한 삶과 정의로운 삶은 다르지 않다고 했다). 개인이 선하고 행복하게 사는 가운데 다른 사람의 존재나 평등도 외면하지 않는다면, 그 삶은 올바를 수 있다. 그런 점에서라도 우리 사회에 퍼져있는 광범위한 불공정은 해소되어야 한다. 참된 품위는 전략이나 술책에서 나오지 않는다. 그것은 솔직하고도 너그러운 태도에 배어 있는 고결한 마음이다.

좋은 사회, 품위 있는 공동체란 이 고결한 마음들의 공동체다. 이 고결한 마음으로 무장되어 있다면, 우리는 허세를 부리지 않을 것이고, 변덕과 충동과 분노를 줄이면서 겸손하지만 두려움 없이 사람을 대할 수 있을 것이다. 나는 명석함(실력)이나 정직성(윤리) 그리고 공적 헌신의 태도 외에 무엇보다 좀 더 품위 있는 분이 이 땅의 정치지도자가 되길 바란다.

예술교육의 방향

문화 — 삶의 방향 잡기

정치자금 조사와 정치 개혁의 문제, 노사 갈등이나 이라크 파병 문제, 부안 사태 등과 같은 여러 사회·정치적 현안이 쌓여 있음에도 불구하고 지금의 우리 문화 현실은 얼핏 보아 풍성한 것으로 보인다. '문화다원주의'나 '문화적 복합성'이라는 말에서 보이듯이, 오늘날의 삶은 여러 다른 영역의 크고 작은 문화들이 서로 충돌하면서 자기의 목소리를 높여 가고 있다. 이것은 그 나름의 성취를 보여 주는 것이면서 다른 한편으로는 우리가 '문화'라는 말을 제대로 이해하고 또 바른 방향으로 실천하고 있는가, 만약 그렇게 실천되고 있다면 어떤 수긍할 만한 보편성을 띠고 있는가를 묻게 한다. 왜냐하면 문화라는 말만큼 이 말을 쓰는 사람이나 직업 그리고 문제의식에 따라 달리 나타나는, 그럼으로써 혼란을 자초하는 예도 없을 것이기 때문이다.

그래서 수많은 사람에게는 수없이 다른 문화가 있는 것은 아닌가 여기게 한다. 문화에 대한 생각이 사회제도적 의식적 차원으로 내면화되지 않았다면, 그 문화는 여전히 미성숙한 상태에 있는 것이다. 문화의 의미에 대해 다시 한번 생각해 볼 필요는 여기에서 생겨난다.

문화라는 말과 관련된 우리 사회의 혼돈은 이 문화를 이루는 여러 형식들에 대한 이해 속에서 반복적으로 나타나지 않는가 나는 생각한다. 문화철학자 에른스트 카시러는 문화를 신화와 종교, 언어와 예술, 과학과 기술 등으로 이루어진 '상징 형식들'로 규정한 바 있지만, 문화의 한 형식으로서 예술에 대한 우리 사회의 이해도 그리 다양하고 섬세한 것으로 보이지 않는다. 그 편견은 단순화하면 두 가지로 나뉠 수 있다.

어떤 사람들은 예술을 민감한 정서와 특출한 재능을 가진 사람들만의 영역이라 생각하고, 또 다른 사람들은 자신과는 무관한 별세계의 사람들이 누리는 사치품이라고 여긴다. 한쪽에서는 예술 작품의 사회·역사적 배경을 고려하지 않고, 다른 한쪽에서는 예술이 호소하는 보편적 감정과 인간애에 귀 기울이지 않는다. 문학과 예술은 그러나 정신이나 이념의 표현으로 신비화되어선 안 된다. 또 유한 계층의 소일거리로 치부되어서도 곤란하다. 그렇다고 현실적 소재의 거친 수집과 나열로 문학이 이루어지는 것도 아니다. 그렇다면 어디에서 시작해야 하는가?

문화적 실천의 방식이 어떠하건, 그 토대는 인간의 자기이해이고 현실 인식이다. 사람에 대한 깊은 이해와 폭넓은 현실 인식이 문화적 실천의 건강성을 보장한다. 다시 상기하여야 할 사실은 문화란, 그것이 어떤 식으로 진행되건, 지금 여기 삶의 바른 방향을 조직하는 데 기여할 수 있어야 한다는 점이다. 문화론이란 근본적으로 삶의 바른 정위定位에 대한 탐구(Orientierungswissenschaft)이다. 그것은 연구 대상으로서의 인간과 사회만이 아니라 이 대상을 관찰하며 경험하고 반성하는 주체인 나, 그리고 우리의 고민과 절실성을 담은 것이어야 한다. 그럼으로써 그것은 현존적 삶의 지금 여기를 갈고닦으며 키우고 기르는 작업이어야 한다(이것은 문화[culture]라는 말의 어원이 '경작하다[cultivare]'라는 사실에서 어느 정도는 암시되어 있다). 그런 점에서 모든 문화적 실천은 의도하건 하지 않건 현실해명적이고 세계계몽적이다.

마치 땅을 개간하여 곡식을 재배하듯, 문화는 사회의

제도와 그 속의 개인을 그리고 그 몸과 영혼을 장려하고 육성한다. 이런 활동은 사실상 지금 여기를 반성하고 교정하고자 하는 모든 실천적 노력 속에 정도의 차이가 있는 채로 이미 내재되어 있다. 이 문화적 활동을 통해 우리는 혼란스런 경험에 형식을 부여하고, 이 경험의 내용을 선명하게 정식화한다. 세계와 그 경험이 이해할 만한 질서가 되는 것은 이런 의미화 과정을 통해서다. 이 과정을 통해 문화는 우리의 삶을 좀 더 바르고 좀 더 선하며 좀 더 아름답게 방향 짓는 데 도움을 준다.

그러므로 문화란 문화인만의 활동이 아니다. 삶의 바른 방향을 설정하는 데 기여하지 않는다면, 문화는 참되기 어렵다. 미성숙한 문화에서 자율 대신 강제가, 이해 대신 독단이 지배하는 것은 당연하다. 우리 사회에 횡행하는 온갖 색깔론과 딱지 붙이기, 그리고 편 가르기는 이런 그른 문화의 질병에 해당된다 할 것이다. 모든 문화적 실천은 삶의 이 편재한 부정성을 거스르는 부정성이어야 한다.

우리 학문의 변용 능력

지난 주말(2004년)에 인터넷에서 '양을 따지는 학문 풍토'를 비판한 기사를 읽었다. 미국의 한 연구소가 발행한 과학기술 논문의 인용색인(SCI) 자료에 따르면, 우리나라 학자들이 발표한 논문의 수량은 13위이지만 질적 수준을 나타내는 피인용 지수는 34위에 그쳤다고 한다. 굳이 이런 보도가 아니라도 이 땅의 학문이 수치나 격식에 치우쳐서 내실 없는 천편일률이 되고 있다는 것은 자주 언급되었다.

몇 년 전부터 나는 한 잡지의 편집에 관여하고 있는데, 여기에 투고되는 논문을 읽어 보면 글의 문제의식이 무엇인지, 기존 연구와 다른 점은 무엇이고, 논의는 어떻게 전개되며, 그 결과는 어떤 점에서 의미 있는지를 알 수 있는 경우가 의외로 드물다. 글이 글로서의 정체성이 없는 것은 물론이고, 심지어 주어와 목적어가 맞지 않는 경우도 종종 본다. 엉성한 문장은 엉성한 사고의 표현이다. 그러나 더 괴로운 일은 자기가 어디 출신이고 몇 학번인가를 밝히거나 어떤 정부 기관에 자문을 한다거나 한 선생을 잘 안다는 것과 같은, 논문과는 관계없는 말을 들을 때이다. 글을 글 이외의 것과 결부시키는 것은 자기 글에 자신이 없다는 말이다. 자기 스스로 믿지 못하는데 어떻게 다른 사람이 그 글을 믿을 수 있는가. 이 같은 일은 인문과학 안에서도 크게 다르지 않다. 불성실과 무능력 그리고 무감각이 지금도 겪게 되는 우리 학문의 현주소다.

글이 현실을 해명하고 자아를 갱신하는 데 도움 되지 못하는 것은 어제오늘의 일이 아닐 것이다. 그것은 우리 역사의 '실질적 근대'가 시작된다고 할 수 있는 해방 이후에도 계속 이어져 왔고, 급기야 1990년대에 이르러 철학자 김영민 등에 의해 '우리 인문학의 식민지성'을 비판하는 일로 이어졌다. 『우리가 정말 알아야 할 우리 꽃 백가지』나 『우리문화 답사여행』와 같은 책에서부터 '우리말로 철학하기'라는 모임이나 '현대 한국의 자생이론'에 대한 기획까지 정도의 차이가 있는 대로, 이것은 모두 이 땅의 삶에 대한 주체적 자각에서 나왔다고 할 수 있다.

학문이 객관성을 그 생명으로 한다면, '우리'라는 말에도 물론 폐해는 있다. 그러나 이때의 우리가 여기의 현실로부터 출발하면서도 보편성을 고려한다면, '우리'라는 말에 민감할 필요는 없어 보인다. 글은 이런 확대되는 자의식의 소산이어야 한다.

자의식이 결여될 때, 그 글이 주체적일 수는 없다. 주체적인 글도 외부에 열려 있을 때, 보편성으로 나아간다. 주체에서 객체로의 전환, 이것은 학문적·문화적 변용의 능력이다. 김우창 교수께서는 한 책의 대담에서 외국 문학의 위치가 점차 떨어져 가는 것은 유감스럽지만 다른 한편으로 "우리의 자기 변용이 상당한 수준에 이르렀다는 증거"가 된다고 말한 바 있지만, 변용의 능력이란 주체적 능력에 다름 아니니다. 괴테가 위대한 것은 단순히 그가 독일인으로서 독일 문화를 대변해서가 아니다. 그것은 그라는 개인이 '세계인'으로서의 일반성을 띠기 때문이고, 그가 드러낸 독일 문화가 '세계 문화'의 일부로서의 보편적 가치를 띠기 때문이다. 모든 자국의 또 외국의 문학은 궁극적으로 '문학'—인간 일반의 삶을 말할 수 있어야 한다. 그렇듯이 이 땅의 철학이나 사회과학 역시 오늘의 사회·정치적 현실에 복무하면서도 세계의 방향을 드러내어야 한다.

그러나 이런 일의 출발점은 다시 나의 의식이고, 이 의식의 절실성을 지탱할 수 있는 감각과 사고다. 감각과 사고의 준거는 현실이고, 그 매체는 언어다. 절실한 생각이 설득력 있는 언어에 의해 담겨 나로부터 시작하여 사회·역사를 염두에 둘 때, 그것은 비로소 진실해진다. 글은 이런 주관적 객관성의 회로를 늘 의식할 수 있어야 한다.

그때가 되면, SCI와 같은 기준에 지금처럼 매달리지 않아도 될 터이고, 더 하게는 우리 스스로 설정한 보편성의 기준에 따라 글을 쓰며, 나아가 이 기준이 대외적으로도 통용되게 할 수도 있을 것이다. 이것은 현실적으로 요원한 일이지만, 이런 생각은 지금의 학문적 불균형을 반성하는 데 도움이 된다. 문화의 보편적 지평은 양적 편향이 질적 고양으로 바뀔 때 마련될 것이다.

예술교육의 한 방향

주말 저녁 뉴스에는 며칠 전(2005년) 런던의 폭탄 테러가 어떻게 되었고, 유고 내전의 대학살이 10년 되었다고 보도되었다. 런던에서는 50여 명이 죽고 1,000명 가까이 부상당했으며, 당시 스레브레니차에서는 무려 8,000여 명이 살해되었다. 1995년 이맘때 나는 독일에 있었고, 도대체 무엇이 어떻게 되었길래 인간의 현실이 이토록 무참한 것인가 알아보려고 한동안 자료를 모았다. 그때나 지금이나 삶의 폭력은 줄어들지 않았고, 세계의 테러는 증가하는 듯하다. 과연 문학예술이 무엇을 할 수 있고, 문화는 어디로 가야 하는가.

예술 문화와 관련된 수업에서 나는 강의를 이렇게 시

작하곤 한다. 여러분, 이 작품을 읽고 나니 어떤 생각이 드나요? 작가의 이 생각은 자기 생각과 어떻게 다른가요? '문화도시'라고 할 때, 이 도시란 어떤 모습일까요? 나의 이런 질문에 학생들은 어색해한다. 간혹 대답을 듣지만, 그것은 대개 흔히 있는 평이거나 그러저러한 종류의 것이 많다. 서투르더라도 자기 느낌과 생각을 듣고 싶은데, 이런 일은 매우 드물다.

이 땅의 인문학 수업은 상당히 파편화되어 있다. 이 파편성은 교과목의 편성이나 수업의 제목에서 이미 드러나고, 선택된 교재나 주제의 선정, 학생의 발표나 의견에서도 나타난다. 그래서 솔직한 자기 느낌을 얘기하기보다는 어딘가 있는 생각을 모방하고, 현실과의 연관성을 찾기보다는 작품이 생산된 당시의 평에 기울어져 있다. 그러니 자기의 감성과 사고는 끼어들 여지가 적다. 주체적 사고에 바탕한 객관성은 먼 일이다.

그 장르가 무엇이건, 모든 예술은 궁극적으로 인간과 그 삶을 표현한다고 할 수 있다. 그리고 이 삶은 폭력 없는 화해를 암시한다. 과학과 종교, 철학, 신화 등도 문화의 주요 형식이지만, 예술은 이와는 달리 화해의 보편성을 직접 주제화한다. 작품 감상에서 중요한 것은 자신의 느낌이고, 이 느낌이 설득력을 지닌다면 더 좋다. 설득력 있는 자기 느낌은 이미 객관화된 주관성이다. 우리는 이렇게 자기 생각을 계속 넓힐 필요가 있다. 그것이 성찰의 과정이고 반성이며 비판이다. '심미적 거리'도 이런, 기존의 느낌과 생각으로부터 떨어질 수 있는 성찰적 힘을 말한다. 거리를 유지할 수 있을 때, 주체는 비로소 '아름다울' 수 있다. 참다운 미란 객관화된 주관성 또는 주관적 일반성이기 때문이다. 예술과 문화는 이 주관적 일반성을 연마시킨다.

그러나 나날의 현실은 이런 화해를 불허하는 것으로 보인다. 부동산 투기가 들끓는 이 땅에는 독재가 낫다거나, 정치군인들의 역모가 "똑똑하고 비상하다"는 칭찬이 여기저기서 들린다. 폭력은 악의 그 자체보다는 '신념'에 의해 행해진다. 단지 이 신념은 '반성되지 않은 신념'일 때가 많다. 그러니 그것은 맹목이나 아집과 다르지 않다. 5공 세력이 아직도 자기 잘못을 인정하지 않는 것은 그 때문이다. 참으로 무서운 것은 스스로 돌이켜 보지 않는 무반성의 습관화에 있다. 반성하지 않기에 자기 생각이 진정할 리가 없고, 그 생각이 다른 견해와 만나지 않기에 객관적일 수가 없다. 아마 자기의 처자식, 부모·형제가 그렇게 죽어 갔다면, 살인의 '용기'를 칭송하지 못할 것이다.

우리는 사랑을 피붙이나 내 가족에 한정하여 생각하는

데 익숙하다. 그러나 자기 집 현관 안에만 머문 사랑은 이기이지 사랑이 아니다. 사람들을 가스실에 집어넣고 돌아와 아이들과 노는 어떤 '자상한' 아버지와, 바그너 음악을 들으며 양민들에게 기관총을 난사하던 어떤 군인들을 우리는 기억한다. 이해관계에 얽히면 판단력도 정지된다. 우리는 연민과 사랑을 가족의 울타리 그 너머로 확대시킬 필요가 있다. 그렇게 확대될 때, 이 집의 나와 저 집의 네가 크게 다르지 않으며, 그들도 우리처럼 형제자매로 이루어져 있음을 깨닫는다. 예술은 이런 깨달음을 위한 작은 계기를 준다. 반성하지 않으면 감각도 사고도 마비된다. 문화는 이 반성의 보편성을 향해 간다.

우리 인문학의 길

요즘 들어 인문학을 둘러싼 얘기가 자주 회자된다. 그것은 '위기'나 '위축' 아니면 '죽음'과 같은 어두운 색조로 뒤덮혀 있다. 그래서 '선언'도 하고 '인문 주간' 행사도 일어난다. 그러나 다른 각도에서 보면 위기의 담론 자체가 '수사화'되고 있다는 느낌도 갖게 된다. 인문학이 어려웠던 것은 어제오늘의 일만이 아니기 때문이다. 위기는 사실 인문학의 역사를 동반하던 지속적 현상이었다. 그렇다는 것은 그와는 다른 방식으로 생각하게 한다.

인문학을 제대로 공부하기란 쉽지 않다. '문사철文史哲'이라는 말에서 보듯, 서너 분과에 대한 나름의 지식과 관점이 필요하다. 최소한 몇 개의 외국어는 해야 하고, 자기 전통에 대한 깊은 관심이 있어야 하며, 자기 사는 현실에 대해서와 마찬가지로 세계의 사건에 대해서도 주의가 필요하다. 그러나 이런 것을 다 제쳐 두고서라도 연구자는 호기심과 탐구의 열정 이외에 인내의 덕목도 가져야 한다.

며칠 전에 마르쿠스 툴리우스 키케로의 『수사학』을 원전 번역한 한 고전문헌학 전공자가 소개된 적이 있지만, 인문학은 근본적으로 개인의 외로운 작업이다. 사전 편찬처럼 공동 작업이 필요한 경우도 있지만, 대개의 그것은 자기가 선택한 텍스트와 홀로, 그리고 오랫동안 시름하면서 이루어진다. 이 개인은 밀폐된 주체가 아니다. 그는 집단과 사회에 관심을 갖지만 시장과 명성으로부터 기꺼이 떨어져 일할 뿐이다. 그러나 그 결과는, 제대로 된 것이라면, 자신을 넘어 사회적·문화적 현실에 호소력을 갖는다. 그렇지만 이 호소력은 처음부터 의도된 결과라기보다는 내적 욕구로부터 시작되고, 이 욕구는 언어와 사고를 통해 자연스럽게 객관화된다. 이러한 점은 인문학이 '효과'가 아니라 '반성'이고, '전략'이 아니라 '성찰'임을 보여 준다. 그것은 그만큼 간접적이고도 우회적인 경로를 통해 삶의 질적 고양에 기여한다.

그러므로 계열의 통폐합이나 학과 조정의 문제에서 인문학의 위기를 보는 것은 옳지 않다. 변화하는 현실에 따라 학과나 계열의 조정은 때때로 필요하다. 가령 영문학이나 독문학 같은 외국 문학은 지금껏 필요 이상으로 많이 존립해 왔다. 그러나 그것이 '없어져도 좋은' 것은 아니다. 단지 그것은 우리 현실에서 볼 때 (한)국학과 동양학의 옆에 그 일부로서 자리해야 한다. 그러면서 이 주요 분야는 서구학문의 엄밀성과 체계성을 더욱 면밀하게 배워야 한다.

따라서 수입담론인가 아니면 자생이론인가 하는 물음은 그리 중요하지 않다. 우리보다 나은 담론이라면 우리는 여기의 현실 속에서 우리의 언어와 사고로 그것을 재구성할 수 있어야 한다. 이때의 재구성이 설득력 있다면, 그것은 그 자체로 이미 '우리 이론'의 일부가 된다. 마치 근대 유럽이 그리스·로마의 원전 해석을 통해 자신의 문화적 정체성을 정립했듯이, 우리는 외부의 시각이나 관점, 다른 언어와 문화에 대해 더 적극적이고 유연하게 대응할 필요가 있다.

그러나 우리 사회에는 인문학의 간접적 효용성이나 하

부구조적 성격에 대한 최소한의 동의조차 부족해 보인다. 정치나 기업은 물론 대학이나 학문공동체가 앞장서서 시장의 논리를 전파하는 것도 그 때문일 것이다. 홀로이되 무리를 떠나지 않은 채 삶의 바탕을 궁구하는 인문학의 길은 이제나저제나 아득하게 보인다.

키치의 낙원에서

철학자 하버마스의 여든 번째 생일

독일 프랑크푸르트 시의 서쪽 편으로 보켄하이머 바르테라는 곳이 있다. 프랑크푸르트 대학의 캠퍼스는, 지금은 좀 옮겨 갔지만, 이곳을 중심으로 흩어져 있었다. 아마 1993년경이었을 것이다. 나는 그날도 구내식당에서 점심을 먹으며 신문을 읽다가, 늘 그렇듯, 밖으로 나와 한 서점 앞에서 최근 나온 책들을 살펴보고 있었다.

그런 내 옆으로 누군가 다가와 나란히 섰고, 그 역시 신간 도서를 살펴보는 듯했다. 그렇게 5~10분쯤 있었던가. 그러다가 내게서 멀어졌는데, 가만 돌아보니 그는 그 유명한 철학자 위르겐 하버마스였다. 언젠가 한 강연장에서 그가 들어오자 참석자들은 일제히 자리에서 일어나 예를 표했고, 그러다가 문득 '비센샤프츠칸츨러

Jurgen Habermas(1929~) ©Wolfram Huke

『공공성의 구조전환』(1962) 표지

"각각의 개별자는 사실로서 눈앞에 존재하는 자기 삶의 이력을
도덕상 양심적으로 평가하고
비판적 검토를 통해 제 것으로 만듦으로써
자기 자신을 현재의 자신이자
앞으로 스스로 되고 싶은 존재로서의 인격체로 구성해 냅니다."

위르겐 하버마스, 「데리다와 종교」(2000)

(Wissenschaftskanzler)'라고 누가 말하는 걸 난 그때 들었다. 과연 그는 '학문의 수상'이라고 할 만큼 큰 업적을 남긴 것으로 보인다. 그런 그가 일주일 전에 여든 번째 생일을 맞았다. 그래서 요즘(2009년) 독일 신문에는 그에 대한 기사가 눈에 띈다.

그중 한 인상적인 논평은 『프랑크푸르트 알게마이네 차이퉁』에 실린 것이다. 여기에는 '1950년대에는 경제 기적만이 아니라 정신과학에서의 기적 역시 있었다'는 전제 아래, 모든 지적 전통이 나치즘으로 오염되어 적대와 분열을 아직 일삼던 그 시절, 하버마스 같은 이가 주요 저작을 내기 시작한 것은 상상할 수 없었던 일이라는 것이다.

하버마스는 24살 때 하이데거를 비판하면서 주목받기 시작한다. 이 일로 그는 '68년 운동'의 선구적 사상가로 간주됐지만, 과격행동파를 '좌파파시즘'이라고 비판함으로써 학생운동과도 결별하게 된다. 그는 테오도어 아도르노의 조교로 일했고, 잘 알려진 『공론장의 구조변동』은 30살 무렵 3년 동안 쓴 교수 자격 논문이다. 그는 체계이론가인 니클라스 루만과 논쟁했고, 독일의 과거 청산 문제에 대해 '역사가 논쟁'을 일으켰으며, 지금은 교황이 된 신학자 요제프 라칭거와 대담하기도 했다. 그는 이른바 '의사소통행위이론'으로 사회철학·정치철학·법철학 분야뿐만 아니라 인문사회과학의 거의 모든 분야에 엄청난 영향을 끼치고 있다. 근대의 이 견고한 옹호자에 대해서는 총체적 조감도인 메츨러판 핸드북이 최근에 나왔고, 후학이 쓴 대표적 안내서만 해도 서너 종류가 된다. 그런데 이런 후학들의 저서도 만만치 않다.

하버마스의 이론건축술은 그야말로 대단한 것이지만, 그의 이성주의적 입장은 때때로 불편함을 야기한다. 이건 그에게 미학이 없는 것과 관계있을 것이다. 그래서 나는 감성보다 논리를 그에게서 배워야겠다고 생각하곤 한다. 그러나 전후 독일의 지적 지형도를 그만큼 깊게 각인시킨 사상가는 없을 것이다. 그는 비판적 참여 속에서 자기가 사는 사회가 건전해지기를, 그래서 도덕적 토대를 제도적으로 갖추기를 열망했다. 한 사회의 공적 공간이 검증 안 된 생각으로 독점되거나 누군가에 의해 자의적으로 지배된다면, 민주주의는 위태로워지기 때문이다.

근대의 계몽주의적 전통을 옹호하고 이성적 사회를 염원하는 한, 특히 언어의 이해적·현실해명적 기능을 포기할 수 없는 한, 하버마스를 건너뛸 수는 없다. 그래서 그의 글은 많은 경우 이미 필독서로 되어 있다. 나는 그의 관심 영역, 학자적 크기, 현실 참여 방식만이 아니라 그가 사는 사회와 그 공론장의 성격을 떠올린다. 이때의 부러움은 내가 사는 한국 사회로 눈을 돌리기 전까지는 그리 불편하지 않다.

무한한 연습 문화

지금의 한국 사회란, '잊을 만하면 다시 자기모멸감에 빠져들게 하는 곳'이라고 대답할 수 있을까. 떠들썩하던 일이 잦아져 이젠 내 일을 해야지 싶으면 또 다시 사건이 터지고, 이 사건이 여기 사는 사람들을 부끄럽게 하고 또 나를 부끄럽게 하는 것이다. 주기적 자기모멸감은 여기서 온다.

가장 좋은 것은 물론 온 국민이 깨어 있는 것이지만, 그건 쉽게 실현되기 어렵다. 대부분 사람들은 생업에도 빠듯하여 사회가 어떻게 돌아가는지, 정치가 어떻게 이뤄지는지 관심 갖기 어렵다. 그렇다면 나랏일을 맡은 사람만이라도 좀 더 공정하고 좀 더 깨끗하며 좀 더 정직해야 한다. 그렇지 못하다면, 공직을 맡아도 그 가장자리에 있는 게 좋을 것이다. 명품 쇼핑이나 호화 결혼식을 말릴 수는 없다. 그러나 6성급 호텔에서의 결혼식을 '교외에서' 했다고 말하거나 15억 채권자와의 해외 골프여행은, 적어도 고위 공직자라면, 삼가야 한다.

그러나 이런 사람들이 우리 사회에 절대적으로 부족하게 된 것은 그만의 책임이 아닐 것이다. 급작스런 경제 발전과 정치 변화의 수준에 상응하지 못한 의식 상태와 도덕적 해이가 있을 것이고, 척박한 문화적 토대도 자리할 것이다. 사람들의 요구는 어느 때보다 다양해지고 높아졌지만, 제도적 장치는 곳곳에 빈틈을 허용하고, 제도 운용의 방식 역시 자의적으로 이뤄지기 일쑤다. 많은 것이 역사적·구조적 결과이면서 이런 구조를 담당하는 단체와 개개인이 만든 것이기도 하다. 문제가 한층 복잡해졌으니 그 해결책도 이전과 같을 수 없다. 이럴 때마다 생각나는 시 구절이 있다. 김수영의 「아픈 몸이」(1961)다.

> 아픈 몸이
> 아프지 않을 때까지 가자
> 온갖 식구와 온갖 친구와
> 온갖 적들과 함께
> 적들의 적들과 함께
> 무한한 연습과 함께

공포나 기쁨 혹은 분노 같은 감정은 원숭이도 느낀다고 한다. 그러나 무엇을 나누고 함께 하는 기쁨은 인간만 갖는 것이라고 어떤 심리학자는 말한다. 그러니까 인간이란 공동 작업을 기뻐하는 존재라는 것이다. 이것이 침팬지와 두 살 된 아이의 차이이고, 이 차이에 무려 200만년의 발전사가 놓여 있다. 이젠 함께 가야 한다. 이 공존의 대원칙 아래 여러 소원칙들—비판과 아울러 너그러움을, 이해와 아울러 분별력을 동반하면서 우리 스스로 우리 사회를 이성적으로 조직해 가야 한다.

지금 그리고 아마 오랫동안 필요한 것은 무한한 연습일 것이다. "온갖 식구와 온갖 친구와/온갖 적들과 함께/적들의 적들과 함께" 우선 자기부터 단련하고, 이런 자기들로 이루어진 우리를 단련하며, 우리들의 이 사회를 단련하는 일, 그것은 무한히 계속되어야 한다. 정치적·사회·경제적·법률적·제도적으로뿐만 아니라 문화적으로도 연습해야 한다. 그러나 이 모든 연습에 앞선 것은 감정의 연습일 것이다. 자기감정에 충실하면서도 이 감정을 덧칠하지 않는 것 그리고 제어하는 것이다. 이쯤 되면 변명과 거짓을 일삼는 이는 아예 나서지도 못할 것이다(이렇게 적고 난 다음 날 보니 그는 사퇴해 있다. 다행스럽다. 그러나 그런 식의 청문회가 아예 없었더라면, 그 많은 낭비와 모멸감을 줄일 수 있었을 것이다).

우리는 언제쯤 서론이 아니라 본론에 들어서서, 더 이

상 명품 쇼핑이나 병역 특혜 공방이 아닌 법의 공정성과 검찰의 비전을 충분히, 그리고 유쾌하게 얘기할 수 있을까? 그때까지 이 무한한 연습이 필요하다. 연습과 연습의 문화가 민주 사회의 시민성을 구성한다.

키치의 낙원에서

지난 두 주 동안(2012년) 독일 사회에서 일어났던 큰 사건 하나는 귄터 그라스의 이스라엘 비판을 둘러싼 논란이었다. 그는 4월 초 한 신문에 게재된 시에서 이란의 핵무기 계획에 대한 이스라엘의 군사적 위협이 세계 평화를 저해할 수 있다고 적었는데, 이것은 상당한 반향을 불러일으켰다.

사안은 간단치 않다. 한편에 표현의 자유와 지식인의 현실 참여라는 문제가 있다면, 다른 한편에는 말과 행동의 책임이란 문제가 있고, 나아가면 '유대인 학살'이라는 독일의 역사적 과오가 있다. 게다가 그라스는 노벨 문학상을 받은 가장 영향력 있는 독일 작가다. 현 이스라엘 정부의 과격한 대외 정책이 문제적이긴 하지만, 어쨌든 이 나라는 종교적 광신주의자나 독재자가 지배하는 국가들 틈에서 민주주의를 지키며 지난 수십 년간 자기 생존을 군사력으로 확보해 왔다. 그 국민은 매일매일 폭탄의 위협 아래 살아야 하는 힘겨운 처지에 있다.

문제는 그라스가, 알려져 있듯이, 나치의 무장친위대에서 활동한 전력을 가지고 있다는 점이다. 비록 17살 철부지 때의 일이라고 해도, 그는 최근까지 이 사실을 말하지 않았다. 잘못된 것은 한때의 나치 전력前歷 자체가 아니라 이 과오를 평생 숨겨 왔다는 사실이다. 그러면서도 그는 오랫동안 '도덕의 사도'인 체 살아왔다. 더욱이 그는 이 시를 '국제적으로 동시에' 발표했고, 그것도 모세의 출애굽을 기념하는 이스라엘 축제일에 냈다. 이것은 그가 사람들의 주목을 끌려고 처음부터 의도했음을 알려 준다. 실망스런 일이 아닐 수 없다. 또 이스라엘이 세계평화를 위협한다는 지적은 그가 아니더라도 오래전부터 언급돼 왔던 사실이다. 그렇다면 왜 그랬을까?

그것은, 미국의 역사학자인 프리츠 스턴F. Stern이나 독일의 문학평론가인 마르셀 라이히라니츠키Marcel Reich-Ranicki가 지적한 대로, 그라스의 도발 취향이나 자극과 선동에의 관심 때문인지도 모른다. 그의 비판은 금기 사항을 깨뜨렸다기보다는 불필요한 소란과 갈등을 야기했고, 앞으로 극우 쪽의 어리석은 행동을 유발할 가능성이 더 높다. 그는 자기 말의 파장에 대해 숙고해야 했고, 유대인 비판은 더 신중했어야 했다. 이스라엘의 분노 또한 이해는 되지만 '입국 금지'까지 선언한 것은 그러나 잘못된 일이다.

그라스의 경우를 살펴보는 것은 물론 한국 현실을 돌아보기 위해서다. 오늘의 세계는 상투어와 편견이 난무하는 쇼와 흥행의 세계다. 사람들은 지역과 계층을 불문하고 주목받고 싶어하고, 인기를 끌려 하며 자기를 치장하여 유명해지고 싶어한다. 그래서 말은 가벼워지고 행동은 더 거칠어진다. 키치Kitsch들—시시하고 상스럽고 저속하며 어설픈 싸구려들이 득세하는 것이다.

작가 볼프 비어만W. Biermann은 그라스의 시를 '정치 키치'라고 불렀지만, 이런 정황은 배경과 종류는 달라도 이 땅에서 덜하지 않다. 흥행 사회에서는 일회성 효과가 중요할 뿐, 과정이나 결과는 아무래도 상관없다. 그러나 욕설을 일삼고 논문을 복사하고 거짓과 협박으로 잘못을 호도하는 이들이 국민을 '대표'할 수 있는가? 이런 무책임하고 실력 없는 사람들이 공적 공간을 어지럽히는 것을 보는 일은 불쾌하다. 하지만 더 우려되는 것은 이들 뒤에서 이들에 열광하는 사람들이 아닌가 여겨진다.

대다수 사람들과 소통하는 것이 문제일 수는 없다. 그

러나 그것이 인기를 좇고 힘을 행사하기 위해서라면, 진실되긴 어렵다. 그라스는 전후 독일에서 가장 비중 있는 작가에 해당하지만, 요구 수준을 조금 더 높이면 토마스 만이나 헤세 혹은 릴케보다 더 뛰어나다고 말할 순 없다. 그에게 『양철북』 이후 좋은 작품이 드물다는 것은 흔히 지적된다. 결국 자극과 인기와 유명세를 좇으면, 삶과 문학도 말과 행동처럼 훼손되는 것이다. 침묵을 깨는 것은 용기의 표현이 아니라 수치가 될 수도 있다. 되새기지 않은 언어는 환멸을 낳는다. 나는 한국 사회가 왁자한 미디어 이벤트 속에서 점점 하향평준화되어 가고 있지 않은가 라는 우려를 금할 수 없다. 바야흐로 키치들의 우울한 낙원이다.

에필로그

내 글의 세 가지 축

글을 쓰는 사람에게는 일정한 특징이 있다. 나의 글도 마찬가지일 것이다. 예민한 독자들 가운데서는 이미 그 점을 간파한 분도 계실 것이다. 내 글은 어떤 것이든, 첫째, 나/개인의 생활에서 출발하려 하고, 둘째, 느끼고 생각하는 계기를 주로 예술 작품에서 구하려 하며, 셋째, 문장의 표현과 질감을 고민하려 한다. 이 세 가지—개인적 체험과 예술 작품, 그리고 스타일을 잘 용해한 장르를 나는 '에세이'라고 생각한다. 혹은 좀 더 넓은 의미로, 사물 분석과 인간 서술을 서로 잇는 것, 그래서 대상에 대한 진단과 주체 자신의 고백이 분리되지 않은 글을 에세이라고 할 수도 있다. 어떻든 나에게는 글을 쓴 사람의 개인적 경험과 실존적 고민이 녹아들지 않은 글은 좋은 것이라고 여겨지지 않는다.

위의 세 가지를 좀 더 자세히 살펴보면, 내가 생각하는 에세이의 성격도 자연스럽게 드러날 것이다. 내가 쓰는 글은 이 책에서 주로 에세이적일 테지만, 철학 공부도 삶과 현실을 규명함으로써 결국 개인적 생활의 질적 고양으로 수렴되어야 한다면, 모든 이론적 논의도 종국적으로는 에세이적 요소를 지닌다고 할 수 있다. 이때 에세이란, 흔히 얘기하는 대로 단순히 '붓 가는 대로 쓰는 신변잡기'라기보다는 좀 더 면밀하고 정확하며 깊이 있는 성찰이라는 뜻에 가까울 것이다.

그리하여 글은 자기로부터 시작하여 자기를 넘어 타인과 사회로 나아가며, 이렇게 자연과 우주로까지 나아갔다가 다시 자기로 돌아옴으로써, 언젠가 스스로 새로운 주체의 모습으로 나아가는 데 있을 것이다.

1. 나로부터—내면 응시의 용기

나는 지금의 한국이 거대한 원한과 분노와 절망의 나라임을 잘 안다. 한국 사회는, 더러 지적되듯이, 껍데기만 '민주공화국'일 뿐 거의 모든 중요한 결정은 일부 사람들에 의해 이뤄지기 때문이다. 그러면서도 그 결과에 대해서는 누구도, 사회의 상부계층일수록 더더욱, 책임지지 않는다. 이 땅의 권력은 지배에 능할 뿐 그에 합당한 책임은 외면한다. 그리하여 이곳 사람들에게는 대개 이웃이 없고, 상호신뢰도도 유례없이 낮으며, 미래에의 전망은 매우 어둡다. 이 나라를, 적어도 현 단계의 이 나라를 '공동체'라고 부를 수 있는가?

공적 수준이 이처럼 낮은 곳에서 '개인'을 말하고, '자기 삶'을 말하며, 나아가 '자기형성'이나 '자기충실'을 말하는 것은 부적절하거나 시대착오적인 것처럼 여겨질 수도 있다. 그래서 나는 정치제도나 법치 그리고 사회 전체의 합리성 수준을 거의 모든 글에서 거듭 전제하고 강조하였다. 그러나 다른 한편으로 이 부실한 공공성을 개선하기 위한 노력의 출발점이 각성된 시민성이라는 사실도 틀림없다. 이 깨어있는 시민은 개인의 개인다움으로부터 시작되고, 이 참된 개인성의 토대는 성찰능력이다. 한국사회에서 진영논리나 계파주의가 강한 것은 참다운 의미의 개인이 없기 때문이다. 이 개인은 '사려 깊은' 개인이고 '반성적 능력을 가진' 개인이다. 우리 전통에서는 근대적 의미의 개인성의 역사도, 개인의 자율과 존엄성에 대한 깊은 성찰의 역사도 없다. 그런 의미에서 이성의 훈련과 합리성의 연마는 절대적으로 중요하다.

그러나 이성의 훈련은 감성의 훈련과 병행되어야 한

다. 이성교육은 감성교육과 같이 가야 한다. 예술체험은 바로 이 감성교육에 관계하고, 더 정확하게는 감성의 이성화 교육에 관계한다. 내 글은 바로 이런 문제의식의 맥락 속에서 시작한다.

주체와 관련하여 한국 사회에서의 언어 사용법에는 크게 두 가지 특징이 있지 않나 싶다. 대부분의 사람들은, 대화나 신문·방송 혹은 인터넷에서 누구나 겪고 또 매일 볼 수 있듯이, 주로 '자기'에 대해 말한다. 그것은 대개 나를 토로하고 주장한다. 그래서 감정적이라기보다는 감상적感傷的이고, 논리적이라기보다는 격정적이다.

사인화된 주체의 자기과시

이때 주체는 '사인화私人化된 나'이고, 그래서 자주 내세워지고 과시된다. 말하자면 객관화된 내가 아니라 사적 자아가 하나의 전시품으로서 이 땅에서는 공적 공간의 주인이 되어 있는 셈이다. 사인화된 개인을 내세우는 것은 자기선전의 욕구 때문일지도 모른다. 과시된 주체는 자기와 타자, 감성과 이성 사이에서 균형을 잡기 어렵다. 그래서 어느 한쪽으로 쉽게 기운다. 그의 언어가 편향되어 보이는 것은 그런 이유에서다. 오늘날 인터넷 공간을 채우는 그 많은 '셀카'와 '먹방'의 현장에 붙는 댓글을 보라.

사인화된 주체의 자폐적 언어에 대하여 다른 한편으로 '우리'를 내세우는 집단의 언어가 있다. 사인화된 개별 언어가 자기의 과시와 자랑에 있다고 한다면, 집단의 언어는 상대에 대한 정당성 혹은 우월감을 내세운다. 그것은 흔히 '전체'의 이름으로 가르치고 훈계하며 강요하고 지배하려 한다. '민족'이나 '국가', '조국'이나 '조상'을 내세우는 이 땅의 많은 언어가 그렇게 보인다. 국민을 내세우는 정치가의 언어나, '~해야 한다'는 당위적 진술을 일삼는 신문 논평이 그 좋은 예일 것이다.

과도한 사회성과 집단 언어

여기에는 물론 여러 가지 이유가 있을 것이다. 그 핵심은, 간단히 말하여, 우리 사회가 물질적·경제적 수준에 비해 정치제도적 수준이 낮은 데 있을 것이다. 그러나 근본적으로는 지적·정신적 문화 수준의 낙후성을 거론할 수 있을 것이고, 더 구체적으로는 이 문화를 구성하는 각 개인의 인성적·인격적 상태를 떠올릴 수도 있다.

하지만 이 모든 요소를 인정한다고 해도 우리 사회에는 가르치고 명령하고 지시하고 훈계하는 언어가 아직도 너무 많다. 대부분의 사람들은, 매일 겪고 있듯이, 칭찬하고 북돋기보다는 비난하고 질타하며, 허락하고 인내하기보다는 금지하고 원망하는 데 익숙하다. 우리 사회에 넘쳐 나는 것은 상대를 제압하려는 격한 정열이다. 이 정열은 공동체에 그 자체로 이롭기보다는 타인을 이겼다는 데서 행동의 의의를 찾는다. 아마도 오늘의 한국만큼 개인의 성향에 있어서나 사회적 분위기에 있어 격앙되고 충혈된 국가는 OECD에 없을 것이다.

말할 것도 없이 '사회적인 것(the social)'이 모두 나쁜 것은 아니다. 사회적인 것에도 좋은 측면과 나쁜 측면이 있다. 개인의 고유성을 존중하면서 공동체적 가치를 지향하는 것이 좋은 사회성이라면, 나쁜 사회성은 개인적 고유성을 무시하고 억압하면서 집단의 가치를 우선시한다. 한국 사회에서 지배적 조류가 '부정적으로 사회적인 것'이라면, 그것은 우리 사회에서 이 자기/개인/주체가 억압되고 은폐되어 있음을 뜻한다. 설령 자기가 드러난다면, 그것은 절제되고 객관화된 자아라기보다는 내세워진 자아일 경우가 많다. 한국에서의 언어는, 개인의 언어든 사회의 언어든, 타인을 향하면서도 자기 직시는 회피하고 있고, 그 점에서 그것은 비반성적이고 비도덕적이라고 할 수 있다. 그 이유는 우리 사회의 주류 언어가 집단적인 데 있다고 나는 생각한다. 어떻게 해야 하는가?

자의식적 반성 언어

인간은 근본적으로 자기 자신을 위해 욕망하고 갈구한다. 그 어떤 덕성(virtus)도 자기 보존을 위한 노력보다 앞서 파악될 수 없고, 이 원칙 없이는 어떤 덕성도 생각될 수 없다고 스피노자는 썼다(『에티카』 4부 정리 22번). 나에 의해 검토되지 않은 진실은, 마치 현실에 의해 검토되지 않을 때처럼, 진실되기 어렵다. 세상에 유통되는 진실이나 아름다움, 그리고 목소리는, 로베르트 무질이 지적한 것처럼, "현실적 현실이 아니라 주어진 현실에 알 수 없이 놓인 입김일 뿐"이다.

나는 '이해'나 '소통'이란 어휘를 아무렇지도 않게 꺼내거나, 인간의 영혼을 몇 가지 생경한 뇌과학적 개념이나 유전자적 용어로 설명하는 데 만족하는 사람들을 불신한다. 그들은 아마 이 시대를 지배하는 저 도저한 무감각과 기술만능주의의 학문적 신봉자일지도 모른다. 그들은, 책임 있는 자기 언어가 아니라 빌려 온 관념과 남의 언어를 아무런 생각 없이 차용한다는 점에서, 서로 달라 보이지 않는다.

그러나 언어는, 거듭 강조하여, 나/주체/개인의 반성적 자아로부터 시작해야 한다. 이때 나의 언어는 너와 연결되고, 나를 포함한 우리의 언어는 그들과 이어진다. 비록 대상에 대한 서술이라고 할지라도, 그 언어는, 적어도 암묵적으로는, 그렇게 느끼고 생각하고 쓰는 주체로서의 나를 내포한다. 또 그렇게 내포할 수 있을 만큼 자기의식적이어야 한다. 그래야 그 언어는 생생하고 정직할 수 있기 때문이다. 글의 윤리성과 책임성도 이런 경로 속에서 자연스럽게 따라 나온다고 할 수 있다. 모든 진술은 가장 깊은 의미에서 자기 진술이다.

언어가 자기 회귀적이고, 또 자기 회귀적이어야 한다고 할 때, 그것은 스스로를 돌아보기 위해서이고, 자기 삶에 솔직해지기 위해서다. 그러나 더 중요한 것은 삶의 본래적 모습에 다가가기 위해서다. 대상에 대한 서술이 주체의 확장이고, 주체에 대한 서술이 자기 회귀라고 한다면, 대상 서술과 주체 서술 사이의 움직임을 통해 우리는 삶의 본래적 전체를 헤아릴 수 있을지도 모른다. 이 온전한 전체를 어렴풋하게라도 헤아린다면, 스스로 정직해지지 않을 수 없다. 이 전체에서 만나는 것은 결국 자기 양심이기 때문이다. 그리하여 우리는 전체와의 해후 속에서 자기가 내린 선택과 행동을 비로소, 어느 정도는, 감당할 수 있다. 그래서 몸소 자기 삶을 짊어진 채 살아갈 수 있게 되는 것이다.

자기 자신이 되는 일

그러나 이것은 쉽지 않다. 아니, 자기 회귀를 통한 내면 응시야말로 세상에서 가장 어려운 일의 하나인지도 모른다. "영웅이란 자기 자신이 되고자 애쓰는 사람"이라고 호세 오르테가 이 가세트José Ortega Y Gasset는 썼다. 자기 응시에는 사실 엄청난 용기가 필요하다.

자기 연민을 없애고, 일체의 감상感傷과 미화를 거부한 채, 자기와 하나가 되도록 노력하는 일, 그래서 결국 삶의 방식을 스스로 선택하고, 그렇게 선택한 것을 책임 있게 살아가는 일은 어느 시대 그 누구에게나 절실한 일이 아닐 수 없다. 국가의 영웅보다 우선시되어야 할 것은 모두가 자기 삶의 주인공이 되는 일이다. 전쟁이 없다면 영웅도 필요없을 것이다. 그런 점에서 언어는, 적어도 공적 언어는 더 정직해져야 한다. 인문학의 핵심은 주체의 언어와 행동이 자기 회귀적이라는 데 있다.

현실의 냉혹성과 맞서려면, 우리는 우리 자신을 알아야 하고, 그러기 위해 나는 내 자신으로 돌아간다. 안락한 내면성에 빠져들기 위해서가 아니라, 그래서 현실을 외면한 자폐아로 살아가기 위해서가 아니라, 이 현실과 새롭게 대결하기 위해 나는 내 자신으로 돌아간다. 자기 속의 목소리와 만나고, 이 내면의 목소리에서 양심을 확인함으로써 우리는 다시 살아갈 힘을 얻는다. 그리하여 내면 응시는 세계와의 대결에서 불가결하다. 예술이 호소하는 일은 바로 이 내면 응시이고, 이 내면 응시를 통한 양심의 확인이며, 이 양심의 확인 속에서 시도되는 넓고 깊은 세계와의 전면적 해후다.

그렇다면 이 자기 회귀적 언어에 대한 믿음으로 나는 무엇을 해왔던가? 마음을 다잡고 문학 공부를 시작했던 대학 시절 이래 나는 지난 30여 년간 무엇을 꿈꾸어 왔던가?

2. 글, 골수에 스며든 문장

1992년 가을 프랑크푸르트 대학에서 시작된 독일 유학 시절 동안 책상 앞에 걸어 두던 그림이 한 장 있다. 그것은 유학 내내 구독하던 일간지 『프랑크푸르트 룬트샤우 Frankfurter Rundschau』에서 오린 어떤 추상화였다.

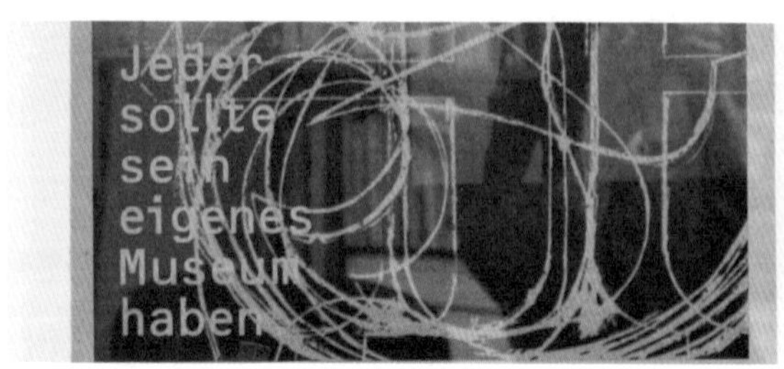

"모든 사람은 자기 자신의 박물관을 가져야 한다."

신문 한 면만 한 이 추상화에는 여러 개의 선이 어지럽게 그려져 있고, 그 왼편으로는 어둡게 그늘진 책상이 있다. 이 책상에는 전등이 하나 세워져 있고, 책상 너머에는 늑대 같은 어떤 동물이 무슨 환영幻影처럼 어둠 속에서 전면을 응시하고 있다. 그리고 그림 오른편에는 한 남자가, 그 역시 그림자 진 채로, 이 늑대 그림자를 바라보고 있다. 그림의 왼편 아래에는 이렇게 적혀 있다. "모든 사람은 자기 자신의 박물관을 가져야 한다(Jeder sollte sein eigenes Museum haben)." 이 그림은 내게 프란시스코 고야의 저 유명한 판화—「이성의 잠은 괴물을 낳는다」를 연상시키곤 했다.

이 현대적 추상화의 모토—"모든 사람은 자기 자신의 박물관을 가져야 한다"를 나는 오랫동안, 독일에 머물렀던 7년은 물론이고, 그 후 귀국하여 지난 10여 년이 지나가는 동안에도 이따금, 그러나 끊이지 않고, 중얼거리곤 했다. 그러면서 18세기 조선의 선비였던 이덕무李德懋가 쓴 두어 가지 말—"무릇 문장이란 골수에까지 스며들어야 한다(夫文章 沁入骨髓)"와 "글이 굳세지 않으면 누추해지고, 글씨가 굳세지 않으면 못 쓰게 된다(文不 陋矣, 書不 廢矣)"를, 마치 부적처럼 되뇌곤 했다. 이 문장을 읊으며

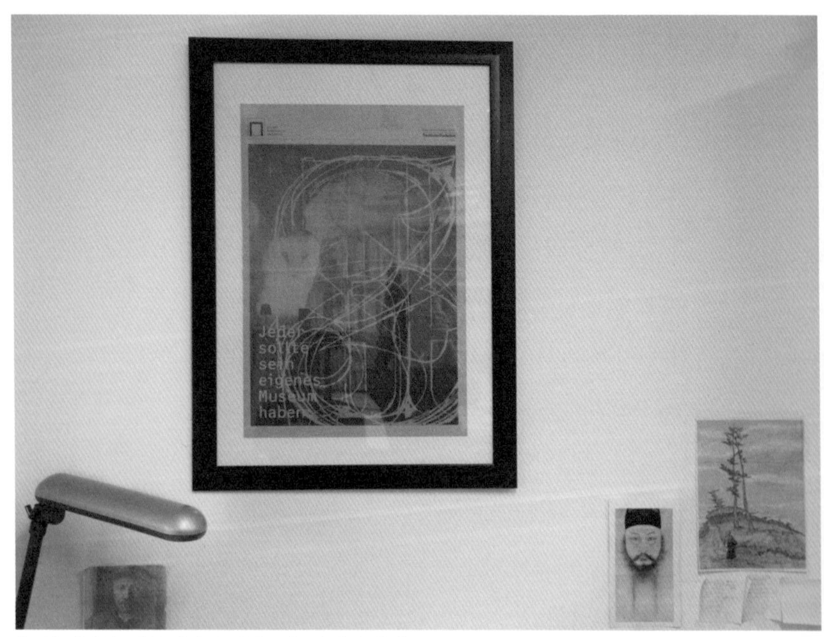

"모든 사람은 자기 자신의 박물관을 가져야 한다
(Jeder sollte sein eigenes Museum haben)"

삶은 휘갈겨진 선들처럼 어지럽다.
어둠 속의 늑대, 이 늑대의 눈빛,
그늘진 책상과 한 남자, 그의 응시와 목표……
각자에겐 각자의 유래와 지향이 있다.

나를 지키고, 내 자신을 팔지 않은 채 세상과 만나며, 이 현실과 대결하는 가운데 매일 매 순간을 견디고 향유하려 애썼다. 그것은, 다시 이덕무의 말을 빌려, 현실의 "욕됨을 참고 너그러워지는(耐辱而寬)" 힘겨운 과정이기도 했다.

"오우아거사吾友我居士"

젊음이 다 고갈되어 가던 그 시간 동안 내가 정녕 하고 싶었던 것은 무엇이었던가? 그것은 바로 아무도 쓰지 못한 글, 아직 그 누구도 쓴 적 없는 책을 쓰는 것이었다. 그럴 수 있다면, 만약 그런 문장과 책을 쓸 수 있다면, 내가 이 땅에 온 이유도, 그리하여 지금 살아 있고 살아가는 이유도 스스로 납득할 수 있지 않을까 싶었다. 나의 불성실과 못 다함, 비겁과 허영을 적어도 내 스스로는 용납할 수 있을 것만 같았다. 이 열망만큼 내 삶에서 실존적으로 더 절실하고 더 큰 희열을 느끼게 하던 것은 없었던 것 같다. 그 열망을 글로 결정화結晶化하면서 나는 내 내면의 목소리에 완전히 집중할 수 있는 시간과 독립성을 얻었기 때문이다. 나는 다시 중얼거린다. "부문장, 심입골수, 문불경누의, 서불경폐의夫文章, 沁入骨髓, 文不剄陋矣, 書不剄廢矣……."

그러나 이 일에서 내가 얼마나 성공했는지를 알려면 시간을 두고 더 기다려야 할 것이다. 내가 쓴 글이 얼마나 골수에 스며들었는지, 내 문장이 얼마만큼 굳세었으며, 또 얼마나 내 스스로 욕됨을 참고 너그러워졌는지는 앞으로 현실의 검증을 더 받아야 한다.

이덕무는, 잘 알려져 있듯이, 서얼 출신으로 먹고 입는 것조차 변변치 않았고, 그의 어머니와 누이는 영양실조로 세상을 떠났다. 그는 추운 겨울이면 책을 이불 삼아 덮고 지내던 선비였지만, 그런 자신을 '책만 읽는 바보(看書痴)'라고 자조自嘲하며 글공부를 멈추지 않았다. 나는 책만 읽지도 않았고, 책을 이불 삼은 적도 없으며, 영양실조에 걸린 적은 더더욱 없다. 이 간서치看書癡 선생과 내가 닮은 점이라고는 어쩌면 하나—별다른 친구 없이 '자기를 벗 삼아 사는 사람(吾友我居士)'이라는 데 있는지도 모른다.

정련화 과정

대학 시절 이래 나를 벗 삼아 골몰해 왔던 것을 단 하나 꼽는다면, 나는 예술론이라고 말하지 않을 수 없다. 궁극적으로 쓰고 싶었던 것은 나만의 예술론이었다. 그러나 예술론은 예술만으로, 이 예술에 속하는 한두 장르를 연구하는 것만으로 되는 게 아니라는 사실을 나는, 공부를 더해 가면서, 점차 깨닫게 되었다. 제대로 된 예술론을 쓰려면, 시와 소설을 포함하여 문학 이외에 그림과 음악, 건축과 연극, 조각과 영화 등등 다양한 예술장르에 대한 다양한 경험이 필요했고, 이 다양한 경험을 통일적으로 설명해낼 철학이 요구되며, 이 모든 경험 내용과 이론적 개념어를 나 자신의 심미적 경험으로 풀어내는 것이 요구됨을 나는 차츰 확신하게 되었다. 그것은 그 자체로 감각과 사고와 언어의 오랜 정련화 과정이었다.

그리하여 관심의 폭은 학위논문 작성 때부터 조금씩 늘어났다. 여기에는 학위논문에서 다루었던 소설 『저항의 미학(*Die Ästhetik des Widerstands*)』 3부작이 크게 도움되었다. 이 작품에는 여러 소설뿐만 아니라 그림이나 조각 등 다양한 예술에 대한 다각적인 논의가 들어 있었기 때문이다. 그 외에도 내가 즐겨 읽었던 작가들이나 이론가들—독일의 시인이나 소설가, 미학자와 철학자뿐만 아니라 영미와 러시아 등의 작가들이 도움되었다. 은사이신 김우창 교수의 모든 글은 그야말로 몸과 영혼을 다해 내가 몰두하던 저작이기도 했다. 이 모든 책들로부터 나는 크고 작은 힘과 위로를 받았다.

그리하여 귀국 후 한국에서 본격적으로 시작된 글쓰기는, 몇몇 책에서 이미 밝혔듯이, 크게 네 방향으로 나뉘었다. 첫째는 독문학이나 철학, 그리고 문화에 대한 논문이고, 둘째는 이것을 한국의 문학과 문화에 적용한 글이며, 셋째는 너댓 권에 이르는 김우창론이고, 넷째는, 그런 경로를 통해 마침내 도달한 예술론이었다. 이 예술론으로는 『숨은 조화』(2006)와 『렘브란트의 웃음』(2010), 『영혼의 조율』(2011), 『교감』(2007)의 개정판, 그리고 『심미주의 선언』(2015)이 있다. 그 어떤 글이나, 책이든 논문이든, 칼럼이든, 에세이든, 위에서 말한 세 가지 원칙—나로부터 시작하고, 예술을 향해 있으며, 문장 연습 속에서 행해진 것이라고 말할 수 있다.

3. 예술—내가 선택한 것

"모든 사람은 자기 자신의 박물관을 가져야 한다"는 유학 시절의 모토는 귀국 후 이덕무의 글쓰기 원칙과 연결되면서 더 구체화되었다. 그리고 그 모토는 내가 대학원 시절부터 좋아했던 버지니아 울프V. Woolf의 한 책 제목—『자기 자신만의 방(*A Room of One's Own*)』의 또 다른 변주로 여겨지기도 했다(몽테뉴는 그 유명한 『에세*Essais*』에서 "자기 자신만의 방이 없는 사람은 얼마나 비참한가"라고 적기도 했다).

이 산문에서 울프는 교육이나 경제적 독립으로부터 배

제된 여성, 특히 과거 여성 작가의 삶을 검토하면서 여성의 창조성이 정치·경제적 억압 때문에 방해받지 않는 미래를 희구했지만, 그러나 이 조건은 여성에게만 필요한 것이 아니다. 억압과 폭력이 없는 삶, 가난과 불평등으로부터의 해방, 교육과 교양의 지속적 향수享受는 모든 인간의 기본 권리가 아닐 수 없다. 예술은 바로 이 일—기본권의 향유에 관여한다. 예술은 더 넓고 깊은 세계에 대한 인간의 근원적 갈망에 응답하기 때문이다.

예술의 비강제성

예술은 강요하거나 강제하지 않는다. 그것은 명령과 지배의 언어가 아니기 때문이다. 예술은 나만의 느낌과 감성에 호소한다. 그래서 예술 작품은 그때그때의 기분과 분위기에 따라 다르게 여겨지기도 한다. 그러면서도 그 느낌에는 어떤 공통적인 것이 있다. 그리하여 한 작품에서 받는 인상은 나의 느낌이면서 너의 느낌이기도 하고, 우리의 느낌이면서 그들의 느낌이 되기도 한다. 이 느낌은 '공유된 느낌'이다. 느낌이 공유될 때, 그 느낌은 주관적 차원을 벗어나 객관화되고 더 일반화된다. 공유되고 객관화된 감성에는 논리와 절차가 들어 있다. 이성적 요소가 스며드는 것이다.

그리하여 예술의 느낌은 지극히 감성적이면서 동시에 지극히 이성적이다. 주체는 예술 경험에서 감성과 이성의 지속적 교차를 경험하고, 이런 경험 아래 여러 다양한 주체와 만나면서 자기를 점차 변형시켜 간다. 예술 속에서 우리는 자신의 자아가, 마치 다양한 세계를 만나듯이, 다양한 자아로 확대되고, 그러면서 다시 이전의, 그러나 조금은 달라진 자아로 돌아옴을 경험한다.

예술 경험에서 우리는, 그것이 어떤 집단의 언어나 지배자의 명령이 아님에도 불구하고, 새로운 것을 느끼거나 다른 생각을 할 수 있고, 이 색다른 경험으로부터 더 화해롭고 자유로운 공간을 꿈꿀 수 있다. 인간은 이 가능성의 세계를 꿈꾸고 염원하고 갈망함으로써 참으로 인간임을 선언한다. 이 꿈과 염원, 그리고 갈망 때문에 그는 어느 한 곳에 머무는 것이 아니라 이곳에서 저곳으로 '옮아가고', 지금 여기로부터 저 너머로 '나아간다'. 이 이행移行과 전진前進을 나는 '변화'요 '발전'이며 '성숙'이라고 부르고 싶다. 이 성숙으로의 변화는, 그것이 예술 경험에서 이뤄지는 한, '심미적 승화'가 된다. 이 상승적 이행의 심미적 승화를 통해 인간은 자기와 사물과 무한한 것들의 필연성을 인식한다. 보편성—모든 존재하는 것들의 공통적 근거는 이 필연성 아래에서 확인된다.

좀 더 나아가자. 우리가 나아가고자 하는 '저 너머'란 과연 어디인가? 그것은 어떤 지점이고 상태인가? 그것은 아리스토텔레스 윤리학이 지향한 '위대한 영혼(megalopsychia)'이라고 말할 수 있을지도 모른다. 아니면 '자유'이고, 만약 완전한 자유가 없다면, '자유에의 의지'라고 말할 수도 있을 것이다.

자유를 위해 때때로 굴레는 물론 이익이나 세속적 가치와도 결별할 수 있어야 한다. 그런 점에서 자유는 신적 지향과 이어진다. 스피노자에게 최고의 인간은 자유의 인간이고 신적 기쁨을 누리는 인간이었다. 스스로 자유로워서 신적 기쁨까지 향유할 때, 그 영혼은 비로소 위대해진다. 거꾸로 위대한 영혼은 자유를 희구하면서 늘 나아간다. 우리는 꿈을 꾸며 나아가고, 염원하면서 이행하며, 갈망하면서 성숙해 간다. 그리하여 꿈과 염원과 갈망은, 마치 전진적 이행이 그러하듯이, 인간이 큰 영혼으로 고양되는 증거이기도 하다.

예술을 통한 위대한 영혼으로의 상승적 이행 과정은 놀라운 일이지 않을 수 없다. 지극히 사적이고 지극히 개인적인 감정에서 출발하여 반성을 통해 이성적인 것으로 나아가고, 이 감성과 이성의 교차에서 스스로 자유로워지며, 이 자유 속에서 신적 기쁨까지 누리게 되다니, 도대체 어떻게 된 일인가? 그 어떤 강제나 명령에 의해서가 아니라, 스스로 선택해서 느끼고 생각하고 반성하는 일로부터 위대한 영혼으로 나아가는 일은 경이로운 체험이다. 여기에는 지금 여기에서 여기를 넘어 저 너머로 나아가려는, 결코 고갈될 수 없는 움직임—상승적 이행의 초월적 에너지가 있다.

오래가는 기쁨

그러나 이 목표점은 아득한 곳에 있는 것처럼 보인다. 그곳이 어디인지 더 구체적으로 말할 수 없을까? 여기에서 우리는 데카르트적 의미의 '양식良識(bon sens)'이나, 칸트적 의미의 '공통감각(sensus communis)'을 끌어들일 수 있을지도 모른다. 어떤 것에나 옳고 그름을 구분하고 바르게 판단하는 분별력이 작용하기 때문이다. 결국 우리는 예술을 통해 양식 혹은 공통감각을 키운다. 예술은 기쁨을 추구하되 이 기쁨이 짧은 것이 아니라 '오래가고', 사회적으로 금기시되는 것이 아니라 '장려되며', 덧없는 것이 아니라 '의미 있는' 것이 되도록 하는 방식—윤리적 향유의 생활 방식인 것이다.

혹자는 아직도 예술과 문화가 '가진 자'의 여유이고, '지배하는 자'의 사치라고 말하기도 한다. 이 말이 완전히 틀리다고 볼 수는 없다. 예술과 문화의 향유에는 당연히 물질적 토대와 정치·경제적 조건이 전제된다.

그러나 이 지점에만 머문다면, 그 생각은, 적어도 미학사적 관점에서 보면, 18세기 부르주아 예술 이해의 방식으로부터 한 발짝도 벗어나지 못한 것이다. 오늘의 현실은 그때로부터 이미 200여 년을 지나오지 않았는가? 거꾸로 물어보자. 경제적으로 부유하고 물질적으로 풍부하다면, 사람은 예술의 빛나는 유산을 누리고 문화의 바른 가치를 향유하는가? 그렇지 않다. 가끔 그렇게 보일 수는 있지만, 그러나 참으로 그런 경우는 거의 없지 않나 싶다. 한 사회가 창출한 가장 소중한 문화유산이 예술이라면, 이 유산의 가장 정채 있는 부분들은 오직 오랜 연마와 학습 속에 조금씩 체화될 수 있기 때문이다.

예술의 향유는 각자의 자연스런 관심과 호기심 속에서, 이 관심을 의미 있는 정열로 변용시킴으로써 조금씩 시작될 수 있다. 각자의 느낌과 사연을 존중하면서도 더 나은 삶의 상태로, 보다 이성적인 삶의 공동체로 나아갈 수 있다면, 그러나 이 진전이, 거듭 강조하여, 집단적 슬로건이나 명령에 의해서가 아니라, 때로는 느리고 때로는 서투를지라도, 각자의 자발적 선택에 대한 존중 아래 이뤄진다면, 그것은 얼마나 권장할 만한 삶의 길인가? 그것은 나쁜 기쁨이 아니라 좋은 기쁨이고, 해로운 쾌락이 아니라 이로운 쾌락의 방식이다. 그 즐거운 길은 선의를 북돋아 주기 때문이다. "어짊을 행하는 것은 나로부터 오는 것이지, 남으로부터 오는 것이냐(爲仁由己, 而由人乎哉)?"고 공자孔子는 썼다. 우리는 예술을 통해 감성을 중화하고 그 욕망을 절제하면서 보다 나은 삶의 상태로 옮아갈 수 있다.

어떤 글에서든, 에세이에서든 칼럼에서든 아니면 이론서에서든, 내가 즐겨 예술 작품에 기대어 글을 쓰는 것은 그런 이유에서다. 이번에 출간되는 에세이집에 수록된 모든 글도 앞서 말한 세 가지 원칙의 틀 안에서 움직인다고 할 수 있다.

Ludwig Guttenbrunn가 그린 Joseph Haydn의 손(1770)

즐거운 길은 선의를 북돋아 준다.
"어짊을 행하는 것은 나로부터 오는 것이지,
남으로부터 오는 것이 아니다"

가장의 근심

2016년 11월 10일 1판 1쇄 펴냄
2022년 03월 21일 1판 2쇄 펴냄

지은이 문광훈
펴낸이 김철종

펴낸곳 에피파니
출판등록 1983년 9월 30일 제1 - 128호
주소 서울시 종로구 삼일대로 453(경운동) 2층
전화번호 02)701 - 6911 **팩스번호** 02)701 - 4449
전자우편 haneon@haneon.com

ISBN 978-89-5596-774-6 03810

이 책의 원고 중 일부는 경향신문과 네이버 열린연단에 게재된 바 있습니다.

이 도서의 국립중앙도서관 출판예정도서목록(CIP)은 서지정보유통지원시스템 홈페이지(http://seoji.nl.go.kr)와 국가자료공동목록시스템(http://www.nl.go.kr/kolisnet)에서 이용하실 수 있습니다.(CIP제어번호: CIP2016026647)